归·家

宋华丰 著

国文出版社
·北京·

图书在版编目（CIP）数据

归·家 / 宋华丰著．-- 北京 ：国文出版社，2024．
ISBN 978-7-5125-1799-8

Ⅰ．I247.5

中国国家版本馆 CIP 数据核字第 202403GW00 号

归·家

作　　者	宋华丰
责任编辑	侯娟雅
责任校对	李启武
策　　划	丹书光光
出版发行	国文出版社
经　　销	国文润华文化传媒（北京）有限责任公司
印　　刷	天津和萱印刷有限公司
开　　本	880 毫米 ×1230 毫米　　32 开
	13 印张　　305 千字
版　　次	2024 年 12 月第 1 版
	2024 年 12 月第 1 次印刷
书　　号	ISBN 978-7-5125-1799-8
定　　价	58.00 元

国文出版社
北京市朝阳区东土城路乙 9 号　　邮编：100013
总编室：（010）64270995　　传真：（010）64270995
销售热线：（010）64271187
传真：（010）64271187-800
E-mail：icpc@95777.sina.net

序言

一直以来都觉着自己还是一个小孩子，每天都想无忧无虑地生活在自己的一方小天地。直到那一天看到妈妈满头银发，背也开始佝偻，看到爸爸的双手深刻着一道道沟壑，我猛然间感受到岁月的无情，自己早已不再年轻，早已过了而立之年。

我出生于最普通的家庭，祖辈都是本分的庄稼人，生活一度深陷贫困。童年时期目睹了乡村诸多落后与愚昧，也历经人情的冷暖，但留在记忆深处的还是一家人苦中作乐、相濡以沫的温暖。对于家的渴望，对于圆满的渴求，自始至终都流淌在血液里，深刻在骨子里，家人是我永远难以割舍的牵绊。

上学的时候就产生了当作家的梦想，阴差阳错，几十年我都没有提起笔杆子。在京工作的八年，精神高度紧张，始终在繁杂的工作和复杂的人情世故的泥潭中挣扎，苦不堪言。疫情期间居家办公让我有了短暂的喘息之机，大哥提出了建议，让我执笔写小说。当时只当是说笑并没有当真，后来大哥再次鼓励我认真考虑。出一本书是我自幼的梦想，为自己的家庭出书立传也是我一直渴望的，但没有足够的信心。思考了几天想动笔，最终还是忐忑地问大哥：“我，行吗？”大哥毫不犹豫地说：“你肯定行。”得到肯定，我备受鼓舞，终于起步向着自己的梦想出发了。

真心地感谢我亲爱的大哥，感谢自己经历的所有的苦难，感谢一直都在爱着我的家人，感谢所有相遇，让我有机会完成自己的梦想，给自己三十六年的生活有个交代。可能文笔尚显幼稚，但感情绝对真实、真挚。这是我送给自己最好的礼物，借此也想对那些面对自己的梦想踟蹰不敢向前的朋友说：勇敢迈出第一步，成功就在不远处。

宋华丰

2024 年 2 月 21 日于武汉

目录
CONTENTS

第一章 ╲缘起╲

春节至，阖家团聚

一

2022年春节前夕。

“小姨，小姨，起床啦！”

“小姨，小姨，妈妈叫你吃饭。”

稚嫩的童声伴随着上楼梯的声音一声声传来。

“嗯……”床上一个身影蠕动着，被褥下滑漏出凌乱的长发。刘多多伸了个大大的懒腰，伸手在床头摸了一通终于摸到了手机，拿起来 看时间，八点半，她迷蒙的双眼瞬间睁大。

“我的天啊，我竟然从昨晚九点睡到了现在！八点半了！太阳打西边出来了。”刘多多嘴里嘟囔着，满脸不可置信。想想自己在北京那么多年，凌晨一点前不可能入睡，早上七点后再也无法睡着，而今天这一觉真的是又香又甜，可能是回到家了，心情放松了。

“小姨！”两个三四岁模样的小女孩笑着叫着一起跑进房间来。这是刘多多二姐刘春燕家的双胞胎女儿。其中一个是小尖脸，瘦瘦的，个头比较矮，那是姐姐杨子衿；另外一个是小圆脸，胖乎乎的，个头比较高，那是妹妹杨子佩。

“小姨，小姨，我妈妈——”

“小姨，小姨，你醒了吗？”

两人操着咬字不太清的奶音抢着要跟刘多多说话。

“嘘！”刘多多打住她们，一把将她俩拉过来搂住，“哦，宝贝们，你们一个个来，子衿，你是姐姐，你先说。”

“小姨，妈妈让我喊你起床，下楼吃饭。”子衿一副小大人模样，一本正经地说道。

“妈妈，妈妈！小姨醒啦。”没等刘多多再开口，子佩挣脱她的怀抱“咚咚咚”地跑到楼梯口，嬉笑着朝楼下喊道。

“醒了赶紧下来吃早餐。”楼下传来刘春燕的声音。

“好的姐，马上。”

刘多多迅速穿好衣服，简单洗漱，只是身后总是跟着两个娃娃，亦步亦趋。当刘多多看向她们的时候，俩人就会“咯咯咯”地笑几声，不看她们的时候，她们聚精会神盯着刘多多，一副好奇宝宝的模样。看到她们这样，刘多多莫名地开心，她是太喜欢孩子了。

一手牵一个，刘多多和双胞胎一块儿来到了餐厅。

“快来坐，都要凉了，今天你姐夫买了水煎包和糁汤。你昨天不是一下车就说想念水煎包了吗？这不都买来了。”刘春燕一边递过餐具一边笑盈盈地说道。

“哇，真的太好了！谢谢姐姐。”刘多多冲过去抱了一下刘春燕，双胞胎也学着刘多多的样子一边一个抱着妈妈的腿，嬉笑着。

“别贫了，赶紧坐好吃饭。子衿，子佩，赶紧坐好。”刘春燕哧笑一声，满眼都是对这个小妹的宠溺。

刘多多坐下，随手捏起一个水煎包：“嗯，好吃。”又喝口糁汤，一脸满足：“嗯，就是这个味道。姐，你不知道，外面吃不到，买的都不是这个味。”

双胞胎看刘多多夸张的表情笑得前仰后合。

“好吃你就多吃点。”刘春燕一边说着，一边帮助双胞胎进食。

“哎，姐，子峰和子玉呢？他们不吃吗？”刘多多发现餐桌上除了姐夫还少了俩人。

“哦，他们吃过了，跟着你姐夫去市场了。晚上不是去咱妈家吃饭吗？他们去买东西了。咱们吃完饭一会儿也过去，帮忙收拾一下。”

“好的。”早饭在一片欢声笑语中结束了，收拾完碗筷，给双胞胎穿好衣服，她们准备出发去妈妈家。

走到院子里，刘多多不禁停下了脚步，抬头看了看这幢四层的联排别墅。这是刘春燕家的新房子，刘多多也是第一次来这里借住。昨天经历了飞机延误和大雾，到家已是晚上，刘多多疲惫至极，饭也没吃，倒头就睡了。今天仔细一看，这栋别墅装修布局甚是壮观。装修用材非常讲究，低调中又带着奢华。院落里铺满了石砖，院子两侧留出了草坪和花园，种上了各色花草。院落一侧建造了一个木制的凉亭，草坪中央摆放着一个硕大的白瓷鱼缸，养了几条锦鲤，院子用铁栏杆围住，大门还是电动的。这简直就是刘多多梦想拥有的院子，她羡慕极了，幻想着自己什么时候可以拥有这样一方惬意的天地呢。

“小姨！”耳畔传来双胞胎的呼喊，刘多多快步走出院子，跟她们一起坐上一辆保姆车。刘多多留意到保姆车旁边还停放着一辆越野车，后来知道这是姐姐今年生日得到的礼物，刚提车没多久。

刘春燕开车，刘多多领着双胞胎坐在后排，双胞胎非常熟练地按着车门的电动键。

“姐，你现在真的是人生赢家啊。”路上刘多多不禁感慨道。

“是呀，我以前可是想都不敢想，以前的日子那真是……”一句话没说完，刘春燕眼睛已经红了。刘多多目睹了太多刘春燕的苦难，知道自己勾起了辛酸的回忆，赶紧岔开话题。

“哎呀姐，现在都好了呀，都过去了，以后还会更好的。”

刘多多时不时跟姐姐聊上一句，在后面跟双胞胎玩得不亦乐乎，很快就到了妈妈家。县城到妈妈家也不过十几分钟的车程。

行至家门口，那儿已经停放了两辆车了，一辆白色的是大姐刘春霞的，一辆蓝色的是小弟刘耀祖的，看来他们已经到了。

刚停好车，双胞胎争先恐后地跳下去，刘多多也笑着跟下来。来到院中，爸爸刘永昌正领着三个孙女跳舞，其乐融融。刘多多脸上的讥笑一闪而过，但瞬间就恢复了正常，跟爸爸和侄女们打了声招呼便走进厨房。双胞胎亦步亦趋地跟在她身后，妈妈白书英跟大姐在炖羊肉汤。

“啊，太香了！太长时间没有喝到正宗的单县羊肉汤了。”刘多多一脸陶醉，一下抱住在灶台边往外撇肉沫的妈妈，撒着娇。小时候没跟父母有太多的亲近，反而是随着年龄的增长，刘多多更想撒娇了。三十多岁的人撒娇有点肉麻，但是刘多多不在乎，抱着妈妈让她很有安全感。双胞胎也一边一个抱着姥姥的腿，学着刘多多的样子嬉笑着、磨蹭着。场面十分搞笑，白书英身上似乎挂着三件玩偶。

“当然啦，只有咱家这边的井水，加上咱家这边的青山羊，才能熬出咱家这边的味道来。”妈妈一脸骄傲地说着，莫名用上了排比句，刘多多瞬间笑出声。

“你们快走开，水溅身上啦。”白书英笑着想把刘多多甩开来。

“呦呦，老妈现在跟谁学的呀，真会说话。”刘春霞一边烧火一边打趣道。

“那肯定是咱爸，咱妈听咱爸的，哈哈哈！”刘多多说完笑了，她放开妈妈，顺手把双胞胎拉过来搂着。母女三人有说有笑，空气中都流淌着浓浓的暖意，寒冬也没有那么冰了。

“多多，你给你三姐打个电话，看看他们到哪里了。羊肉汤快好了，她馋这一口可是馋了一年了呢！哦，还有你大哥，看看几点到。”白书英没有停下手里的活，对刘多多安排道。

“遵命！”

刘多多联系了大哥刘光宗和三姐刘春秀，得知他们差不多都在下午两三点钟到家。

三姐刘春秀硕士毕业之后就嫁去了淄城，每年也只有正月初二回来在家待个一两天。今年因为知道大哥要回家过年，刘春秀决定提前回家一起过春节。刘光宗已经好几年没有回家过年了，一家团聚是一家人梦寐以求的心愿，今年终于实现了。

高速公路上，刘春秀挺着八个月孕肚坐在后排闭目养神，女儿乐乐枕着她人腿睡着了，丈夫王阳认真开着车，收音机播放着舒缓的音乐。

“老公，还有多久到？”

“导航显示还有一小时十五分钟，两点左右差不多就到了，累了你就眯会儿。”王阳细声说道。

另一边，高速公路上，一辆黑色汽车疾驰着。刘光宗坐在后排，眼睛看着窗外。几年没有回家了，变化真的很大，高楼大厦平地起，新的机场修起来了，虽然有点小，出行也够了，高铁也即将开通，高速公路也修到了县城，不得不说这两年家乡的发展真的很快。刘光宗此刻有点兴奋也有点忐忑，很期待回家见到家人，但料想到亲人们会一遍又一遍地催婚，又令他头痛，眉头不自觉地皱了起来。

“咱们还有差不多半小时车程。”司机用礼貌的语气说。

车和司机都是刘春燕他们厂子里的，是刘春燕专门安排去接机的。

近乡情更怯，刘光宗的心里是五味杂陈。

厨房里，刘多多在一旁看着妈妈熟练地拆肉，时不时地接受她的投喂。刚出锅没有添加任何调料的煮羊肉，吃起来反而有一种独特的香味。双胞胎也在一旁啃着盆里的骨头，吃得津津有味。

忽然外面响起了侄女们的喊声：“奶奶，奶奶，大爷[①]来啦！”

白书英先是愣了一下，然后迅速在围裙上擦了几下手，快步走出去。刘多多她们都跟着出了厨房。

刘光宗已经下车走进了院里，他戴着一顶黑色棒球帽，没有行李，只有一个双肩包。

“妈，我回来了。”刘光宗简短的一句话饱含了太多的情感，妈妈向来是他最割舍不下的牵绊，也是他最心疼的人。

“哎呀，小儿[②]……来啦，来啦，冷不冷？”白书英一开口，声音有点发颤，眼泪就下来了，她迅速用手抹了下眼睛。

“快去堂屋，开了空调，羊肉汤一会儿就好了。”白书英说着

① 当地方言中称伯父或尊称年长的男子（一般指年纪大于父亲的）均为“大爷”。
② 当地方言中父母称呼儿子为“小儿”，称呼女儿为“妮儿”。

就要去拿刘光宗身上的背包，刘光宗抓紧了背包带：“妈，我自己来。”

白书英举手投足间有种莫名的局促，她不再说话，转身往厨房走。刘光宗没有去堂屋，只是跟在后面，看着妈妈的背影，眼睛有点湿润。几位小朋友很少和刘光宗见面，不太认识，他们在一旁偷偷斜眼关注着，有点好奇又有点胆怯，不敢靠太近。

刘光宗一边说着不冷，一边走进厨房。

“妈，我先吃块羊肉，别管我，忙你们的。”为了缓解妈妈的紧张，刘光宗用手捏起一块羊肉填进嘴里，故作轻松地说道。

看到儿子吃得那么香，白书英笑了，眼睛眯成了一条缝。

“吃吧吃吧，今年煮得多，你两个妹妹送了两只羊呢。”

刘光宗吃完羊肉就去堂屋待着了，他向来喜欢安静。不一会儿，刘春秀一家也到了。刘春秀挺着肚子，下车第一件事情就是领着闺女一路小跑闯进厨房。刘春秀特别爱喝羊肉汤，但是嫁到了淄城，那边没有吃羊肉的习惯，那边的人也都不会炖羊肉，更糟糕的是她自己也没有学会熬制羊肉的方法，即使去饭店也喝不到正宗的单县羊肉汤，这可把她馋坏了。刘春秀每次都说只有在逢年过节回家的时候才吃得上正宗的味道，那是妈妈的味道。

傍晚时分，杨明德领着子峰和子玉来了，他们去东厂拉了好几箱海鲜，有大虾、扇贝、海螺和生蚝等。杨明德早年干过厨师，每年年夜饭他都会下厨整几样，所以这次蒸海鲜的任务毫不例外地落在了他的身上。

年夜饭一家人从中午开始准备，到晚上八点多才算准备好。家里人口实在是太多了，一共备了三桌，每桌十六道菜，非常丰富，有鸡、鱼等各种肉，还有各色素菜。男人们一桌，他们要喝两杯。女人们一桌，还有就是孩子们一桌。刘多多认真数了一下，十二个大人、十个孩子，一共二十二口人。这次过年是家人最齐整的一年了。

或许有人会奇怪，男女为何分席而坐？并不是所谓的陋习女人不能上桌，而是女人们自己的选择。菜都是一样的，她们不喜欢烟酒的味道；还有就是她们有工作要做，一是要负责开车回家，二要照顾孩子用餐，分桌更方便。久而久之，男女分席而坐就形成习惯了。

男人们在酒桌上展示着劝酒文化，一个个都面色红润，女人们则话着家常，孩子们你争我抢吃得欢实。刘多多看着眼前的这一切，鼻头开始发酸。她想到哥哥刘光宗作为家中长子，经历了更多的苦难，从自力更生到照顾全家，他的艰辛无人能想象；刘春霞、刘春燕两姐妹，早年为了家庭辍学，外出打工吃尽苦头，婚姻也一度亮起红灯，后来刘春霞重组家庭，刘春燕赌上所有拼出了现在的生活；刘春秀学业有成，选择“下嫁”也是磨难重重；刘耀祖虽碌碌无为仍旧经历了二婚，现在生活还要父母的帮衬。家中兄弟姐妹每个人的生活都是一部别样的史诗，再看眼前白发生、满脸皱纹的妈妈，刘多多的思绪飘远了，有记忆的第一个春节景象跳入脑海——那时刘多多五岁。同样是春节，情景却是天壤之别。

第二章 —忆往昔—

艰难岁月，清贫家庭百事哀

二

1994年春节前夕。午后。

那年的冬天特别冷，雪下得特别大，积雪已经没过成年人的小腿。小孩子走起路来会非常吃力，踩着没过膝盖的雪每走一步都得使出吃奶的劲儿。村中每家每户都把院中的积雪堆起来，用木板车推出去倒在家门口的沟渠里或者树林里。清扫积雪一般都会花费一到两天的时间。

这一年刘光宗刚上高中，刘春霞上五年级，刘春燕上四年级，刘春秀上三年级，因为家庭条件不允许，家里的兄弟姐妹都是七岁直接上一年级，没有像其他的同龄人一样上幼儿园，刘多多也一样，就在家等着上一年级。过年了，六个孩子都聚在家里了。

白书英在厨房里准备年夜饭，寒冬腊月她的脸上却布满了密密的汗珠。

刘春霞帮着烧火，偶尔用手摸一下脸，脸上沾上两块锅灰。刘春燕在院中拉水，因为个子小，又瘦弱，一桶水提不动，只能慢慢往厨房倒腾。那时候的农村家庭都是吃地下水，在院中打一口细井，插进去一根塑料管，里面放一根铁丝，底部放一枚皮垫，顶端弯一个把手，握住把手往上抽拉铁丝水就会出来。后来就改装成压水井了。

刘多多领着三岁的刘耀祖挤在厨房，眼睛一眨不眨地盯着妈妈炸鱼。平常日子见不到荤气儿的孩子们此刻都馋得流口水，眼巴巴地瞅着，吃不到口。

堂屋里，刘光宗在一张木制椅子上坐着看书。午后的阳光有点昏暗，刘光宗不停变换着姿势寻找光亮。他爱看书，学习努力，一心想用知识改变命运。堂屋的一整面墙上挂满了各色的奖状。刘光宗兄妹学习成绩都非常优秀，每学期都会得到奖状。这面墙日后还承接了刘多多的奖状，以至于都不够用了，白书英就将贴不上的奖状小心地收藏在柜子里。

“多多，去喊哥哥来。”白书英让刘多多去叫人。刘多多迈着小胖腿“咚咚咚”跑到堂屋。小时候的刘多多，胖乎乎的，留着寸头，像个男孩子。

“哥哥，哥哥，妈妈叫你呢。”刘多多奶声奶气，人未到声先出。刘光宗放下手里的书，扶了扶眼镜，起身快步走进厨房。刘多多又“咚咚咚”跟着跑进去。

“小儿，你去奶奶家一趟，把鱼和鸡送过去。”白书英用袋子装好两条炸好的鲅鱼，选了一只比较大的宰杀洗净的鸡，用报纸包好，装进袋子里递给刘光宗让他送过去。

“妈，不去行吗？”刘光宗有点不情愿，他不愿意去奶奶家。再看了看妈妈恳求的眼神，刘光宗妥协了，接过东西出门。

刘书英叹了口气，继续手里的活。家里的年货寥寥无几，只有六条鲅鱼，是刘多多姥爷送来的，还有两只鸡是舅舅给的。因为子女多，家里拿不出什么值钱的东西。虽有田地，也只是勉强温饱，每年地里收的小麦一家人是舍不得吃的，都是卖了换钱，平日吃的都是玉米面和豆饼。即使节俭至此，依旧不能维持家庭开支，孩子们的学费也都是刘永昌夫妇东借西凑、想方设法求来的。家里缺吃少穿的时候，姥爷和舅舅时不时接济着。即便如此艰难，每年年关时候白书英依旧会将为数不多的年货分出一半送到婆家去。长期遭受婆婆和小姑们的白眼和挤对，白书英咬紧牙关隐忍，谨守孝道，该有的礼节一样也不会少。

刘光宗在路上艰难地走着，好不容易走到了奶奶家，刚走到门口就听到奶奶和三姑、四姑还有小叔的笑声。

“奶奶！”刘光宗喊了一声，走进院子。

“堂屋呢。”奶奶在里面应了一声。刘光宗深吸一口气，走进屋。刚进去一股暖气迎面袭来，屋里烧了煤炉，自制的暖气，暖和多了。爷爷奶奶他们一家坐在一起嗑着瓜子说笑着。奶奶只是抬眼看了一下走进屋的刘光宗，然后继续嗑瓜子。

沉默了一会儿，刘光宗终于忍不住开了口。

“奶奶，我妈让我来送东西。”刘光宗把手里的袋子递过去，眼眶有点发红，声音也有点发抖。奶奶没有接，也没有人回应刘光宗，他涨红了脸，端着袋子的手臂开始发抖。等了好一会儿，三姑放下手里的瓜子，双手在身上抹了两下，嬉笑着站起来绕到刘光宗身边，伸手接过袋子。

“哟，我来看看是什么好东西。”三姑打开袋子，然后鄙夷一笑，“切，当是什么好东西呢。妈，你看，这么小的鸡和鱼，还就这么点，都不够塞牙缝呢。”三姑一边嗤笑着一边跟奶奶他们展示着袋子里的东西。

“你还是拿回去吧。”展示完，三姑将袋子扔在刘光宗身上。

此刻的刘光宗紧握双拳，没有伸手去接，任凭袋子砸在身上落在地上。

“东西送到了，我走了。”刘光宗强忍泪水，浑身颤抖着转身走出去。身后传来爷爷的声音：“光宗，你三姑给你开玩笑呢，家里年货够了，你们家人多拿回去吧。”

刘光宗没有停留也没有回应，脚步越来越快。

爷爷回到屋里，训斥三姑：“说话太过分了，大过年的找不痛快吗？”

“本来就是嘛！那么小还往这里送，也不嫌寒酸。”三姑不服气顶嘴。

“闭嘴，嗑你的瓜子！”爷爷无奈地摇了下头。不大一会儿一家人又恢复其乐融融，好像什么也没有发生一样。

刘光宗红着眼走在路上。有些人家开始放烟花爆竹了，孩子们穿着新衣开始奔跑着嬉笑打闹。每家每户门上的鲜红的对联，此刻在刘光宗眼里都是那么的刺眼。他一步一步往家走去，身后留下一串深深的脚印，身影越来越小，显得那么孤独。

一走进家门，刘光宗再也绷不住了，冲进厨房，吼了起来：“我说不去，非让我去，以后别让我去那边！”眼泪不争气地流了下来。说完，他用衣袖迅速擦了几下眼睛，转身快步走进了堂屋。

白书英愣住了，她知道儿子肯定又受了委屈，心疼又无奈。

不知道是什么原因，刘永昌从小不讨父母的喜欢，据村里的老人说，小的时候刘永昌都得不到一口奶吃，是吃百家饭长大的。后来白书英嫁了过来，家务、农活拼命干，还要帮婆婆照看小叔、给所有人纳底做鞋。可是不论她如何努力，都没能讨得婆婆的欢心，顺带着她的孩子们一并被厌恶。婆婆从来不会帮忙照看这个儿子家的孩子，更不会在他们揭不开锅的时候送一口吃的。她作为母亲为何如此绝情，一直是个未解之谜。

傍晚时分，鞭炮声此起彼伏。下午已经来了三拨催债的人，白书英笑脸哀求着把他们求走。天快黑了又来一个，是因为农药和化肥赊账还没有还清，店长上门要账。

“杨店长，您看，这大过年的，如果手里有一点钱都会还一部分。过完年，孩他爸我们一定想办法，再宽限一段时间，行不？”白书英搓着手，有点紧张，在孩子们面前她真的不想表现出如此狼狈的一面。

“哎呀，真的不是我不通人情，一拖再拖这都过年了，账不跨年，你明白呀！让老刘出来跟我说。”杨店长跟一个女人没办法强硬，只能要求刘永昌出来谈。刘永昌每年这个时间点都会躲出去，等大家都在家吃团圆饭的时候才会回家来，有时候躲不过去，就会在柜子里或者床底下藏起来，总之不会出面应对，都是白书英应付，因为女人好说话。

“杨店长，孩他爸一直在外面张罗钱，我们也是想还账。你放心，能还我们绝不拖欠。杨店长您看看，我们家过年年货都没有买，都是我娘家接济的。”白书英说着就拉着杨店长去厨房看，生怕对方不相信自己。

厨房里面只有一只干瘦的鸡，还有四条炸好的鲅鱼，案板上躺着两棵有点不太新鲜的白菜，还有一袋白面掺着玉米面蒸的馒头，再无其他荤腥。

“这就是你们所有的年货？”杨店长难以置信地看着眼前这一切，“你们八口人咋吃？”

“杨店长，有一点办法我们真的都不会拖欠，等过完年，一定会想办法还上的。”白书英再次非常诚恳地说道。

杨店长也没说什么，转身走出去，白书英在后面跟着，准备送他出门。杨店长回过头，张口想说什么，又看了一眼厨房里面那寒酸的年货，没有开口，离开了。

送走了杨店长，白书英哭了。想想一下午对讨债人的百般应付，还有儿子受的委屈、丈夫的逃避，她真的累了。哭了一阵，她深吸一口气，走进厨房。还有六个孩子指望着她呢，不能泄气。

拿出一条鱼，锅里放了点油，再切上一棵白菜，炖了一大盆。多放汤，这是人多菜少的诀窍，孩子们可以用馒头蘸菜汤吃。

做好晚饭，白书英招呼孩子们换衣服。没有新衣服穿，就穿干净的旧衣服，习俗还是要遵守。每个人都有白书英亲手做的棉鞋，她的手艺非常好。白天要干农活、家务和照顾孩子们，晚上才能熬夜在煤油灯下纳底缝鞋，年纪轻轻，白书英的眼睛就有点不好了，看东西有时候会很模糊，穿针引线这种事儿更多的时候需要孩子们帮忙。孩子们换上新鞋子瞬间开心起来了，小孩子的开心其实真是非常简单。

晚上八点半，刘永昌终于回来了。一进家门，他先是四周看了一圈，小声问白书英：“要钱的不会再来了吧？”

“我怎么知道！”白书英心里有气，说话有点生硬。

刘永昌不再说话，讪笑着坐到饭桌前。

一家八口围着一张木制的八仙桌，桌子和椅子都是孩子姥爷亲手打造送过来的，用了好多年。每当板凳腿松了，白书英就会做一个楔子修好。在娘家的时候，白书英学了点木匠活，这就派上了用场。孩子们都是左手端着碗，右手拿着筷子，大家盯着中间的一盆菜，谁也没有动，都不自觉地吞咽着口水。

“我来分一下鱼。”白书英首先开口。一条小小的鲅鱼要分成八份实在是有点儿困难，白书英小心翼翼地分着，最后将没有肉的鱼头留给了自己。

“我爱吃鱼头。”她对孩子们说。这句话在日后的几十年间，她说了无数次。

刘多多他们看着碗里的一小块鱼肉，不舍得吃，一点一点地品尝，想把这种香味保留得长一点。但只是开了一个小头，食欲就再也抑制不住了，大家都开始狼吞虎咽起来，最后一盆菜连菜汤也没有剩下。白书英一直在看着，她没有动筷子，她知道孩子们都在长身体，这一点菜根本不够吃的。吃完饭白书英打扫战场，洗刷完毕之后，一家人在煤油灯下聊天守岁。

白书英走去里屋拿出一块缠绕了很多层的红布，打开来是一块一块的新纸币。

“过年了，压岁钱还是要有的。”她给孩子们一人发了一块钱，他们兴高采烈地接过来，想象着明天可以去买糖果吃了。但是白书英接下来的话让他们瞬间抱怨声起。

“钱放好别丢了，明天再给我收起来。”

“啊！又这样！”孩子们已经习惯了，所以嚷了几声之后也就没再说什么。别人家都在看《春节联欢晚会》，家里没有电视机，除夕夜又不能串门儿，为了保持清醒一家人只能不停地话家常。春节的习俗要守岁，零点之前是不能睡觉的。

“现在的日子真的是，想想以前咱们家哪有这么艰难。”刘永昌先开口了，他用报纸卷了一点烟叶抽了起来。

“我跟你们说啊，五六年前，咱们家很有钱的。”刘永昌的话匣子打开了。刘多多、刘春燕、刘春秀还有刘耀祖像听睡前故事一样，盯着刘永昌，想让他讲更多。刘光宗和刘春霞只是相视一笑，静静地听着。这些事情几乎每年都能听到，但仍百听不厌。

“以前你们爷爷烧窑，所以咱们家是最早盖上瓦房的。咱家还有一辆拖拉机，我外出拉货，一年挣不少钱。还种了很多很多梧桐树，咱们都是万元户了。你们哥哥姐姐知道，那时候学费什么的他们都是第一个交的，零花钱都是五块、十块给的。”刘永昌一边抽着卷烟一边说着，仿佛回到了过去，烟草的明火忽明忽暗，映射在他脸上，有一种说不出的向往和怀念。

“但是啊，忽然有一天你爷爷心脏病病发住院了，花了很多很多钱，没有办法，我把一地的梧桐树都卖了。好巧不巧，多多又被春霞摔了脑袋住医院，又是一大笔钱，我又把拖拉机卖了。最后能卖的都卖了，还欠了一屁股债，然后就再也爬不起来喽。”

“我才几岁，谁让你们让我看孩子，我那么小怎么可能扛得住她。”刘春霞不服气地反驳道。

“没怪你，没怪你，”白书英赶紧安抚道，“那时候你爸爸不在家，我又要下地干活，只能让你看孩子。春燕小时候没人看，我把她反锁屋里，她眼睛差点没哭瞎。”白书英说着眼圈有点红了。

“你也没少遭罪，小时候没人看管，在屋后头的水坑那里差点淹死了。要不是邻居路过你也没命了。还有春秀，刚出生没多久，家里养不起，你爸要把她送人，人家都来抱了我舍不得，最后坚持留了下来。你们都是好孩子，都受了很多苦，是我们没有本事。”白书英真的是觉着愧对儿女，再加上这几天经历的一切，还想到儿子在奶奶家受的委屈，一时悲从中来。白书英陷入过去的回忆中，久久回不来。

刘春霞一岁多的时候，一边看着两个孩子一边做饭，忽然听到门外有人喊："书英，书英，你家春霞掉水里啦。"当时白书英吓傻了，赶紧往外跑。跑出门后，看到同村的一位大哥一边拍打着刘春霞的背给她顺气，一边着急地回头看。刘春霞小肚子圆鼓鼓的，眼看是没了动静。白书英颤抖着跟那大哥一起尝试了各种办法，终于刘春霞吐出了好几口水，"哇"地哭出声。

"好了好了。"那位大哥也松了一口气。

白书英流着泪在刘春霞屁股上狠打了两巴掌："你怎么那么不听话！谁让你乱跑，吓死妈妈了。"白书英眼泪掉了下来，刘春霞也哭得更凶了。

"真的谢谢你了，要不是你……"白书英感激地向那位大哥道谢。

"快别这么说。以后千万注意，水坑这么多，孩子滑倒了就起不来，太危险了。孩子吓得不轻，你也别嚷她了，现在应该没事了，不放心的话再去诊所看看。我还有事先走了。"大哥说着扶起因为着急摔在一边的自行车离开了。

白书英又想到，刘春秀出生还没满月，刘永昌决定把她送人。刘永昌重男轻女的思想严重，生了刘光宗之后，一心想再要个儿子，可是中间一连生了三个闺女，还想再生只能将三女儿送人。那天，白书英正抱着刘春秀喂奶，刘永昌走进来了，身上的烟味有点重。

"人来了，你准备一下。"刘永昌有点不敢看白书英的眼睛，低着头说道。

"能不能不送人，我舍不得。"白书英哭着央求道。

"都这个时候了，人家都来了，不能反悔。再说，现在咱们家这条件，跟我们也是受罪，不如找户好人家。”刘永昌正说着，中间人领着一对夫妇走了进来。

“大嫂子，你看，这两口子人特别好，家境也好，就是没有孩子，你放心，孩子过去肯定是去享福的。”中间人一边说着，一边抱起刘春秀。粉嫩嫩的小娃娃非常可爱，此时她还不知道自己的命运即将被改写。中间人将刘春秀放在那个妻子手里，夫妇俩逗弄着孩子，看得出来他们非常喜欢孩子。白书英挣扎着想要去抱孩子，被刘永昌抱住，他眼神示意中间人赶紧带他们出去。中间人接收到讯息，赶紧将那对夫妇领出门外。或许是母女连心，刚出房门刘春秀就哇哇大哭起来，一听到哭声，白书英不知哪来的力气，挣脱了刘永昌的束缚，拖着不适的身体追了出去，一把抢过孩子抱在胸前。

“你们走吧，我的孩子不送了。”

“大嫂子，人都来了，你再想想，闺女是去享福的。”中间人看到追出来的刘永昌，赶紧上前，“你快去劝劝。”

那对夫妇也立即表态：“你放心，我们绝对不会亏待孩子的。”

“你们走吧，无论如何我不会送人，除非我死。”白书英用尽力气喊道。

看到此情此景，中间人和那对夫妇面面相觑，看来这事要黄了。

“我们先走了，你们再商量商量。”中间人对刘永昌说完就领着夫妇俩走了。刘永昌一边说着对不起一边送他们出去。白书英看他们走远了，抱着孩子艰难地挪着步子走回房间躺下，哄着怀中的女儿。

刘永昌推门进来。

“什么也别说了，不论说什么我都不会同意的。哪怕揭不开锅我也不会把她送人的。”白书英哭着对刘永昌说，刘永昌没再说什么叹了口气走了。

如果知道刘春秀因为这件事情会耿耿于怀好多年，不知道白书英会不会后悔说出来。

“我的命怎么那么苦啊！我……”白书英一声悲叹，还想说什么，被刘永昌打断。

“干啥，干啥，大过年的，开开心心的。”刘永昌转移话题。

“大难不死，必有后福，来，多多，我给你讲讲你的故事。”刘永昌开始讲述，白书英则抽空调饺子馅去了。孩子们的二姨送来的白萝卜调成素馅，三姨傍晚时分送来了二斤猪肉饺子馅，今年终于可以吃上一顿香喷喷的饺子了。白书英一个人和面、擀皮、包饺子，孩子们太小帮不上忙。因为馅不多，只能包上二三十个，每人分几个尝尝。

刘多多不到一岁的时候，农忙时节，白书英忙着抢收麦子，爷爷心脏病住院，刘永昌则在医院陪护，只能让刘春霞看顾她。这天，刘春霞出门跟同村的孩子们玩，所有人都在玩丢沙包、踢毽子还有跳绳，刘春霞想加入他们的游戏当中。但有刘多多这个“累赘”缠着，刘春霞只能在一旁看着，心里非常难受。刘多多看有人玩举高高，她也闹着要姐姐举着玩。那时候刘多多胖乎乎的，刘春霞也只有七八岁的年纪，根本举不动。为了不让刘多多继续哭闹，刘春霞尝试着把她扛在肩上。一个惯性，刘春霞没有抓住，刘多多头朝下栽了下去，当即哇哇大哭起来。刘春霞吓坏了，她赶紧把刘多多抱起来哄了好一会儿。刘多多终于不哭了，不一会儿又跟没事人一样，刘春霞想着应该没有伤着，不会有事，也就没有放在心上。回家吃饭，刘春霞害怕被骂，她没有跟妈妈说妹妹摔头的事情。

刘书英熬了疙瘩汤，给刘多多喂饭，刘春霞在一边自己捧着碗吃。刘多多扶着桌子边缘，来回挪动小步伐，此时她还不能自己走路。白书英一勺一勺地喂着，忽然刘多多两眼一翻，往后仰了过去。刘书英一惊，伸手去拉，手里的碗掉在了地上。刘多多后脑勺磕在了地上。白书英吓坏了，此时的刘多多浑身瘫软，没有一点气息。

“多多，多多。”白书英轻拍着刘多多的脸蛋，始终没有得到回应，便迅速抱起孩子就往外跑。刘春霞也吓愣了，机械地跟着往外跑。跑到大门口，白书英不知道往哪里去，急得直转圈。刘永昌在医院联系不到。没有电话、没有车的年代，出个门、找个人都是很困难的。

“咋办呀！多多，多多！咋办呀？！”白书英抱着女儿，不停地呢喃着，急得像热锅上的蚂蚁。刘春霞想说出真相，尝试了好几次还是没能说出口。

正在焦急的时候，有个骑自行车的人从远处来。白水英似乎看到了救星，抱着孩子就跑到路中央站定。来人正是刘永昌的拜把子兄弟金海。

“嫂子你这是咋啦？”金海忙下车问。

“金海，你快看看多多，这是咋啦，正喂饭她栽下去就没气了。”白书英哭着说道。

“嫂子你别急，快上车，我带你去卫生院。”

白书英一刻不敢耽搁，嘱咐刘春霞在家好好待着，抱着多多赶紧坐上自行车后座去村卫生院。刘春霞吓得不轻，赶紧关门回家，身体一直在发抖。

金海用最快的速度蹬着自行车，很快到了村里的卫生院。

“修医生，修医生，快看看我们家多多。”白书英还没进去就在门外面喊着。还好因为是午饭时间卫生院并没有太多病人。修医生正在后院吃饭，听到喊声赶紧出来。白书英将大致情况跟医生说了一下。修医生摸了下刘多多的颈部脉搏，翻看了下眼睛，又用听诊器听了一下，很严肃地说：“这个情况很严重，呼吸正常但是没有意识。我怀疑是脑部的问题，咱们这里条件有限，赶紧去县医院检查，别耽搁。”

白书英一听这话又哭了起来：“怎么办，他爸不在家，我咋去县医院啊，我也不识字。”看到着急的白书英，金海又说道：“嫂子我带你去吧，大哥现在不是在医院吗，咱们直接去，别耽搁了。”

没有其他办法，只能这样了。骑自行车骑了一小时到了医院，下车后，金海的腿都有点不听使唤了。在金海的帮助下顺利找到了刘永昌，刘永昌一听赶紧挂号联系医生检查。

紧张的检查之后，还要等结果，医生建议先住院观察，后期再做进一步治疗。看着身上插满管子的刘多多，白书英心疼又自责，怪自己没有照顾好孩子。家里还有四个孩子要照顾，办好住院手续，白书英就回家了，刘永昌则两头跑照顾着。

金海真的是帮了大忙，忙前忙后没有一句怨言。刘家一家都铭记在心，感恩戴德。所以在日后的很长一段时间里，两家都保持着非常亲密的关系，只要用得上的，刘永昌绝不推脱。

白书英回到家，看到刘春霞窝坐在床边睡着了，脸上还挂着泪珠。其他孩子们也都回来了。白书英知道自己接下来一段时间肯定没有时间和精力照顾他们，虽然知道自己的婆婆会是什么反应，还是决定将他们送过去住几天。

婆婆坐在门前摇着蒲扇乘凉。白书英领着孩子们走过去。

“娘，您能不能帮忙照看一下孩子们，多多摔到了头要住院，我没办法在家。”白书英抱着一丝希望恳求着。

“连孩子都看不好，干什么吃的？你爸也住院了，家里一堆的活儿，我哪有时间看孩子！”婆婆刻薄的声音非常刺耳。

“娘，这么多年，再忙再累，我从没说过什么，也没请您看一天的孩子，现在真的是遇到难关了，没有办法，您就帮帮忙。多多在医院都不知道有没有醒过来呢！”白书英有点哽咽，她原本不想在孩子们面前跟婆婆多说什么，但此时她没有别的办法。

“我欠你的了？该给你看孩子吗？没本事养干吗生那么多？我没空，别来烦我！”婆婆不耐烦地赶他们走。

“妈，别求她，我能照顾妹妹们。”刘光宗实在是看不过去，妈妈被如此羞辱他很气愤，拉着白书英就往回走。

白书英抹了几下眼泪，无奈地领着孩子们往回走，最后她带着孩子们去了她姑姑家。白书英的姑姑家相隔不远，但是姑姑腿脚不方便，所以白书英一直没有想着去麻烦她。眼下着实是火烧眉毛了，不得不麻烦了。姑姑二话没说，跛着脚给孩子们弄吃的。

思来想去，白书英还是觉着不能让姑姑照看那么多孩子，她决定去把孩子们的姥姥接过来。路程很远，白书英骑自行车得两个多小时。天快黑了，白书英自行车越蹬越快，衣服被汗水湿透了，她脸上汗水和泪水交杂着。心急如焚的她拼命倒腾着双腿，平时两个多小时路程这次只用了一个多小时。

到家的那一刻，白书英脚一落地，立马瘫软在地，自行车砸在她身上。

“娘！”白书英一声“娘”喊出，放声大哭了起来。在屋里的孩子姥姥、姥爷还有未出嫁的四姨白书兰一齐冲出来。

“咋啦这是，咋啦？！”孩子姥姥冲在最前面，伸手去扶白书英，姥爷帮着把自行车从她身上扶起来。四姨跟姥姥一起把白书英搀扶起来，此时她全身颤抖着。看到家人的白书英哭得更凶了，根本停不下来。回到屋里坐下，白书兰倒了杯水给她。

“别哭啦，快说咋了这是，这个点咋来了？”孩子姥姥一边帮白书英顺着气，一边焦急地问道。

渐渐平复了情绪的白书英，断断续续将事情的原委说了一遍。

“亲家太过分了！”孩子姥爷生气地一拳砸在桌子上，“平时不帮忙也就算了，书英在他们家这么多年当牛做马，没有怨言。现在遇到难槛了，人命关天，她怎么坐得住？太冷血了。”姥爷愤愤不平。

孩子姥姥没说话，转身去里屋收拾衣物，同时声音传出来：“书兰，你去叫你大哥，让他开三轮车送我们。”

白书兰跑去找大哥，他们离得很近，不多一会工夫，孩子舅舅和四姨还有拄着双拐的舅妈一块儿来了。他们都很担心刘多多，孩子姥姥也收拾好了换洗衣物。

“书兰，这几天你就辛苦一下，我去你姐姐家住几天。”孩子姥姥安顿好小女儿，就跟着白书英一起上了三轮车。嫂子拄着双拐送出来，同时安慰着白书英：“大妹妹，别着急，都会好的。”

大哥把自行车搬上车，启动出发。一路上白书英紧紧靠着自己的妈妈，一言不发，只是默默地流泪。母亲抚摸着她的后背，没再说一句话。大哥先是把母亲送到了书英家，卸下自行车。

“家里不用担心，在医院好好照顾多多，一切有我们。”母亲拉着白书英的手，轻拍了几下，给了她莫大的安慰。

“娘，辛苦您，我先去医院了。”

大哥把白书英送到了医院，跟刘永昌打了个招呼，看望了下孩子爷爷和刘多多，准备回去了。临走的时候，他塞给白书英一个布包转身就走，生怕被追上似的。白书英打开布包里面有一沓五元、十元、二十元、五十元不等的钞票。看着大哥离开的背影，白书英已经红肿的双眼再次溢满了泪水。

刘多多输了液，但是依旧没有醒来。白书英时刻守在病床前，抚摸着女儿年幼的脸庞，流泪到天亮。

姥姥跟刘春霞在西屋住下。午夜时分，西方的天空忽然火光冲天，人声鼎沸，姥姥他们被惊醒。原来是有人在麦场抽烟引燃了麦垛，火势凶猛，村里的人正合力救火。孩子们受到了惊吓，哭了起来，姥姥慌忙安抚。这时候，刘春霞忽然跟姥姥开口说道："姥姥，妹妹可能是被我摔的，我没敢跟妈妈说。"姥姥惊呆了，想通知刘书英但是没有办法。刘春霞哭着将事情断断续续地跟姥姥说了一遍。

"乖，没事，医生会看好妹妹的。赶紧睡吧！"姥姥安抚着刘春霞，这个时候再多的指责都无济于事，孩子肯定也是吓着了。

外面渐渐安静下来，孩子们再次入睡，姥姥却没了睡意。刘春霞睡得很不安稳，时不时哆嗦几下，哭两声，肯定是做噩梦了。姥姥轻拍着，一夜未眠。同时，她也要想办法告诉女儿真相，这样有助于医生做诊断。

天亮了，医院医生开始查房。主治医生杨医生到了刘多多的病床前，检查了一遍，告诉白书英找丈夫一起八点半到他办公室谈话。听到这，又看着依旧昏迷不醒的刘多多，白书英害怕极了，她有种不好的预感。白书英连忙去公公病房找刘永昌。公公已经恢复，明天就可以出院了，白书英跟刘永昌说了八点半要一起去医生办公室。当下刘永昌也是忐忑不已，不知道医生会告知怎样的结果。白书英满脸忧虑回到刘多多病床前，一遍遍抚摸着刘多多的头。

家里，姥姥给孩子们准备早餐。看到还有两个鸡蛋，她烧了一锅鸡蛋面汤，贴了几个玉米面饼，还有白书英自己腌制的咸豆子，炒了一下做了饭菜。孩子们起床之后坐在一起吃饭。平时爱闹腾的他们此刻谁也没说话，不知道在想些什么。

八点半，刘永昌、白书英准时来到杨医生的办公室。

“你们坐。”杨医生看白书英有点拘束，招呼他们坐下。

“医生，孩子到底得的啥病？”白书英有点焦急，还没坐下就开口问道。

“目前来看，脑部有积血。”杨医生指着一张脑 CT 图指给他们看出血的部位。

“她有没有摔到过头？”

“那天喂饭的时候她翻了白眼，一下子仰过去磕了一下后脑勺。不应该那么严重吧，我已经拉住她了，可是怎么都叫不醒啊。”刘书英说着又要哭起来。

“照常理来说，不应该那么严重。这之前有没有发生什么意外？”医生又问。

“没有啊，都好好的。”白书英回忆了一下，说道。

“医生，求求你，救救孩子吧！”白书英忽然间就绷不住了，哭着央求医生，站起来就要给医生跪下。

“你先别激动，我们肯定会尽力的。”医生赶紧制止，刘永昌也在一旁捞住了白书英：“你干吗，先听医生讲完。”

“那她之前有没有受过伤？”看到白书英平复了下来，医生接着问道。

“没有，之前都好好的。”白书英答道。

“这就有点复杂了。以目前的检查结果推测孩子之前头部应该受过猛烈的撞击，致使脑部出血，当时没有症状出现，时间久了就会压迫神经，导致失去意识，所以才会在你喂饭的时候摔倒。”医生继续解释着病情。

“所以不是因为喂饭的时候摔的？”白书英有点愣住了，努力回想也没有想起来这孩子到底什么时候受过伤。

“那该怎么治疗？孩子什么时候能醒？”刘永昌努力保持着冷静，问道。

“现在医院的治疗条件有限，孩子太小，也不能做开颅手术。只能打一些散血的针观察。但是具体什么时候醒来不好说。”医生停顿了一下，看着他们夫妻二人问，“这是你们第几个孩子？”

白书英愣住，不知道医生为什么这么问，正准备回答的时候，刘永昌开口了：“我们就这一个闺女。”

白书英看了一眼刘永昌，眉头皱了一下，但也没有说什么。

“你们还年轻，赶紧要二胎吧。现在来看孩子的情况并不乐观。继续治疗将会花费几万甚至几十万，最后也可能会成植物人，永远醒不来，就算幸运地醒来了，脑部受损，也可能智力障碍，变痴呆。完全康复的希望微乎其微。”杨医生冷静地建议道。作为医生见惯了生死，他明白这将会是一个无底洞，对于一个农村家庭是灭顶之灾。

白书英听到这里又哭了起来。刘永昌却斩钉截铁地说道："杨医生，看！我们砸锅卖铁也要给孩子看病！植物人也好，痴呆也罢，我们都认！"

看到刘永昌这么坚持，杨医生也是有点感动："这样吧，咱们这里医疗条件真的是跟不上，我给你介绍济城的医院，转院去那里碰碰运气吧。"

夫妻俩感激地跟杨医生道了谢，着手准备转院事宜。刘永昌留在医院办手续，孩子爷爷也要出院。白书英则回家收拾东西。

白书英疲惫地回到家，跟母亲说了下情况。

"娘，可能得需要您多待几天了，多多要转院去济城，家里看不了。"

看着疲惫的女儿，孩子姥姥有点心疼。犹豫了一下，跟白书英说了实情："多多好像是春霞摔的，她扛肩上没拖住一头栽下去啦。她太害怕没敢给你说。"

"怪不得，医生说之前肯定受过伤。"白书英没有力气责备了，说到底自己也有责任，"春霞怎么样？也吓坏了吧？"白书英了解大女儿，她担心刘春霞的情绪。

"没啥大事，就是晚上老做噩梦，有时候会哭醒，慢慢就好了。"孩子姥姥说道。

"娘，您多留心一点，春霞性格内向，什么话都喜欢憋在心里。多多已经这样了，春霞不能再出什么事啊。"

"放心吧，我会开导的。"孩子姥姥心疼地拍了下白书英的手，让她心安。

白书英收拾了换洗的衣物，用一个包袱包起来。她要去医院替换刘永昌，他还要回来筹借医药费。顾不得喝一口水，白书英收拾完就回了医院。第二天一大早，刘永昌给父亲办完了出院手续，带着他回了家。到家的时候母亲正在厨房炖鸡肉。知道丈夫回家，她要做好吃的给他补补身子。

“娘，能不能先借我点钱给多多看病？我所有的积蓄都给俺爹看病了，梧桐树也卖完了。”刘永昌知道她一定会拒绝，但即使希望渺茫，也还是开口了。

“借钱？我哪里来的钱啊？没有。”不出所料，母亲一口回绝，“看不了就别看了！”

听着母亲刻薄的话语，刘永昌没再说什么。他赶紧去亲朋好友那里挨家挨户借，最后凑了六千多块钱，还差不少。家里还有一辆拖拉机，在当时是很重要的交通工具，拉货赚钱必不可少，刚买了没两年，刘永昌托朋友找了买家，很快脱手，卖了八千多。因为着急用钱，虽然很不舍，他也没有办法。最后白书兰又送来了五千元，那是她爹帮忙筹借的。

刘永昌拿着所有的钱，借了一辆脚蹬三轮车回到了医院。因为时间太晚了，碰不到人问路，走夜路也实在是不安全，他们在县医院又待了一晚上。第二天天刚蒙蒙亮，刘永昌就蹬着三轮车，带着白书英和刘多多赶往济城医院。因为只知道大概的路线和医院名字，刘永昌只能一边走一边向人打听。他们饿了就吃冷的馒头，渴了就向人讨碗水喝。一天的奔波后，终于在晚上到了医院。杨医生已经跟济城的医院说了大概的情况，安排好了一切事宜，刘多多很快被收治住院。

当时济城的医院依旧不敢做手术，刘多多年纪太小了，技术水平有限，手术风险太大。虽然不能手术，但是医院里面正好有比较好的进口特效药，一支三四百，一天用三支，对刘多多的病情很有帮助。刘永昌夫妇商量了一下决定使用特效药。他先交了五千元住院押金。在医院每天都有将近两千元的支出，刘永昌和白书英不敢有多余的花费，每天啃着自带的干粮，或者去楼下食堂买点热馒头就咸菜。

除了特效药，刘多多每天还要输营养剂和其他消炎的药，还有做不完的检查，抽好多管血，每天都要挨上很多针。很快，刘多多小手浮肿扎不进去针了，只能改换头部扎针，然后是脚。好在治疗效果显著，第七天的时候，她终于醒过来了，白书英高兴坏了。

饮食已经恢复了正常，即使头上扎着针，刘多多也不哭不闹，还经常冲着白书英笑。看到这种情形，白水英反而有点担心了。“不会真的傻了吧？”她悄悄跟刘永昌说，“扎这么多针，她不疼吗？还笑。”

“别瞎说，多多从小就听话，我看挺正常。”刘永昌打消白书英的疑虑。

第八天的时候，刘多多头部也扎不进去针了，扎针的过程她哭闹得厉害。白书英却松了一口气：孩子终于知道疼了。护士又改换扎脚，终于扎针成功了，但这也大大限制了刘多多的活动范围。白书英只能在一旁盯紧防止她乱动。

隔壁床的病友跟白书英聊起了天。

“你家姑娘得的什么病呀，每天这么打针？看着真心疼。”她不经意地问着。

“说是脑门那里有瘀血。”白书英也不是太懂，只是听医生的话。

“但是我看她跟平常人没啥区别呀，乖巧可爱，还能自己玩，看着挺健康的。”

对方的话引起了白书英的注意。是的，刘多多现在看着再正常不过了，能吃能睡还能交流，不哭不闹，还能自己玩耍，不像是有病的孩子。

“要不你去问问医生吧，看看多多是不是好了。我看着没啥事了。”刘永昌买饭回来后，白书英跟他说。刘永昌逗了一会儿刘多多，也发现她跟平时没两样了。他去医生办公室跟医生确认情况。

“医生，我们家孩子看着恢复好了，咱们做个检查，看看是不是可以出院了？”刘永昌说。

“不可能好那么快的，没有先例，还得继续打针，至少一个月才有康复的可能。”

医生不相信刘多多可以恢复那么快，后面每次查房的时候，仍然安排继续打针。就这样，多多又打了一周的针。刘永昌决定再次去找医生，就连扎针的护士都觉得刘多多可能已经康复了。

“医生，我们要求做检查，没有问题就出院，所有后果我们自己负责。”刘永昌这次的态度比较坚决，一是感觉刘多多真的好了，还有个重要原因是身上没有多少钱了，顶多还能维持两天的费用。医生看刘永昌这么坚决，同意了检查。

经过一系列的检查，刘多多身体的各项指标都已恢复正常，脑部的瘀血也散开了。医生非常惊讶，直呼“奇迹”，没有人可以康复那么快。

“恭喜你们，孩子康复了！你们可以出院了。这真是个奇迹，没想到会恢复得这么快。”医生也非常高兴，原本以为会发展成植物人，没想到她这么快就恢复意识并且康复了。

白书英喜极而泣，悬着的心终于放下来了。

日后刘永昌每次提到这件事情，都会对刘多多说：“要不是我，你都不会活下来的，医生放弃你了，是我坚持要救的。”

就这样，在刘永昌的坚持下，刘多多捡了一条命回来。或许是因为从小就听刘永昌讲这件事情，所以刘多多潜意识里非常感激爸爸，在往后的很多年，给了他很多的理解和爱。只是后来发生了太多的事情导致刘多多性情大变。如果不是刘永昌太过于重男轻女，也不至于在以后的日子里让刘多多对父亲产生厌恶甚至憎恨的情绪，以至于不能共处一室。这当然是后话。

刘永昌讲完了，刘多多揉揉眼睛，打了个哈欠道：“嗯，我是白捡的。”

刘多多突如其来的一句话逗笑了大家。

马上零点了，孩子们都有困意了。门外爆竹声开始响起来，此起彼伏。村里过年守岁的习俗是零点下饺了吃。所以当爆竹集中响起来的时候，不用看表就知道零点了。孩子们迅速跑回自己床上睡觉去了，刘耀祖太小，就在爸爸妈妈床上熟睡过去了。

东屋两张木床，中间放着一张八仙桌，刘春霞、刘春秀睡一张床，刘春燕和刘多多睡一张床，刘光宗则是去西屋自己睡。

大年初一早上，天还没有亮，孩子们就被白书英叫醒了。大家睡眼蒙眬的，根本不想起，但是还得去拜年，磨蹭着穿好衣服，洗了把脸，吃了几个饺子，也没尝出是什么味道，就跟着大人出门拜年了。

路上的人已经三五成群了，大家见了面寒暄着：“过年好呀！

起得早呀！”

据说大年初一早上起得越早，新的一年就会越顺利、越能发财，所以大家见面都说“起得早”。刘永昌走在最前面，白书英抱着刘耀祖随后，后面五个孩子排成一串，刘光宗走在最后面看着妹妹们。路上有点难走，融化的雪水已结成冰，走在上面容易打滑，刘多多一路上摔了好几次，因为穿的棉衣比较厚，所以也没有摔疼，每次摔倒后她就嬉笑着自己爬起来。

一家人来到孩子奶奶家。刘永昌在门口就先是喊了一句：“娘嘞，来给您拜年了！”一边喊一边往院里走。走进屋里，奶奶一家正在吃饺子，肉香扑鼻。他们吃的饺子是肉馅的，还有一筐鸡蛋在中间摆着，另一张桌子上堆满了各种瓜子和糖果。

孩子奶奶他们并没有什么表示，似乎是没听到也没看到，继续吃饺子，头也没有抬。刘永昌一家有点尴尬，走也不是，留也不是。这时候爷爷站起身来，他给孩子们一人一块钱的压岁钱。刘多多和刘耀祖他们非常高兴地接过来，刘光宗却一脸的冷漠，攥紧了拳头，没有伸手，爷爷笑着将钱塞到他的口袋里：“爷爷没啥钱，拿着买糖吃。”

除了刘光宗，其他孩子们都忍不住眼巴巴看着桌子上的瓜子和糖果，刘耀祖还挣脱着从妈妈身上跳下来伸手要去抓。

看到刘耀祖伸手，三姑刘翠“蹭”地一下跳起来，冲上来一巴掌打在刘耀祖的手上，“啪”的一声很响亮。刘耀祖的手立刻红了，他“哇”的一声哭了出来。

“干什么！管好你的孩子，哪有随便拿人家东西的，小偷啊都是！”刘翠白了一眼白书英，转身去收桌上的零食。白书英将刘耀祖抱起来哄着，走出了屋里。看到这一幕，刘光宗立刻转身走出屋子，刘多多他们留恋地看了几眼零食也跟着哥哥走了出去。爷爷赶紧抓了一大把糖果追了出去，塞到刘耀祖手里："拿着吃吧，很甜的。"

毕竟年纪小，看着有糖吃刘耀祖立马停止了哭泣，抱着糖果开心地笑了起来。白书英叹了口气，不想说一句话。

刘永昌真的生气了："刘翠，你这是干啥？孩子那么小吃你一块糖怎么了？他还喊你一声姑呢？"

"我不稀罕！要吃回你们家去吃，只要你买得起。哼！"刘翠阴阳怪气地说道。

"你！——"刘永昌气得发抖，还想再说什么，被母亲打断："闭嘴，你三妹也没说错。有多少本事吃多少饭！养不起就不要生那么多，赶紧出去！"母亲下了逐客令，刘永昌气得说不出话来，转身出去。

白书英领着孩子们已经走出了一段距离了，刘永昌调整呼吸，快步跟上。来时大家有说有笑，此刻却是沉默不语，脸色不佳，特别是刘光宗，周身散发着"生人勿近"的气息。一家人又去了孩子们的四奶奶家拜完年，刘永昌夫妻俩就把孩子们送回家补觉了，他们继续去村里长辈那里拜年。

三

那个时期，当他们家富裕的时候，朋友一大片，孩子们和村里的孩子们也能打成一片。刘多多和爷爷的住院将家里的积蓄掏空，还欠了一屁股债。自此之后，刘永昌总是想方设法借东家补西家，每年都是在借债、还债、躲债的循环中度过。之前要好的朋友都躲着他，孩子们也时常被村里的同龄人孤立和欺负。家庭的贫困虽然不是孩子们的错，但是后果却不由得他们不承担。

之后的日子里，一家人在众人的嘲笑和白眼中度日。白书英一心扑在农活和照顾家庭上，没日没夜地操劳，刘永昌则一门心思寻找各种致富之路。他跟一位师傅学习打戒指的手艺，骑着自行车穿街走巷拉拢生意。刚开始的时候，大家都比较新奇，刘永昌的生意很好，一天可以挣上十几块钱，但是新鲜劲过了之后，大家都不再稀奇了，刘永昌又开始寻找其他的发财之路。

1995 年，刘永昌听说养猪挣钱，决定买猪苗养猪。因为认识干泥水匠的朋友，一起帮忙先给他家盖起了猪圈，并答应可以日后结算工钱。猪苗钱的空缺，刘永昌知道父母家肯定不会借给的，其他亲朋好友多多少少还有未还清的借款，实在是不好再开口。没有办法，他找村里一位老太太借钱。那位老太太年纪大了不能务农，又不想拖累子女，手里有点闲钱，常年往外放份子，就是把钱借出去收稍高一点的利息。老人家不着急用钱，每年只还她利息就行了。刘永昌第一次去借了份子，一千块，他发誓一定要挣到钱。也就在这一年，刘家发生了很多事，刘春霞的命运也就此改变。

这一年，刘光宗上高二，备战高考。刘春霞也要升初中，刘春燕上三年级，刘春秀上二年级，明年刘多多也要入学。仅仅是学费，刘永昌就已经拿不出来了。折腾了两年，家里经济条件依旧没有改善，继续拆东墙补西墙，靠着借债过日。

快要放暑假了。这天中午，白书英正在厨房准备午饭，刘永昌坐在大门口乘凉。刘春霞放学回家来，衣服上满是血迹。她把书包往地上一扔，满脸怒气。

“爸，给我五十块钱！”刘春霞满眼含泪，冲刘永昌嚷道。

“你这是咋弄的？还有你要钱干吗？”刘永昌看着大女儿身上的血迹赶紧问道。

“我要报考武校！我一定要习武！”刘春霞握着拳头大声说道。

“你一个女孩子上什么武校！好好读书考个好初中。”刘永昌斥责道。

“我就要上武校！我要打死他们！”刘春霞喊道。

白书英听到动静赶紧出来：“咋啦？咋啦这是？”

看到妈妈出来，刘春霞绷不住哭了：“他们说我是乞丐，家里吃不上饭。还说我脸上一脸的鸟屎，追着笑话我！”

刘春霞一边哭一边诉说着。

因为遗传的原因，孩子们脸上都有雀斑，刘春霞和刘多多脸上尤其多，也很黑，最明显。

“他们说你你就跟他们打架？说什么也不应该动手，你也打不过他们，吃亏呀。”白书英一边整理着刘春霞的衣服，一边语重心长地说道。这是她一向的为人之道——委曲求全。

“他们是人多，但是打不过也得打！”刘春霞不服输地说。正说着，刘春燕也满身土地顶着一头乱糟糟的头发回来了，后面跟着同样灰头土脸的刘春秀。

“你们又是怎么回事？”白书英看到这两个女儿也衣衫不整的样子有点吃惊，“你们也跟人打架了？”

“我没打，他们打姐姐我去拉架的，他们逮着我一块儿打。不过姐姐护着我呢，就是头皮有点疼。”刘春秀急着跟妈妈汇报着，龇牙咧嘴地揉了揉头。而刘春燕一言不发，径直往院子里走去。

白书英无奈地摇了摇头，帮刘春秀拍了拍身上的土，然后又拉着刘春霞往屋里走。

“先吃饭，下午还要上学，这个上武校的事情回头再跟你爸爸商量。”白书英安抚着刘春霞。

一家人开始吃午饭。

晚上，孩子们都睡了，白书英做完家务，准备睡觉。夜深了，但夫妻俩睁着眼睛谁也没有睡意。

“唉！”刘永昌先是长叹一口气。

“孩子们在学校总是受欺负也不是办法呀。”白书英真的是心疼了。

“都怪我没本事，家里太穷了，谁都看不起，连孩子也跟着遭罪。”刘永昌有点自责。

“要不明天你再去学校跟老师说说吧。”白书英转头看向刘永昌。

“没用的，不是没找过，越是找老师他们就越发欺负得厉害。以后上初中了就好了，无论如何我都会让他们去县城去上学，只有考上大学才能改变命运。”刘永昌幽幽地说道。

“我大字不识一个，不懂什么大道理，但是一定要上学，这个我支持。”白书英回道。白书英这辈子最遗憾的事情就是没有上过学了，兄妹几个只有她不识字。

之后的很长一段时间，孩子们依旧被孤立、被欺负，但是他们回家却不再多说一句，他们选择拼命回击，哪怕头破血流。有时候把别人打伤了，对方家长会找到家里来，白书英明知道是对方的错，但依旧跟别人道歉赔不是，息事宁人。刘春霞姐妹则越战越勇，直到打得对方连爸妈都不敢告诉。不要命的打法令对方害怕，慢慢也就减少了对她们的攻击。刘多多目睹了太多次白书英跟对方家长赔礼道歉的场面，也听了很多尖酸刻薄的指责，有时候她不理解，想不明白人们为什么会这么做，但更多的是一种心理上的刺激。她只知道看着自己的妈妈她很难受，这在她幼小的心灵里留下了不可磨灭的阴影。那时候的刘多多并不知道日后她也会经历同样的磨难。姐姐们可以强势地回击，但是她却没有那个勇气，她怕再次看到妈妈低声下气受侮辱的模样，只是默默地忍耐。长期被霸凌的童年影响了刘多多的前半生。

暑假来了，住校的刘光宗回家来了。他一到家，白书英就发现了儿子的不对劲——他的左胳膊一直弯曲着放在腰间。

“小儿，你胳膊咋啦？”白书英伸手去拉儿子的左胳膊。刚一触碰到，刘光宗就猛地弹回去，眉头皱在一起。

“没事，妈，就磕了一下。”刘光宗慌忙躲开往屋里走。白书英担心地紧跟其后。

“你把胳膊伸开我看看！”白书英跟在后面不死心，继续要伸手去抓。

“真的没事，妈。”刘光宗一边躲着一边回道。

白书英执拗地要一探究竟，最终躲不过，刘光宗吐露了实情。

“在学校不小心从楼梯滚下去了，可能伤到了，现在有点伸不开了。”刘光宗轻描淡写地说道。

“啥时候的事？你咋不跟家里说呀你……这得多疼啊这！”白书英一边轻轻揉着试图帮儿子把胳膊舒展开，一边心疼得直掉眼泪。

“妈，没事，我不疼。”刘光宗嘴上如此说着，想抽出胳膊，但是白书英的触碰让他疼得哆嗦了一下。“等你爸回来，咱去医院。”

白书英擦了下眼泪有点哽咽着说道。

刘永昌回来之后，看到刘光宗的情况，一言未发，转身就出门了，他再次来到了放份子的老太太家里借钱。

“你借的一千块还没有还呢。”老太太有点不情愿。

“大娘，您放心，我明年一定会还您，刚买了猪崽子，明年就可以出圈。”刘永昌信誓旦旦地保证。这是他最后的希望了。

“不是我不帮你，真的是没有连续借的道理。要不你再找别人借借？我是真的怕你最后还不上。”

“大娘你放心，我向来说到做到，明年一定还！孩子在学校摔断了手，我得带他去医院，不然他这辈子就废了！”

老太太似乎动了恻隐之心了，但是还在犹豫。

刘永昌扑通一声跪了下来：“大娘，我给您跪下了！我儿子等着救命呢，我实在是没有办法了。”刘永昌急得快要哭出来了，这个时候他也顾不得什么尊严不尊严的了。

老太太起身把刘永昌扶起来：“说好了，明年还。”

“一定一定，谢谢！”刘永昌接过老太太拿给他的八百块钱，赶紧回家。

白书英将刘多多她们送去了姑妈家，她领着最小的刘耀祖，跟刘永昌一起带着刘光宗赶到了县医院。

一系列检查之后，他们聚集在医生办公室。

“你们怎么当父母的，孩子胳膊都这样了，怎么才来医院？”医生有点严肃地说道。

“孩子住校不在家，一直没有跟家里说，今天回家我们才知道。”白书英有点忐忑地说道。

“还有，孩子严重营养不良，照这个结果看随时都有昏倒的危险，你们没有发现他比同龄人瘦弱很多吗？”医生继续说道。刘永昌夫妻俩都很吃惊地看着刘光宗。一直以他们来都认为刘光宗是天生瘦小，从没想到是营养不良，更没有想到这会影响到他的身高。

“你家孩子真能忍。从片子上看，肘关节错位，还伴随着骨裂，这个程度成年人都难以忍受的。你是怎么扛过来的，孩子？”医生转头看向刘光宗，有点心疼地问道。

刘光宗没有说话，垂着头。

“什么时候摔的？”医生又问道。

“三个星期了。”刘光宗小声回答。

“唉！应该是因为眩晕导致摔倒的吧。如果及时来医院，骨头回位，也不是什么大事。”医生叹了口气，转向刘永昌说道，“耽误的时间太久了，骨头已经错着位长死了，所以才会伸展不开。现在只能开刀手术，将错位、长死的骨头锯开，用钢钉重新连接。”

听到这里，白书英的眼泪又掉了下来。眼下只能听医生的建议，刘光宗也是紧张得发抖。

办好住院手续之后，紧接着做手术。手术灯亮起来，刘永昌垂着头坐在手术室门口的椅子上，白书英抱着刘耀祖在走廊里不停地踱步。时间一分一秒过去了，白书英的眼泪也没有停止过，想到儿子是怎么咬牙忍受着骨折的痛苦，她的心就很疼。三小时过去了，手术灯灭了，医生走出来，白书英和刘永昌赶紧围上去。

“医生，我儿子怎么样？”白书英的声音已经有点沙哑了。

“手术很成功，放心，打了两颗钢钉。但是术后要特别注意陪护，醒来后会有疼痛感，实在忍受不了可以打止疼针，但是不建议过量使用。”医生说完就走了，护士推着刘光宗到了病房。

还处在麻醉中的刘光宗脸色苍白地躺在病床上，白书英看着病床上的儿子，一直在抹着眼泪。刘光宗小小一团躺在那里，平时没有注意，现在仔细看像是纸片人，黑黑的皮肤更显得他瘦弱。

后来慢慢了解之后知道，刘光宗在学校不舍得吃菜，每天都是喝水啃馒头，长此以往就营养不良了。医生的猜测没错，那天确实是因为虚弱发晕才从楼梯滚了下来。

医院陪护的任务落在了刘永昌身上。白书英要回家，一是要回去照顾孩子们，二是刘光宗大了有了自己的隐私了，有时候上厕所什么的不好意思让母亲帮忙，只能刘永昌来。医生说小孩子骨头长得快，住院一周就可以回家静养了，再养两三个月就好了。

深夜，病房里传来隐忍的闷哼声。刘光宗疼得睡不着，一直低声呻吟着。刘永昌在陪护床上睡着了，还打着呼噜，或许是因为这几天太累了，手术完之后一放松整个昏睡过去了，所以没有发现儿子的异常。慢慢地，闷哼声直接变成了“啊！啊！”的叫喊声，麻醉过后钻心的疼痛让刘光宗忍不住叫出了声，身下的床单被他用右手拧出了褶皱，汗水浸透了床单。隔壁病床的陪护看刘永昌睡得太死，走过去推醒他：“大哥，你家孩子疼得不行了，你快起来看看吧。”

刘永昌挣扎着坐起来，看到刘光宗的样子瞬间清醒，赶紧跑出去叫值班护士。

护士走进来给刘光宗用上了止疼针。

“再忍一会儿，过一会儿就不疼了。”护士温柔地对刘光宗说，又转身跟刘永昌说：“随时注意一下孩子的体温，有问题随时找我们。”说完就走出去了。

这下刘永昌不敢睡了，悄声跟那位陪护道了声谢，就在刘光宗床前坐了下来。这样的情况在第四天晚上才有所缓解，疼痛的程度可以忍受了，刘光宗也可以一觉睡到天明，刘永昌也松了口气。

其间白书英会时不时来给他们送饭，虽不是什么美味佳肴，但是可以填饱肚子。

医生建议一周出院，在刘永昌的坚持下住到了第十天才出院。他想让儿子少受一点罪。

刘光宗出院之后在家静养。家里的麦子该收割了。十几亩的麦子，是个大工程，一家老小全部下地干活，连六岁的刘多多也要帮忙，挥不动镰刀，她就帮忙捡麦穗。那个时代，即使是一棵麦穗，庄稼人也是不舍得丢在地里的。

这天刘书英领着四个孩子去东地收麦子，刘永昌去隔壁村帮别人收麦，因为他会开拖拉机，帮人拉麦子一天可以赚二十多块钱工钱。刘书英领着刘耀祖在前面走着，刘春燕精力旺盛地一路小跑着。刘春霞骑着家里的一辆单杠自行车，前面驮着刘春秀，后面坐着刘多多，骑远了就停下来等一会儿，一路说说笑笑很快活。去东地路过奶奶家门口，这里是他们的噩梦。刘春霞在奶奶家不远处停下等白书英，看他们赶上来了，她再次出发。上车之后，她越蹬越快，想着一定要赶快离开这个鬼地方。

刘多多想回头看看妈妈，慢慢转身的时候，右脚不小心绞进了自行车的轱辘里面。刘春霞以为是上坡难骑，所以她半站起来，屁股离开车座，继续更加卖力地往前蹬。刘多多右脚随着车轱辘往下转，整个人被拉扯从后座上掉下去，她们连同自行车一起摔倒在地。

刘春霞“哎呀”一声，双手撑了下地，并没有受伤。她站起来看了一眼刘多多后，吓傻在原地。刘春秀尖叫着倒下来摔到了屁股，可能摔得有点疼了，“哇哇”哭了起来。刘多多只是闷哼了一声，然后呆呆地看着绞在车轱辘里面的脚，没有多大反应。

不远处的白书英看到她们摔倒，也顾不上刘耀祖了，快步跑过去查看，刘耀祖一边喊着“妈妈”一边在后面撵着。

白书英跑到跟前赶紧跪坐在地，小心地查看刘多多的伤势。

刘多多的脚卡在自行车轱辘的辐条之间，辐条已经变形，一股鲜血顺着辐条往下流。白书英颤抖着手小心掰弯辐条，将刘多多的脚拿出来。刘多多右脚外侧的脚踝处有一个超过五厘米的伤口，皮肉往两边裂开，血肉模糊，可以隐约看到白骨。白书英慌忙拿出擦汗的毛巾按在伤口处试图止血，但是毛巾很快也染红了。她六神无主，无助地哭起来。刘春霞几个也被吓到了，跟着哭起来，顿时几人哭作一团。但是刘多多却淡定地说了一句：“妈，我不疼。”白书英一听这话看了一眼刘多多哭得更厉害了：“咋可能不疼嘞，你是不是脑子摔傻了！”

正在这时，同村的王爷爷骑着自行车路过，看到哭作一团的娘几个赶忙停下，看到刘多多的情况，赶紧说道：“哎呀，别哭啦，赶紧送卫生室啊！”说着就帮忙把刘多多抱了起来：“你赶紧去她奶奶家推三轮车去，洋车子[①]不好弄。”

白书英一路跑向婆婆家。“娘嘞，三轮车借我一下吧，多多脚被洋车子别了，我得送她去医院。”顾不得那么多，白书英用颤抖的声音喊着就去推婆婆放在门口的脚蹬三轮车。婆婆闻声跑出来一

① 当地把自行车叫作洋车子。

把拉住车子："我一会儿还去驮麦子呢，不得闲。"她阻止白书英用三轮车。

"娘，你撒手，再不去多多脚就废了。"白书英上车使劲蹬想要挣脱，婆婆拼命往后拉不让离开。正在争执间王爷爷抱着刘多多走来了，他把刘多多放在三轮车车厢里，手还按着多多的伤口。

"大嫂子你咋这样？你看孩子的脚都成啥样了！"王爷爷斥责道，"就是借一下又不是不还。"

奶奶看到包裹多多脚的毛巾早已经被血浸透，来的路面上也有一滴滴的血迹。

"还、还的时候弄干净点。"她有点被吓到了，小声说了一句后没有再说什么。

"书英你上车，按着脚，我驮你们去。"王爷爷对白书英说。

白书英赶紧上车按住伤口，回头不忘叮嘱被吓到的孩子们："春霞领着弟弟妹妹回家，不要乱跑。"

到了卫生院，修医生迅速给刘多多清理了伤口。

"我先给她止血，包扎一下，你们还得去县医院，这个伤口太大得缝合，咱们这里没有这条件。"修医生仔细给刘多多的伤口消毒、包扎。整个过程刘多多跟没事人一样，只偶尔皱一下眉头，"哎哟"一声，一滴眼泪都没掉。

"这孩子真坚强，破这么大口子都不哭。"修医生称赞道。白书英听到这话却怎么高兴不起来，她一直怀疑小时候的那次事故把刘多多脑袋摔坏了。

包扎好之后，王爷爷把她们送回了家。

"真的太谢谢你啊！叔，今天要不是你我都不知道咋弄。"白书英感激地说。

“邻里乡亲的，应该的。赶紧去县医院吧，耽误不得。”王爷爷笑着安慰道。

王爷爷走了，白书英也无心再去收麦子了，只能在家焦急地盼着刘永昌赶紧回来。她不敢出门，害怕孩子再发生意外，但也没有办法通知刘永昌，只能干等着。刘多多的脚出血没有那么严重了，纱布虽然渗透了，外观看没有更多的血往外渗出。

刘永昌直到天黑才回到家，知道情况之后责备了白书英几句，也没敢耽搁，赶紧蹬着三轮车带着刘多多连夜赶往县医院。路上黑黢黢的，没有路灯，偶尔有路过的车灯照亮一下。刘永昌不敢蹬得太快，小心翼翼地骑着，终于到了最近的县医院，挂了急诊。接待的是两个值班的护士。

处理室，刘多多坐在椅子上，一位年长的护士蹲在地上用镊子小心地扯掉纱布，年轻的护士则举着一个医用托盘在旁边辅助。伤口最里层的纱布跟血肉粘在了一起，护士尝试用镊子扯了几次都没能成功。“忍着点啊，有点疼。”害怕弄疼刘多多，护士一边处理一边轻声细语安抚着。她一边消毒，一边用药水慢慢软化，用镊子一点一点揭下纱布。

“哎呀！哎呀！”刘多多叫了几声，声音有点大但是也没有哭。

“真棒！”护士鼓励道，“没见过这么坚强的孩子！”

去掉纱布，伤口露出来，鲜红一大片，旁边站着拿着托盘的年轻护士“啊”的一声，身体不自主往后退两步，然后“哇”地哭出声来。

“你哭什么，小朋友都没哭。缝合针放下你出去吧。”年长护士转头看了下身后，让年轻护士出去了。

“对不起啊，新来实习的护士，有点儿被吓到了。”处理伤口的护士跟刘永昌解释道。

“没事儿，没事儿，看着是有点吓人。”刘永昌回道。

“面积太大了，得缝合，先打麻药。不过敏吧？”护士问道。

“不过敏。”刘永昌回答说。

得到肯定回答，护士先是注射了麻药，着手进行缝合工作，一共缝了八针，缝合好之后，用纱布进行了包扎。

“现在天热，纱布不能太厚。回去之后注意卫生，不要沾水，一周之内不要下地。三天换一次药，两周后拆线，去你们村卫生室就行。”护士耐心地交代注意事项，刘永昌认真记下。处理好之后刘永昌带着刘多多回家了。

太困了，刘多多在半路睡着了，刘永昌喊了一声没有得到回应。

“唉，你是不是上辈子欠你大姐什么了？摔你的头，别你的脚。这都遭的什么罪啊！”刘永昌一边骑车一边自言自语，“我也是，上辈了是不是也欠你们了？你们一个个跑来讨债来了？好不容易见到点钱这又要被你们折腾光了。”

这些话刘多多当然听不到，即使听到了，也不会理解这究竟是什么意思。

家里多了两个病号，一个吊着胳膊，一个瘸着腿。刘多多躺在床上，一直想要下地，刘光宗就虎着脸拦着不让，刘多多被哥哥按得死死的，挣扎累了只能乖乖躺着。等刘多多睡着了，刘光宗用手里的书时不时给她扇扇风。夏天天气太热了，家里既没有空调也没有风扇，只能人工降温了。刘光宗心疼这个妹妹，小小年纪不断受伤。

刘永昌打算先把自家的麦子收完，不去外面帮工了。自己挣的那点钱还不够医药费呢。孩子们的姥姥、姥爷带着舅舅和姨妈、姨夫们一起来帮忙，全员出动。这一帮就是好多年，再后来孩子们的的表兄弟姐妹们也加入进来，一群人浩浩荡荡的，惹得村里人无比羡慕。贫困时候，白书英娘家真的给了他们很多帮助，不仅出钱还出力。

刘多多终于能下地了，前提是得拄着爸爸做的拐杖，单脚蹦跳着往前走。即使这样，刘多多也开心极了。刚开始的时候不太习惯，总是会摔跤，刘多多每次都会笑嘻嘻地爬起来继续跳，慢慢越来越熟练。后面很长一段时间，总能在屋里、院落里甚至是田间地头上看到刘多多单脚跳来跳去的身影。刘光宗胳膊上的石膏也拆掉了，拆完线后就可以活动了，只是不能提重物。他的胳膊已经恢复到最好的程度了，但是依旧不能完全伸直，还有一定程度的弯曲。原本刘光宗拆完线就要回学校备战高考，那里的学习氛围更有利于复习功课，但白书英担心儿子的恢复情况，死活给拦了下来。刘光宗妥协，答应晚一点再返校。

田间地头每天都是热火朝天的场面，大家奋力挥舞着手中的镰刀，感受丰收的喜悦。地头错落着很多个麦场，压麦、堆麦垛、扬麦、装麦、晒麦，忙碌的日子过得总是很快，半个月，麦子全部收割完毕。接下来就是种玉米和花生。那时候村里人种植的农作物就这三种，经济作物还没人尝试。

四

刘多多家在村子的最西边，门口是一条南北走向的土路，挨着路有一条深沟，下雨可蓄水。再往西是一片杨树林，这片林地是邻居家的。过了林地就是一望无际的田地了。正对着刘多多家一块近十亩的农田，是他们家的。

夏天天太热了，屋里不透风，闷热得睡不着，一家人经常在门外树林里打地铺睡。把竹凉席或者花包①铺在地上，有时候上面再铺上一层被褥，一家人并排躺在一起一边聊天一边看星星。那时候的星星又多又亮，偶尔一阵凉风吹来，听着蟋蟀的叫声，非常惬意。刘多多家有家仅有一墙之隔的邻居，他们关系算是比较好的，农忙时节也会互相帮衬着干活，有时候晚上也会一起打地铺睡。那时的时光是刘多多他们最怀念的。小孩子不会想那么多，只要能吃饱就做什么都是开心的。

这天，一家人像往常一样在树林里打地铺睡觉。刘永昌开口问刘春霞："春霞，你还要上武校吗？"

"我要学武，这样就没人欺负我了。"刘春霞依旧那么坚决。

"你别去上学了，在家干活吧。"刘永昌沉默了一会儿，语气有点严肃，不像是开玩笑。

"不，我要上学！爸爸，我不去上武校了，我要上学！"刘春霞一听这话慌了神，都要哭出来了。她是真的想上学，想争一口气。

刘永昌沉默了一会儿，接着说道："家里没有钱再供你了，女孩子认识字就行了。你哥哥马上要考大学了，不能耽误他。你妹妹、弟弟也要入学了。开学就得交学费，我跟你妈算了一下，都不够。我也去借了一圈，实在是借不到了。要不你跟春燕商量一下，你俩

① 剪开编织袋拼在一起缝制的一种大面积的四方形织物。

看看谁在家。”刘永昌狠心地说道。

刘春霞听到这里，似乎明白了什么，也不再争了。她知道即使自己不要求报考武校，爸爸也会找其他的理由，家里的条件不允许她再继续读下去。她哭了，只说了一句“我知道了”就背过身去。

刘多多看到姐姐的肩膀耸动着，知道姐姐在隐忍着哭泣。谁都没有再说话。这晚的蟋蟀叫得特别响，吵得人难以入睡。刘永昌、白书英夫妇辗转反侧，一夜未眠。

自此之后，刘春霞的性格变得有点古怪。她变得沉默少语，轻易不出声，但是一旦谁惹到她，她就会变得异常暴躁。有一次刘耀祖不听话，调皮，刘春霞逮着他之后用树枝抽打他，打得刘耀祖身上全是青紫的血印子。大家都非常怕她，尽量不惹她生气。

开学了，刘光宗去了学校，因为备考，一个月回家一次变成两个月回一次。刘春燕、刘春秀继续走读上学，有时候还是会跟人干架。刘春霞就帮着妈妈干农活、做家务。家里的猪崽子慢慢长大了，年底就可以出圈了。下地干活、洗碗喂猪，刘多多也会帮忙干。当同龄人都在外面捉迷藏、踢毽子玩耍的时候，刘多多更多的是在田间地头和割草喂猪中度过的。日子就这么一天一天过去了。家里的房子需要修葺，但是没有钱。西屋的瓦掉了好几块，破了几处洞，墙上的泥也一块块脱落，窗户玻璃也不知道被谁用石头砸烂了。特别是冬天一到，西北风刮起来，屋内根本不能住人。刘光宗每次回家都是去邻居家借住，时间久了，他也就很少回家了。

还有一个月就要过年了。刘永昌出门帮工，一家人省吃俭用，终于有了点积蓄，一家可以吃上饱饭了。孩子们的姥姥还是会时不时接济一下，白书兰也经常来帮忙看孩子，日子似乎是在往好的方向发展。猪可以出圈了，谈好了买家，商量好价格，他们就过来收猪，邻居也来帮忙抓猪、过秤。中午，白书英炖了一锅大锅菜请大家吃饭，每个人都夸赞她的厨艺好。

忙活了一整天，晚上白书英在灯下纳鞋底，刘永昌则在数钱算账。

“我算了下，猪卖了小三千块呢。我先把账还一部分，好借好还再借不难。”刘永昌这会儿有点高兴，再想想以后的日子似乎有了盼头。

白书英点了点头：“再盘算盘算，孩子们下学期的学费留出来。每次都是催好多次，最后一个交，孩子们心里也难受。”

“对、对，这个得留出来。”刘永昌再次细数起来。

第二天中午放学，刘春燕和刘春秀又哭着回来了，头上都是草，鼻子也流血了。

“我再也不去上学了！”刘春燕一边哭一边把书包扔出去。

“怎么了？又跟人打架了？”白书英把她们拉过来问道。

“他们老是欺负我，跟老师说老师也凶我。我不要去上学了，不去了。”这次刘春燕异常坚定。

“下午让爸爸去学校找老师，没事的啊。”白书英先安抚着刘春燕。她以为刘春燕气消了就会去学校了，怎么也没有想到，刘春燕这次来真的，无论怎么说都拒绝去学校。白书英没有办法，只能等刘永昌回来处理。

傍晚刘永昌回来问怎么回事，刘春燕却咬牙不说细节，只说不去上学了。

“春秀，你来说咋回事。”刘永昌只能把三女儿刘春秀叫过来细问。

“我也不知道。放学我去找姐姐，就看见好几个人围着她打，我过去后也挨打了，鼻子都被打出血了。”刘春秀小声回答。

刘永昌见问不出什么，一时着急，冲着刘春燕吼道：“我告诉你刘春燕，这学你上也得上，不上也得上。明天就去学校，我跟你一块儿去。”

“不去，打死我都不去！”刘春燕倔强地昂着头，看着刘永昌坚定地说。

“我让你犟！你姐姐为了你们都上不成学，你倒好！我今天非得打服你！”刘永昌怒气上头，他一把脱下刘春燕的棉衣，脱下鞋就往刘春燕身上打去。

“你打吧，打死我算了！打不死我就不去上学！”刘春燕依旧坚持。

“好，我今天就打死你！”刘永昌转身出去找棍棒。白书英和刘春霞赶紧跑过去，用棉袄包住刘春燕，一起劝说。

“春燕，你快给你爸认个错，明天去上学。上学多好啊，在家干活累死了。”白书英劝道。

“对啊，我想上学都没得上，你咋还这么犟！”刘春霞也劝说道。

“说啥我都不去！打死我都不去。”刘春燕的眼泪吧嗒吧嗒掉下来，依旧没有改口。

白书英和刘春霞轮番劝说，刘春燕依旧不为所动，谁也不知道她在学校到底经历了什么。刘永昌拿了一根很粗的木棍，在门口偷偷观望着屋里面的动静。当他看到刘春燕还是那么固执，火气又上来了，他拿着木棍走过去，拉开白书英母女，作势要抽她。

刘春燕被吓哭了。

“去不去？我让你不上学！”刘永昌吼她道。

“不去，我就不去！”刘春燕哭喊着，声音慢慢弱了下去。

白书英赶紧冲过去拉刘永昌。

“不打不打，你还真要打啊！”白书英生气地喊道，拼命去抢刘永昌手里的木棍。

刘永昌气还没消，跟白书英撕扯起来，两人各不退让。

“够了，孩子都吓坏了。”白书英急得快哭出来了，刘春霞被吓坏了，反应过来后也跑过去帮忙，抱住刘永昌的腿不松手。

“都是你惯的！我不管了！”刘永昌挣脱不开白书英和刘春霞，气得摔门而出。

白书英看刘春燕浑身发抖，心疼地给她擦眼泪。

“这到底是为啥呀！”白书英无奈地叹息道。

刘春燕始终没有开口，她直接上床躺下了。白书英去准备晚饭。刘永昌出去之后没有回来，等了很久也不见人。白书英招呼孩子们先吃饭，刘春燕没有起来，白书英就随她去了。

刚吃过晚饭，白书英隐约听到村里有人吵架，心瞬间提了起来，心里有不好的预感，刘永昌还没有回来。她慌忙起身准备去看看，刚出门碰到邻居来报信：“书英你快去看看，永昌喝多跟人打起来了。”

刘书英一听，赶紧跟着邻居往外跑。

原来刘永昌出门之后碰到了堂弟刘永邦。因为刘春燕的事情他心情郁闷，对方邀约喝酒他就去了，酒桌上一言不合就跟人起了冲突。

刘永昌摇摇晃晃地在门口骂着：“你、你算什么东西！凭、凭什么说老子？啊？老子有、有钱的时候你们巴结，落魄了就都来看我笑话吗？”他踉踉跄跄，一边骂一边吐着嘴里的血水。

周边已经围了很多的人，但是没有一个人劝架，反而是七嘴八舌地火上浇油。

“没本事才动口，有本事上去打呀。”

“真窝囊，没钱就是没脸。”

“他那样说你该打。”

…………

周遭乱糟糟的，有人在嗤笑，有人在说话。

白书英赶到之后抱住刘永昌就往家里拖。

“你们看、看不起我也就算了，孩子有啥错，啊？为啥、为啥不、不管管你们家孩子，欺负他们、他们干啥？啊？”刘永昌越说越生气。

“赶紧回家！喝点马尿就要酒疯，丢人不你！”白书英一边拖着一边数落。喝醉酒的刘永昌力气很大，一甩手把白书英推倒在地，白书英一脸狼狈，周围的人哄笑了起来，她脸更红了，顾不上拍打身上的泥，快速爬起来继续拖拽刘永昌。

最后，邻居大哥实在是看不过去了，帮着白书英一起把骂骂咧咧的刘永昌架回家。围观的人看刘永昌走了，没有热闹可看，渐渐散去了。

回到家之后，刘永昌直接躺床上去。白书英想捶他两拳举到半空又放下了，叹了口气，给他脱了鞋，盖好被子。

“喝多直接回家睡多好！还没打够吗？！刚好了两年又犯毛病了！”白书英说着，还是气不过，最后隔着被子捶了两下刘永昌。

刘春霞姐妹都跑过来了。

“妈妈，爸爸又喝酒了。”刘春霞用的是陈述句。

“没事了，领着妹妹去睡吧。”白书英叹了一口气。她去厨房倒了一碗水放在床头，接着纳鞋底去了。孩子们都睡了，白书英一点睡意也没有，渐渐眼泪迷蒙了双眼，思绪慢慢飘远，飘到那几年因为刘永昌喝酒跟人打架担惊受怕的日子，往日的一幕幕都浮现在白书英眼前。

家里只有刘光宗和刘春霞两个孩子的时候，年轻的刘永昌常年在外跑车。相对殷实的家境让他有点飘，有点目中无人，所以很多时候说话口无遮拦。刘永昌喜欢抽烟、喝酒，时不时和一些酒肉朋友坐在一起吃吃喝喝。看他们表面上是和和气气的，一旦喝酒喝多了就会原形毕露，一言不合就扭打在一块儿。白书英经常带着孩子们走在寻找刘永昌的路上。因为这个，白书英没少跟刘永昌吵架，也动手打过架。后来家境变得贫寒，刘永昌心里开始不平衡，酗酒更加厉害，每每醉酒都会跟人起冲突，以至于只要是听说村里有人打架或者听到有吵架的声音，白书英就猜到十有八九是刘永昌，一听到救护车或者警车的鸣笛声，她就会全身颤抖。

一年冬天，她抱着刘光宗走在满是积雪的路上，身后走着喝酒跟人打架后的刘永昌，浑身被泥水浸湿。

一年夏天，她走在前面，后面跟着刘光宗、刘春霞，刘永昌在麦场跟人吵架，吵到面红耳赤，骂声不绝于耳。

一年夏天，她身后跟着刘春霞、刘春燕、刘春秀和刘多多，刘永昌在跟邻居吵架，喝得醉醺醺、东倒西歪的。同一年，刘永昌喝醉酒找不到家门，在回家的路上睡了一夜，吐了一身。

白书英带着六个孩子在老奶奶的坟头哭作一团，痛斥刘永昌的不是，诉说自己的命苦。同样的坟头，白书英哭肿了双眼，一瓶敌敌畏放在身旁。

西屋，白书英跟刘永昌扭打在一块，气得她要上吊一了百了……

如果不是为了孩子们，或许白书英早已不在人间受苦。

自从嫁到刘家，白书英经历了太多的悲苦，好不容易等到刘永昌说要戒酒了，她的生活有了点盼头，谁知他现在又开始酗酒了。白书英无奈中透着无力。过往的种种，不仅在白书英的心里留下了阴影，也对孩子们造成了极深的影响。在以后的很多年，即使是孩子们都成年了，但凡听说刘永昌去谁家吃饭或者谁来家里吃饭，一家人都会在担惊受怕中度过，生怕刘永昌喝多跟人打起来。这么多年，刘永昌几乎得罪了村里所有人，白书英则总是尽力弥补，给人赔礼道歉。白书英的通情达理和勤劳、善良，村里人都看在眼里，所以即使所有人都说刘永昌怎么混账，但没有一个人说白书英的一句不是，都是夸赞之词。

刘永昌鼾声如雷，白书英一夜没有合眼。

此后，刘永昌将所有的心思都放在怎么发财上，刘春霞、刘春燕都辍学在家。一家人紧巴巴地过着日子。刘永昌在放份子钱的老太太那里声誉很好，每年都会及时送上利息，有时候还会还一部分本金，所以日后碰到特别困难的时候，老太太也会借钱给他应急。他们坚信没有过不去的难关，只是，刘春霞、刘春燕的辍学一直是夫妻俩的一块心病。

第三章 ／求学／

荆棘遍布，六兄妹境遇皆不同

五

1996年春节。

春节到了，家家户户贴上对联，鞭炮声此起彼伏，将节日的氛围推到顶点。刘永昌盘算了一下家里的账目，卖完猪还了一部分要紧的账，还有部分剩余，今年终于可以多备点年货了。白书英娘家跟往年一样也送来了一部分物资。白书英依旧按照惯例，把备好的年货给婆婆家送一部分，与去年不同的是这个任务落在了刘永昌的身上，往后很多年都是如此。

今年的年夜饭，家里吃上了白面馒头，桌上还有鸡肉、鱼肉和一碗扣肉。这是多年以来最为丰盛的一顿年夜饭了。一家八口围坐在一起，等着开饭。以前都是白书英分餐，现在分量足够，刘永昌一声开动，孩子们开抢，一顿饭吃得热气腾腾。白书英吃着手里的馒头，并没有下筷子夹菜，笑眯眯地看着孩子们，时不时出声提醒一下："不要抢、不要抢。"如果是平时，刘永昌会禁止孩子们这么狼吞虎咽抢着吃，他很注重餐桌礼仪，但是今天是除夕，他不再管束，任凭他们发挥，重要的是一家人在一起。或许是因为孩子们都在发育长个头，每个人的食量都不小，每顿饭下来都几乎都是光盘，都是意犹未尽，白书英总是在所有人都吃完了，才用馒头蘸着菜汤收尾，那时候她连菜汤都不舍得倒掉。

吃完饭一家人围坐在一起，中间是刘永昌在市场淘来的一个二手收音机，可以听歌曲，还能收听春节晚会。虽然还买不起电视机，一家人围着收音机兴致勃勃地收听着春节晚会，也是其乐融融。这样的时光都是刘多多珍藏多年最为怀念的记忆。

听人说养牛羊可以卖好价钱，刘永昌又开始养牛、养羊。他再次去借钱买了一头母牛和四只小羊羔。漏风的西屋就成了牛棚、羊圈。白书英用心照顾着家里的牲畜，夫妇俩期待着以后可以靠着它们改善生活。

高考结束了，刘光宗考试失利，特别是数学，没有及格。本科没有过线，只能报考专科，他不甘心，决定复读。他苦想了一夜该怎么说服父亲，这天早饭前他开口了。

“爸，今年我没考好，想复读一年，我一定要考个好大学。”刘光宗声音有点低，小心翼翼地跟刘永昌开口道。

“好，我去借钱。”刘永昌向来重男轻女，长子他肯定是要好好培养，所以当刘光宗提出要复读时，他没有犹豫就答应了。刘光宗简直不敢相信自己的耳朵，他以为还要争取一番，准备了一夜的话愣是没有机会说出口。

刘永昌转了好几家也没有借到一分钱。白书英娘家那边，小女儿白书兰出嫁，家里所有积蓄都给她置办了嫁妆，也没有现钱了。刘永昌跑了一天没有任何收获，垂头丧气地回了家。

晚饭过后，刘永昌抽着烟，沉默了一会儿。“小儿，要不咱上个差不多的大学，别复读了？我打听了，上大学可以贷款。”刘永昌开口说道，“实在是借不到一分钱了。”

“不，我一定要复读，一定要考上好的大学！”刘光宗坚持自己的想法。

刘永昌又抽了几口烟，然后掐灭烟头，像下了很大决心似的拍了拍大腿道：“好，明天跟我一块去你奶奶家。”

刘光宗真的不想再踏进那个家门，但是他知道这是最后的希望了，他不得不去。

第二天吃过早饭，刘光宗就跟着父亲一起到奶奶家去，进门就看到奶奶一家人正在屋里吹着电扇嗑着瓜子，爷爷在一旁喝茶。

“娘嘞，您借我一千块钱吧，光宗要复读一年。我年底一定还。”刘永昌笑着用讨好的语气跟母亲说道。

“我哪里有钱，没有。”刘奶奶斜眼瞥了一下刘永昌和刘光宗，继续嗑着瓜子。

“娘，我知道您有钱。俺爹烧窑赚的钱都没动过。俺爹看病也都是我拿的钱……”

“咱爹看病就该你拿钱！”没等刘永昌把话说完，刘翠在旁边擦了一下嘴说道。

“就是，你是老大你不拿钱谁拿。”孩子四姑刘喜也在一旁说着风凉话。

“娘，我不是不还，就是借，年底一定还。”刘永昌没有理会妹妹们的话，继续央求着母亲。

“爹，您也帮帮我劝劝呀！给您看病我家底都掏光了还欠了一屁股债！”眼看母亲不为所动，刘永昌看向一边喝茶的父亲，央求道。

“没钱就是没钱！”母亲再次打断刘永昌的话，父亲也只是看了一眼没有作声。

“你闺女不是也住院看病了吗？你家底掏空，怨我们？只能怪你没本事！”母亲继续数落着刘永昌，语气不快不慢，却让人恨得牙痒痒。刘光宗听着慢慢攥紧了拳头，指甲掐进肉里几乎掐出血来。

“就是，穷得饭都吃不上，拿什么还？”刘翠嘴巴不饶人。

“娘，我就不明白了，我到底哪里不对，从小到大都不招你待见？我是不是亲生的？做娘的怎么能那么狠心！哪一年地里的活我们没有帮着干？孩子那么小都累到吐了。还有你们脚上的鞋，哪一双不是孩子她妈做的？我们是一家人啊，怎么能一次次见死不救呢！”刘永昌真的是没有办法理解一家人何以冷血到如此地步，就因为自己穷吗？

刘奶奶没有再接话，刘翠又开口了：“复什么读，没那个命，就是复读几百次也白搭！不如出去打工挣点钱呢，免得挨饿！”

刘光宗此刻涨红了眼睛，他深吸一口气，大声说道：“我一定会复读，而且不会借你们一分钱。我一定要考上好大学，我一定让你们后悔这么看轻我！你们一定会后悔的！”说完他就跑了出去。刘永昌环视了一圈自己的骨肉至亲，眼神充满了不解和绝望，没再多说一个字，追了出去。

“切，我就等着，看你能有什么出息！”刘翠嗤笑一声，朝着刘光宗的背影喊道。

回到家，刘光宗就把高中的课本拿出来，自己在家复习。除了吃饭睡觉，他所有的时间都用在了复习上。过了几天，孩子们的大爷爷和大奶奶回家来探亲。大爷爷一家当年离开家乡，闯关东定居在了内蒙古，现在年纪大了，思乡情切，每年都会回来住上一段时间。他们这次回来就是想多操办一些东西，准备日后常住了。他们的老宅子还在，建两间房就可以养老了。相处期间，刘光宗特别喜欢跟大爷爷聊天，天上地下，家长里短，无所不谈。谈话间，他还总是有意无意地问起大爷爷一家在内蒙古的具体的情况，包括住址、电话之类的。他们相处得十分融洽。

六

大爷爷和大奶奶待了一个星期，准备回去了。刘光宗提出来要一起送送，刘多多很奇怪一向不喜欢出门的大哥为何会一起，但也没有多想。只是谁都没有注意刘光宗偷偷从白书英藏钱的鞋里拿走了十块钱。

到了火车站，刘光宗找机会偷瞄了一下大爷爷手里的车票，记下了车厢号，在所有人忙着话别的时候偷偷去买了跟大爷爷一趟车的火车票。因为没有那么多钱，他只买了三站的票，然后趁乱挤上了火车。刘光宗决定要去投奔大爷爷一家。通过聊天他了解到大爷爷家种大棚卖蔬菜挣了不少钱，肯定可以帮助他复读，日后自己挣钱了一定再加倍还回去。

列车启动了，刘光宗看了一眼人群中的家人，眼泪流了下来。车子慢慢走远了。

一家人准备回家，白书英第一个发现刘光宗不见了。

“你们看到哥哥没有？”白书英问身边的孩子们，大家都摇头表示没有看见。

“可能自己回去看书了。”刘永昌说道，“我们先回家吧，说不定他在家呢。”

白书英虽然很担心，但是找了一圈也没找到，无奈只能先回家。

回到家，白书英在他们床上发现了一个字条，她不识字，赶紧拿给刘永昌看，刘永昌一看真是气坏了：“这不是胡闹嘛！”

字条上面写着：

爸爸、妈妈：

我走了。我要去找大爷爷。我去借他们的钱在他们那里复读。不考上大学，不出人头地，我决不回家。你们不要担心我，妈妈你也注意身体。

儿子留

白书英一听，慌了神：“他一个小孩子，咋出门啊，身上也没有钱。”

“大爷留下了电话，我去打个电话，看看能不能联系上。”刘永昌不敢耽搁，一路跑着去村委会那边打电话，接电话的是堂叔。刘永昌把情况跟他说了一下，拜托堂叔一定要帮忙照看孩子。

火车上，刘光宗越来越忐忑，他在思索到站之后该如何应对列车员的查票，他现在还不敢去找大爷爷他们，因为距离家还很近，他害怕一旦被发现大爷爷会中途下车把自己送回家，如果是到了终点站，大爷爷就不会赶他走了。他决定试试运气，赌一把。过了第四站，列车员来查票了。

“您好，麻烦出示您的车票。”列车员过来了。

“我，我票丢了。我行李被人偷了，钱包和车票都在行李里面。”

刘光宗低着头，小声说着。

“那你岂不是也没钱补票？你有家人一起吗？”列车员一时也没了主意。

“没，就我自己。”刘光宗用哭腔回答。

“你跟我来！”列车员看着刘光宗，一时不知道怎么解决，只能先把他带到了列车长办公室。

“列车长，这位学生行李丢了，没有票也没钱补票，您看怎么处理。”列车员简单汇报了下就出去继续检票了。

“你行李丢了？”列车长用巡视的眼光在刘光宗身上看了两遍。

“是的，丢了，钱包和车票都丢了，还有我的清华大学录取通知书也一块儿丢了。”刘光宗有点儿紧张，但他不得不继续撒着谎。

列车长一听，瞬间激动了：“清华大学啊，那可是好学校。你怎么这么不小心。你要去哪里？”

“回家。”

“你家在哪里？”

“石河子。”

“那你怎么跑这么远？这里到石河子可还有十几个小时呢。”

“我，我考完试去亲戚家了，接到通知书准备回家拿学费。没想到不小心睡着了，一睁眼就找不到我的行李了。”

刘光宗不敢看列车长的眼睛，他低着头，身体有点发抖，不知道这么蹩脚的理由能不能骗过去。列车长看过去，以为他在抽泣。列车长拍了两下他的肩膀：“男子汉，不要哭。你是好学生，能考上清华实在是不容易。我有个儿子跟你差不多，明年也要高考了，希望他也跟你一样能考上个好大学。后面的票我帮你补上，不用担心，以后出门千万要注意。”

“谢谢列车长！”刘光宗感动极了，他知道自己运气好，遇到好人了，“叔叔您给我个电话，日后一定还您钱。”

“小伙子，不用，出门在外谁都有可能遇到难处。看到你我仿佛看到了我自己的儿子。没多少钱，放心。”列车长给了他一个大大的笑容。这是刘光宗第一次感受到来自陌生人的温暖，他会铭记一辈子。列车长不仅给他买了票，到了饭点还给他送了个盒饭。刘光宗心里非常愧疚，他在心里暗暗下决心：一定要出人头地！

还有一站就到石河子了，刘光宗站起身往大爷爷所在的车厢走去。当时没有看清座位号，他只能从车厢的一头一排一排找。大爷爷他们在车厢的另一头，最后一排，刘光宗找到他们的时候他们正在做下车的准备。

“大爷爷，大奶奶。”刘光宗鼓足了勇气叫道。

“啊，光宗，你怎么在这里？”大奶奶惊叫了一声，赶紧从里面座位走出来，拉着刘光宗的手问道，“你爸妈知道吗？”

“他们不知道，大奶奶，我想来你们这里上学，求您了，收留我吧，日后我一定报答。家里我待不下去了。”刘光宗着急地说，生怕大奶奶会把他送回去。

“这怎么行！这不是小事，你这孩子主意怎么这么大，走丢了怎么办！”大爷爷不同意，“下车我给你买票回家。”

听到大爷爷这么说，刘光宗眼睛红了，强忍着眼泪：“我不回去。如果大爷爷不收留我，我去要饭也不回去。”

大奶奶推了一下大爷爷：“你这是什么话？孩子这么小，哪能这么折腾！你放心让他自己回去啊？你不是也说丢了怎么办。”大爷爷皱了下眉头，没有说话，坐回到座位上看着窗外。大奶奶笑了，又对刘光宗说道：“孩子别急，你先跟我们回家，回去再说。”

大奶奶知道他们一家的情况，不到万不得已的地步，刘光宗不会冒险偷偷跟来，能帮一把就帮一把吧。

到站之后，刘光宗跟着大爷爷和大奶奶一起下了车。出站之后，堂叔来接他们，他把刘永昌的话给他们说了，大爷爷也没再说话，算是默许了。刘光宗复读的事情就此定了下来。下车的时候刘光宗一直担心大爷爷将他送回去，一刻不敢耽搁地快速下了车，直到上了堂叔的车他才后悔自己为什么没有跟大爷爷借钱还给列车长。这件事真的不光彩，刘光宗后来也不想再提。刘光宗以为日后总有机会可以再见，没想到以后都没有再遇到那位好心的列车长，即使毕业之后很多年都在多方打听，但依旧没有音信，这也成为他心里的遗憾。

七

暑期一过，刘多多就要入学一年级了。因为学费的问题，刘多多没有像其他孩了一样就读学前班，而是年纪到了直接上一年级。刘永昌提前带她去报名，学费的问题也跟学校申请好了晚点交，然后就领着她熟悉上学的路线。刘多多就读的小学在另外一个村子，从家里走过去要路过两个村庄，穿过一条马路，走上几十分钟。那个年代，每个村子的同龄段孩子都是结伴成群穿林走巷去上学的，赶时间的时候也会抄近道穿过树林、田野。对于那个时代的很多孩子来说，上学路上的时光是他们最开心的回忆，但是对于刘多多来说，却是噩梦般的存在。

开学当天，刘多多穿着干净的打着补丁的衣服，背着妈妈用旧衣服缝制的书包，紧张又兴奋地往学校走去。她没有小伙伴，独自一人在路上走着，走到半路的时候遇到了村里的几个男孩子，他们看到刘多多嬉笑着围上来：“哎，刘多多，听说你学费还没交，没交学费上什么学啊？”带头的李龙拦住刘多多的去路。刘多多没有理会他们，绕过去继续向前走。

“谁让你走了，懂不懂礼貌？”李龙一把抓住刘多多的书包带，使劲往后一扯，刘多多重心不稳一屁股坐在地上。李龙和其他人见此状哈哈大笑起来。

“小叫花子，没钱就不要上学！我妈说出去打工能赚钱，你咋不出去打工呢？”说完，李龙跟其他人一起跑开了。刘多多眼泪掉下来，她站起来拍了拍身上的土，赶紧跑起来，因为害怕上课迟到了。刘多多那个时候实在是想不明白他们为什么这么做，她也没有想到日后在学校会遭遇更多的欺凌。

第一天上学，老师主要就是发放新书和安排座位。刘多多个头不高，老师把她排在了队伍的前面。

刘多多放学回家后没有告诉妈妈上学路上的事情，她天真地以为明天就会变好了。

第二天，刘多多在路上再次遇到了李龙一群人。他们在路边捡起石子、泥块往刘多多身上丢，一边丢一边喊：“刘多多，丑八怪！刘多多，小乞丐！”这次还有另外几个孩子加入。刘多多不理会他们，低着头继续往前走。她强忍着泪水咬紧牙，泥巴砸在身上很疼，但是心里的羞耻感更浓。长大后的刘多多再回忆起这一幕时，总会想如果自己进行了反击，日后是不是就不会遭那么多罪？是不是自己的默不作声、忍气吞声反而让他们肆无忌惮，越来越过分？然而反抗究竟会不会有效，刘多多已无从考据。

刘多多日复一日遭受着同龄人无休无止的孤立和嘲弄。

到了教室门口，李龙拦住不让她进门。

"起开，我要进去。"刘多多看着李龙说。

"不让进，怎么着？"李龙双手把着门框，挑衅地说道。

"再不起开我告诉老师。"刘多多搬出老师来，希望李龙可以就此收敛。

"你以为你搬出老师来我就怕了？进去行，钻进去。"李龙抬起一条腿蹬在门框上。不知道七八岁的孩子哪里来的这么大的恶意。

刘多多看着他，没有说一句话，转身靠着墙站着，等老师来。她把书包紧抱在胸前，双手紧紧攥着书包带，屈辱的泪水一直在眼里打转，却倔强地不肯落下来。

老师在上课铃响之前来到教室，看到刘多多在门外站着。

"刘多多，你怎么在这里站着？"老师问道，"上课了，快回座位。"

"老师对不起，我来晚了。"刘多多没有告状，在李龙他们鄙夷的眼光中快速走到自己的座位上，开始上课。

课间，刘多多的同桌问她："李龙咋老是找你事啊？你告老师没有。"

"没有，说了也没用。"刘多多回答道。

刘多多为什么说没用呢？因为她明白一旦跟老师说了之后他们会变本加厉地报复自己。她曾经尝试过跟妈妈说这件事情，但是妈妈告诉她要忍耐，要听话，反省一下是不是自己做错了什么，需不需要跟人道歉。刘多多一时不知道该怎么回答了，她没有做错任何事情，为什么要道歉呢？如果道歉可以让他们停止她可以去做。所以当李龙他们再一次围攻她的时候，刘多多开口了："对不起！请你们让我走。"然而众人听到这句话笑得更大声了。

"她跟我们说对不起？"李龙一边抓住刘多多的书包带子来回摇晃，使得刘多多重心不稳也跟着摇晃，一边跟同伴说。"你说几百遍对不起也没用！我们见一次揍你一次！"李龙恶狠狠地看着刘多多。

刘多多按照妈妈说的道歉了，但是没有效果，所以她不再回应，想着或许等时间久了无聊了他们就停下了。只是刘多多低估了他们的恶意，他们对于折磨她乐此不疲。此后，每天上学、放学路上，她都要承受李龙他们的嘲笑、围攻和谩骂；上课铃声敲响之前，刘多多都是在教室外面站着的；课堂上她忍受着来自后面砸来的各种东西。这样的日子一忍就是三年，直到四年级时刘多多转校去了另外一所小学才算结束。

刘多多三年级的时候，弟弟刘耀祖也入学了。刘耀祖性格跟刘多多截然相反，从小就调皮捣蛋，脑子灵活，从不吃亏。刚开始的时候，刘耀祖也是遭受了同样的待遇，只是他进行了有力的回击，谁欺负他他就打回去，而且是不要命的打法，所以同龄人很多时候都会怕他，慢慢地他自己竟成了一个小团队的老大。

刘多多平时沉默寡言，聪明好学，虽然没有经历过学前教育，但是功课成绩一直都很好，每次考试都是班里的第一名，语文、数学几乎都是满分，每年都会得"三好学生"的奖状，深受老师们的喜爱。成绩好的学生老师自然总是在课堂上进行表扬，这更加招人嫉恨。再加上家里穷被嘲笑，刘永昌又总是跟人打架得罪了不少人，所以他们的孩子都会来欺负刘多多。姐姐们的遭遇刘多多没有了解过很多，她不知道她们是不是跟自己一样备受煎熬，直到她目睹了三姐刘春秀的一次大爆发。

晚上放学回家，刘多多和刘耀祖在屋里等着妈妈开饭，只听大门“咣当”一声，随即刘春秀背着书包哭着进来了。

“啊……”一进屋刘春秀就趴在床上哭起来，手还时不时捶两下床。白书英听见动静走进来。

“咋啦？哭啥？”白书英上前询问，她知道刘春秀不是轻易会哭的人。

刘春秀只是哭没有回应，过了一会儿，或许是哭累了，她坐起来，眼睛红红的。

“俺爸呢？”刘春秀突然问。

“没在家，咋啦？”白书英下意识回答。

“又去哪啦！”刘春秀一听刘永昌不在家又哭起来。

白书英一脸莫名其妙：“你这孩子，刚好一会儿咋又哭上了。”

“你看！”刘春秀拿过书包，从书包里掏出一张被揉皱了的纸条。

白书英“扑哧”笑了一下，接过纸条。“我又不识字，看啥？”她来回转动了一下纸条，拿给旁边的刘多多，“你看妈拿的对不？”

刘多多定睛一看：“妈，你拿倒了。”

“哦。”白书英一听赶紧把纸条倒过来。这时候刘春秀一把把纸条抢过去，所以刘多多没看清上面写什么，只看到了“不要脸”等词，很是疑惑。

“上面写什么？让你这么生气。”妈妈开口询问。

“妈，俺爸是不是跟隔壁那个王红艳有关系？”刘春秀沉默了一会儿问道。

“说啥呢？这都是听谁说的混账话？”白书英一脸严肃，纠正刘春秀，“这肯定没有的事情，你爸的为人我最清楚了。”

“我们有个老师说的，还跟全班同学说。现在不知道是谁天天往我书包里塞纸条骂我，骂得可难听了！”刘春秀说着说着又哭起来。

“我就是想问问爸爸有没有这回事，为什么有人会那么说。”

“你听我说，”白书英把刘春秀拉起来坐好，语重心长地说道，“你爸爸绝对不是那种人，绝不会做那种事，知道吗？”看着妈妈坚定的眼神，刘春秀点了点头。“那……”刘春秀心中不免还是有疑问。

“知道村里有的人为什么总是针对你们爸爸吗？”白书英继续说，“因为咱们家穷，每次交公粮的时候都不能及时上交，拖了后腿，他们觉着影响了他们的业绩。遇到催债的时候，你爸总是躲出去，躲不过就会跟人吵架干仗，所以名声不好。虽然你们爸爸不是最好的，有很多的缺点，爱喝酒，爱惹事，我们也经常吵架甚至打架，但是有一点你要记住，你爸爸其实是个正直的人，不是坏人，所以那些有的没的传言不要放在心上。”

那天白书英破天荒地说了很多，刘春秀或许理解了。只是这些事情对她影响极大，日后她看刘永昌时都会戴上不好的滤镜。而年幼的刘多多在一旁并不理解妈妈说的话。

为什么有人要散布那样的谣言呢？王红艳是刘多多邻居家的小女儿，高高的个子，白皙的皮肤，一头乌黑的长发，五官很耐看，在人群中很出挑。王红艳经常跟白书英一起干活，所以大家都比较熟络，再加上白书英好客，总是挽留她在家吃饭，两家相处得跟一家人似的，夏天的时候，两家经常一起打地铺睡觉。也许正是因为这样，有心人看到就编造一些恶心的谣言来攻击他们。王红艳那时候也就二十岁出头，刘多多也很喜欢她，最喜欢她给自己梳头编的麻花辫。但是自从刘春秀讨厌王红艳开始，刘多多也不再亲近她了，姐姐讨厌的人，她觉着自己也应该远离。或许是因为谣言的原因，王红艳后来也很少再去刘多多家了。

八

刘光宗去了内蒙古读书，自此就很少回家了。他不轻易跟家里开口要钱，要一次就会记上一笔账。他在学校遇到了几个好朋友，男孩间的友情形式简单而粗暴，他们会从家里拿来好吃的、好喝的直接丢给刘光宗，每人还从自己的零花钱里挤出一些钱帮助他。这样，虽然身上钱不多，刘光宗却也算是生活得衣食无忧，心情也好了很多，学习起来更加卖力。刘光宗后来再回忆起来时感慨，在生命的每个阶段自己似乎都能遇到贵人，这都是他一辈子的精神支柱和宝贵财富，他觉得自己真是上天眷顾的幸运儿。复读一年之后，刘光宗如愿考上了北京的一所高校，选报了自己喜欢的法律专业。这是后话暂且不提。

刘多多四年级的时候转校，终于摆脱了噩梦般的生活。这天刘永昌的老表[①]来家里做客，他在太原开了一家饭店，刘永昌就想着让女儿去他那里打工补贴家用。吃饭的时候刘永昌有意无意地聊开了话题。

“老表，你们饭店还缺人不？”刘永昌犹豫着开口。

“人倒是不太缺，现在饭店生意也是不好做。”老表看着刘永昌，似乎猜到了他的想法，立马补了一句，“但是如果再招几个服务员也不是不行。”

“那你看你这两个侄女中不？”刘永昌两眼放光，似乎看到了希望。

“咋不中，我安排一下就行，我们过几天就回太原了可以一起去。”老表也算是比较爽快的人，知道刘永昌家困难能帮就帮了。

“太好了，那麻烦兄弟了。”刘永昌举起一杯酒先干为敬，他没想到如此顺利，心情大好。

白书英有点舍不得，送走客人后跟刘永昌说：“孩子还那么小，怎么能去那么远的地方。”

刘永昌叹了口气，“她们不上学，在家也没事，不如出去打工，还能挣点钱。再说那都是老表那边的人，不会亏待孩子的。”见刘永昌如此说，白书英也无从反驳。

出发的日期就要到了。前一晚，白书英帮姐妹俩整理衣物。孩子们都在旁边围着。

“到了外面，不要舍不得吃舍不得喝，先照顾好自己。”白书英一边掉泪一边叮嘱道。刘春霞在一边帮忙，哽咽着说：“妈，我

① 老表，即表兄弟。

们会好好的。”

“你妹妹说话有点直,你看着点。”白书英继续叮嘱,刘春霞“嗯”了一声,没再说话。

白书英又转身跟刘春燕说:“你要听姐姐话,在外不要吵架,知道吗?”

刘春燕有点急了:“妈,我哪里不听话了,我说话直但也不是不讲道理的人啊。”

“你看你看,我才说了两句你就急了,在外面可不兴这样啊。”白书英无奈地摇摇头。

白书英之所以说刘春燕说话直,是因为刘春燕有个外号叫“半吊子”。所谓半吊子就是心直口快,说话不过大脑,很容易得罪人。这个外号还是出自孩子爷爷之口,起因还得从一次农忙的时候在他们奶奶家遭遇的伤心事说起。

因为家里的编织袋不够,白书英从婆婆家借了六个编织袋。用完之后,她清洗并晒干,然后领着刘春燕一起去还。

“娘,袋子用完了,我放这儿啦。”白书英将编织袋放在院子里的桌子上,然后准备离开。这时候刘奶奶走出来,拿起来看了看,说:“这不是从我这拿走的那几个袋子吧?”

“啊?”白书英满脸疑惑,“就是这几个啊,我还洗干净了才还回来的。”

刘翠这时候也从屋里出来,看了一眼袋子,瞪着白书英说:“喂!这就是破袋子!从俺家拿走新袋子,还回来破袋子,你啥意思?”

“你!几个袋子我还能昧下不成?!”白书英气得浑身发抖,“家里都是有补丁的，不信你跟我回家去看看。”

“呸！我才不去，谁去恁那破家！拿走新的还来旧的就是不要脸！”刘翠盛气凌人，越说越过分，白书英已经被气哭了。

“刘翠你说话要讲良心呀！”白书英哭着说，“我在这个家做牛做马没说过一句不是，再穷也没拿过别人一分。”

“你才不要脸，你全家都不要脸！”刘春燕本来就已经很生气了，看见妈妈哭更沉不住气了，指着刘翠就骂回去了。

“你骂谁呢小龟孙？”刘翠气得追着要打刘春燕，刘春燕不甘示弱，一边跑一边骂：“骂你就骂你了，怎么着？嘴巴臭，还长得丑，肯定没人要，嫁不出去！”

“住嘴春燕！”白书英见刘春燕也是越说越上头了，顾不上哭赶紧出声阻拦。

这时，刘爷爷一脸怒气从外面走进来，“那是你姑姑，你怎么可以骂！”

“俺妈还是她嫂子嘞，她怎么能骂？骂我们你不管，我就说了两句你就出来了，早干啥去啦！”刘春燕连着爷爷也一起数落。

白书英赶紧拉着刘春燕往外走。刘春燕一边挣扎一边继续说着：“她还叫我小龟孙嘞，我是谁的孙女啊！”

爷爷气得脸都青了。自此之后爷爷就给刘春燕起了个外号叫“半吊子”，后来不知道是谁传出去了，大家也就都知道刘春燕的嘴厉害了。

“太原长啥样啊？”这时候刘多多问了一句。大家都沉默了。谁也没有机会去外面看一看。大城市到底是什么样子谁也不知道。

“可能有很多高楼大厦吧。”刘春霞看了一眼刘多多说，“到了就知道了。”

第二天表叔来接刘春霞和刘春燕，她们带了几件换洗的衣物就出发了。刘春霞、刘春燕一步三回头，白书英强忍着泪水走在后面，扛着一个包袱。白书英悄悄将几十块钱塞进包袱的最里面，这是家里仅有的钱了。姐妹俩上车了，白书英将包袱递过去，声音颤抖着说：“家里马上安电话了，常打电话回家。”

刘春霞、刘春燕眼里面都含着泪，点了点头，车启动开走了，刘春霞将包袱的带子重新系紧，整理的时候发现了妈妈塞进去的几十块钱，忍不住哭了出来。刘春燕看刘春霞哭了也跟着出声。表叔出声安慰：“别哭啦，饭店管吃管住，你表姐她们也在，不怕哈。”姐妹俩也渐渐收住了哭声，期待又忐忑地走上了打工之路。

车走了，刘永昌回家了，白书英依旧站在路中央盯着车子远去的方向。刘多多也在旁边陪着。车子越走越远，慢慢变成一个黑点，上了公路转弯后就消失不见了。良久，白书英抹了下眼睛，叹了口气，领着刘多多回家了。

刘春霞姐妹俩走后半年，村里普及了电话。但是白书英不识字，不会拨打电话号码，只能每天晚上等着电话铃声响，有时候太想女儿了就会央求刘永昌给饭店打电话，只是大多时候都是打不通的，或许是因为饭店太忙了吧。

终于，电话在这天傍晚时分响起来了。刘永昌先接的电话，一听说是刘春霞和刘春燕，白书英一把抢过电话，未开口先哭了出来：“你们在那边怎么样？累吗？”

“妈，我们都挺好的，别担心。”电话那头传来刘春霞有点疲惫的声音。

“有需要都跟你表叔说。”或许是听出了刘春霞的不适，白书英有点担心。

“我来说。”刘春燕抢过话筒，“妈，大姐都晕倒过一次了。”刘春燕说着，还传来了刘春霞“别说、别说”阻拦的声音。

“说是血压低、贫血啥的，我觉着就是累的。我没啥事，干活也快。”刘春燕确实是心直口快，想到什么说什么。

白书英实在是有点不放心，挂了电话就让刘永昌给表叔打了个电话询问，了解到刘春霞确实是有点贫血，加之饭店的工作有点繁重，特别是客人多的时候，难免会有点不适，现在已经减轻了工作量了。听到这些，白书英悬着的心才放了下来。

九

刘多多转校之后，每天都是独自一人骑着比她高的自行车往返于家和学校。或许是独行习惯了，即使转校之后她也没有跟新的小伙伴结伴而行。她害怕与人接触，唯恐往昔的悲剧再度上演。村里的道路她很熟，只是在村子和学校之间有一大片田野，一眼望不到头，骑车要二十多分钟才能穿过去看到人家，特别是玉米长高抽穗的时候，路两边的玉米叶子都会延伸过来，只能看到那条细细的土路蜿蜒着向前，行人在路中间显得那么渺小。每次过了马路，刘多多都盼望着可以碰到人，哪怕不认识的也好。每当刘多多骑车到了这条路的时候，都吓得大气也不敢出，只能拼命蹬着自行车赶紧逃离。

放学的时候还好，刘多多可以偷偷跟在邻近村的同学后面，至少一半的路程不会害怕，但是上学的时候刘多多害怕迟到总是天不亮就出发了，所以路上就很难遇到其他同学。提早出门的好处是有机会观看满天繁星，只是那时候刘多多根本不敢停留抬头欣赏。

立夏之后，白天变长，学校决定上晚自习。晚自习就是要求每天晚饭过后学生在学校多留俩小时上自习，八点多天黑了再放学。

这天，下课铃一响，刘多多赶紧收拾好书包，像往常一样，偷偷跟着大家一起出校门。过了最令她恐惧的那条路，到了村头东西方向的那条国道后，其他的同学都左转往自己村走，刘多多则穿过公路继续南行。因为刘多多家在村子的最西边，她不想绕远路，直行是最方便、路程最短的路线，下了公路五百米左右就有一户人家，再过五百米左右就到家了。路上漆黑一片，也没有行人，这个点家家户户都在家里吃晚饭。刘多多斜挎着书包，骑着大杠的自行车快速蹬着，不知道怎么回事，今天的车子时不时滑轮。刚下公路刘多多就感觉有人跟了下来，心里瞬间紧张到极点，她站起的身子一左一右摇晃着，更加卖力地蹬了起来。刚过了差不多三百米的时候，有个男人的声音传过来："小妹妹，你停一下，跟你问个路。"

刘多多没有回话，她害怕极了，感觉到后面的人越跟越紧，她吓得快哭出来了。眼看前面不远处就是家了，好巧不巧自行车滑轮了，怎么蹬都使不上力气，车速慢慢降了下来。后面的人也很快追了上来，他抓住了刘多多自行车的后座，刘多多被迫停下来。来人骑着一辆小架子的自行车，停下的时候双脚架在地上，松开刘多多的后座后他转而抓住她的书包带子。

"别吱声，敢喊的话我弄死你！"那男子恶狠狠地威胁道。

刘多多吓得浑身发抖，她闻到了浓浓的酒味，不敢抬头看那男子，低着头待在原地一动不敢动，眼泪“唰”地流了下来，心里一直祈祷着能有人来帮帮她。

“走，去那边！”男人又出声道，抓着刘多多书包带子的手没有松开，使劲推着，刘多多重心不稳踉跄了两下。男人所指的方向是一望无边的田地。那个男人站起身准备从他的自行车上下来。

刘多多脑子里浮现出无数的画面，或许是受姐姐们讲的故事的启发，也或许是受在邻居家看的电视的启发，她知道一定不能跟他走，她要逃。不知道哪里来的勇气，刘多多一边用颤抖的声音说着“好”，一边慢慢绕过车尾往自行车的另一边转。那男人以为刘多多听话了，他使劲抓着刘多多的书包带子，准备下车往田里走去，身体重心也随着动作跟着右移，或许是因为醉酒的关系，那个男人身体有点儿摇晃。刘多多快速绕到自行车另一边，这样她跟那个男人中间就被自己的自行车隔开了。在那个男人摇晃着要下自行车的时候，刘多多瞅准时机用力一挣，迅速将斜挎的书包脱下，撒开腿就跑。挣脱的瞬间刘多多抬头瞥了一眼，借着月光她看到了一条可怕的疤痕横在那人的右脸上。

刘多多一边跑一边哭喊着：“妈妈！救命啊！妈妈！”她不敢停下来，拼命往前跑，跑出一段距离后，她听到了自行车倒地的声音。

那个男人还没有从自行车下来，见刘多多挣脱跑了，一脸震惊，又重新坐回了车座上。只见他一手抓着书包，另一只手扶着将要倾倒的刘多多的自行车，一时没有反应过来。看到刘多多跑远了，他才骂骂咧咧地将她的自行车推倒在路边的沟里，将书包也丢了进去，骑着自行车快速离开了。

终于，刘多多跑到了家，白书英和刘永昌闻声赶过来，身后还跟着来探亲的大爷爷和大奶奶。刘多多“哇”地大哭起来：“有人、有人追我！”一听这话，大爷爷操起在门口的三齿叉子就跟刘永昌一起追了出去，白书英和大奶奶在家安慰着刘多多。

大爷爷和刘永昌一路追过去，那人已经跑了，只看见刘多多的自行车和书包横在路边的沟里。刘永昌他们将自行车和书包带了回来。刘多多平复之后，强忍着心里的恐惧跟他们讲了整件事情的经过，还说了那人脸上有道疤。刘永昌说一定要找到那个坏蛋。

这夜，刘多多噩梦连连，第二天也不敢去学校了。

“多多，该去上学了，你怎么还没收拾。”白书英催促着。平时上学积极的刘多多此时却怎么也不想出门。

“是不是昨晚吓到了？没事，肯定不会再遇到了。”白书英猜出了女儿不想去上学的原因。但是刘多多只是低着头，不说话。

“我送你去，放学再去接你。”刘永昌开口了。他知道刘多多一时半会儿是不敢一个人出门了。大人遇到这种事情都会心有余悸，何况是一个十来岁的孩子。

坐在自行车后座上，刘多多紧紧抓住爸爸的衣角，紧闭着眼睛，身体不由自主地颤抖着。

这次的遭遇对刘多多的影响是久远的，多年以后刘多多依旧不敢一个人走夜路，不敢跟异性单独相处，如果工作需要夜里打车，她一定会把行程共享给好几个同事，不管他们烦不烦，只有这样她心里才会稍微踏实一点，有点儿安全感。

刘永昌知道本村没有脸上有疤的人，他去邻村打听，终于打听到了一个杀猪的脸上有伤疤，但是眼下没有证据，那人不承认，也是无可奈何，只能放下狠话离开。他要想办法保护好孩子。接送了两天之后，刘永昌意识到这不是长久之计，于是带着刘多多去了比较要好的邻居家，他们有两个女儿跟刘多多同龄，在一个学校上学，他拜托她们每天上下学喊刘多多一起。即使有两个人一起上下学，刘多多依旧是提心吊胆，总觉着会有坏人跳出来。就这样，刘多多在惊恐中又度过了两年，直到小学毕业。

刘多多成绩一直很好，老师建议她去县城的中学读书。毕业前夕，班主任谢老师准备做一次家访。谢老师跟随刘多多来到她家，刘永昌夫妇热情地招待了她。看着眼前这虽清贫但是整洁的家，再看看贴满奖状的整面墙，谢老师感慨良多。

“多多学习成绩很好，每次考试都是年级第一，还代表学校参加乡里的竞赛，她可以去县城读初中，这样会更好些。”谢老师跟刘永昌说。

“但是听说现在的政策是不允许农村的学生去县城读初中的。”刘永昌有点儿疑惑。刘春秀上初中的时候还可以自由选择，但是刘多多入学的时候施行新政策，划区入学，也就是说农村的孩子只能在所在乡镇的中学就读。乡下的中学师资力量远比不上县城的，升学率也是远比不上县城，所以但凡有机会去县城的都不想留在乡镇。

“这个我打听好了，城关二中有几个名额，他们每年预留部分名额招收乡镇优秀的学生。多多可以参加他们的招生考试，以她的成绩绝对没有问题。考上了每年交一千块钱的借读费就可以了。”谢老师是真的有心了，她打听好了一切。

“谢谢老师，您费心了。我会办好的，只要是孩子成绩好，我一定支持。”刘永昌那时候还是很开明的。

正说着，刘耀祖从外面跑进来，一看到家里有老师在立马就要往外跑。

“站住，你去哪里？过来跟老师打招呼！”刘永昌呵斥道。

刘耀祖不情不愿地磨蹭着走过来。“谢老师好！”他打了声招呼就跑了。

“刘耀祖也是你们家的孩子？”谢老师一脸惊讶，“我只知道刘多多的哥哥和姐姐，我都教过他们，都很听话，成绩也是非常优异。可刘耀祖真的是令老师们非常头疼的学生，真不像是一家的。”

“这孩子从小被宠坏了，调皮捣蛋，老师多担待。”刘永昌一脸讪笑着，有点儿不好意思。因为师资力量有限，那时候一个老师可能要带不同年级的很多班级，所以谢老师也在刘耀祖的班级教课。刘耀祖在班上是有名的捣蛋鬼，人很聪明，可就是不用心学习，各任课老师一提起他来都是一脸无奈，哭笑不得。

送走了老师，刘永昌在思考该如何筹备孩子们的学费。

刘多多参加了城关二中的升学考试，以第一名的成绩被录取了。同年，刘春秀考高中，分数离县重点高中正榜差了几分，以负二榜的成绩被录取，每年需要交五千块的学费。所谓的正榜、负榜，就是在中考之后，重点高中划定期间分数线，正榜免费录取，正榜分数线之下每五分设定一个负榜线。负一榜每年需要交三千元学费，负二榜每年五千元，负三榜每年八千元。刘春秀是负二榜录取的，所以每年要交五千元。那时候所有学生挤破了头也要进重点高中，所以即使是负榜录取了家长交钱也是非常爽快的，但这每年五千元的学费让刘永昌夫妇犯了难。

暑假来了，在北京读书的刘光宗也回家了。没有多余的房间，刘光宗回到家只能是跟牛羊住在一间屋子里。夏天不冷可以勉强住人，但是气味实在是难闻，况且牛羊晚上时不时的叫唤声也让他难以入眠。没有办法，刘光宗只得去邻居家借住。

这天晚上，刘永昌和白书英躺在床上，聊起来学费的事情。

“我算了下，今年孩子们的学费加起来将近七千块钱了。”刘永昌叹着气说道。

“啊？这么多？”白书英没有算明白，着实有点吃惊。

“你看看，春秀上高中五千，多多上初中一千，再加上那个混账小子的，可不得六千多。”刘永昌说到自己的小儿子有点咬牙切齿。

“实在不行把家里的牛羊都卖了吧？”刘永昌思考了一会儿说道。

“没有其他办法吗？小牛犊还没长好呢。”白书英有点不舍得。

“真的是没有其他办法了，我算过了，都卖了也才刚刚够。”刘永昌说完沉默了，白书英也不再说话。现在的牛羊是白书英从小喂到大的，有了感情，再说农耕的时候也是离不开老黄牛的。

最后，刘永昌还是卖了家里的八只羊和两头牛，仅留下了那头老黄牛，一是它可以在农耕的时候出力，二是它可以生小牛崽子。就这样，一年的学费算是凑齐了，刘永昌和白书英都松了口气。

十

邻村有人种苹果树发了家，刘永昌也跟着就种了十来亩的苹果树，一大片果林就在家门口。靠近路边的两亩地会种花生、玉米或者胡萝卜等，这样除了自家吃用，还可以隔断人来人往随意采摘苹果。

今年是苹果结果的第一年。

种果树之前，市场上买来的苹果说吃也就吃了，没有那么多的感触，种了果树之后，每当看到苹果都会想到果实从无到有的生长过程。冬天的时候，刘永昌先给果树剪枝，一棵树一棵树地剪。刘多多会跟着妈妈一起把枝条捡起来打成捆，然后用推车推出去，堆在地头树林里，晒干之后当柴火用。刘多多常常一边弯腰捡树枝，一边问白书英："怎么这么多？""怎么还有？""怎么还不回家？"白书英往往笑一笑说："累了就去玩儿吧。"刘多多虽然嘴里不停地念叨，但是并没停下手里的活。这项工作一干至少要十天半个月。

接下来是要在两行果树的中间刨出一条深沟，然后把家肥或者玉米秸秆之类的填进去，有时候刘永昌会去邻村的养鸡场买来鸡粪填进去。刘多多曾经被粪土的味道熏吐过好多次，时间久了也慢慢习惯了。天旱的时候，要给果树浇水，这也是个大工程。刘多多干得最多的就是铺水管、抬水管、卷水管，循环往复。那时候浇地都是机器抽取机井水，水非常凉。水没过脚踝，刘多多很多时候都是光脚踩在水里的，当时只是感觉到冰凉，浑身舒爽，并不懂这样会给她的身体造成什么样的伤害。经常光脚在井水里行走，导致刘多多的体质异常寒凉，即使是夏天手脚都是冰凉的，更别说是冬天了，日后给她造成了不小的困扰。

春天来的时候，苹果树开花了。放眼望去，满树的白色的小花特别招人喜爱。蝴蝶和蜜蜂在花丛间飞舞。刘多多特别喜欢在果园中打发时间。空闲时间她常常找一棵长得比较大的树坐在下面乘凉。美景或许是很赏心悦目，但是真正烦琐的工序才正式开始。都知道蜜蜂是可以给果树授粉的，但是这远远不够，还需要人工授粉。刘永昌去邻村果农那里，把花粉树的花采回来，然后全家一起将苹果花的花蕊单独择出来。之后将花蕊平铺在一个自制的中间留着一个孔的纸箱子里，将通电的亮着的灯泡放进箱子里进行烘烤。烘烤过后，再将花蕊轻轻捻出花粉。白书英会从村卫生室要十几个用过的小药瓶，洗净之后备用，晾干之后将花粉分装进去。刘永昌平时抽烟之后都会将烟头留存起来，只保留烟头海绵部分备用——将它们绑在一根一米多长的铁丝上，蘸取花粉之后怼在苹果花的花蕊上，这就是人工授粉了。授粉完毕之后，等待结果。人工授粉的成果率特别高，所以往往都是长得一簇一簇的，这时候就需要疏果。所谓疏果就是拿着剪刀，在每一簇果实中挑两到三颗大的留下，其余的全部从果蒂处剪掉。

这些活儿，刚开始在新鲜感、好奇心驱动下，刘多多干得很带劲也很积极，但是果树实在是太多了，时间久了，又累又烦。刘春秀和刘耀祖干两天就跑了，爸爸妈妈也不会说什么，顶多骂两句，但是刘多多从来没有逃过。很多时候会看到刘多多一边哭一边干活儿，她只是累了，不想再干了，但是没有完成自己的工作她又不肯停下来。

随着刘春霞、刘春燕外出打工，人少了家里其他人的农活就日渐繁重。刘耀祖淘气，在地里待不到两分钟就会跑出去玩耍。刘春秀机灵，累的时候就说要写作业。只有刘多多一声不吭从头干到尾。这年的暑假，刘奶奶开口让帮忙去种玉米，跟往常一样一家人都去了。早上天蒙蒙亮，刘多多也跟着白书英一起去奶奶家的玉米地里，他们到的时候奶奶一家还没有到。白书英开始刨坑，刘多多就负责丢种子。玉米种子是农药拌过的，有一股刺鼻子的味道，寻常人都会被熏得头晕眼花、恶心呕吐。刘多多年纪小，每次只能端得动半盆种子。刚收割过的麦茬长短在人的脚踝处，走路一不小心就会在脚上留下一道血印子。白书英和刘多多他们种了一垄之后刘奶奶一行人才来了。一同来的还有刘多多大姑的两个女儿。刘多多打了声招呼继续干手里的活。当大姑家女儿想要端盆装玉米种子的时候，奶奶出声阻止："哎呀，这个有药，你们就别上手了，埋坑就行了。"白书英听到看了一眼刘多多，最后没有出声。不多一会儿，大姑家的孩子就喊累，奶奶笑着说："去地头树底下凉快去吧！这么热的天，你们又不是来干活儿的。"两个孩子嬉笑着跑开了。奶奶看见刘多多停了下来，却转而厉声呵斥道："赶紧干活，就知道偷懒，丢个种子还慢吞吞的。"刘多多原本想开口说自己有点难受，看奶奶一脸凶相没敢说出口，白书英只是在埋头干活并没有留意到刘多多的不对劲。

今天的天气异常炎热，半晌午的时候，太阳就很毒辣，快要把人烤化了似的。刘多多放下手里的盆，蹲坐在地上喘气，汗水顺着脸庞一粒粒滚下来，脸上浮现出不自然的潮红。

"多多你怎么了？"白书英这才注意到刘多多的不适，赶紧询问。

"妈，我恶心！"刘多多抬起头，嘴唇有点发白。话音刚落"哇"的一口吐出来了。

白书英一看慌了神，赶紧扔下手里的镢头，蹲下身，帮刘多多抹去嘴边的污秽。见刘多多想用手擦嘴，赶紧拦道："你手上有药，不要碰嘴巴。"

"娘，多多不舒服，我先送她回家。"白书英扶起刘多多，跟婆婆打了招呼。

"真是不中用，都是惯的！赶紧回去，回去！好像苛待她似的。"

婆婆的声音非常刺耳。白书英顾不上跟她争辩，立刻带着多多直奔村医务室。医生让她们仔细用肥皂洗了手，并告诉她们是有点儿中暑加上农药的刺激轻微中毒，没有大问题，给刘多多开了点药，嘱咐道要好好休息。

回到家，白书英安顿好刘多多，准备返回地里干活。刘多多拉住妈妈的手，低声问道："妈妈，奶奶为什么不喜欢我们？我们做错了什么吗？"

"不是不喜欢你，你很好，没有做错事。听话，闭上眼睡一会儿吧。"妈妈蹲下来轻声安慰着刘多多。

"可是，为什么大姑家孩子不能碰种子，她们比我还大呢。她们为什么可以去树底下凉快，就我不能。"刘多多说着，委屈的泪水也跟着不停地流下来。

白书英帮她擦着眼泪，"以后你不想干跟妈妈说，妈妈就不会让你干。"白书英着实有点儿无奈。她知道婆婆无理取闹，针对他们，这么多年争过也吵过，但是收效甚微，也就不再多说什么了。安抚好刘多多，白书英返回地里继续干活。

中午，白书英回到家做饭。或许很多人不理解，既然是在刘奶奶家干活，为什么不在她家吃饭呢？只因为被伤到过。

那一年同样是帮她家干农活，给玉米施肥，午饭都没有回家，啃着馒头在地里度过，晚上饭点的时候说好都在她家吃饭。刘多多记得非常清楚，那天的主菜是芹菜炒肉丝。大家洗完手之后，一起等着开饭。人多大家分桌而坐。原本大姑家的孩子是跟刘多多在一桌坐的，过了一会儿刘翠就把大姑家孩子叫过去坐奶奶那一桌了。菜上来了，刘多多他们那一桌一盆芹菜，里面连一块完整的肉丝也没有，馒头也是杂面的馒头。再看另外一桌，芹菜里面一层肉丝不说，还有两碗单独的炖肉，主食除了白面馒头还有一筐烧饼。

刘春燕和刘耀祖一看这个不乐意了，嚷着要去吃肉。刘春燕手快抢了一块烧饼，却被刘翠抓到，揪着她的头发狂揍，两人顿时扭打成一团，刘耀祖见状不甘示弱冲上去帮姐姐。场面顿时陷入混乱。刘多多他们的桌子也被碰翻在地，最后在大人的呵斥下都住了手。

“娘嘞，你这是干啥？”刘永昌生气了，“孩子们也跟着干了一天的活儿了，你这区别对待也太明显了！”

“怎么了？有的吃就不错了，你们家连芹菜叶都吃不上吧！”刘翠一边整理自己的头发一边嘲讽地说道。

“刘翠你再没大没小信不信我抽你！”刘永昌破天荒的怒气把刘翠也吓着了，她咽了下口水朝母亲身后藏了藏。

“看把你能的！你打她一下试试！”刘奶奶出声维护。

“算了，咱回家吧，我回家做饭。”害怕刘永昌冲动，白书英赶紧出来拉着刘永昌离开，孩子们紧跟其后。一家人离开后，刘奶奶他们继续开心地用餐，说说笑笑，旁边的一片狼藉也没有收拾，好像一切都没有发生过一样。

自此之后，刘多多他们虽然对于刘奶奶的使唤没有拒绝过，但是也没有在她家吃过一口饭。

十一

苹果树上的幼果挂满了枝头，风吹来的时候，争相飘摇舞蹈着，似乎在展示着自己的壮硕，每一颗果实都在说“我要留下”。刘多多跟着爸爸、妈妈一起拿着剪刀疏果。因为个子不高，刘多多只是在能够得着的下面忙活。她看过来瞧过去，一颗一颗的果实都那么可爱，每一颗都不舍剪掉。

“妈，都长得可好了，不知道剪掉哪一个，不舍得剪啊。”刘多多仰头看着白书英说道。

白书英此时还是一头长发，草草地扎在脑后，她站在刘永昌自制的木梯上给顶端的果实疏果，汗水已经布满了她的脸庞。

“舍不得也得选出来几个剪掉，每一堆最多只能留三个。”白书英说着从木梯上下来，走到刘多多身边。

“你看，它们长得都很好，但是都留着的话，一个也长不大。有舍才有得，把中间剪掉。”白书英一边示范一边剪，那一簇有五颗果实，隔一颗剪掉一颗，留下三颗。如果是三颗长在一起的则剪掉一颗最小的或者剪掉中间的。刘多多按照妈妈说的，继续干活。这个时候，她似乎明白了一个道理，再好的东西，如果是不需要的也得丢掉。白书英虽然没有读过书，但是有些时候她将自己的一些为人处世的道理慢慢灌输给孩子们了。

“多多你回家把暖瓶拿来，再拿一个碗。”白书英感觉有些口渴，出门忘记带水了，就吩咐刘多多回家拿水。

“好的。”刘多多放下剪刀，转身往家走去。虽然离家不是太远，但是刘多多往返也是花费了不少时间。她一手提着暖壶，一水拿着碗，走得有点费劲，时不时停下来倒换一下手。远远的，她听到了妈妈和爸爸的争吵声。

只听见妈妈有点儿着急地说道：“这才几点，你就要回家。”

“累了就得歇歇，哪能一口气干完。”刘永昌的声音也传了过来。

“这么多，照你这个干法啥时候才能干完？”妈妈的声音更高了。

“娶了你真是倒了八辈子血霉了！干啥都得管着。”

“你说啥？怎么说话呢！”妈妈生气了。

刘多多放下手里的暖壶，小跑起来找妈妈，被眼前的一幕惊呆了：白书英手里的剪刀丢出去，正好落在了刘永昌后背的右上方，停了两秒之后落下来。瞬间刘永昌的衣服被血浸透了。

“你这狠心的娘们，真砸啊你！”刘永昌吃痛喊了一声，往后背一摸，一手的鲜血。他立刻去了卫生室。

白书英也是有点被吓到了，捡起了剪刀，对刘多多说：“没事，给我倒碗水去。”刘多多去倒了碗水递给妈妈。妈妈接过去“咕咚咕咚”一口气喝完，擦了一下嘴道：“你爸咋就不躲呢？”像是在问刘多多，又像是在自言自语。

白书英放下碗继续干活儿，刘多多也不敢说话，陪着妈妈一起干。

此后的好多天，刘多多负责给刘永昌涂药，一个三角形的伤口在刘永昌的后肩上有点恐怖。养伤期间刘永昌照常下地干活，但是速度慢了下来，也不提休息的话了，跟白书英之间的话也变少了。长大后刘多多才明白，这就是所谓的家庭冷暴力。

第四章　求富

兜兜转转，困境灾难轮番上演

十二

开学了，刘多多要去县城读书了。开学的前一天，白书英帮她收拾了换洗的衣物和一床被褥，刘永昌送她到学校。县城的学校绝大多数学生都是走读生，学校只有教学楼，没有宿舍楼和食堂，所有借读的学生只能自己在外面租房子住。学校附近有些超市会专门为借读生做饭，素菜五毛钱一份，肉菜一块钱，还有套餐，一顿饭一块五毛钱左右。早饭街上有小摊，午饭和晚饭就在超市解决。

刘多多和姐姐刘春秀就读的同一所初中，刘春秀走之前将房子续约给了她，省掉了很大的麻烦。住宿费一年一百五十元，热水需要找房东购买，五毛钱一壶，凉水可以免费使用。房子临街，跟学校就一路之隔，非常方便。刘永昌把刘多多安顿好，买了洗漱用品，给她留下五十块钱的生活费就回去了。

这家租户两层楼，楼下是房东一家在住，楼上是租给学生的，一共有两间房，一间是刘多多住的，除了她还有另外三个女生，另外一间住的是两个男生。她们睡的是竹板床，靠里面并排放着三张床，刘多多睡中间的那一张，对着门的位置还有一张床。刘多多的室友是比她高年级的姐姐们，她们来自不同的乡镇，两个读初二，一个读初三，她们对于这个新来的室友非常友好。

刘多多的初中生活正式开始了。

城关二中是一所比较小的学校，只有初中部，四层楼房，初一至初三各六个班级，还有一个复读班。学校招收的十几个农村的学生，分散到每个班级，刘多多被分在了六班，班里有五十名学生，她是唯一一个从农村来的。

第一天上课，没有早读，大家不到八点就到齐了。老师还没有安排位置，大家就随意在座位上坐下来，刘多多在最后一排角落的一个座位上落座。活跃的同学已经在跟周围的人打招呼了。上课铃声响起，一位胖胖的女老师走了进来，大家瞬间安静下来。

“同学们，我是你们的班主任，赵老师，以后会教大家代数。”赵老师在讲台上自信又美丽，跟学生做了自我介绍，并在黑板上写下了自己的名字：赵香。

“好了同学们，咱们现在就从第一排这位同学开始，S 型轮流做一下自我介绍。”赵老师指着第一排最右边的一个同学说。

“大家好，我叫王林。”

“大家好，我叫李霄云。”

…………

同学们一个一个站起来说出了自己的名字，每一个人都充满了朝气，活泼而自信。赵老师话音未落时，刘多多的心就已经开始“扑通扑通”跳了，她在陌生的环境中会非常紧张。终于轮到她了，也是最后一个。

“大家好，我叫刘多多。”刘多多站起来，声音有点儿小还有点儿颤抖。

“你叫什么？”赵老师没有听清，又问了一次，大家的眼光也一下全都集中到她身上。刘多多更加窘迫了，脸瞬间涨红了。深吸一口气后，她重新作自我介绍："大家好，我叫刘多多。"这次她的声音大了点，但依旧有点儿颤抖。

"坐下吧。"赵老师和蔼地对刘多多说道。

"同学们，刘多多同学是咱们年级第一名考进来的哦，大家为她鼓掌。"赵老师说道。

"哇！"教室里传来阵阵赞叹的声音，大家热情地鼓起掌来。刘多多脸更红了。

"刘多多同学也是咱们班唯一一个从乡下考进来的，以后大家多照顾一下。"赵老师继续说道。这个特别的关照让刘多多心里涌上说不出的滋味，这是她从未体会过的关怀。

"好了，同学们，咱们接下来排座位，然后分发新课本，最后选出咱们的临时班委和各科课代表，这次毛遂自荐啊，第一次月考之后咱们再调整。现在，同学们集体去教室外面排队。"班主任有条不紊地安排着上午的任务。

教室座位的安排是每排 2+3+2 的布局。刘多多被分配在第一排的中间。其实她特别想坐最角落的位置，中间的位置让她太局促。她左边的同桌是一个扎着马尾的女生，叫马亚馨，右边是一个胖胖的男生，叫王林。

同学们之间相互慢慢熟悉起来。小学时候的经历让刘多多戒备心非常强，她不主动跟人交流，只是闷头学习，下课也不跟同学们互动。有同学来找她聊天的时候她也是非常简短就回复了，给人一种疏离感，慢慢地同学们也不再找她说话了。每天她都是孤零零一个人坐在座位上看书学习。

第一周很快过去了。周五放学后，刘多多骑着自行车回家。放学的时候天还是亮着的，骑到一半的时候就渐渐黑了下来。刘多多害怕极了，一直感觉后面有人，但是回头看一个人也没有。就这么心惊胆战地骑着，终于到家了。

“以后别这么晚回家了。”白书英有些心疼，她知道刘多多怕黑，害怕一个人，“周六白天回来就行了。”

“知道了。”刘多多很久才缓过劲来。

“你爸给你的生活费够用吗？”白书英又问了一句。

“够了，还剩了好多。”

每天早上，刘多多去学校隔壁的早餐店买着吃，半根油条三毛钱，半碗油茶五毛钱或者半碗粥五毛钱。还有卖水煎包的，因为要两块钱一份，刘多多觉得太贵了，没有买过。中午她一般吃一个一块五的套餐，晚上有时候买一个火烧或者馒头和半碗粥（当地的粥是一种豆类的制品，油茶是花生和豆皮以及其他辅料熬制的，粥和油茶虽然其他地方也有同名称的食物，但做法完全不同，这种做法都是刘多多家乡独有的）。一天下来，她的伙食费不超过五块钱，一周下来，生活费也就二十多块钱。

“不要不舍得吃。”白书英知道她肯定是在省钱，“你还在长身体，不能太省了，营养跟不上，还怎么学习呢？以后就照着五十块花。”白书英下了命令，刘多多也只是“嗯”了一声没有说话。

晚上的时候，刘春霞打来了电话。

“妈，给你说，我谈了个对象。”刘春霞在电话那头掩不住兴奋地说。

“啊，哪里人？做什么的？”白书英有点儿吃惊，同时也有点儿不放心。

“咱们老家的，在太原这边做生意，对我可好了，还说过年的时候要去咱家提亲呢。”刘春霞用完全沉浸在爱情中的幸福语调说着。刘永昌也听到了，他拿过电话，表示了强烈的反对：“你还那么小，谈什么对象，好好打工！过两年再说。”

刘永昌坚决的语气让刘春霞很伤心：“爸，我也不小了，都二十了，该谈对象了。在外面打工我们不舍得吃、不舍得穿，把钱都邮寄回家。我想上学你不让我上，谈对象也不让我谈吗？我这次不听你的！”刘春霞生气地挂断了电话。

“如果男孩好的话，为啥不同意？”妈妈不解，问刘永昌。

“再打两年工吧还是。”

“两个孩子合适就同意吧。”白书英尝试说服刘永昌，但是刘永昌不再说话。

“都是犟种！”白书英无奈地嘟囔了一句。

刘多多那时候并不明白为什么爸爸要限制姐姐谈恋爱，长大之后才了解了爸爸的想法。不是因为刘春霞年纪小也不是因为对方怎么不好，而是刘春霞一旦结了婚，家里就少了一份经济来源，那时候很大程度上家里的开销至少有一半是靠刘春霞姐妹打工支撑着的。

刘多多默默关注着姐姐，但是也帮不上什么忙，只能祈祷着姐姐可以心想事成。

刘多多在学校的表现引起了班主任的注意，她翻开了学生提交的家里的联系电话簿，找到刘多多家的电话打了过去，让刘永昌到学校面谈。

“刘多多在学校很听话，上课也很认真。”刘永昌到了之后班主任就开门见山，“但是总感觉哪里不对劲。她上课很认真，眼神却是直的，感觉是在想别的事情。下课也不跟同学交流，很自闭。这样发展下去会影响孩子的成长。”

听到这里，刘永昌若有所思，“赵老师，我们家多多从小吃了很多苦。因为某些原因她上小学的时候受到了很长时间的孤立和欺凌，四年级的时候还遇到过一次坏人，所以直到今天她还没有缓过劲来，可能还处于惊恐状态。孩子小时候也非常听话的，在家也很爱笑，现在这种情况，真的希望老师可以帮帮她。”刘永昌恳切地说道。

“这个放心，大概情况我了解了，我会想办法。”赵老师道。

“谢谢赵老师，给您添麻烦了！”刘永昌沟通完去教室看了一眼刘多多后就回家去了。

下午有两节代数课，第一节课间，班主任将临时班长职伟、副班长马亚馨还有学习委员董倩叫到了办公室。

“老师现在交给你们一个任务，”赵老师看着他们说，“课间你们带着同学们跟刘多多玩起来。”

三个人你看看我我看看你，不知道老师为什么提出这样的要求。马亚馨忍不住开口问道：“老师，我们之前找她玩，可是她不理我们。”

“她要是不出去你们就拉着她出去，再不行你们就在她周围玩儿。总之，你们的任务就是让她多说话、多活动，能笑起来更好。”赵老师继续说道。

“可是老师，我们为什么这么做？”职伟也忍不住问。

“据我了解，因为某些原因她现在很自闭，不敢跟大家交流，长久以往肯定会出问题。所以我们要主动一点，让她感受到我们的友善，这样就会变得开朗一点，同学们之间应该互相帮助对不对？”

赵老师耐心地解释道。

三个人点了点头，回了教室。任务在身，他们开始联合其他同学行动起来。每到课间，总会看到有人在围着刘多多七嘴八舌地问问题、聊天，有时候几个人把刘多多从座位上架出去，一起玩跳绳或者跳皮筋，有时候有人拿来好多零食堆在刘多多的课桌上大家一起分享。慢慢地，刘多多脸上的笑容多了，虽然她还是不太开口说话，但是状态已经好很多了，开始融进了大家的谈话，笑着看他们打闹嬉戏，有时候还会一起开心地大笑。在同学们的帮助下刘多多不再惶恐度日了，开朗了很多，走路的步伐都轻快了不少。

第一次月考成绩出来了，刘多多是年级第一名，整个年级的学生都知道了她。刘多多成了正式的英语课代表，每天上课前都会去英语老师的办公室去提录音机——老师在上课的时候会用录音机放卡带给大家听课文的录音。英语成绩好是刘多多用勤奋换来的，因为她不像城里的学生在小学时就学习了英语而有一定的基础，她在小学阶段是没有接触过英语的，一切都得从零开始，26 个英文字母和音标，是她一个一个死记出来的。成绩一如既往的优秀，让刘多多自信了不少，学校的生活渐渐变得有趣。

十三

中秋过后，大部分品种的苹果都要收了，那时候有批发商开着大卡车来收，刘永昌将大部分苹果卖给了他们后，剩余的储存起来，装袋或者装箱赶集去卖。最忙的时候，刘永昌请村里的人帮忙摘果，那时候虽然没有工钱，但不是农忙时节，人们在家也无事可做，都会来帮忙，还有就是帮完忙能得到一大袋子几十斤的苹果。这种互助持续了两三年，后来开始按天计工钱，白书英依旧会给来帮工的人每人送一袋苹果。

为了更好地存储，要把摘下来的苹果梗剪掉，以防扎破其他果实。这是个大工程。

家里的最东边的屋子是专门用来存储苹果的。周末回家刘多多的工作就是剪果梗。满屋子的苹果，果香四溢。刘多多一边剪一边唱：“啊……情深深雨濛濛，世界只在你眼中，相逢不晚为何匆匆，山山水水几万重……”唱得正起劲，邻居走了进来，夸她：“唱得真好听！大老远都听到了，继续继续。”

刘多多羞红了脸，干笑几声继续干活，等邻居走了继续哼唱。这是她自我娱乐的方式。

那时候的刘多多，是有音乐天赋的。刘永昌从朋友那里接手了一台二手黑白电视机，自制了一架接收天线，平时干活或者休息的时候可以边干边看电视。电视剧的主题曲，刘多多听两遍就能唱下来，那时候的电视剧《双凤奇案》《天地英豪》是她最爱看的，当《情深深雨濛濛》热播的时候，她最爱唱其中的主题曲。看影视剧，刘多多也经常将自己代入某个角色，甚至自己在家拿一根树枝乱舞，感觉自己是一个武林高手；当她唱歌的时候，也会代入自己的感情，这个时候的她最放松、最惬意。当然，这些都是要在她独处的时候才会最自在，人前她是断不会有所表现的。

这样的日子，刘多多甚是享受，虽累却开心。

元旦放假前夕，班里要举行联欢晚会。班主任用班费带着班干部们一起去批发市场买了橘子、瓜子、糖果等水果零食，还有一些笔记本、钢笔之类的奖品，对有表演节目的同学进行物质奖励。下午最后一节课结束后，同学们开始布置会场，男孩子们将中间课桌搬到教室的最后一排摞起来，将其他的座位围成一个正方形，中间留出来一个空地就是大家表演的场所。教室的墙上还粘上了各种各样的彩条，正中间吊起一个花朵，再从中间粘上彩带向四周扯开延伸到角落。黑板上还有“元旦快乐”四个大字，周边的粉笔画栩栩如生，是有美术功底的学生画的。整个会场特别有节日的氛围。这是刘多多第一次参加班级联欢晚会，新奇又兴奋，她的座位上堆满了各种零食。布置完会场，晚会马上开始了。

座位不够，同学们就挤着坐在一起，很多男同学都追逐着嬉闹着。这时候李亚和庞伟走到中间。两个人的个子都比同龄人高出一大截，站在一起更加醒目。

“敬爱的老师……”李亚像电视主持人一样，用一个作业本卷成话筒的模样一字一顿地说道。

“亲爱的同学们……”庞伟依葫芦画瓢。

“晚上好！”两人异口同声说道。

李亚：“2001年元旦晚会……”

李亚、庞伟：“现在开始！”

同学们给予了热烈的掌声和欢呼声。

“我们有请第一位表演的同学，王成赫，他给我们带来笛子独奏。”李亚报幕。

同学们表演了很多节目，有吹笛子的，有唱歌的，有模仿动物的，还有写毛笔字的……刘多多感觉自己一无所长，也没有站出去的勇气，但她很享受同学们的表演，都给予了真挚的掌声，同时也在欢声笑语中感受到了温暖。刘多多面前有很多橘子、瓜子和糖果，她并没有吃，而是在结束之后统统装进了书包。晚会结束之后，学校就放假了。

刘多多认识了五班的贾晨，她家在隔壁村，她们每次回家和返校都会相约一起，路上有个伴好多了。这次刘多多想直接回家，便去约贾晨一起，但是贾晨说要她爸爸要来县城，不回了，刘多多只得再次一个人天黑回家。骑着自行车还没有出县城，她就又折回来了——实在是害怕，没有办法，直到第二天一大早刘多多才又出发回家。

到了家之后，刘多多将书包里的橘子、瓜子和糖果统统掏出来放在桌上。

“我们举行联欢晚会，老师发的。”刘多多边往外掏边说。

“你咋不吃，都拿回家来？”白书英心疼地问道。

“我舌头疼，不喜欢吃。”刘多多轻轻说了一句。

“我原本昨天晚上结束就回家来了，但是天太黑了，我害怕。”刘多多抬头看了一眼妈妈继续说道，“如果昨晚上回来瓜子会更好吃，现在都有点皮了，不脆。”

“好吃，好吃，一点不皮。”白书英吃了一颗，眼角含泪。

刘多多笑了笑，招呼刘耀祖来吃。刘耀祖开心地扒橘子吃，当他把瓜子放进嘴里，咬了一下就吐出来了：“啊，不好吃，都不脆了！”

白书英抬手想要打他：“吃都堵不上你嘴。”刘耀祖像个泥鳅一样躲过去，一手抓一把糖另一手抓一把小橘子就跑开了。白书英笑着摇了摇头，再次转眼看着刘多多，轻轻叹了口气：“干吗这么懂事呢。”

十四

刚下完雪，气温零下十来度。下节课就是英语课，刘多多匆忙来到老师办公室提录音机。也是奇怪，办公室刘多多不知道来过多少回了，但每次来刘多多都会紧张到发抖，声音发颤。英语王老师将录音机递过来，刘多多伸手接过就往门外走。王老师的视线无意间落在刘多多脚上，她立刻叫住刘多多，“刘多多等一下。”

刚走到门口的刘多多停了下来，转过身来，有点儿疑惑。

王老师从办公桌后边走出来，来到她面前，盯着她的脚问：“你，不冷吗？”

刘多多低头看着脚上的单布鞋，小心翼翼地往后退两步，有点儿局促地说道：“不，不冷。”她努力地想把双脚藏起来，但是无处可藏。刘多多脚上还穿着妈妈给她做的宽口单布鞋，两侧还有绣花。新的棉鞋白书英还没有做好，旧的挤脚穿不进去，所以这么冷的天刘多多一直穿着单鞋。冷是必然的，刘多多每天晚上钻进被窝里的时候脚都会痒，是有点儿被冻伤了。

“你不会还没有穿棉衣吧？”王老师又捏了一下刘多多的衣服。

“穿了穿了，老师。”虽然外面是单衣，但里面穿的是白书英缝制的棉衣，也很保暖。

“怎么会不冷，”王老师又看了一眼刘多多的脚说道，“去教室吧，马上上课了。”

刘多多机械地迈着步伐，提着录音机回到了教室，将录音机放在讲台上之后回到座位坐下。让老师发现自己窘迫的一面不是她的意愿，这时她有点儿自卑又有点儿羞耻，好像自己苦苦埋藏的秘密被突然揭开来。忐忑地上完了课，老师并没有再提，刘多多悬着的心也放了下来。

第二天放学的时候，王老师让刘多多去一下她的办公室。当刘多多怀着不安的心情来到办公室的时候，其他老师已经下班，只有王老师和语文老师张老师在。

“报告。”刘多多在门口喊道。

“快进来！”王老师摆手让刘多多过去。

刘多多走到她办公桌前，她从桌子底下拿出来一个大大的布包。

“你看看，这里面都是我穿不了的衣服和鞋子。”王老师一边打开布包一边说着。

袋子里面有牛仔裤、厚外套、运动鞋，还有一件比较新的红色羽绒服。刘多多呆呆地看着老师，不知如何反应。

“如果不嫌弃你就拿着，裤子可能有点瘦，你姐姐应该能穿，其他的你试试看。”

“谢谢老师。”刘多多眼泪掉了下来，低下头看着自己的脚尖。张老师也走了过来：“我女儿跟你个头差不多，她的衣服你应该能穿，明天我给你拿。这么冷的天还穿着单鞋，别冻坏了。有什么困难千万要跟老师说。”

刘多多再次感谢了老师，然后背着袋子回到了住处，她伏在床上痛哭了一场，老师的关爱真的感动了她。老师的好意她领了。

英语老师为何会提到刘多多的姐姐呢？因为刘春秀也刚从这所

学校毕业，她们的教课老师是同一批，所以老师们清楚她们的关系。刘春秀也是英语课代表，所以王老师更加了解了。第二天，语文老师也给刘多多拿来一大袋子衣服，还有一身带标签的运动套装和一双新鞋子。刘多多猜想可能是老师专门给她买的。

刘多多从小就比同龄人胖，也许是因为小时候打激素针的原因。英语老师是偏瘦的，所以她的衣服刘多多基本是不能穿的，只有那个红色的羽绒服可以。刘多多留下了羽绒服，将其他衣服都给了身材比较瘦的姐姐穿。语文老师的女儿偏胖，她的衣服刘多多正好可以穿。以后上课，刘多多都会把其中的一两件衣服穿在身上，用此来告诉老师她感受到了她们的善意和关怀。

对英语老师和语文老师的感恩，使得她更加努力地学习这两门功课，初中三年，她的英语和语文成绩始终名列前茅。

第一个学期正式结束，寒假开始了，刘多多回家帮忙装苹果，等待着过年。

刘永昌夫妇每到集市时都会很早起来。刘永昌贷款买了一辆三轮车用来赶集。晚上他们一起装袋，白色的透明塑料袋，有能装五斤的、十斤的，还有能装二十斤的。苹果要在袋中形成一个圆圈，有规律地摆放起来。红色的、好看的一面朝向外面，长得稍微有点儿瑕疵的一面朝里摆放。中间还会放一个，那个可以是稍微比外圈苹果小一点儿的，但必须是完好无损的优质苹果。装袋苹果相对来说比较便宜。

还有一种是装箱的。将定制的苹果箱子展开折叠好，底部用胶带封好。然后将苹果用一种白色或者黄色的网套上，放进箱子里排好，一般是放两层，最后再用胶带将顶端密封。这样装箱就完成了。

刘多多熟悉每一道流程后，干得越来越熟练，哥哥姐姐们都没有办法超越她，因为她是回家次数最多、干得最多的人，正所谓熟能生巧，干得多了速度自然就上去了。

刘多多也会不定时地跟着妈妈一起去赶集，她发现按照白书英的卖法，不仅不能赚到钱，可能都会赔钱。刘永昌也发现了这个问题，劝说无果后两个人就吵起来了。

“你是卖东西的，能不能别那么大方？”刘永昌有点儿无奈，“本来价格就很便宜了，你还往外送。”

“都认识，人家叫送一个那就送一个呗。”白书英还是不计较的态度。

“是送一个吗？称的时候就多给了，他们还要再拿几个，结账的时候又要去掉零头，你不如白送吧。”刘永昌气笑了。

听这么一说，白书英也跟着笑起来：“好好好，我改，下次不给了。”

刘多多年纪虽小但也明白本性难移的道理，她知道妈妈改不了，一直以来都是这样。开始是本村的人占她便宜，后来邻村的也来了，白书英都是笑着满足他们，用她的话就是：“都认识，不好意思不给，东西又不值钱。”刘永昌也拿她没有办法就听之任之了。后来，刘永昌想到一个办法，开始去县城赶集，这样熟人就不会那么多了，价格也会相对高一些。这个办法着实有效，慢慢地家里挣到了钱，也慢慢好起来了，虽然每年还是会有贷款和赊账，但是总会在年底的时候还上。

十五

2002年春节前夕。

终于吃上了白面馒头。腊月二十八，白书英找了三个邻居来一起蒸馍。那个时候大家都是商量好了，一家一家轮流集中在一起蒸馒头，这是当地的习俗，年前选一天蒸好几笼馒头，年后的十几天都不用再蒸了。刘光宗也回家来过年了，再有一年半他就大学毕业了。上大学期间，刘光宗很少回家，节假日都是去做兼职，勤工俭学，他依旧坚持不开口跟家里要钱。过年是饭店最忙的时候，表叔一家不回来过年了，却给刘春霞和刘春燕放了假，只是姐妹俩腊月二十九才能到家。

今年的年货相对来说比较丰盛，白书英炸了萝卜丸子、带鱼、鲅鱼、麻叶，还买了两条大鲤鱼跟一大块的猪肉。孩子们都有口福了，都眼巴巴盼着可以吃到肉。按照惯例，要给孩子奶奶送去一部分，这次没等白书英开口刘永昌就自动前去了。

腊月二十九，白书英一早就做好晚饭，然后到公路边等着女儿们。刘多多姐弟也跟着一起去了。刘光宗和刘春秀在家跟爸爸一起看电视，两个人还偶尔用英语对话，刘永昌听不懂还会好奇地问几句。

白书英在路边站着，交握着双手，来回踱着步，眼睛看着西边车来的方向，时不时嘟囔一句："咋还不来？"远处每来一辆车，白书英都会问："你们看看是不是公交车？"去镇上的公交车一辆一辆过去了，每一辆来的时候白书英都会激动地迎上去，没有看到刘春霞她们的身影后又失望地继续踱步。

终于，有一辆公交车缓缓停了下来。白书英赶紧迎上去，期待着。

刘春霞和刘春燕拉着黑色的行李箱下来了。

“哎呀，终于到了！”白书英上前要去接行李箱，刘春霞没有松手：“我自己来。这么冷咋来路边了，在家等着多好。”

白书英只是笑，没有说话。刘多多也伸手去接刘春霞的行李箱，第一次见有轮子的箱子她很好奇。刘春霞顺手给了她，刘多多和刘耀祖一起你一会儿我一会儿地拉着就跑开了。刘春燕下了车，接着还有一个跟她们年纪相仿的男孩跟着一起下了车。他高高的个子，很白净，戴着眼镜，很斯文的样子，两手提着满满的礼品。

那男孩一下车就冲白书英喊了声“姨”。

“这是？”白书英愣了一下，疑惑地看着刘春霞和刘春燕问道。

“这是王林。”刘春霞脸红了一下，挽着白书英的胳膊就往家走。王林和刘春燕他们跟在后面。

“刘春霞对象。”刘春燕在后面笑着补了一句。白书英回头看了一眼王林，王林不好意思地挠了挠头。

“你上次打电话说谈的对象就是他吧？”白书英小声问女儿。

“嗯，就是他。”刘春霞小声回答，也回头看了看王林，莞尔一笑，幸福洋溢在脸上。

白书英看着刘春霞，有点儿担心：“你爸不是不同意吗，你咋还带家里来了。”

“回家再说吧。”刘春霞其实是有点儿害怕的。

刘耀祖在门外就高声喊“姐姐回来了”，刘永昌和刘光宗、刘春秀都出来迎接。当看到王林的时候，刘光宗和刘春秀只是好奇地打量着，没有开口询问。刘永昌猜到了他是谁，语气有点儿不好：“他是谁？”

没等刘春霞开口，王林先开口了："叔，我叫王林，跟春霞一起来的。"王林放下手里的礼品，伸出手想跟刘永昌握手，但是刘永昌冷冷地看着他，没有伸手的意思，也不说话。王林尴尬得不知如何是好，这时候白书英开口招呼："来，来，别在院里站着了，进屋喝口茶[①]吧。"白书英拉了一下刘永昌的衣角，带头往里走。大家都走进了堂屋。

刘永昌坐在那里，点了一支烟。王林进来将礼品放在桌上，站在一旁不敢落座。白书英将孩子们带出去，房间只剩下刘永昌和王林。

"坐吧。"刘永昌终于抬眼看了眼王林说道。

王林在刘永昌对面坐下，有点儿局促，背部僵硬地挺直着。

一阵尴尬的沉默。

"你们的事情春霞上次打电话说过，"刘永昌掐灭了烟头，开门见山，"我不同意。"

"叔，我是真心的，肯定会对她好的。"王林着急地表诚心。

"她还小，不会那么早结婚。"刘永昌继续说。

"那我等，等几年都行。"王林坚定地说。

"你家有房吗？"刘永昌改变了策略。

"有，我是独生子，在县城。"

"有车吗？"

"可以买。"

"五十万彩礼钱。"

王林沉默了。那个时候的五十万是一个天文数字，如果谁家是

① 那时候说的喝茶其实一般就是喝白开水。

万元户已经属于是凤毛麟角的富贵人家了。

“叔，五十万我砸锅卖铁也拿不出来。我是真的很喜欢春霞，她也喜欢我，希望叔成全。”王林做最后的努力。

“除非拿五十万，否则免谈。”刘永昌态度非常坚决，“过完年春霞也不会再回太原了。”

王林推了推眼镜，没再说一句话，起身走出堂屋。白书英他们一直在东屋门口聚集着，伸着脖子想听清堂屋的情况。看见王林走出来，刘春霞第一个跑上去。

“怎么样？”刘春霞拉着王林的胳膊急切地问。

“我先回去了。”王林没有正面回答刘春霞的问题，只是安抚地拍了一下刘春霞的手，红着眼睛转身就要离开。白书英出声挽留：“吃完饭再走吧，已经做好了。”

“不了，姨，我爸妈还在家等我呢，我先走了。”说完，王林头也不回地走了。刘春霞的手无力地垂了下来。她了解王林，这种情形肯定是谈崩了。她急切地追出去，不忘给白书英说一句：“妈，我去送一下。”

白书英走到堂屋，问刘永昌：“咋说？孩子看着还不错。”

“你懂啥？吃饭。”刘永昌瞪了白书英一眼，直接让开饭。

饭菜有点儿凉了，白书英又热了一下再端上桌。这时刘春霞还没有回来。

大家坐好，谁也没有动筷子，都想等刘春霞回来。

“愣着干吗？还不快吃。”刘永昌先动筷子了，“不用等，一会儿就回来了。”

确实，过了一会儿，刘春霞果然回来了，一脸怒气。

“爸，你太过分了！”一进门，她就冲着刘永昌喊道，“五十万，打死也拿不出五十万来！你要卖闺女吗？恁闺女值不了那么多！不同意就不同意，何必拿这样的借口来作践我？！还不让我回太原，你就算让我回我也不会去了！丢人！”

委屈的泪水滴落下来，刘春霞一口气说完哭着跑回东屋，躺床上拉上被子放声痛哭起来。

“你们吃饭，我去看看。”白书英说着起身去看刘春霞。刘永昌一言不发地吃着饭。大家一时间安静了下来，只听见碗筷触碰盘子的声音。

白书英来到女儿床前，看着在床上痛哭的刘春霞，她很心疼，也很无力。她没有说话，只是坐在床沿，用手轻拍着刘春霞，一下又一下。时间一分一秒过去了，终于，刘春霞平复了心情，不再哭泣。白书英的手一直没有停过，此刻有点儿酸痛。

“坐了一天的车，也累了，起来吃点儿东西吧。”白书英轻声问道。

“妈，我不吃，想睡了。”被窝里传来刘春霞鼻音非常重的声音。

“好，你好好休息。”妈妈又拍了几下刘春霞，离开了。

这个春节，全家的气氛有点沉重。大家都不敢大声说话，生怕惹到刘春霞。她变得沉默寡言，也不跟刘永昌说一句话。这种氛围之下，刘光宗过完初一就直接回了学校，说联系好了老师，申请了宿舍提前开放。刘春燕初一去隔壁村找小学同学玩，得知同学所在的玩具厂在招工，回来后跟刘春霞商量一起去玩具厂上班。刘春霞不去太原，她也不想去了，姐妹俩商量好，过了初五就去了玩具厂。

刘春霞的初恋就这样被扼杀了，多年之后当刘春霞在痛苦的婚姻生活中痛苦挣扎的时候，刘永昌有没有后悔当初的阻拦呢？女儿的悲剧是他一手造成的，他有没有幡然醒悟呢？刘多多也很想知道答案，只是真相往往是残酷的。

生活按部就班地过着。刘永昌夫妇为生计奔波着，刘春霞、刘春燕在工厂流水线奋斗着，上学的孩子们都在为学业努力着。只有刘耀祖让刘永昌头疼，他在学校总是因为跟人打架被开除，刘永昌忙着联系学校，给他换了一所又一所。

十六

台剧《流星花园》引进来，在初中生中间影响非常大。很多人开始穿牛仔喇叭裤、烫卷发，还会形成大大小小的“帮派”，还起了“蝴蝶帮”之类的可笑名字。虽然很多学校都明文禁止奇装异服、染发烫发，但仍屡禁不止。

刘多多所在班级也不例外，有十几个学生分成了两个派别，虽然没有帮派名字，但是明显抱团在一起，打扮也越来越另类，有些女生还会穿高跟鞋、化浓妆。

这天，班里的两个男同学王成赫和李鹏飞鼻青脸肿地来上课。老师询问未果，课间大家都在八卦到底是怎么回事。王成赫那个小团体的老大是个女生，叫梁璐，个子比班里的男生还要高大。只见她怒气冲冲地走到一个女生身边，一拳砸在那女生的课桌上：“我告诉你闫晶晶，不要觉得我不敢动你。王成赫和李鹏飞为了你约出去打架，你是不是很得意？”她居高临下地说。

那个叫闫晶晶的女生低着头，不说一句话。

“大家都是同学，以后少给我装！离他俩都远点儿。”梁璐说完就回到自己的座位上。

此时大家都明白了怎么回事。虽然学校明令禁止早恋，但是处于青春期的孩子对于懵懂的情愫都是把控不住的，再加上电视的普及，深受影视剧的影响，都在年少轻狂的年纪做着自以为很酷的事情。

刘多多因为成绩好，性格也稳重，所以班里的同学都非常喜欢她，包括“老大”梁璐。梁璐经常拿零食送给刘多多吃：“刘多多你都是咋学习的，快教教我。”她羡慕刘多多的成绩。“我就喜欢学习好的人！”梁璐多次豪爽地表示对刘多多的喜爱，“以后我罩着你，有啥事找我，报我的名没人敢欺负你。”

刘多多笑着点点头。她心里明白，不管是谁，如何表现，他们的心地其实都是非常善良的。虽然不曾参与他们之间所谓的帮派，但是她都心存感激。上了初中以后，刘多多感受到了前所未有的温暖，同学们并没有因为她是农村来的就看低了她，童年的阴影逐渐散去，阳光照进了她的生活。刘多多性格虽然改进了很多，但是长期的自卑心理还是没有办法根除。刘多多天真地以为，只有跟同学们一样才能真正融入集体中，所以她开始模仿。

刘多多觉着自己的字非常丑，同桌的字很有特色，于是开始模仿同桌的写法，每个字的最后一笔都会拉得很长，特别是最后一笔是捺的字。很多同学都在说自己有喜欢的人，情窦初开。刘多多看了一圈班上的男同学，也觉着自己得喜欢上某一个男同学，所以她锁定了一个叫李旭阳的帅气男生，长得白白净净的，除了成绩有点不好之外，其他没毛病。

“丹丹，我觉着我可能喜欢上一个人了。”课间，刘多多悄悄跟自己的新同桌贺丹丹说。

“真的假的？你还能喜欢上人？”本来趴在课桌上眯眼休息的贺丹丹一听这话立马来了精神，“快跟我说是谁？”

“就，就是……”刘多多犹豫着要不要跟她说出来。

“哎呀，快说快说，天天看你学习，还能喜欢人，我看看是哪个大神。”贺丹丹追问。

“李旭阳。”刘多多终于趴在贺丹丹耳朵上悄悄说道。

“啊？他？”贺丹丹差点没跳起来，刘多多赶紧拉住她让她小点声。

“他不适合你，梁璐那一伙的，别跟他扯上关系。”贺丹丹严肃地跟刘多多说。

“可是我真的喜欢他呀，你说怎么办？”刘多多也很认真地说。

“确定？”贺丹丹盯着刘多多的眼睛再次问道。

“确定。”刘多多给予肯定的回答。

贺丹丹审视了她一会儿，说：“好吧，你肯定不敢直接告白的。那你写个纸条吧，我给你送过去。”贺丹丹一副好人做到底的神态。

“谢谢！”刘多多开心地抱了一下贺丹丹，拿出纸笔开始写。上课了，后面两节是英语课。老师在前面讲课，刘多多罕见地没有认真听讲，在本子上她一遍又一遍地写着，都不满意。终于，大功告成了，她将最后一页撕下来，偷偷递给贺丹丹后才开始认真听讲。

下课铃一响，贺丹丹就拿着纸条找李旭阳去了，临走还不忘给刘多多挤了一下眼睛。刘多多紧张得手都发抖了，也听不清周围同学们在说些什么，只听得到自己的心跳声越来越大。她又偷瞄着那边的动静，只见贺丹丹回头看她，李旭阳也朝她看过来，她吓得赶紧趴在课桌上假装睡觉。

“搞定！”贺丹丹回来了。刘多多既兴奋又期待，期待着李旭阳的回应。

她在纸条上，就简单写了两句话：

李旭阳，我喜欢你。我们可以在一起吗？

她一直怀着忐忑的心情等待着，直到放学，没有等来李旭阳的回应，等来了英语老师，老师要她去办公室。

刘多多来到老师的办公室，一眼就看到了老师办公桌上那张纸，正是自己给李旭阳的纸条。怎么会出现在这里？刘多多慌乱了，顿时觉得羞愧难当，眼泪立马掉落下来。

“我还没说什么呢，你哭什么？”英语老师笑了，“我不是要批评你。”王老师从旁边拉过一张板凳让刘多多坐下。

没有想象中的责骂，刘多多更加难受了：“王老师，我……”

“坐下。”见刘多多还是站在那里不动，王老师起身拉她坐下来。

“我知道，现在班里很多同学早恋，连你也坐不住了，对吗？”似乎看穿了刘多多的想法，王老师点出了症结，“你告诉老师，你是真的喜欢他吗？”

刘多多点了点头，但又摇了摇头，眼泪流得更凶了。

“那你告诉老师你喜欢他什么？”王老师又问。

刘多多回答不上来，想一想真的想不出来，自己跟李旭阳都不算太熟，只是觉着他长得有点好看。

“答不上来吧？老师也经历过这个年纪，所以明白这种感觉。”

王老师继续开导她，“你只是对他有点好感。你们可以做好朋友呀。”

刘多多不敢告诉老师其实她只是在跟风，并不知道喜欢是怎么回事，所谓的在一起她都不知道是怎么回事。

“你现在年纪还小，最重要的是学习。以你的成绩，考上重点高中是没有问题的。到时候再考上一所好大学，以后想谈恋爱没人拦着，还有更多的选择，你说对吗。”

听完老师的话，刘多多点了点头：“对不起老师，我错了。”

“没事了，回去吧。”王老师明白刘多多敏感的性格，所以最大程度地保护了她的自尊，又将道理给她讲清楚。王老师将那张纸条还给了刘多多。

刘多多回到宿舍，将那张纸条撕了个粉碎，很认真地想了想老师的话，打算以后再也不干这种蠢事了。自此以后，刘多多将所有的精力都放在了学习上。就这样，刘多多的“初恋告白”行动宣告失败。之后还有一个复读班的男生跟刘多多告白，她一口回绝了，因为她谨记老师的教诲。就这样，刘多多初中早恋的风险回归为零。

十七

2002年五一劳动节。

刘光宗放假，决定去青岛看望打工的妹妹，顺便去找高中好友梁伟聚一下。梁伟是刘光宗高中时期很要好的朋友，高考失利，没有复读而是选择外出打工，在青岛做房地产方面的工作，据说十分成功，还在青岛买了房和车，他们一直保持着联系。

刘光宗只背个背包就出发了。下了火车之后，他先去了梁伟那里叙旧。刘春霞和刘春燕姐妹俩是白班，下班之后才能见面。约莫着快下班了，刘光宗坐着梁伟的车一起去玩具厂附近见刘春霞和刘春燕。他们约在了离玩具厂不远的一家海鲜烧烤店。一路上梁伟都在跟刘光宗讲述着自己的奋斗史，刘光宗默默地听着，打心底佩服他，也心疼他的不容易。现在算是苦尽甘来了，梁伟表示今天一定要请他们兄妹吃大餐。

到了约定的地点，刘光宗他们先进店里，刘春霞和刘春燕还没有到。刘光宗和梁伟找了一个靠窗的座位坐下来，要了两杯水，一边聊天一边等。

大概过了十分钟，刘春霞和刘春燕来了。刘春霞简单束着马尾，上身一件黑色的 T 恤，下身一件黑色的休闲裤，一双白色的球鞋，刷得有点发黄了，虽是素颜，但难掩秀气。再看刘春燕，穿着一件白色的连衣裙，身材高挑、凹凸有致，还踩着一双白色的高跟鞋，五官也很精致，画着淡淡的妆容，一眼望去就让人印象深刻。两人一黑一白，对比鲜明，但都是妥妥的美人坯子。5 月的天晚上还是有点儿凉的，但刘春霞和刘春燕她们额头上却密布着细小的汗珠。

“在这里！”刘光宗一直关注着门口，看见她们进来激动地起身打招呼。看到她们脸上的汗珠，刘光宗有点心疼：“不着急的，你们跑那么快干吗？都出汗了。快坐下缓缓，别着凉了。”

“别提了，一出门就被酒鬼追，我们拼命跑。”刘春霞拉开板凳坐下，语气有点不悦。

“你看你，非得穿裙子，这下不穿了吧。”刘春霞白了刘春燕一眼。刘春燕没有说话，拉开椅子坐下。

“怎么回事？咋还被人追！”刘光宗紧张起来。小姑娘在外，真的不让人放心。

“没事没事，那人喝多了，以后注意。”刘春燕赶紧安慰大哥，刘春霞也没再多说。

“哎呀，都忘了介绍了。”刘光宗忽然间意识到只顾着关心妹妹忘记介绍梁伟了：“这是梁伟，我高中很好的朋友。他现在也在青岛发展，你们有事可以找他帮忙。是吧，梁伟？”

“妹妹们好！我经常听光宗提起你们。以后有事随时找我。”梁伟大方打招呼，气氛变得活跃了一点。大家开始点菜。这是刘春霞她们第一次下馆子，看看菜单感觉好贵，翻了一遍又一遍，一人点了一个凉菜，实在是不敢点别的菜。梁伟看出她们有点儿局促，就自己做主点了很多海鲜。在他的眼里，临海城市吃海鲜可真是太划算了。

菜一道道上来了，他们边吃边话家常。

“春燕，我记得你以前是单眼皮，现在咋变成大双眼皮了？”刘光宗从一进门就发现了刘春燕的不同。

“我也不知道，可能是熬夜熬的吧。我们厂是两班倒，熬夜眼睛就会肿，肿了之后就会变双眼皮。时间久了，现在即使不熬夜也是双眼皮了。”刘春燕没事人似的答道，还开起了玩笑，“省了割双眼皮的钱了。”

刘光宗听了之后却笑不出来，心里很不是滋味。得熬成什么样子才能产生这样的生理变化！

梁伟席间反复打量兄妹三人，忍不住开口问刘光宗：“你确定你们是同一个爸妈生的？”

“为啥这么问？”突如其来的问题让刘光宗有点莫名其妙。

“你这两个妹妹这么漂亮，你咋长得跟猴似的？”梁伟打趣道。

“去你的，你才是猴呢。”刘光宗笑着就要打梁伟，梁伟作出防御姿势：“啊嘿！”好像武林高手一样摆出动作，两人顿时笑做一团。刘光宗刚才低落的情绪得到缓解，刘春霞和刘春燕也一起笑了，气氛瞬间欢快起来。

吃完饭之后，刘光宗跟梁伟一起送刘春霞姐妹回去，一是害怕再遇到什么怪人，还有就是想看看姐妹俩生活的环境。

明天要上夜班了，白天室友们都会趁这个空当出去玩，等刘光宗一行人到的时候都还没有回来。女生宿舍男生不让进，他们在楼下做了登记保证很快出来后，宿管阿姨才放行。一进门，刘光宗被眼前的一幕惊得说不出话来。不足二十平方米的房间密密麻麻摆满了十几张上下铺的床位，只留下一个一米左右仅容一人通过的过道。床底下塞满了各式塑料盆、行李箱还有凌乱的鞋子，房间充斥着香皂味，夹杂着汗臭味，还有一股霉味。梁伟皱了下眉头，下意识地想伸手捂鼻子，他偷偷看了一眼刘光宗又将手放了下来。刘春霞指着最里面那个唯一没有蚊帐的双人床说：“那是我和春燕睡的床。”

刘光宗眼睛有点泛红，“嗯”了一声就往外走，边走边说：“你们注意安全，我先回去了，有时间再来看你们。”刘光宗像是见到了猛兽一般逃出去，刘春霞和刘春燕互看一眼，齐声说道：“大哥再见。”

梁伟车上，刘光宗再也抑制不住情绪，哭了起来。

“我妹妹她们太苦了。从小辍学，现在又出来打工，过这种苦日子。我以后一定要让他们过上好日子。”刘光宗发誓道。

"你一定会的。"梁伟给予了肯定。

车子往市区驶去，刘光宗在梁伟家住了一晚就返回了学校。他更加努力地学习，发誓要出人头地，让全家都过上好日子。

十八

除了苹果树，刘永昌又种了新的果树，柿子树、梨树、桃树，还有几棵樱桃树、李子树。白书英会在苹果树林种冬瓜，梨树林里种甜瓜和西瓜，柿子树林种大豆、花生等。刘多多因此认识了很多水果品种，也懂得如何挑拣水果。每次开学，她都会用自行车驮一袋子苹果到学校，分给室友和同学们吃，有时候还会专门给老师送一袋。老师和同学们都知道刘多多家有果园。

为了给大家普及农作物等相关知识，老师让有兴趣的同学跟刘多多回家体验干农活。跟刘永昌约好了时间，十几个学生骑着自行车就跟着刘多多回了家。白书英热情地招待了同学们。刘多多此时是有点儿骄傲的，她一路上都在给同学们讲着苹果要如何授粉、如何疏果，如何收获。同学们都听得津津有味。

此时，苹果长得跟鸡蛋一般大小，放眼望去，甚是招人喜爱。刘多多招呼大家一起在林子里走着，走到一棵跟其他的长得不一样的苹果树前停下。"这个叫金帅，你看它上面长满了黑点，但是非常好吃。"刘多多跟大家介绍着，"你们可以摘一个尝尝。它比较早熟，现在可以吃的，其他就不行了。"

同学们一听这话，迫不及待寻找目标摘下来，在衣服上擦了擦就放嘴里咬。

“啊，好酸。”有的同学龇牙咧嘴地笑着。

“是的，有点儿酸，但还是甜居多的。”刘多多笑着看着同学们继续说道，“等它们完全成熟了，就会变成金黄金黄的，所以叫金帅，跟黄金一样呢。”

“哦——”同学们都非常佩服刘多多懂得这么多。白书英在旁边笑着看着孩子们，一直在摘苹果，她准备多摘些分给孩子们带回去。

苹果林尽头是梨树林。此时地里有西瓜、甜瓜和花生。大家的任务就是给花生拔草。刘多多给同学们介绍了花生苗和杂草的区别，即使这样很多同学还是傻傻分不清楚，拔掉了不少的花生苗。白书英也并不气恼，看到有人拔错了就笑着纠正。有的同学在很认真地在拔草，还有同学是在努力寻找成熟的甜瓜。

“这儿有一个，好大，阿姨您看看熟了吗？”

“这个也很大，发白了，是不是熟了？”

同学们七嘴八舌地问着，白书英笑着走过来走过去查看，熟了就摘给他们吃。

大家干活干得起劲，吃瓜更是吃得开心，一片欢声笑语。

白书英一直在寻找成熟的瓜果，等结束之后她摘了一大堆几十个瓜。

“天不早了，你们该回去了，天黑了不安全。”看看天色，白书英开口道。

刘多多只是看到妈妈背着一个布袋，不知道里面装的什么，这下看清楚了，是十几个装苹果的塑料袋。只见白书英将瓜果和苹果分装在一个个袋子里，让同学们带回家。

“来，一人拿一袋。”白书英招呼他们拿。

“谢谢阿姨！”同学们纷纷道谢，提着袋子欢天喜地回去了。送走了同学，刘多多回到果园，来到靠近苹果林尽头的那三棵梧桐树下。同学们的造访，让刘多多内心掀起了波澜，她自小的敏感让她比同龄人更加成熟，思虑更多一些。

现在的苹果林最初的时候是梧桐树林。为了给爷爷看病，刘永昌卖掉了所有的梧桐树，只留下这三棵。当时是因为树苗太小，没想到后来派上了大用场。刘永昌跟着白书英父亲学过木匠，所以搭建窝棚对于他来说易如反掌。

三棵树形成稳定的三角之势，刘永昌用一些粗壮的木棍和木板搭建了一个简易的棚子，可以容纳三四个人坐在上面。又在上层支起一圈，用干草覆盖，可以遮阳也可以挡雨。地上到窝棚是一排木梯连接，这相当于一个岗哨。村子里只有刘多多家种果树，免不了有人会打主意，偷摘偷拿是常有的事情，有人更过分，扛着麻袋去摘，看到有人看护他们就会收敛一点。

一直都很恐高的刘多多，哆哆嗦嗦地爬上去，深吸一口气，慢慢坐在边沿，荡着双脚回想着自己在这片果林里的种种。

果树打农药，手动的压力泵，刘多多一下一下前后扳动，白书英和刘永昌每人一只长长的喷头喷洒农药。中午时分太热了，林间密不透风，刘多多昏倒了，白书英没有发觉，还在问“咋不出水了？”。往家走的时候总会遇到横穿小路的幼蛇，刘多多最怕的动物就是蛇，每次都会吓哭，站在原地不敢动弹。苹果树下的草长势茂盛，刘多多和刘春秀奋力地割草。苹果林西边的花生在浇水，刘光宗和刘春秀在梧桐树下打闹，用英语说着什么，刘多多一个人在那里来回搬水袋，累急了开口骂了一句被刘永昌听到，挨了一顿暴打。

想到这里刘多多还觉着屁股隐隐作痛，不自觉用手摸了摸。那是有记忆以来第一次挨打，也是唯一一次挨打，还是因为最平常的一句脏话。自此之后，刘多多再也没有骂过一句脏话。她很久都没有跟哥哥、姐姐说话，她觉着自己挨打都是因为他们只顾着玩不顾自己的死活。

苹果成熟的季节，刘多多在家最多的时光都是在这个窝棚上面度过的。她恐高，她怕黑，一望无际的田野让她恐惧加倍，但她从没有告诉妈妈自己很害怕。不好的记忆时刻在侵蚀着她，她硬着头皮一待就是一天。果树两旁的田地种的不是玉米就是棉花，人藏在里面很难被发现。刘多多每次都是壮着胆子大喊一声“别摘了”。这时候多数人都会停止，少数人不听劝阻刘多多也没有办法，只能回家告诉父母。村里人在干活的时候渴了，摘几个解解渴，只要说一声刘多多都不会阻拦，白书英在的时候还会送给他们。刘多多阻拦的是那些拿着编织袋一袋子一袋子偷摘的人。

不知不觉天黑了，思绪回归，刘多多赶紧从窝棚上下来，一路跑回家。在苹果林里刘多多一直都会有一种窒息感，视线被遮挡总有一种莫名的恐惧萦绕在她心间。

周日晚上，刘多多回到学校，洗漱完在室友的床上坐着聊天。睡觉时间到，刘多多站起身准备从室友的床上跳到自己的床上去。姿势摆好，一、二、三！

“啊！”刘多多惨叫一声，眼泪飙了出来。她左腿跳上去了，右腿却落了下去，磕在裸露在外面的竹条上，顿时鲜血直流。室友赶紧拿卫生纸给她擦血。

“赶紧去包扎一下吧。”室友着急地说。

“我跳你床上没问题，回来咋就回不来了呢。”刘多多委屈极了。

室友无奈地笑了一下，将她的伤口用厚厚的卫生纸包住，拿针线盒的细线缠绕了几圈，搀扶着她就去卫生室了。还好学校门口就有一个诊所。刘多多在室友的搀扶下一瘸一拐地到了诊所。医生处理了伤口，还好不是太严重，消毒包扎很快就处理好了。

“得了，你这还是少走路吧。以后吃饭啥的我给你买。”室友实在是一个体贴入微的人。她也是刘多多最喜欢的一个姐姐，教了她很多，刘多多称她为“师傅”，这个称呼保持了很多年。在师傅身上，刘多多找到了家人的感觉。或许是因为青春期恢复得快，刘多多的伤口过了半个月基本上就痊愈了，没有什么大碍，就是留下了一个一块硬币大小的疤。她不在意。

刘多多初潮来得较晚，初二下学期才来。那天刘多多肚子疼得厉害，以为吃错了东西，但是见红了。室友看到后教给了刘多多该如何处理。

“师傅，每次都会这么疼吗？”刘多多一边捂着肚子一边虚弱地看着室友。

“有些人会疼也有人没感觉，以后注意不要碰凉。”室友耐心地跟她说着该注意的事情。

刘多多成年后再回想自己痛经可能跟自己生活习惯有关系——小时候浇地在冰凉的井水了里光脚走，上学的时候因为舍不得买热水长期喝凉水，即使是冬天也是用带着冰碴喳的凉水洗头发，所以月经才会这么痛吧。自此，刘多多不敢轻易再碰凉了。

这天上午刘多多正在上课，突然之间心脏疼了一下，然后是莫名其妙的心慌的感觉涌上来，让她总是感觉喘不过气来，她不知道怎么了。后面的课她没有办法集中精神，总觉得有什么事情要发生。从来没有过的感觉让她有点害怕。放学之后，她去学校门口小卖部花了五毛钱给家里打了个电话，响了很久也没有人接听，她更加慌乱了。连着几天都是这样，终于熬到了周末，可以回家了。

刘多多心急火燎地赶到家，看到妈妈、大奶奶还有邻居一起在地头剥棉花桃[①]。

刘多多将自行车和书包放进家就去找妈妈了。

“妈，我回来了。我给家里打了好几天电话咋都没人接啊。”刘多多到了就帮忙剥起棉花桃来，开口问妈妈。

“哦，没事。这几天不在家。”白书英的声音有点儿嘶哑。

刘多多抬头看了看妈妈，发现她的眼睛是红肿的。

“妈你咋啦？发生啥事啦？”

“你爷爷心脏病犯了，没救回来，刚出完殡。”白书英声音有点儿哽咽。

刘多多一时没有反应过来，像是听别人的事情一样，只“哦”了一声。

“你看看，多多都不哭。”白书英苦笑着跟邻居说，“从小没有对她好过，没感情。”

刘多多想反驳，自己这几天就很难受，但是她没有出声，她现在真的哭不出来，只是不停地干着活。晚上睡觉的时候，刘多多眼泪再也止不住了。对于爷爷她真的没有多少记忆，她也不明白自己

① 一般棉花开得好的直接拾起来，但是也有很多没开的，那就得用手剥开将棉花取出来。一般是将棉花植株砍了之后放在宽敞处晒干，然后再将棉桃剥开。

为什么这么难过，心头涌起说不上来的难以抑制的悲伤。回到了学校，刘多多依旧止不住哭泣，常常在睡梦中哭醒，这样持续了将近半个月的时间。这种情况刘多多没有跟家里人提过一句，或许这就是血缘的奇妙之处，无论怎样都是血脉相连，剪不断。

爷爷是突发心梗走的，不久前发过一次病，白书英发现得及时，救了回来，这一次爷爷一个人在地里干活，被人发现的时候身体都凉了。葬礼是不允许未成年女孩子参加的，所以白书英没有告诉刘多多。葬礼的一切费用都是刘永昌出的，他的妹妹们没有人愿意出钱，弟弟还没有成家，只能他一个人来承担。家境刚刚好转，这下又回到了起点，债台高筑。

第五章 —孽缘—

遇人不淑，妹妹深陷泥潭

十九

2003 年，刘春秀升入高三，刘多多升入初三。寒假刚收假一周，刘春秀突然感到了剧烈的胸口疼。她强撑着到离学校最近的中心医院，在医生办公室疼得直不起身，趴在医生桌子上看诊。那是一名非常有资历的老医生。

“你家人没来吗孩子？”医生很是和蔼可亲。

“我、我家在乡下，家人都不在，”刘春秀疼得直哆嗦，“就我自己。”

“得去抽个血然后拍个片。”医生在开单子。

“我，我没钱，就给我开点止疼药吧。”刘春秀闷声说道。

“你这不是小毛病，粗心不得，费用你不用担心。先去做检查。”医生叫来护士扶着刘春秀去做检查。

结果出来了，医生严肃地说：“小姑娘，你这叫急性胸膜炎，结核性的，胸部已经有积水了。我现在给你抽出来。”医生做好消毒工作，在看诊室直接操作起来了。长长的针管刺进刘春秀的身体，胸部的疼掩盖了扎针的痛。

“课是不能上了。回家好好休养。我给你开一些消炎药、止疼药还有抗结核的药，坚持服用。回家跟大人商量，有条件还是建议住院。”操作完，医生嘱咐刘春秀，并让她用办公室的座机给家里打了电话，让刘永昌把她接回家。

这个医生自己掏腰包付了刘春秀所有的医药费。刘春秀说一定还医药费，医生拒绝了。刘春秀走后，护士不解地问医生：“您为什么给她出钱看病？”

“我宁愿自己花钱也不想再看到有人丧命。”

原来这个医生几年前遇到过因为无钱看病延误病情的人，后悔自己当初没有出手帮助，现在在自己的能力范围之内，他能帮多少是多少。能遇到他，刘春秀非常幸运。

刘永昌把刘春秀接回家休养，跟学校说明了情况，办理了休学手续。正是在这一年的冬天，非典突如其来，整座县城严阵以待。刘多多感冒发烧，需要回家治疗，一周之后再返校。刘春秀面临高考，刘多多也面临中考，这种情况下居家就是一种煎熬。

刘春秀卧床，偶尔起来看看书，但是大多数时间都是精神不振在睡觉。刘多多除了去卫生室输液，就是回家来陪着姐姐看书。

“多多，如果我考不上大学怎么办？”刘春秀有点儿虚弱地问。

“不会的，你学习那么好，一定能考上大学的。”刘多多安慰着姐姐。

“你知道，在一中，你哪怕多睡一小时，就会有很多同学超过你。”刘春秀无力地叹了口气，“而我，要在家躺几个月。”

刘多多听说过重点高中的竞争非常大，每一个人都是争分夺秒拼命地学习，刘春秀的压力可想而知了。但刘多多接下来的目标依然是考上重点高中，现在的成绩还需要加倍努力。自从开始学习几何之后，刘多多的成绩有所下滑，不管怎么努力，几何证明题她就是搞不明白，一个个立体图形让她头昏脑胀，公式背得滚瓜烂熟奈何就是运用不上。刘多多初中时期最出名的事情不是考了全班第一，也不是受到年级嘉奖，而是几何考了12分。那一次六班总成绩第一名的同学几何考了12分，年级倒数。刘多多成了名人，很多人都想知道刘多多到底是谁，这给了她很大的打击。

“我也怕考不上一中。”刘多多看到姐姐的担忧也不免为自己担心起来。姐妹俩同病相怜，瞬间感觉有点儿凄凉。

不到一周的时间，刘多多感冒痊愈了，她正常返校学习。与此同时，刘耀祖再次跟人打架，被学校开除，刘永昌夫妇气坏了。

“你说你，啊，一点也比让人省心！”刘永昌生气地数落刘耀祖，“乡里的中学你转了个遍，县城能上的我都花钱让你上！你倒好，哪个学校你能待过一年的？我这两年在你身上花的钱，比你三姐、四姐三年加起来都要多！”

刘耀祖并没有意识到自己的错误，不服气地反驳：“都是他们先找我事的。”

“怎么都找你的事，不找其他人的麻烦？”刘永昌一听这话上手就要打。刘耀祖一看情况撒丫子就跑，边跑边喊：“我不上学了，打死也不上了。”

“你想上也没学校收你了！”刘永昌追不上，气得直转圈。

“盼啊盼，这盼来了个什么玩意儿！从小到大就知道惹祸了！”刘永昌喘着粗气骂道。

刘耀祖在家排行老六，真的是带着刘永昌的所有的期望出生的。重男轻女的思想在他这里根深蒂固，即使在有了刘光宗之后，刘永昌也一定要再生一个儿子才行，谁知中间生下了四个女儿。好不容易盼来的孩子，心理上是更为偏爱的，农活不强求他干，调皮也会忍耐，犯了错也会去帮他弥补，平时说是要打他，也总是装装样子，雷声大雨点小。

刘永昌花光了家里仅有的积蓄，又去贷了一部分款，动用了自己所有的关系，终于在县城找了一所中学争取到一个转校的名额。

“这是最后一次机会了！你如果再惹祸，就真的没有学可以上了。”刘永昌语重心长地跟刘耀祖说。刘耀祖只是“嗯”了一声，不知道有没有听进心里去。

刘永昌对于刘耀祖的溺爱，一是因为对最小的儿子的偏爱，二是因为小时候对他的那次毒打，让他心存愧疚。那是在刘耀祖五六岁的时候，被他唯一一次狠揍。

那时刘耀祖年纪小，经常去奶奶家玩，虽然奶奶不待见他，但是爷爷喜欢他，经常拿东西给他吃。这天傍晚，刘耀祖刚回到家，奶奶便找上门来，一进门就问：“刘耀祖呢？”

“刚回来，在里屋呢。”白书英不知道发生了什么事情。奶奶径直往里屋走去。

“你是不是从我那里拿了五块钱？”奶奶看到刘耀祖劈头就问道。

“我没有。”刘耀祖很坚决地回答。

“你说实话，我不会怪你。你拿出来就行。”奶奶转换了语气说道。

白书英蹲下来，非常认真地问刘耀祖：“耀祖，你拿了吗？”

看到妈妈，刘耀祖委屈得哭了：“妈，我真的没拿。”

白书英帮儿子擦了眼泪，转身跟奶奶说：“孩子说没拿，他不会撒谎。我们从小就教育孩子不准碰别人的任何东西。哪怕是你给他，我们点头他才会接的。”

奶奶还想说什么，刘永昌从外面进来。

“娘，你咋来了？”看到母亲来了刘永昌有点吃惊。

“下午耀祖在我们那里玩，我抽屉里的五块钱不见了，我来问问。”母亲说。

“你拿了吗？”刘永昌严肃地看着刘耀祖问道。

“我没拿，真的没有拿，咋啥都往我身上安。”刘耀祖崩溃了，一直在否认。

“不是你是谁？下午只有你在那里，钱自己还能长腿跑喽？”奶奶不依不饶，一口咬定是刘耀祖所为。

“不打他是不会承认的。现在不好好管教，长大还了得。”老太太再次语出惊人。

刘永昌没有办法，只能再次逼问刘耀祖：“赶紧拿出来，不然我揍你。”

“没拿就是没拿，打死我也是没拿。”刘耀祖犟劲上来也不服软。

刘永昌火气也上来了，他让白书英去拿棍子，白书英不动，刘多多吓得躲在妈妈身后。

刘永昌把刘耀祖狠狠打了一顿，刘耀祖哇哇大哭。刘永昌从腰间抽出皮带，拿在手里指着刘耀祖：“最后一次问你，是不是你拿的？”

“真的不是我，妈妈，妈妈……”刘耀祖已经吓得尖叫起来，哭喊着妈妈。

刘永昌看了看母亲，只见她一脸看戏的表情，似乎在催促他赶紧动手。

刘多多抱着妈妈的胳膊，她能感觉到妈妈身体抖了一下。

“不会是耀祖拿的。”白书英声音有点颤抖，冲过气捉住刘永昌手里的皮带，刘多多连带着打了个踉跄，不敢跟上前。

“你自己是怎么教育他们的？他们什么时候拿过谁家一点东西？”白书英坚定的眼神看着自己的丈夫。

“都是你惯的！”刘永昌此刻骑虎难下，根本不听白书英在说什么，或许他也知道刘耀祖不会拿，但是此时一定要给母亲一个交代。刘永昌甩开白书英，白书英重心不稳摔倒在地，刘多多跑过去扶起妈妈，一下子哭出声。

爷爷跑着冲了进来，一进门就夺过刘永昌手里的皮带扔在一边，拉起刘耀祖。

“我这大老远就听见哭声了，紧赶慢赶还是晚了。”爷爷一边解绳子一边说：“钱找到了，二小拿去买玩具了，刚刚回来说的。”

白书英绷不住了，哭出声来：“哪有这么冤枉孩子的。”

奶奶并没有任何的表示，只说了一句“找到了就好”，拉着爷爷就走了。刘耀祖哭了很久，刘永昌抽烟抽了很久。刘耀祖哭累了，沉沉睡过去，刘永昌在他床前坐了很久。这件事翻篇之后，刘耀祖很少再去奶奶家了，对刘永昌也有了畏惧。或许就是这件事让刘永昌对儿子也有了歉意，以后他再闯祸也只是吓唬一下。

学校离家远，要骑自行车去。刘春秀高中住校，一个月回家一次，所以不骑车，每次都是坐公交然后走回家。刘多多就骑着刘春秀的自行车，车撑子都掉了。刘永昌夫妻一合计买了一辆新的自行车让刘多多骑新的，旧的修一下给刘耀祖骑。但是刘耀祖死活不同意，非要新的，不给新的就不去上学。没有办法，刘永昌只能再去借了钱，给他买一辆新的。刘耀祖坚持要自己去买，挑选自己喜欢的款式，美其名曰锻炼他独立。刘永昌一听，感觉很有道理，就把钱给了刘耀祖，千叮咛万嘱咐要小心保管。一周过去了，车子没买来，刘耀祖说钱丢了。刘耀祖的学校没公交车，只能骑自行车，刘永昌又想办法托朋友赊了辆自行车给他。不到两周，刘耀祖回家来说自行车被偷了。接连的巧合让刘永昌产生了怀疑，怎么那么频繁地丢东西呢？逼问之下知道了真相，刘永昌苦笑连连。第一次买自行车的钱，刘耀祖请他所谓的朋友们吃饭花光了，后来因为缺钱他把自行车卖了撒谎说被偷了。刘永昌对此却没有过多的责备。最后刘耀祖妥协骑着旧自行车去上学。从这个时候开始，刘耀祖就产生了一种心理：不管惹了什么麻烦，都会有人帮他解决。只是，刘永昌或许没有意识到，或许谁也没有想到，他们的这种纵容心理，让刘耀祖以后的人生路走得异常艰难，也影响了所有的家庭成员。

二十

刘春秀休学了半年，身体已恢复，如期参加了高考。成绩不理想只是考取了专科，她不甘心，选择了复读。这个决定也得到了家人的支持。刘多多参加中考，如愿考进了重点高中，而且是正榜，这让刘永昌松了一口气。刘光宗原本有个保送读研的名额，但是被关系户顶替，心灰意冷，再加上家里的经济条件有限，他决定开始实习工作。刘光宗的偶像是刘德华，学生时代没少为之疯狂，为了能跟偶像距离更近一步，他没有从事自己的专业所长，而是成了一名娱乐记者。刘春霞、刘春燕依旧在玩具厂打工。刘耀祖本性难移，荒废学业，结交狐朋狗友，经常跟人打架，最终再次被学校开除，初三没有毕业，就辍学在家，后来他跟着村里的装修队学装修，去了外地打工。

高考和中考结束，刘春秀和刘多多的暑假就开始了。今年家里种了很多棉花，刘多多和刘春秀跟着妈妈一起给棉花打杈。所谓的打杈就是将主枝之间的分枝用手掰掉。早上太早，露水很重，将衣服打湿人容易感冒，所以最好等太阳出来露水稍微退去之后再下地。

刚开始的时候，刘多多和刘春秀还觉得很轻松。刘多多个子比较矮，有的棉花都没过了她的头。

“姐，还记得小时候跟妈妈一起逮虫不？”刘多多问刘春秀。

“嗯，棉铃虫，捉住了用叶子包着，使劲一捏。”刘春秀绘声绘色地讲着。

“咦……”刘多多眼前立刻浮现出那个画面，胃里有点翻江倒海，“不说了不说了……”她很后悔自己提起来这个话题，没有脚的动物还有脚很多的动物都是她不敢看的动物。

“你很怕吗？看，虫来了。”刘春秀故意逗弄，作势要扔东西到刘多多身上。

“拉倒吧，这会都打药了，虫都干净了。我不是怕，是恶心。”刘多多并没有上当。

刚开始两个人还有说有笑，渐渐地，手都开始酸了，正午当头，又热得很。“妈，太热了，咱们回家吧？”刘春秀扯着嗓子喊赶在前面的白书英。

“你们先回去吧，我再干一会儿。”远处传来白书英的声音，她继续手里的活儿没有停下。

“咱们也再干一会儿吧。”刘多多看妈妈没有回家的意思，开口跟刘春秀说。

刘春秀不好意思先回家，只能跟着一起干。“真的好累哦。”刘春秀一边干一边抱怨着。

就这样，娘仨儿在棉花田里不停地穿梭。东地完成了去北地，北地完成了去西地，西地完成了去南地。

当南地最后一颗棉花打完杈，刘春秀开心地蹦起来：“终于干完了！”

第二天，白书英对刘多多和刘春秀说：“我今天要去看看你们姥姥。你们先去东地掰棉花[①]。”

“还掰？”犹如晴天霹雳，刘春秀跳起来。

“又长出来了。”白书英很淡定地说，“别那么多事，领着妹妹，累了就回家。”说完白书英骑着自行车就去娘家了。

再次来到东地，刘春秀有点无精打采，动作慢了很多。中午的时候，刘春秀爆发了。

“啊！”她突然大喊了一声，“啥时候是个头啊！”她坐在地上哭了起来。刘多多此时也是很累，而且有点儿中暑的迹象，想吐。她很难受，看刘春秀哭了她也跟着哭了起来。慢慢哭声停下来，俩人也歇够了，相视一眼起来继续干活。

就这样，俩人从东到西，从北到南，一遍一遍地给棉花打杈，直到暑期结束。这次经历刘多多和刘春秀都刻骨铭心，直到多年以后一听到“掰棉花”三个字都直哆嗦。

这一年，刘多多的小叔刘永盛要结婚，奶奶又来找刘永昌了。

---

① 给棉花打杈又叫掰棉花。

“你兄弟要结婚，酒席钱你来拿。”刘奶奶倒是“爽快”，不多一句废话。

“他结婚为啥找我要钱？”刘永昌不同意。

“你爹不在了。你是大哥，你不拿谁拿？”刘奶奶满是歪理。

“这会儿想起来我是老大了？分家一分钱不给我，现在却要我拿钱，没这道理。”

“你不管不中。”看刘永昌态度有点强硬，刘奶奶索性坐在地上要起赖，“他爹，你咋走这么早！”

硬的不行来赖的，她坐在地上大声假哭起来。

“娘嘞，你要逼死我吗？一大家子都快揭不开锅了。”对于母亲的招数刘永昌没有办法。

“我不管，你一天不答应我就来你家哭一天。”刘奶奶边哭边说，只是眼角没有一滴泪。

刘永昌知道她是说到做到，无奈答应了。

没有办法，刘永昌再次去放份子钱的奶奶那里借钱，勉强把弟弟的婚礼办了。新娘子吴莲比刘永盛大了八岁，黑瘦黑瘦的，一脸精明相一看就是厉害角色。

婚礼结束之后，刘奶奶和刘永盛带着吴莲还有一个旁门的爷爷一起到刘永昌家谈判。

白书英去地里干活了，家里只有刘永昌。

“这个你签下字，以后就没有关系了。”刘奶奶拿给刘永昌两张纸，她已经在上面按了手印。

刘永昌接过来一看，竟然是断绝母子关系的声明。

“这是什么意思？”刘永昌将那张纸放在桌上质问母亲。

“分家财产没有你一分，都是你弟弟，以后我也不用你养。得留个证明。”她不痛不痒地说。

“永盛，你说！”刘永昌看着在一边冷眼旁观的刘永盛说道。

“都听妈的。”刘永盛不多说一个字。吴莲则是笑眯眯地在旁观，默不作声。旁门的爷爷尴尬地坐在那里。

“我可是你亲儿子！”刘永昌悲愤地对母亲说道，“这么多年，我有哪一点对不住你的？”

刘奶奶不想多说，打断刘永昌的话：“啥也不用说，你签字就中。”

“娘，何必呢？以后养你我认，家产我也可以不要一分，这个我不能签。你们不嫌丢人我还要点脸面呢。”刘永昌不肯签字。

“你们穷得自己都吃不上饭拿啥养我？再说你们的饭我可不敢吃，我怕被毒死了。”母亲恶毒的话让刘永昌目瞪口呆，他实在不明白自己的亲生母亲对自己哪来那么大的敌意。

“你……行，你想咋弄就咋弄，都随你。”刘永昌一气之下，要签字。拿起来再次浏览全文，竟然看到有一条写着当刘永盛生孩子满月的时候也要刘永昌出钱操办酒席。

刘永昌怒了：“这是什么？太过分了！是不是等孩子上学、结婚、生子也要我操办？他的孩子跟我有什么关系？”

一直没有说话的旁门爷爷开口了：“大嫂子，这就是你不对了，孩子这事确实管不着啊。”

或许看着刘永昌真的生气了，旁门的爷爷也帮着刘永昌说话，刘奶奶有点心虚：“那、那就去掉那一条吧。”她转过头对刘永盛说：“你去重新写，去掉那一条。”

刘永盛跟吴莲一起回家了，再回来的时候吴莲没有来。

刘永昌看着母亲迫不及待地按了手印，苦笑一声，签字按了手印，见证人按了手印之后，刘永昌拿着其中一份转身就离开，说道："我不送了，慢走。"

旁门的爷爷追过去，叫住刘永昌："孩子，你娘央求我做见证人，我本不想来的。"

"没事，叔，我知道。"刘永昌眼睛有点红了。旁门爷爷摇了摇头，叹了口气，走了。

晚上，白书英把做好的饭菜端上来，刘永昌端起碗，豆大的泪珠掉落在碗里。白书英不解地看着刘永昌。刘永昌低着头，说了一句："我没娘了！"隐忍地抖动着双肩。白书英红了双眼，加了一筷子菜放进刘永昌碗里："吃饭。"心里默默补了一句："你啥时候有过？"

屋漏偏逢连阴雨，不久后白书英遭受了意外。

因为柿子收益不好，刘永昌将柿子树砍了，重新种庄稼。整块地需要犁地翻土。

白书英在前面牵着老黄牛，刘永昌在后面扶犁，即将收尾的时候意外发生了。

刘永昌回家喝水，白书英手里牵着牛绳，坐在地头休息。邻居家的狗不知道从哪里突然蹿出来冲着牛狂叫。牛受惊开始狂躁，白书英来不及反应，被拉扯着翻倒在地。老黄牛狂躁地转着圈乱踩，白书英在牛蹄下慌乱躲避，大声呼救。邻居闻声赶紧出来制止了他们家的狗，刘永昌也急忙跑来了。老黄牛没有稳住，白书英躲避不及，左手被牛蹄踩踏，没有办法使劲，也站不起身来，右手死死拉着牛绳不肯放开，被牛拖拽着在地上来回翻滚着。犁头也倒下来，在地上乱摆着。周围人帮忙制止安抚老黄牛，或许是听到了白书英痛苦的呼救声，老黄牛在犁头即将撞上她脸的前一刻，忽然安静了下来，它“哞哞”叫了两声，低头蹭着白书英的身体。

动物是通人性的，它从小被白书英喂养长大，能识别她的声音，似乎也能感受到她的痛苦，在紧要关头停了下来。

“赶紧去医院看看。”邻居看到白书英的手受伤，跟刘永昌说道，“我们家狗很听话的，今天不知道怎么了。”

“回来咱们再说吧，你们的狗得好好管管。”刘永昌着急去医院，来不及跟邻居理论。

到了医院，白书英的手腕肿起了老高。医生拍完片说是粉碎性骨折，得手术取出碎片，是个相当大的手术，费用也得好几万。但别说好几万，就算是几百块家里都很难拿出来，所以只能先拿了些止疼药和膏药回家了。刘永昌觉得这次的意外是邻居的狗造成的，他们得负责，于是回到家就去邻居家讨要说法，但是邻居居然翻脸不认账。

“你说是我家狗就是啊？我们家狗今天一天没出去过。”

“你……当时你们都在场，怎么能睁眼说瞎话呢。”刘永昌没想到邻居会这么无赖。

“你有什么证据说我们家的狗？”

刘永昌哑口无言，是啊，怎么证明呢？吵也没有用。

真的是哑巴吃黄连，刘永昌垂头丧气地回到家。

“没事，不用看，我吃点药，慢慢就好了。”白书英反而开口安慰刘永昌。

夜里白书英疼得睡不着，只能吃止疼药，就这么一天一天熬着，死扛着。终于熬过去了，虽然不再疼痛了，但是白书英的左手再也不能提重物，整只手都伸不直了，左手的关节整个消失了，现在是平的。这是白书英的又一次劫难。

二十一

刘多多上了高中后，有点儿力不从心。数学、物理和化学，对她来说都是大难关。学校每天早上五点半起床跑操，然后是早读，每顿饭吃饭的时间只有十五分钟，晚上十点放学。大家拼了命地学习，生怕浪费一分一秒。

全校三个年级是分开吃饭的，高一先吃，十分钟之后是高二，再隔十分钟是高三和复读班。每次吃饭，刘多多都会打两份饭，跟刘春秀约定好用餐地点放在那里，课间刘春秀再把饭盒拿给刘多多。排队打饭再吃饭还得刷饭盒，时间非常紧迫，大家都是用跑的，吃饭也是狼吞虎咽快速解决掉。这样的高中生活每天机械地重复着。

高三的寒假到腊月二十八九才会放假，正月初六就会开学，刘多多放假回家的时候刘春秀还在学校。刘光宗早早回家了，他将自己一年积攒的工资全部拿回来置办年货。刘春霞和刘春燕也提前回家来。刘永昌准备给刘春霞说媒，要她们提早回来相亲。

或许是因为家里太穷了，跑媒的都不愿意给提。最后孩子四姨白书兰给介绍了一个他们村的男孩，说是知根知底的，家境也不太差。

相亲这天，刘春霞并没有认真梳妆打扮。白书兰托了他们那边的媒人带着那个男孩来了。第一眼看去，那个男孩很老实，也不怎么说话，眼睛大大的，双眼皮，五官也端正，就是个子不高，很瘦削，显得更矮了。男孩名字叫徐富贵。一家人都在场，媒人介绍了一下后，发现两个人都默不作声，于是打消了让俩人单独去里屋谈话的环节。

“孩子们可能都不好意思，让他们去外面走走吧。”媒人笑着对白书英说道。

“也好。”白书英对刘春霞说，“要不你们去苹果林那边走走吧，没啥人也方便说话。”

刘春霞点头答应，和徐富贵一起往外走去，他们有点儿尴尬，一前一后走着。

看着他们走远，媒人一直在夸徐富贵如何老实，家里的老人如何好，都快夸出花来了。

刘多多跟着哥哥姐姐一起一直跟到了地头，看着刘春霞他们走远，还踮着脚想听他们在说什么。

“你们觉得这人怎么样？”刘光宗问道。

“长得还行吧。”刘春燕点着头说道。

“我看着也不错。”刘光宗说了一句，然后再问刘多多，“你觉得呢？”

“有点儿矮。”刘多多实话实说，“还有点儿瘸。”

“瘸？”刘光宗吃了一惊，“这个我倒没注意。一会他们回来我再看看。”

没过多久，刘春霞他们就回来了，或许是因为陌生人真的没有什么可聊的。

“是有点儿瘸。”刘光宗凑到刘多多耳边悄悄说道。

徐富贵倒不是真的腿瘸，只是高低肩有点严重，走路的时候看着是一瘸一拐的。回来之后，媒人领着徐富贵就走了。刘春霞不想多说，回屋里自己待着。大家都默契地没有说话。

很快媒人递来了消息，对方对刘春霞很满意，如果同意的话立马可以订婚过礼，年前找个好日子直接办婚礼。但是刘春霞很明显的是不太满意，刘永昌犹豫着该怎么说。

晚上吃饭的时候，刘永昌最终还是开口了。

“春霞，你觉着那个徐富贵，行吗？”刘永昌试探地问道。

刘春霞只是低头吃着饭，不出声。

“人长得不错，家里老人也年轻，嫁过去不会吃苦的。”刘永昌继续说道。

“我不喜欢他。”刘春霞声音有点儿低，还是表达了自己的想法。

“啥喜欢不喜欢的，不就是搭伙过日子吗？”刘永昌对于刘春霞的话不置可否。

“我跟你妈也是见一面就结婚了，现在不也好好的。”

不听这个还好，一听这个刘光宗开口了：“怪不得妈妈受那么大罪，当初就该再多相相。”

“你闭嘴！”刘永昌呵斥刘光宗不让他说话。刘光宗翻了个白眼继续吃饭。

“你四姨说的媒，人肯定不会错。他们给的彩礼也是很多的。三万三，你去问问谁家能给这么多见面礼？”刘永昌终于说到了重点了。

“说到底，你就是为了钱。”刘春霞放下筷子，起身，“爱咋地咋地，是死是活我认命。”刘春霞丢下这句话出去了。

刘永昌没有再说话，他确实是为了彩礼，家里欠太多的钱了，因为钱，白书英的手都没有医治。其实大家都心知肚明，只是没有人捅破。

刘光宗不忍心让妹妹受委屈，找到刘春霞跟她说：“不喜欢就别嫁，一辈子的事情。”

“哥，我得嫁。你知道吗，妈妈的手骨折了都没有钱看。她不说我也知道。跟谁都是过，跟谁结婚都一样。”刘春霞哭着说。

“之前你喜欢的那个人呢？这会儿肯定没人反对了呀。”

“他结婚了。当年就是因为他家里催婚他才来跟爸谈的，没谈成他回家就相亲结婚了。”刘春霞哭得更伤心了。

刘光宗也终于明白为什么刘春霞说跟谁结婚都一样了，不是喜欢的那个人，其他人是谁都无所谓了。刘光宗还想再说什么，刘春霞已经做好了决定了，她太懂事了，好像也还没有明白婚姻的抉择是多么的重要。多年之后，不知道刘春霞有没有为当天的决定后悔。

刘春霞妥协，亲事就很快敲定了。三天后过礼，腊月二十八举办婚礼。

定亲当天，对方来了很多人，刘永昌叫了堂叔叔和婶婶们作陪，大家脸上都洋溢着灿烂的笑容，只有刘春霞脸上没有一点笑容，一切都是敷衍地走过场。订完婚就准备嫁妆了。刘永昌去邻村家具厂定了一套现成的木质家具，有衣柜和茶几，还有几把椅子、木质的脸盆架子，东西虽然不多但也摆满了院子。白书英用一天的时间去采购瓷脸盆、毛巾等陪嫁物品，还裁了几床缎面的被面，请邻居帮忙赶工做了六床新的被褥作为嫁妆。

婚礼前一天家里就已经布置好。能贴的地方都贴上了大红的喜字，大门上贴上了对联。白书英将被子塞到了衣橱里，外面贴上了红纸条封门。结婚的习俗，所有的柜子抽屉等不能空着，有的填上了被子和新衣服，有的放了染红的花生，还有大枣。

关于出嫁，那时候的习俗很奇特。婚礼是在男方家举办，中午十二点前要把新娘接到男方家。新娘这边但凡直系亲属都不能送嫁，兄弟姐妹也不能去现场，只有旁门的亲戚送嫁。娘家人在送新娘出门后再宴请亲友。送嫁的人有四个已婚妇女，是旁门的婶婶或者村里能说会道的人，两个未婚的小姑娘，村里每户抽出一个男丁去抬嫁妆，还有两个堂兄弟挂门帘。

没有西式婚纱，都是中式的旗袍。刘春霞一大早去县城的照相馆盘了头，化了妆，回到家等待新郎的到来。上午十点多的时候，接亲队伍来了。三轮车和卡车来拉嫁妆，还有一辆桑塔纳轿车接新娘。那时候婚闹已经没有那么严重了，刘多多家辈分也低，出门都得喊叔喊爷爷的，平辈的都不多，所以整个过程算是平和。村里人只是围观议论着一对新人。

嫁妆搬上了车，就等新娘子出门了。刘春霞被催了很多次才走出来跟爸妈告别。白书英忍不住哭了起来，刘春霞也哭，妆都花了。

“大喜日子，大家不要哭了，赶紧出发吧。”对方来接亲的人开始催促出发。

临走前大家跟刘春霞拍照留念，刘春霞上车也是哭得很厉害。

“哎呀，不打扮不知道，长得真好看。”

“新郎可不高啊。”

“哭成那样，以后的日子肯定会过得好。”

看热闹的人群议论着。哭嫁是一直以来的习俗，新娘子离家的时候哭得越伤心预示着以后的日子越红火。

接亲的队伍走远了，白书英回屋关起门来哭了一阵，整理好情绪出去招呼客人。农村的酒席都是大锅菜，然后分盘装，流水般一道道上菜，叫作大席。亲朋好友包括村里的人分桌而坐。吃不完的也可以打包走。最后，等所有人都走了，白书英带着大家将所有的剩菜用大盆装起来，以后几天每日三餐基本都是吃剩菜了。温饱都是问题的时候，剩菜也都是一顿顿的美味，饭菜混在一起再炖一遍的味道非常独特和美味。白书英将一部分剩菜分给邻居。那时候村里人都不会嫌弃是剩菜，村里别家办席的剩菜有时候也会分给白书英一些，这都是她平时积累的好人缘。每年往外送东西，他们还是记得白书英的好。渐渐地，村里人对待刘多多一家的态度也慢慢改观，正所谓日久见人心，白书英多年以来秉持的善良理念获得了他们的尊重，只有一两家积怨实在太深，关系一直未缓和。

刘永昌将大部分彩礼钱用来还债，置办的嫁妆在当时看是有点儿寒酸的，连一件像样的电器都没有。男方家里虽然准备齐全，也未做要求，但是那时候作为娘家没有像样的陪嫁是要被人看不起的，这也成了日后徐富贵用来羞辱刘春霞的借口。

临近春节，刘春霞回完门就得去婆家过年了。这是她第一次在外过年，刘春霞忍不住偷偷哭泣，看着徐富贵的脸，她始终喜欢不起来。

刘耀祖没有赶上刘春霞的婚礼，比原定计划晚回家了两天，刘永昌问他原因他始终没有说实话，只是在敷衍。

“你剩下多少工资，都拿出来吧，年底了正好还账。”刘永昌对刘耀祖说道。

“一点儿没剩下，挣得都不够吃的。”刘耀祖埋怨道，“还说什么照顾我，工头今天扣工资明天扣工资，到最后都扣没了。”

“不可能，都出去这么久了，怎么能一点不剩呢？”刘永昌有点不相信，出门去找那个带刘耀祖出去的工头。

那个工头以前是跟刘永昌做学徒的，一直以来都跟刘永昌保持着比较好的关系，不至于会克扣工资。他得去问清楚到底是咋回事。

刘耀祖有点儿忐忑，他知道纸终究是包不住火的。

刘永昌回来了，一脸怒容。

“刘耀祖，你是真有能耐，还埋怨这个埋怨那个！”刘永昌怒不可遏，刘耀祖只是低着头没有说话。

“你说说，让你去跟着干装修，也是能学一门手艺，你倒好，经常迟到不说，不是腰疼就是腿疼，耍奸偷滑。人家要不是看在我的面子上早把你赶回来了。”刘永昌气得一屁股坐在椅子上，手敲着桌子继续说道，“来，你说说，你欠人一千块钱又是怎么回事？”

“不干活儿的时候一起斗地主，他们合起伙来骗我。”刘耀祖狡辩。

“你不打牌人家怎么骗你？好的不学你倒学会赌了你。”越说越生气，刘永昌起身就要打他。

刘耀祖一看情形不对，跑得飞快：“我一定能赢回来。”

“你再敢碰我打断你的腿！”刘永昌在后面道。

刘耀祖出去打工，不仅没有挣到钱，反而要给他还赌债，气得白书英也直跺脚，过完年说什么也不让他出去了。

除夕夜，少了刘春霞，大家似乎都不习惯。八口之家，虽然只是少了一个，总感觉缺失了一大块。大家都知道，这桩婚姻不是刘春霞想要的，能不能经营好也是未知数。大家食不知味，满脸心事，只有刘永昌、刘耀祖吃得开心。

初一拜年，刘光宗不想出门，就留在家里。其他孩子跟着爸妈一起出门，每一年的春节都是大同小异。日子像是复刻一样，循环往复，只是复刻中的人都慢慢变了模样。

二十二

又一年到了高考，刘多多他们的教室要布置考场，两天不上课。刘多多没有回家，她想陪着刘春秀高考。

考场外面都是在紧张等待的家长，刘多多在人群中安静地站着，深切感受到了紧张的气氛。不知道两年之后自己走进考场，会有什么样的表现呢？刘多多不知道也不敢去想了，紧张到快要窒息。两天的考试很快就过去。每一场下来刘春秀的表情都不是太好，最后一场考完，她哭了，说感觉自己没有考好。

考完就放假了，刘春秀在学校住了一夜，收拾东西准备回家。晚上，刘多多到姐姐宿舍帮她收拾东西。此刻刘春秀已经调整好了情绪，没有那么低落了。

“没想到你会陪我考试，谢谢亲爱的妹妹。”刘春秀有点儿动情，伸手要抱刘多多，刘多多躲开：“走开，不要这么肉麻。”刘春秀差点儿笑出了声——妹妹一如既往地内敛。

“多多，你知道吗，你是第二个等我出考场的人。”刘春秀有点儿神秘地说道。

“那第一个是谁？”刘多多好奇地问。

“大哥，”刘春秀自豪地说，“我考初中的时候，大哥接我出的考场。”

“哦，原来如此。”刘多多说。

“什么原来如此。”刘春秀有点不解。

“你俩关系原来这么好啊，怪不得一起气我，让我挨打了。”

“哈哈哈哈哈哈哈！”刘春秀也想起爸爸打刘多多那次了，“谁让你那么肉[①]。”

“切！”刘多多白了一眼刘春秀，继续帮她收拾东西了。

刘春秀回家过暑假了，刘多多继续开始上课。

高考成绩出来之后，刘春秀还没有第一年考得分数高，但是她不想再复读了，就报考了一个专科院校。

家里的房子都快变成危房了，漏水严重，而且经常往下掉泥掉瓦。这天白书英在院子里拉水准备做饭。提着水桶，刚想进厨房，听到门口似乎有人在叫她。白书英把水桶放在门口转身去看是谁。刚走出两步，厨房突然坍塌，吓得白书英呆在原地，后怕极了。如果自己没有犹豫直接进了厨房，后果真的是不堪设想。

家里唯一可以住人的就只剩东边那一间小屋了，他们在屋里烧了个炉子做饭，吃、住、待客全在那间小屋子了。

刘多多表叔来家里做客，他躺在木制躺椅上，跟刘永昌聊天，突然，他盯着屋梁说：“大哥，你家的梁头是不是要断了？”

刘永昌赶紧走过去看，果然，横梁已经裂了一条挺深的缝，幸

① 当地方言，慢的意思。

亏发现得及时。在表叔的帮助下，刘永昌找来了一根结实的粗木头，顶在横梁裂缝那里，这样可以再撑个两年。

“大哥，得重新盖房子了。这样下去不是办法。”表叔说。

“对，但是现在手头紧，还得再等两年。”

什么叫“屋漏偏逢连阴雨”？这两年真的是非常应景这句话。不知道哪里来的霉运，一遭又一遭不停地出现，难上加难。

高二，面临着文理分科。刘多多的强项是文科，但是那时候有句话——学好数理化，走遍天下都不怕，家里人都说文科没有出路，于是刘多多就选择了理科，即使她的数理化成绩很糟糕。分科之后，刘多多简直是拼了命地学，吃饭时都在背公式。但是每次月考成绩出来，理科都严重拖后腿，有时候甚至都不及格。没有进入快班，在慢班也是相当吃力，这样她压力更大了。班主任觉着偏科严重的学生放弃了有点可惜，还组织了学习小组，专门给他们的薄弱学科补课，但效果甚微。刘多多每天都埋头苦读，因为分班，班里的同学一年换一批，唯一不变的是刘多多除了同桌之外几乎都不认识。只是自己的书桌上总是会多出一盒牛奶，刘多多想问是谁放的，但是不知道如何开口，再加上学业繁重，没有时间和精力去深究，也就习惯了。

高二下半学期刚开学，刘多多突然又有了不好的感觉。上次有这种感觉还是在爷爷去世的时候。她很担心是不是家里又出现了什么事情，一有时间就往家里打电话，奇怪的是每次都是刘永昌接听的。

“我妈呢？”每次刘多多都是问妈妈在哪里，总有不好的预感。

“下地干活儿还没有回来。”每次都是这个答案，刘多多自然不信，不安更加强烈。

“我妈到底在哪里？你要不说我现在就回家找。”刘多多撂下狠话。

“你好好学习，真没事。”刘永昌还想糊弄过去。

“我马上请假回家。”

“你妈在医院。”看瞒不过去，刘永昌说出来了。

刘多多并没有问为什么住院，只是问了哪个医院哪个病房就挂了电话，下午跟老师请了假，她就去医院了。

刘多多来到病房，刚有身孕的刘春霞在照顾白书英，两个堂婶恰巧也来探视。她看到躺在病床上的妈妈，脸颊上有伤，肿得老高，嘴角也肿了，右眼乌青睁不开。

“妈！”一句妈叫出口，刘多多的眼泪滚了下来，“这咋弄的？”

白书英没有回答，转移话题：“你咋来了，不在学校好好学习，瞎跑干啥。”

白书英不让所有人告诉刘多多，怕影响她学习。没等刘多多再张口，就听到门外闹腾起来，乱哄哄的，听不清在吵些什么。

忽然有个让刘多多熟悉又感到厌恶的声音传过来：“白书英在哪个病房？”

那是奶奶的声音。

“这位老人家，你小点儿声音，这是医院。”护士在外面制止着。

“白书英！白书英！你出来……”奶奶不管不顾，身后还跟着刘多多的三个姑姑，四个人凶神恶煞地在医院横冲直撞。

“你们再这么吵我叫保安了。”护士实在是看不下去了。她们的声音低下去了。

“大嫂子，别担心，大哥会处理，光宗也回来了，肯定能解决好。”三婶说。“永盛下手可真是太狠了。咋说你也是她亲嫂子啊，小时候还看过他呢。”二婶在一旁也说道。

刘多多终于听明白了，妈妈竟然是被小叔打进了医院，她攥紧了拳头，指甲都要掐进了肉里，只恨自己不能代替妈妈挨打。现在连刘光宗都赶回来了，事情肯定很严重。奶奶在医院竟然倚老卖老地胡搅蛮缠起来，她坐在走廊里，一边装哭一边喊："白书英，你装啥装啊！没啥事住什么医院啊！还报警，想干啥呀？啊，就让我老婆子去蹲监狱吧，你就毒死我吧！”真的是越说越离谱。

病房里，白书英皱起了眉头，婶婶们看到这种情况赶紧说了几句安慰的话就走了，多待无益。刘多多正想出去找她们理论，听到了大哥的声音，刘光宗来了。

“这里是医院，你再这样，报警。”刘光宗面无表情，盯着奶奶说道。刘光宗身后跟着一个穿着西装的男人，那是他的大学同学，现在是一名出色的律师，刘光宗请他来帮忙，看来是要走法律程序了。刘光宗一定要刘永盛付出代价，哪怕他是自己的亲叔叔。那律师对刘光宗的家庭情况了解得很清楚，也猜到了眼前的老太太的身份，开口道："老人家，我是律师。你这样闹是没用的，一切都要以法律为依据，该怎么着就怎么着。阿姨现在是轻伤，按照法律，打人者是要判刑的。”

这辈子哪里见过什么律师，奶奶她们也蒙了，停止了哭闹。“装、装的吧，哪有那么重。”奶奶声音有点发颤。

“一切以验伤结果为准。奉劝各位还是先回去吧。”律师朋友冷看了她们一眼。

“进去看看阿姨吧。”律师朋友转身对刘光宗说道。刘光宗冷哼了一声，带着律师朋友去了白书英的病房。

奶奶她们看情形不对，灰溜溜地走了。

看着妈妈的样子，刘光宗哭了，妈妈是他的软肋也是他的死穴，他最心疼的就是妈妈。

“我一定要让他进监狱。”刘光宗握着拳头说道。

刘多多了解了事情的全部经过，看大哥在，自己也帮不上什么忙，晚上回学校了。

因为家里的房子实在是不能住人了，所以刘光宗将所有的积蓄拿出来，又借了三万块钱，给家里盖房子。公路路北的那一块宅基地，是分给刘永昌的，当时爷爷说他要用路南边的那一块宅基地换。只是后来刘永盛在路南的宅基地建了房子，没有换成，路北这一块就还是刘永昌的。盖房子本来应该是顺理成章的事情，但是刘永盛一口咬定那宅基地是爷爷的，即使村里给出证明也死不承认。当房子动工的时候，刘永盛百般阻挠，还让母亲去现场闹，一哭二闹三上吊，搅得无法开工。

刘永盛再次来到现场胡搅蛮缠，白书英跟他理论，谁也没想到理亏的刘永盛说不过竟然抡起拳头对自己的嫂子动手。白书英瘦弱的身躯哪堪他的暴力，很快就满脸血倒在地上。刘永昌看到弟弟动手并没有上前制止，因为他知道自己打不过。刘永盛一米八多的个头，腰圆膀粗的，一般人确实打不过，他落在白书英身上的拳头也是使出了十分的力气。

刘永昌只是出声道：“别打了，别打了，再打我报警了。”但他只是嘴上说着报警并没有实际的行动，不知哪个好心人报了警。当听到警笛声音的时候，刘永盛慌了，没想到刘永昌竟然开口对他说道：“跑啊，还不快跑！”刘永盛反应过来就撒腿跑了。看弟弟跑远了刘永昌这才打了120，将白书英送到了医院。

刘光宗不能容忍妈妈受伤，一定要走法律程序，但是他找了两天也没有找到刘永盛。刘永盛躲了起来，奶奶和吴莲每天都来医院哭一回，说孩子都还小，刘永盛不能出事之类的。白书英心太软，不想去计较了，刘永昌也一直在找各种理由，只要刘永盛不再对盖房子的事情捣乱就放过他。

刘光宗虽然想坚持自己的意见，但是拗不过妈妈的脾气，决定不再追究。但是通过这件事情，他对刘永昌前所未有地失望极了，这是他无法解开的心结。

“如果再有下次，跪下求我都没用。”刘光宗对刘永昌说了一句就走了。

房子的建造自此顺利往前推进，白书英在医院躺了一个月才出院回家休养。自此，刘多多家跟奶奶家所有的亲戚，包括在家的姑姑们和小叔，还有奶奶娘家那边的亲戚，关系都降到了冰点。唯独三姑刘翠，早些年去广州打工很少回来，就没有参与这些污糟事。或许是眼界开阔了见识长了，偶尔还会劝说奶奶收敛。后来她找了个当地人嫁了，干物流生意，越做越大，只是对金钱依旧有着执念。只有她还会偶尔和刘永昌家联系。奶奶那边断绝了所有联系，逢年过节也不再来往，刘永昌夫妇也落得清静，只是刘光宗却鲜少回家了。

二十三

2006年高考。

高考前一天，刘多多突然高烧起来，不知道是不是因为太过紧张。刘多多拖着病体参加考试，每场结束都是被室友扶着回宿舍休息的。刘多多已经快要绝望了，考得一塌糊涂。因为教改第一年，自主命题，专家后来评价那一年的考题是：偏、怪、难。考场外面没有家人等待，刘多多心里感觉空落落的。

成绩出来之后，刘多多总分488分，没有上榜本科，只是过了专科线。原本是她的优势科目的英语、语文，平时考试要跟其他同学拉开三四十分，但是这次都是99分，跟其他人差距不大。数学反而被别人拉开了一大截，只考了不到90分。有刘春秀的前车之鉴，刘多多不想复习。压力太大可能越复习越倒退，刘多多自认为不能承受那份压力，于是听从姐姐的建议，选报了一个师范类的专科院校。

报考志愿的时候，刘春秀放假回家了，她陪着刘多多去填报志愿。

“我觉着这个学校好。”刘春秀指着其中一个学校，“第一志愿报这个吧。”

“为啥觉着这个学校好呢？”刘多多不解。

“你看啊，开封，名字好听，学教育，以后也可以当老师，多好。”

是啊，第一次听说这个城市，名字挺好听的。上大学就得出远门长见识，第一眼觉着喜欢的准没错。

一个敢选，一个敢听。通知书下来了。

“啊，开封不是山东的吗？为啥是河南的？”刘春秀打开通知书跳起来。

“以后别说自己是大学生了，丢人。”刘多多也是哭笑不得，“我也觉着是山东的。”

两个理科毕业的人，地理知识是真的令人无语。

结果已经这样了，就接受吧。大家只是笑了一阵，还是对未来的大学生活充满了憧憬和幻想。刘多多跟刘春秀聊天，打听大学的生活。

“姐，你给我讲讲大学的事情呗。”

“哎呀，有啥好讲的呀，我读的学校也不好，挺小的。”刘春秀说道，“我那天去网吧搜了一下开封，还挺好的，九朝古都呢，肯定可美。”

“希望吧。姐你谈男朋友了吗？”刘多多又问。

“没有没有，”刘春秀连忙否认，“不过有个男孩在追我，我还没答应。”

“你这么漂亮，一定是好多人追。”刘多多羡慕道。

“还是不要谈恋爱了吧，好好学习，升本才是正事。”刘春秀像是对自己说，也像是叮嘱刘多多。刘多多暗自点了点头。

众兄弟姐妹之间，刘春秀跟大哥刘光宗的关系是最好的。刘春秀小学时期每次考试都是第一，刘光宗都会拍着手，笑着、跳着说“又是第一！第一！”有一次刘春秀考第一得到一个铅笔盒的奖励，她非常喜欢，刘光宗像往常一样笑着跳着，不小心将铅笔盒碰落在地上，还一屁股坐在上面压扁了，刘春秀气哭了。小升初时候，别人都是父母在考场外面等候，等待刘春秀的却是大哥。刘光宗那时候又黑又瘦小，用刘春秀的话，像个小老头。他爬上学校的墙头，坐在上面等刘春秀出来。刘春秀一出门，就看到大哥手里挥舞着早已经化成水的老冰棍儿，扯着嗓子喊“我在这里！”。不论是小时候，还是上大学，刘春秀跟刘光宗都保持着亲密无间的关系。

上了大学，刘春秀出落得亭亭玉立，她身材高挑，五官优秀，一头乌黑的及腰长发非常吸睛。刘光宗每周都要给刘春秀打电话，每个月也给她一千块钱左右的生活费。刘春秀的室友们经常开玩笑：人家都是跟男朋友打电话，你这是跟自己的亲哥哥有说不完的话。每个节假日，刘春秀都会去刘光宗那里。她认为自己是哥哥的骄傲，事实也确实如此。每次刘光宗都会带着刘春秀见他的朋友，每次都会骄傲地介绍："这是我妹妹，亲妹妹哦，漂亮吧。"

每当听刘春秀说到这些的时候，刘多多甚是羡慕。她没有经历过这些，被人在乎被人爱是一种幸福。刘多多一直以来都认为自己是多余的人，自己的名字她也问过妈妈，为什么姐姐们的名字都带有春字，而她没有。白书英没有给出解释，只说都是随便起的。刘多多却坚持认为自己本不该出生，是一个多余的人，所以才叫多多。

刘多多等待着也期待着自己的大学生活。只是她怎么也没有想到，接下来发生的事情彻底将她所有的信念击碎。

这天的天气特别炎热，刘多多跟刘春秀在家待着不想下地干活，刘永昌骑着摩托车载着白书英去果园干活。刘春霞买了一台电动的缝纫机在家给人加工玩具，缝制玩具的外皮补贴家用，刘多多和刘春秀就帮着剪线头。也就是几分钟的光景，邻居奶奶就匆匆跑来："哎呀你们还在家，恁爸妈跟人打起来了，还不去看看哪。"

"啊？奶奶，在哪？"一听这话，刘春霞赶紧关了机器，三个人赶紧往外跑。

"李五德家门口，快去看看吧。"邻居奶奶回答道。

刘春霞骑上门口的自行车，刘多多跟着刘春秀在后面跑着。当刘多多她们赶到的时候，刘春霞的自行车被李五德抓住，俩人扭打在一起，刘春秀也加入了混战。刘多多看到妈妈满脸鲜血躺在地上，李五德的老婆和女儿在疯狂地用脚踹她的头，不禁脑袋一片空白，本能地扑上去，护住妈妈的头，任凭她们拳打脚踹。疼，是真的很疼，刘多多一直喊着："不要打了，不要打了。"抬头想呼救，但是周围都是笑着看热闹的嘴脸，她还看到了在人群中的堂叔们甚至还有亲叔叔的脸，他们脸上的笑容是那么的刺眼。爸爸呢？此刻刘多多更想看到爸爸，但是她搜寻了几圈不见爸爸的身影。

耳边传来对方疯狂的辱骂声，还有刘春秀、刘春霞的哭叫声，她们两个女孩子如何敌得过一个高大男人的拳脚？忽然刘多多右边肩膀上传来剧烈疼痛，李五德的女儿一口咬在她的肩膀上，手还扯着她的头发，试图将她从白书英身上拉开。刘多多顾不得疼，死死护住妈妈。不知道过了多久，警车声传来，派出所来人了。终于，他们停止了殴打。

"哎呀，李队长，这是干什么？"一名警察下车就冲着李五德打招呼。

"妈的，赶紧、赶紧把他们抓起来！妈的，敢跟老、老子动手，活腻歪了！"李五德骂骂咧咧的，站都站不稳，原来他喝醉了。不一会儿，救护车也来了，不省人事的白书英被抬上车，刘春霞让妹妹们回家待着，她跟着救护车去了医院。刘永昌不知道什么时候回来了。因为两家矛盾产生太多次了，所以警察都认识了。看到刘永昌后问："这次又是因为什么打起来？"

"我们也不知道为什么啊，"刘永昌有点气愤，"我们下地干活，从他家门口路过，他二话没说看到我们捞起板凳就砸了。"

"你们不会换条路走？"警察斜着眼睛问。

"这是必经之路，我们骑着摩托车不能从沟里走吧？"

“就你他妈有能耐，不服是不是？信不信我搞死你！”李五德这时候一瘸一拐地又要冲上来打，“再逞能把你们一家填井里去！”

“你们听听，有这么欺负人的吗？我没动手，看他这样我立马回家打电话报警了。我媳妇儿都被打进医院了，还有没有王法！”刘永昌大声说道。

“行了，行了，”警察制止刘永昌的话，“都跟我回派出所吧”。

刘永昌跟醉醺醺的李五德一起上了警车。人群慢慢散去。刘多多哭着慢慢走回家。手臂上的痛感越来越强烈，她拉开衣服一看，右边上臂有一个大大的牙齿印，中间已经青紫，周边的牙齿印渗出血珠。刘多多谁也没有告诉，回家用毛巾擦了擦，就回屋里躺下了。天渐渐黑了，刘春霞打了电话回来说妈妈已经醒了，得在医院输液治疗，今天不回家了。刘永昌还没从派出所回来。

刘多多胳膊疼得厉害，又想到妈妈挨打的场面她更加难受，躲在被窝里偷偷哭起来。这时候，刘春秀进来，带着哭腔说：“刘多多，你还睡？真是没心没肺！都这样了就你睡得着！”刘多多没有说话，眼泪流得更凶了。刘春秀没有得到回应，气哄哄地走到外面去了。

不多一会儿，外面又传来了叫骂声。李五德的儿子晚上回家来听说打架又跑来刘多多家门口挑衅。现在只有刘多多和刘春秀在家，刘多多担心刘春秀吃亏，赶紧爬起来，操起旁边针线筐里的一把剪刀就往外冲。

“有本事你就来，你来我就敢拼命。”刘春秀有点发颤的声音传来。

刘多多跑到门口，看刘春秀手里拿着一把菜刀，在门口站着，如同一只受惊的豹子。如果对方敢越雷池一步，她肯定会选择同归于尽。刘多多看看姐姐手中的菜刀，又看看自己手里的剪刀：“姐，要拼命吗？要不要报警？”刘多多有点儿害怕。

“嗯，别怕，我打过电话了。他敢动手我就敢砍他。”刘春秀声音虽有点发颤，但是眼神坚毅，眼睛也有点泛红。

刘多多了解姐姐更了解自己，即使对方动手了也只有挨打的份。从小就是如此，不会骂人，更不会打架，打人之前都会想想会不会太痛，更何况是砍人。但是兔子逼急了都会咬人，她们当时真的是有拼命的打算。

“赶紧回家吧，就俩小姑娘在家，你闹啥呢？”邻居看不下去了，出口制止。

“对呀，大人都不在家，人家妈妈都进医院了。”另一位邻居也说道。

“赶紧回家吧，别闹了。”邻居们都开口说话了。

李家儿子看大家都开口说话了，再闹下去也没有面子，就撂下狠话走了。

刘多多跟刘春秀互看一阵，笑了起来。笑着笑着，又哭了，哭得越来越伤心。邻居们摇了摇头各自回家了。俩人就这么哭着等刘永昌他们回家。

第二天，派出所要求所有人去做笔录，还在输液的妈妈挂着吊瓶就被带到了派出所。刘多多长这么大第一次进派出所，又是分开单独询问笔录，她紧张极了，心里害怕得要死。对方一遍一遍地问：“你打了谁？怎么打的？”

“我没打人，我只是护着我妈，我是被打的。”

刘多多一遍一遍地回答。

“李五德腿骨折了，你们谁打的？”

“骨折了？不知道，我只是在挨打，护着我妈。”

“是不是你大姐打的？”

“不可能，我大姐怎么可能打得到他。”

“是不是你爸妈先动的手？”

“不知道，我没在场，听我爸说李五德先动的手。”

“那你后来为什么去了现场？”

“邻居去叫我们，我当然要去看看，我妈根本不会跟人打架。”

“你到了之后打了谁？”

“我没有打人，看到她们在打我妈，我只是护着我妈。”

刘多多几近崩溃，他们反复提问就想让刘多多说出她打人的话。刘多多从头到尾只是在挨打，如何能承认？

“我胳膊还被咬了。”刘多多露出伤口给他们看。经过一夜，伤口已经不再渗血，但是整条胳膊都肿了起来，中间部位开始发黑了。刘多多也吓了一跳。

看到伤口，两位警察对视了一眼，看也问不出什么，其中一个警察说：“我们问完了，你可以签字按个手印离开了。”

刘多多看了一下笔录，问道：“我胳膊被咬为什么没写？”

“哦，没那么严重，没必要写。问啥问，赶紧签字出去。不想出去吗？”一个警察忽然间变了脸，还有点儿不耐烦。

刘多多没有经历过这样的场面，颤抖着签了名字按了手印，出去等家人。她不知道其他人的状况如何。不多时，大家都录完了口供，一起回家了。妈妈的针已经拔了，因为回血太严重，回去要重新扎针输液。

“李五德脚踝那里骨折了，你们谁打的？”回去的路上，刘永昌问道。

“都没打，他喝多了站不稳，跟我抢自行车的时候自己崴的。”刘春霞说。

“现在李五德一口咬定是打的，他们说是轻伤了，要坐牢的。”

“怎么这样？有证据是我们打的吗？我妈被打成那样，我胳膊还被咬了。”刘多多很不理解。

“你被咬了？快让我看看。”白书英挣扎着坐起来，要看刘多多的伤口。

“没事，妈。”刘多多本能地往后藏自己的右胳膊。

白书英一把拉过刘多多的隔壁，看到伤口：“你咋不说啊！都发黑了。”

刘多多流下泪来，看了一眼刘永昌，她很想问：“你去哪里了？妈妈被打你去哪里了？我被咬你去哪里了？”但是她问不出口。

白书英和刘多多一起在卫生室下了车，她要重新输液，刘多多要看胳膊。

“我的天！咋这么严重。”医生有点惊讶。

“你这是被人咬的？伤口怎么会这样，黑了已经。先打消炎针吧，看看恢复情况。”

就这样，刘多多跟着妈妈一起输液，伤口久不见好转，一层一层开始蜕皮。

李五德一口咬定是刘春霞将他的腿打骨折的。现在他们要和解，白书英和刘多多的伤他们不去追究，李五德骨折也不追究刘春霞的责任。刘春霞那时候还在哺乳期，刘永昌说不能牵涉到刘春霞，就答应了和解。自此，事件解决，只是刘多多的心裂开了一个大洞。对刘永昌的爱，裂了一个大缝。妈妈被小叔打，他让小叔跑；李五德一家围着妈妈打的时候，他跑回家打电话。刘多多实在是无法理解作为一个男人为什么会做到这种地步。刘多多解不开心中的这个结，不再跟刘永昌说一句话。

二十四

开学了，刘春秀返回学校。刘多多的胳膊还在肿着，不能提重物，刘永昌要送她去学校。没有直达的车，一大早他们先坐长途汽车到开封高速路口，然后再中途下车拦截去开封的客车。天气很热，刘永昌身材有点发福，背着行李的他汗流浃背。刘多多走后面看着刘永昌的背影，心里五味杂陈。在车上，刘永昌明显想跟刘多多聊天，打破僵局，但是刘多多总是靠着窗户假寐。

下了车，学校有志愿者来接，他们又乘坐小巴车来到学校。学校人来人往，很多送学生的家长。刘多多找了个阴凉地看着行李，刘永昌就跑着去报到、缴费，拿到宿舍号、办完所有的手续已经是下午两点多了。他们已经一天没有吃饭了，刘多多知道刘永昌也饿了。

7 号楼 A413 是刘多多的宿舍，他们背着行李爬到了四楼，找到了 413。到了宿舍。房间里没有人，六人间的宿舍，其他五个床位都已经铺好了床、挂上了蚊帐，只剩下靠门的一张下铺还空着，那就是刘多多的床位。床板有点长翘起来放不进去，怪不得没人选它。

“先去吃饭吧。”刘永昌将行李放在床上，跟刘多多说。

刘多多没有说话，只是跟在后面往外走。刘永昌叹了一口气，没再说话。他们在校门口的一家面馆吃了面，然后去买了床上用品、生活用品，还买了把锤子和钉子，一路无话，回到宿舍。等他们回到宿舍的时候，其他人都回来了。打了招呼，刘永昌就开始修理床板了。一阵叮当作响之后，床板完美嵌进床身，木匠出身的刘永昌利落地修好了床。

刘多多看着刘永昌忙碌的身影，眼睛有点红，她不忍心再生刘永昌的气，可是心里还是没有办法原谅。

“修好了，我得赶紧走了，太晚就没有车了。”刘永昌搓了搓手，准备回家了。

“在学校附近住一晚呗。”有个家长提议道，“我们都订了宾馆了，相遇就是缘，晚上可以跟孩子一起聚一下，熟悉一下。”

“不了不了，家里还有急事要处理，说好了今天要赶回去的。”刘永昌说着就往外走了。

刘多多知道刘永昌不舍得花钱住旅馆，也不想在同学的家长面前显露出贫穷的痕迹出来，要面子，没再挽留，她送刘永昌出门。

“回去吧，跟同学好好相处，有事往家打电话。”刘永昌走到楼下让刘多多回去。

“爸，路上小心。”这是刘多多这二十多天跟他说的唯一的一句话。

“好好好，我走了。”刘永昌抹了下眼睛，离开了。

刘多多看着刘永昌的背影慢慢走远，终于哭了出来。她没有回宿舍，而是去了学校的操场，她想在没人的地方静一静，同时也躲开室友的聚会，她目前的情绪不适合那种场合，会显得自己很可怜，她也怕自己会崩溃。

刘多多和三个室友关系比较好。潘妍，雷厉风行的女孩子，皮肤偏黑，身材很匀称紧实，像是经常运动的体格。黄晓玲，非常可爱的小女生，个子不高，瘦瘦小小的，一双小眼睛很是迷人。柳眉，年龄比她们都大，开学就化着浓妆，顶着非主流的爆炸头，刘多多开始是有点儿怕她的，但是她表现出来的是非常友善的。刘多多很幸运，遇到的室友都是非常可爱、友善的人。

两周的军训开始了。刘多多参加了一天，上午练完胳膊再次肿得抬不起来。她咬牙坚持到下午结束，找到辅导员。“李老师，我胳膊有伤，不能军训，要请假。”刘多多低着头跟辅导员请假。

他们的辅导员李老师，年纪比他们大不了多少，审视着刘多多：“胳膊有伤，怎么回事？”

“肿了，不能动。”刘多多回答，“被咬的。”

“啊，被狗咬了呀？打疫苗了吗？”

“人咬的。”

“人？”辅导员一脸不可置信。

刘多多撸起袖子，给李老师看伤口。伤口上的牙龈还是清晰可见，中间的皮肤有点发黑，周边的有点泛红，看上去明显是肿起来一个包。

“谁下这么狠口。”辅导员问，但刘多多并不想多说。

“行吧，军训你别参加了，但是你要在旁边坐着看着同学训练。”辅导员说。

“好的老师。”刘多多回了宿舍。室友们都已经回去了。或许是因为平时没有运动，所以一天军训下来都累瘫了，谁也不想再跑去集体洗浴间洗澡了，打了热水在公共卫生间隔间关上门擦拭身体。

“多多，我看你没回来，顺便给你打了壶热水。”上铺的黄晓玲对刘多多说。

“谢谢。”莫名的感动席卷刘多多的内心。

“辅导员给我们说了，你胳膊有伤，有什么需要随时给我们说就行。”对面的潘妍也说道。原来辅导员在她回去的路上就给宿舍打了电话，让大家能照顾的多照顾。大家的关心，让刘多多感到温馨，她想和室友们做朋友了。

刘多多看着同学们军训，练步子，站军姿，每次回到宿舍都是呼天抢地的。

“好羡慕你啊刘多多，不用军训。累死了！”她们经常跟刘多多喊道。刘多多只是笑一笑，偶尔帮她们打一下饭。其实刘多多很想参加军训，这是一次跟大家熟悉的过程，也是这辈子唯一的一次军训，以后再也没有机会了。但是这些遗憾她只能放在心里，说出来就真的很招人烦了。

二十五

两周的军训，过得很快，最后两天的时候，刘多多找到辅导员：“李老师，我想参加军训。胳膊好得差不多了。”

“咱们马上要会演了，方队都已经排练好了。再说你也来不及集训了，太大强度你胳膊还会肿。”李老师告诉刘多多不能参加。

刘多多失望极了，她只能在看台上坐着看着大家在操场上一遍一遍地练习踢正步，口号响亮极了。她忍不住自己在看台上来回踢着正步，想象着自己就是方队中的一员。

明天就要集体会演了，晚上集体加班训练。原本刘多多可以回宿舍休息的，但是刘多多依旧在看台陪着大家，自己也一遍一遍地继续踢着正步，非常卖力。只是她没有注意看台栏杆有一根铝制栏杆上面跟主体分离，斜了过去。白天还好，可以清晰看到，但是晚上灯光微弱很容易忽略。

操场上各个方队都在紧张地操练，刘多多在看台上跟着踢正步，双脚笔直，双臂有力，突然，刘多多只感觉右手腕疼了一下，隐约听到某种皮肉划开的声音。她抬手，发现右手腕在往前摆动的时候撞上了歪出来的铝管顶端，那是非常锋利的切面。刘多多看见自己的右手腕裂开了一个大口子。她第一次亲眼看见如此深的伤口，原来血不是立刻流出来的，疼痛也不是立刻感受到的。眼看伤口是煞白的，然后一瞬间，鲜血突然往外涌出，疼痛也瞬间席卷全身。刘多多立刻用左手使劲按住伤口，赶紧下去找辅导员。

鲜血从刘多多指缝间流了出来，滴了一路。她端着右手，用左手按着伤口，就这个奇怪的姿势找到在不远处的辅导员。

“李老师。”刘多多声音有点儿发颤。

“怎么了？”李老师头也没有，继续盯着操场上的方队训练。

“我，我手受伤了。”

听到这话李老师回过头，吓了一跳：“天呐，刘多多，你这怎么伤的？”李老师帮忙按住刘多多伤口，有点儿焦急地问。

“不小心挂到了。”刘多多感受到老辅导员温暖的大手，有点儿想哭，但是她忍住了。

“走！赶紧去医院看看。”李老师不再耽搁，按着刘多多的手来到校门口的诊所。鲜血依旧在往下滴，触目惊心的。诊所灯还亮着，还好医生今天晚下班了。紧急处理了伤口，医生没有办法止血，说道："赶紧去大医院吧，我只能简单包扎一下，伤口太深太大了，肯定得缝合。我现在止不住血，先消毒了，赶紧去医院。"

辅导员立刻打了一辆出租车，带着刘多多到了离学校的最近的医院挂了急诊。刘多多怕弄脏出租车，跟医生多要了几块纱布，还借了一块毛巾垫着。

此时的刘多多身上没有一分钱，哥哥刚给她汇了一千块钱的生活费还没有去取，所有的费用都是辅导员垫付的。

"怎么这么不小心。"医生一边处理伤口一边询问，"现在血止住了。一会要打麻药，得缝合。"医生的手法很是温柔，但是刘多多依旧疼得直打哆嗦。

"很疼吗？"李老师在旁边问道。

"不疼。"

"小姑娘很坚强啊！换个人早喊开了。再忍一下，马上好了，麻药一会儿起作用。"医生继续手里的工作，话也没有停，"真是幸运了，再深一点点就伤到筋和动脉了，那样麻烦就大了。"

汗水已经湿透了衣服，刘多多的发梢还时不时滴下汗珠。

"没关系的刘多多，老师在这儿，不怕啊。"辅导员感受到刘多多的不安，开口安慰，"马上就好了啊。"

麻药起作用了，刘多多没有那么疼了，医生开始缝合。刘多多盯着医生的手，看着针穿透皮肤，能感受到刺穿皮肤的瞬间。说不怕是假的，自小不怕打针的刘多多此后看到针心里都发慌。一共缝了八针，要留下难看的疤痕了。

回去的路上，辅导员要刘多多家里的电话。

“刘多多，你家电话还没报呢，给我一下，我给你爸妈说一声。”

“老师我们家没有电话。”刘多多低着头小声回答。

“座机也没有？”

“坏了还没有修好，修好了我给老师说。”

李老师看着刘多多，似乎在判断她说的话的真实性。

“李老师，我明天去取钱，医药费多少我给您。”刘多多抬头看了辅导员一眼，说道。

“没多少钱，不着急，你先好好养伤。”李老师宽慰刘多多。

回到宿舍，李老师送她上楼，并嘱咐室友帮忙照顾一下。因为伤到了右手，左手干什么又都使不上力气，确实影响到了正常的生活，刘多多再要强也不得不依靠同学们的帮助，洗衣服、打饭、后面上课做笔记，都得依靠同学们帮忙。刘多多就这样在伤病中开始了自己的大学生活。军训之后分班，刘多多和潘妍被分在了二班，黄晓玲、任凤仙在一班，宗晓凤和柳眉则分在了三班。虽然大家分属于不同的班级，但都是一起吃饭、一起打热水、一起去教室，关系也渐渐变得亲密。

学校的生活让刘多多暂时忘记了伤痛，她也变得开朗起来。周末大家要去公园游玩，每次刘多多都不去。那时候拿着学生证办年卡可以优惠，一年也就几十块钱，所有的公园都可以随意去，但是刘多多舍不得花钱，因为除了门票还有交通、餐饮，也不是小数目。学校门口有租书的店铺，刘多多就每周末花一块钱租两本小说看，这个习惯一直坚持了两年，直到最后发现所有的故事似乎都是一个框架，她读到了开头就能猜到发展和结尾，也就索然无味，最后停了下来。

二十六

刘多多挨打的经历，始终是她内心深处无法磨灭的伤痛，她终于理解大姐当初为什么一心想上武校学武了。她也想让自己变得强大，再也不要受欺负。

机会来了。晚自习的时候，有几个穿着跆拳道道服的学长来到刘多多所在班级进行宣讲，其中一个高个子男生吸引了刘多多的目光。他站在讲台上，穿着白色的跆拳道服，给人一种强大的力量感。

“同学们好！我叫李岩，我们是跆拳道社团的。”声音都是那么好听，刘多多有点入迷，周围的声音似乎都消失了，她可以听到自己的心跳声。讲台上高大的身影已经将她牢牢抓住，他腰间的黑带打着漂亮的结。

李岩推了推眼镜继续说道：“我们今天来是想邀请大家加入我们，咱们现在要招募二十岁左右的学员，男女不限，每天放学晚饭后训练。场地是在隔壁的学校活动室，我们已经租下来了。有兴趣的同学可以来报名哦。”

“多多？多多？”潘妍推了一下发呆的刘多多。

“啊……”刘多多回过神来，“怎么了？”

“要不要一起？我想报名。”潘妍有点兴奋。

“我？行吗，我这么胖，还是算了。”刘多多有点儿不自信。

“胖怕啥，说不定还能减肥呢。”潘妍朝刘多多眨了下眼睛，“就一起呗，一起！”

“好，好吧。”刘多多其实非常想参加。

“这里，这里！”潘妍站起来举起手朝李岩他们喊道。

李岩笑着朝她们走过来，递给她们两张表格：“填一下资料就可以哦，留下电话开课了通知你们。”

刘多多一直没敢抬头看李岩，只是低着头，脸一直红到了脖子根。李岩他们离开继续去其他班上招募，走出教室门，同行的刘言对他说：“李岩，你在讲的时候后排有个女生目不转睛一直盯着你呢。”

“我注意到了，她还报名了。”

“看来被你迷住了哈哈哈哈。”刘言开玩笑地说。

“我走过去的时候她耳朵都红了，一直低着头不敢抬头。”李岩想到刘多多的表情笑了，“还挺可爱的。”

刘多多在教室打了个喷嚏：“谁在说我？”

原以为只是一个小插曲，刘多多没有想到此后自己会跟李岩纠纠缠缠十来年。如果知道以后自己吃的苦，刘多多会选择逃得远远的吧，只是命运爱弄人。

吃过晚饭，刘多多和潘妍一起去上跆拳道的课。刘多多心里有点儿忐忑。来到训练处，已经有十几个学生等在那里了，报名的学生也挺多的，但大部分都是女生。除了潘妍还有一班的于慧和四班的马兰兰外，刘多多大都不认识。她们上公共课的时候坐在一起，比较谈得来，就成了朋友。

大家相互打着招呼等待教练的到来。六点，李岩准时来到。

“好了同学们，咱们先去操场跑三圈，热下身。”李岩说道。

“啊——”人群一片哀号声。没想到上来就是1200米的长跑啊。

“快，快，我跟你们一起跑。”李岩跟着他们跑到操场。

大家跑起来。或许是经过了军训大家的体力都有所提升，开跑就很快，跑起来并没有那么吃力。但是刘多多就可怜了，本来就很胖的她，跑起来相当费劲，速度还那么快，两圈后她就已经体力不支了，汗水很快布满脸庞，浸湿衣衫，她的脸开始发红，喘气声越来越粗重。她想奋力赶上其他同学，但是不论怎么努力还是被甩开了一大截。还有一圈，刘多多快要迈不开步子了，脑袋有点发晕了。

“加油，不要停，慢慢跑，深呼吸。”这时候，李岩跑到刘多多跟前，陪着她跑，鼓励着，“跟我做，鼻子吸气——嘴巴呼气——”

刘多多跟着做深呼吸，慢慢没有那么难受了，也不知道哪里来的力气，她开始加速，终于跑完了最后一圈。

“非常棒！刘多多，加油！别停，慢走一下。”李岩拍了一下刘多多的肩膀。

停在原地人喘气的刘多多很是诧异，摸了一下自己肩膀被李岩拍过的地方。“他居然知道我的名字。”刘多多莫名地心跳漏了两拍。她慢走到队伍最后一排，跟着大家一起做拉伸。

李岩背着阳光，带着她们开始热身拉伸。夕阳的余晖打在他身上，似乎环绕着一圈光环。金框眼镜也不能盖住他大大的双眼，高挺的鼻梁在阳光下透出粉红的光。他嘴里喊着“一二三四、二二三四”。刘多多无法移开眼睛，她盯着李岩，机械地跟着做动作。当视线跟李岩相遇时，她瞬间红了脸，赶紧低下头。

接下来的训练，刘多多目光总是偷偷跟随着李岩，她似乎找到了照亮自己的那束光。

二十七

那时大学生中间流行织围巾，刘多多一心想要送给李岩一条亲手织的围巾。刘多多跟着室友去选买了白色的毛线，学了起来。刚入冬气温变化大，刘多多感冒了。为了能早点送给李岩，她熬夜编织，针尖儿不知道戳痛手指多少次。终于织好了，她的感冒也更严重了。

刘多多还专门买了一张电话卡，李岩的两个号码她都烂熟于心。每天晚上她都会给李岩打电话，哪怕说上一句话，听一下李岩的声音也好。其实刘多多很怕打电话，不善言谈的她害怕电话那头的沉默，即使是往家打电话，也非常简短。她跟妈妈的性格很像。为了李岩她在强迫改变自己。

“妈，我是多多。”

“哦，多多，有事吗？”

“没事，妈。”

“没事挂了吧。”

“好的。挂了。”

虽然每次通话不会超过一分钟，但刘多多每周都会拨通家里的电话，听到妈妈的声音她会很安心。给李岩打电话，她尽量多说话，但更多的还是沉默，即使这让她很难受，也很难停下来，两个人聊的都是一些无关痛痒的话，刘多多一直不敢开口说那句“我喜欢你”，她更想自己有一天有勇气了可以当面告诉他。

第二天，刘多多拖着病体参加了训练。她把围巾放在包里，训练结束后她要送给李岩。前面的热身她没有参加，实在是虚弱得很，做所有的动作都是虚的，终于熬到了结束。

等其他学员都走了，刘多多终于鼓足了勇气，走到李岩身边，“李教练，这个送给你。”

李岩停下收拾道具的手，看了一眼刘多多，笑着接过围巾：“谢谢。”

刘多多脸红着准备离开，李岩叫住她：“等我一下刘多多，马上收拾好了，我请你吃饭。”

“额，我、我吃过饭了。”刘多多有点无措。

“那你陪我去吃吧，我还没吃饭呢。”李岩笑眯眯地看着刘多多说道。

“好、好的。”都这么说了，刘多多只好应了下来。

李岩推着自行车，刘多多跟在后面，不紧不慢，就错开身。稍微错开一点，一抬头能看到李岩的侧脸。她一路忐忑。

他们在学校门口的一家烩面馆停了下来，这是刘多多经常去吃的一家店，几乎每周来一次，雷打不动，老板娘都把刘多多的喜好摸得清清楚楚了。

“咦，多多来了？”不是周末，刘多多的到来让老板娘吃了一惊。“老样子？多点菜不要面，不要辣？”老爸娘笑着问刘多多。

“阿姨我今天不吃。”刘多多甜甜地笑着回应道，心里暖暖的。

“老板一碗烩面，多放辣。”李岩点了碗烩面吃。

俩人在角落的一张桌子上坐下来。

“你笑起来很好看，以后多笑笑多好。”李岩盯着刘多多的眼睛，笑着说。

“是吗？我是爱笑的。”第一次被他夸，刘多多有点儿不好意思。

“那怎么没见你对我笑过。”李岩有点玩味的眼神令刘多多有点不自在了。

“我，我笑过吧。”刘多多含糊地说着，转移话题，“他家面挺好吃的，我每周都来。”

“那我一会儿尝尝。”李岩笑了一下，没再继续刚才的话题。

不一会儿，老板娘将面端了上来。李岩开始吃面，其间时不时看一眼刘多多。

“最近在忙什么？学习怎么样？”李岩问。

“准备自考汉语言本科。”刘多多有点心不在焉，心里在盘算要不要当面说出那句话。

“那挺好的，你很上进。”李岩给予赞许的目光。

“闲着也是闲着，”说完这句话，刘多多深吸一口气，看着李岩的眼睛：“李教练，我……”

“你现在还小，好好学习，一定能顺利拿到毕业证。”李岩不等刘多多说完，打断她的话。看似漫不经心，其实他似乎是猜到了刘多多的心思。

“谢谢你的围巾啊，我也是第一次收到这样的礼物。”

“啊，是吗？你喜欢就好。”刘多多有点失望。

气氛忽然沉默了下来，尴尬蔓延开来。

“你，是不是喜欢我？”沉默了一会儿，李岩突然问。

刘多多不知道李岩究竟想怎么样，刚才莫名其妙打断她，现在又这么问，她不知道该怎么回答，只是低着头，双手不停地撕着手里的纸巾。

“我们不合适知道吗？”李岩又说道。

听到这句话，刘多多震了一下，眼泪马上要流出来了——一切都是妄想。

“你年纪太小了，我都大学毕业了，比你大了好几岁呢。再说你现在的任务就是学习，你应该要升本，还要自考，先好好学习。”李岩又说道。

“嗯。”刘多多终于有了反应，点了点头。

“你就当我是你最好的朋友，大哥。有任何困难都可以跟我说，有心事了也可以找我说，我会是你最好的大哥。”李岩说道。

“好的。”刘多多轻松了那么一点。

吃完饭李岩离开了，刘多多回了宿舍。

刚进宿舍，室友们围上来。

“怎么样？怎么样？”大家七嘴八舌问着。

“就、就送给他了。”刘多多坐在床上，有点儿丧气。

“然后呢？”黄晓玲问道。

“然后？没有然后了。”

“李岩怎么说啊？你告白了没有？”潘妍问道。

“没有。他说我还小，现在要好好学习。”

“呸！什么狗屁话！哪里小了。”潘妍道。

“你？哪都小。”黄晓玲笑着接了一句。

“小妮子，你找打。”潘妍笑着去打黄晓玲，俩人闹成一团。

刘多多看着打闹的室友，心情好了一点。李岩没有说不喜欢她，只是说她年纪小，那就是还有机会，刘多多安慰自己，心里也燃起了希望。刘多多发现对面上铺的柳眉依旧是不在宿舍的，大家经常不见她人，都很好奇她一天天的除了上课都在忙些什么。记得开学时候见过她是有男朋友的，大家猜测她是去见男友了。

二十八

以后每天训练，刘多多都特别认真，但是她开始躲着李岩，因为她实在不知道该如何处理自己的感情，也不想让其他人看出来自己的心意。每次课刘多多都尽量往其他教练身边站，让他们指导动作，只是眼睛还在偷偷追随着李岩的身影。当看到李岩给其他女生纠正动作她觉着有点亲密的时候，会很嫉妒，还莫名地有点儿生气。这么别扭着过了两周，刘多多终于鼓起勇气，找李岩指导，潘妍还给了刘多多一个加油的手势。

刘多多以为自己隐藏得很好，但其实她表现得实在是太过明显，几乎所有的教练和学员都看出来了她喜欢李岩。大家都在等着刘多多到底什么时候开始行动，结果却大失所望，她只是终于开始敢跟李岩接触了，但也只限于训练，一句多余的话都没说。

训练结束，刘多多和潘妍走在回宿舍的路上。这两天的训练强度有点大，俩人走路都是一瘸一拐的滑稽样子，全身酸痛，特别是刘多多。

"刘多多，瞧你那出息！"潘妍实在是看不下去了，恨铁不成钢。

"啊？"还在傻笑的刘多多回过神，"李教练帮我拉腿了。"刘多多继续傻笑。"我都能看到他的睫毛，好长。"刘多多还在回忆着跟李岩面对面劈横叉的模样，那真是痛并快乐着。

"你醒醒吧刘多多。"看刘多多一脸花痴，潘妍点了一下刘多多的额头，"你应该告诉他你的心意，这么拖着不是办法。"

"啊？"刘多多吃惊。

"大家都知道！你眼睛都快焊他身上了好吗。"潘妍白了她一眼无奈地说道。

“我以为我藏得很好，我真的不敢找他告白，”刘多多的笑容消失了，“他要是不喜欢我怎么办？”

“不喜欢就拉倒，再找个，总比这么别扭着强。”潘妍主张不要拖泥带水，这是她的风格，“你这样，最后受伤的还是你。趁现在还能回头，行就在一起，不行就拉倒。”

刘多多看着眼前这个跟她一样年纪的女孩子，佩服她的见识和果断，好像看透了世事一样的豁达和爽朗。但是刘多多做不到，她怕被拒绝，也放不下。她是真的喜欢李岩，李岩给了她太多的梦寐以求的安全感，她怕破坏这种关系，她赌不起。

日子一天天过去，刘多多依旧是每日电话问候着李岩，她盼着时间快点过，这样自己就足够成熟了。

学校每周五晚上都会在图书馆门前的空地上举行校园舞会。学过舞蹈的学生会带领大家集体跳舞，有时候是兔子舞，有时候是拉丁舞，还有交谊舞，非常热闹。刘多多不会跳，但是每周都会跟室友一起凑热闹。看着热闹的人群，她自己也会很开心。

这个周五，刘多多跟平常一样跟室友一起来到舞会会场。今天的人特别多，很多隔壁学校的学生也加入了。刘多多尝试着跟着大家一起扭动僵硬的肢体，笑得前仰后合的。大家手搭着前面人的肩膀，围成一圈，一起跳兔子舞，刘多多也在其中。跳着跳着她忽然发现一个熟悉的身影。队伍继续转着圈，害怕自己看错，刘多多扭过头再次确认，没错，她看到了李岩的身影，跟他一起的还有一个娇小的女生，这个女生刘多多一点也不陌生，那是她的好朋友马兰兰。

如同受到了当头一棒，刘多多顿时有点儿呼吸困难，她停了下来，导致后面的同学差点摔倒。“对不起，对不起。”刘多多嘴里说着“对不起”，撤了出来。愣了一会儿，她转身去寻找李岩，她不相信自己的眼睛。

迈着急切的步伐，转了两圈，终于找到了。没有看错，确实是李岩。他手放在马兰兰的腰上，时不时弯腰在她耳边说着什么，马兰兰报以大大的笑容，两人看上去幸福极了。看到这画面，周遭的嘈杂的音乐和人群声渐渐远去，刘多多脑袋一片空白。她眼睛里只有李岩和马兰兰亲密的互动，两个人的互相抚摸那么刺眼。

“多多，多多，你怎么了？”看到站在远处发呆的刘多多，潘妍跑过来询问。

“哦，没事。”

“你怎么哭了？”

“啊，没有，风迷了眼。”刘多多快速擦了下眼睛，才发现自己已经泪流满面。

“你在看什么？”顺着刘多多的视线，潘妍看过去。

“那不是……”

“我们回去吧。”刘多多拉着潘妍快速离开。

回宿舍的路上，潘妍看着默不作声的刘多多说：“那是李教练。”

“潘潘，”听到潘妍说，刘多多绷不住了，“他说我年纪太小，可是马兰兰跟我一样大啊。”刘多多的力气似乎全被抽空了，她蹲下身，头埋在双腿间，哭起来。

潘妍蹲下，拍着刘多多的背：“哭吧，别想了，男生那么多，不是非他不可。”

可是，就是非他不可啊。刘多多在心里默默说道。

“我腿麻了。”不知过了多久，刘多多带着哭腔说，站起来，差点儿摔倒。

“我早麻了。你咋能哭这么久。”潘妍捶了两下自己的大腿。俩人搀扶着往前走。

“哈哈哈哈哈……”走了两步俩人互相看了一眼，笑得弯下了腰。

“我跟神经病一样，又哭又笑的。”刘多多的眼泪又掉了下来。

“打住打住，别再掉金豆子了，那么不值钱吗？”潘妍戳了一下她，“咱们去操场散散步吧，忘掉不开心。”

“谢谢你！潘潘。”刘多多真心地感谢这个一直陪着自己的室友。

“切，请我吃大餐吧。”

两人在操场走了几圈，刘多多渐渐平复，她要好好理一理跟李岩的关系。

二十九

刘多多不再给李岩打电话。早已经习惯了每日问好，忽然停下来她很不适应，她有时还会习惯性地拨打号码，每次拨到一半就强迫自己挂断。后面的训练，刘多多尽量避开李岩，跟其他教练一起。刘多多尽量表现得开心，拼命地踢靶，耗尽自己的力气。

“多多这几天真是不要命，怎么了？谁得罪了你了吗？”教练孟良休息期间开玩笑地问。

“没有啊，我比较认真而已。”刘多多打马虎眼，笑着回应。

“我以为你把靶子当成了仇人呢，我手都被震得生疼。”孟良并不相信。

刘多多报以尴尬的笑，糊弄过去。

只有刘多多自己知道，看到李岩和马兰兰在一起，她的心有多疼，但还得笑着去面对，伪装得很累。她不希望别人看到她脆弱的一面。

“刘多多，等我一起走。”李岩忽然叫住了准备离开的刘多多。

“为什么？”反射性地问出口，刘多多后悔了，“好。”

李岩推着自行车，刘多多跟在后面。这次她拉开了距离，只是在后面跟着，一时间两人无话。

“去你们操场上走两圈吧。”李岩说。

“好。”刘多多依旧是简短地回答。

李岩将自行车放在了操场边上，两人一前一后在操场上走着。操场上有很多同学，有的在跑步，有的在遛弯儿，还有在中间三三两两坐着聊天的。

李岩停下来转身看着在身后盯着自己脚尖慢悠悠走着的刘多多。

“唔！”刘多多一头撞了上去。

“你这傻妞，走路不看的吗？”李岩闷笑一声。

“你干吗停下来。”刘多多心里有气，不解李岩为何要找她。她已经躲得远远的了。

“为什么不给我打电话了？”李岩变得有点严肃。

“电话卡没钱了。”刘多多扯谎，绕过李岩继续往前走。

“那以后我给你打电话？”李岩跟上继续说。

“不用，我很忙。”

“你忙什么？我给你们宿舍打过电话都没找到过你。”

“你不是让我好好学习吗？”

“晚上也在学？一点时间没有？听不到你的声音我都不习惯了。”

“你到底想怎么样？”刘多多停下来，眼里含着泪，音量不自觉地提高了，引来了同学的侧目。注意到其他人，刘多多咬着嘴唇不再说话，继续往前走。

李岩上前一把抓住刘多多：“我们好好聊聊，傻妞。”

“不要叫我傻妞。”刘多多想挣脱，但是力气不够大，“我们有什么可聊的？”

“你最近有点儿反常。”

“我没事。”

“你在躲着我。”

“你有女朋友了。”像是在问李岩，又像是陈述事实。

“我多大了，有女朋友那不是很正常吗？”李岩摸了一下刘多多的头，“你还小，不要胡思乱想。”

刘多多闪躲了一下，悲从中来。“你女朋友是马兰兰。”说完，眼泪夺眶而出，“我的好朋友。你不是说你比我们大很多吗？”

“就是，可能就看对眼了吧，年龄也不是问题对不对？”李岩有点儿支支吾吾，“你怎么知道是她？”

“我在舞会上看到了。”

“我说呢，去那么一次还让你看到了。”李岩明白了症结所在。

“傻妞，我还是你的好朋友，好大哥，不要再躲着我好不好？”李岩很认真地对刘多多说道，“你是个好女孩，我不想看到你不开心，不想让你受到一点儿伤害，你懂吗？”

“懂。”

原本要死心的刘多多，听了这些后心里又泛起了涟漪，他还是在乎自己的，“傻妞”，这是第一次有人这么叫自己——李岩在乎自己的感受，可是，为什么不能是我呢？刘多多还在钻牛角尖。既然这么关心我，年龄又不是问题，为什么可以是马兰兰不能是自己呢？这个问题她好想知道答案，但最终还是没有问出口。

此后，即使再想念，刘多多都没有再主动给李岩打过电话，训练也不再刻意回避，只是更多时间她都是跟其他教练打成一片。刘多多不再拒接李岩的电话，相互间的问候照常，似乎一切都回归了平常。唯一不同的是，马兰兰似乎在刻意疏远刘多多，在一起的时间变少了，公共课也不坐在一起了。刘多多也不想看到她平添烦恼，就听之任之了。

晚上，刘多多接到了大哥的电话。

“多多，你是不是没钱了？”

“有啊，哥，还没花完呢。”

“怎么还有？都仨月了，我再给你汇一千，不要不舍得花钱。”

“谢谢哥。”

大哥除了汇钱的事情，没有其他要说的，很快挂断了电话。

“你大哥真好，给你钱花。”室友表示了羡慕。刘多多笑笑，自己确实很幸运，有个挣钱的大哥。但刘多多节省的程度让人不可置信，一千块钱花了三个月依旧有剩余。她不出去玩，也不买衣服，穿的是从家里带来的姐姐的旧衣服。高中的校服她也带来了，一直穿在身上。刘多多从不在吃、穿、打扮上多花一分钱，她也不在意，所以看起来还是一个土里土气的乡下姑娘。

三十

“周六请大家一起吃饭，都有时间吗？”柳眉终于舍得露面了。她男朋友周六要请她的室友们吃饭，大家表示都会去，所有人都对柳眉的男朋友充满了好奇。因为长久以来，大家都听到过很多流言，各种版本的都有，现在得以见到本尊，大家都很期待。

一行人来到订好的酒店。她们还是第一次来那么高级的场所吃饭，有点儿紧张又有点儿好奇。服务员将她们引到一个包间，柳眉他们已经到了。刚走进包间，一股浓烈的烟草味道让刘多多皱了下眉头。她对烟草味特别敏感，因为会刺激得她流眼泪。刘多多挑了一个靠近门口的地方，一是可以远离吸烟的男士们，二是门口可以通通风，也是最次的位置。

今天的柳眉打扮得很漂亮，精致的妆容搭配合身的套装，很有韵味。非主流的爆炸头已经拉直，柔顺了很多，再配上一顶在当时非常时髦的贝雷帽，整个人散发着光彩。刘多多再看看自己的穿衣打扮，突然感觉到有点儿局促。

在柳眉旁边坐着一位男士，大抵就是她的男朋友了。他中等身材，高高的鼻梁，有点帅气，只是年龄看上去比柳眉大了不少。包间里还有其他三位比较年轻的男孩。

“这是马成林，”柳眉开始介绍，“在这边做生意。这三位是他的手下。”

一一做了介绍后，大家寒暄一阵，开始点菜准备就餐。刘多多没有过多的言语，脸上带着笑容，静静地听大家交谈。

刘多多没有想到柳眉会喝酒。室友们在喝果汁，可是柳眉跟其他人一起在喝酒，而且是狂喝，感觉非要喝醉不可似的。

席间，马成林的手机响了，柳眉看了一眼，脸色不好看了：“来，干杯。”

马成林出去接电话，柳眉继续跟另外两位男生一杯杯地喝酒。

刘多多担心地看着柳眉，感觉到了她的异样。

“没事，不用担心，她酒量很好的。”挨着刘多多坐的李超看出了她的担忧，开口道。刘多多这才注意到李超，他跟她们一样是喝果汁的，没有碰酒，白白净净的一张脸，双眼皮、大眼睛，长得跟李岩有点像。

“你认识李岩吗？”刘多多不由自主问出这句话。她怀疑他们是亲戚。

“李岩？不认识。怎么了。”

“哦，没事，我随便问问。”

“你都没怎么吃东西。不合口味？”李超看着刘多多眼前干净的盘子问道。

“我吃了，吃得不少呢。”刘多多确实是没怎么吃，但是又不知道该如何回答，只能撒谎。

“眉眉，你喝多了。”看柳眉还在不停地喝，接完电话回来的马成林出声阻止，“我送你们回去吧。”

柳眉抬起手，露出腕表努力瞧了又瞧，说：“还不到八点，早着呢，我们接着喝。”

“我们都吃好了，咱们回吧。”潘妍也开口道。

“大姐，我们回去吧。”刘多多也劝道。

柳眉看大家都要回去也不好坚持，被马成林搀扶着站起来，有点儿站不稳。

“李超，你开车送美女们，我打车，校门口见。”马成林安排道。

柳眉跟着马成林打车，另外两位男生也打车走了，刘多多她们坐李超的车回到学校，一行人跟柳眉他们几乎是同时到达学校。

“麻烦你们照顾了，柳眉今天喝得有点多。”马成林对刘多多她们说。

“放心吧，我们会照顾好她的。”刘多多接过柳眉，扶着她说。

“那我们先走了。”说完，马成林、李超就离开了。

刘多多她们扶着柳眉往宿舍走去。看到马成林的车走远，柳眉忽然变得清醒了一点。

“我没事。”她站直了身体自己走，只是还有点儿踉跄，不是走的直线。刘多多她们赶紧跟上去，生怕她摔着了。

到了宿舍楼下，柳眉停了下来：“多多，陪我去操场走走好不好？”

“好。”刘多多一口答应，“潘潘，麻烦你帮忙打两壶热水啊，谢谢。”

“没问题。”潘妍她们上楼了。

学校的操场紧挨着她们的宿舍楼，因为很方便，所以操场是她们最常去的地方。柳眉走到操场中间，坐了下来。

“太累了，走不动了，坐一会儿吧。”柳眉有点鼻音。

刘多多看不清柳眉脸上的表情，但是她知道她哭了，陪着她坐下来。

“多多，我好累！你知道吗，我养母要来这边看病，妹妹也要来投靠我，在这边上学，我不能不管，可是，我还是个学生呀！”

柳眉仰头看着天空，无力地说道。

“养母？”刘多多有点儿惊讶，之前从没有听她说过。

“没想到吧？”柳眉看了一眼刘多多，苦笑一下，继续说下去，“我从小就被送人了，从小感受到的爱都是养父给我的。妹妹也是养父母他们收养的。我初中的时候养父过世了，养母改嫁，再也不管我们了。所以，该上高中时我辍学了三年，打工挣学费。我什么都干过，饭店、电子厂、玩具厂、服装厂，我什么苦都吃过。后来认识了我的前男友，哦，你见过，开学时送我来的那个。”

柳眉就像在讲别人的故事似的，刘多多听着难受极了，她理解这种贫困又无力的感觉。刘多多握住柳眉的手，似乎想给她某种安慰，又不知该如何说起。

柳眉笑了笑，继续说下去：“攒了三年的钱，我开始重新读高中。前男友父母非常善良，对我特别好，知道我的身世之后，还把我当亲生女儿对待。但是在知道我跟他们的儿子谈恋爱之后，他们没直接说什么，就是认我做了干女儿。知道吗？他成了我的干哥哥，我如何能跟哥哥在一起呢？我明白干爸干妈的意思，所以，我提出了分手。”提到前男友，柳眉终于有了情绪起伏，她的手微微抖动着，声音有点儿哽咽。她是真的爱过。

“分手之后，他还是一如既往地对我好，而我不能耽误他。马成林，他很有钱，对我很好，但是，他有老婆孩子。”柳眉说到“但是”的时候，带着自嘲的笑。

“什么？他、他？”刘多多震惊地说不出话来，“为什么，大姐，你为什么要找个有家室的人？”

“是不是特看不起我？”柳眉抽回了手，苦笑问道。

“我不是这个意思，但是……”刘多多慌忙解释，但总觉着哪里不对。

“他跟我前男友长得很像，对我也很好。”

听柳眉这么说，刘多多仿佛明白了。

“我不想再回到那种苦日子，我现在需要他。养母生病，妹妹上学，我都要靠他找关系。多多，我们各取所需，我没有办法。”

“我明白。”刘多多虽然还不能真正明白，但是她理解每个人都有选择自己的路的权利，同时也要为自己的选择负责。

“你想好就行了。”刘多多说道。

“谢谢你听我说那么多，我只是跟你比较投缘吧，你给我的感觉很好，我喜欢你。”

“我也不懂这些，给不了你什么意见，不过你想说了随时找我就行。”刘多多很感激柳眉信任她，将秘密说与她听。

“我们回去吧大姐，睡一觉，一切都会好的。”夜渐深，刘多多扶起柳眉，她们一起回了宿舍。

晚上，刘多多难以入睡，她越想越多。其他人都睡熟了，但是她听到了柳眉隐忍的哭声，不禁悲从中来，自己也掉下泪来。

三十一

一夜未眠的刘多多，周六想赖床多睡会儿，但是她发现白天她是无法入睡的。刚要睡着，一点点动静都会把她吵醒。躺着无聊，她便起床去图书馆看书了。

柳眉养母和妹妹都来了，她在外面租了房子，出去住了，只有上课的时候才回学校。刘多多每次见都想问她情况，但还是忍住了，她想说的时候自然会找自己的。她虽然不赞成柳眉所走的路，但还是给予了理解。

公共课上，刘多多提前到了教室，跟潘妍一起往后坐了两排，她最近有点精神萎靡，不想被老师看到。不一会儿，马兰兰也来了，她竟然破天荒地也往后坐，在刘多多前一排，隔了一条过道。

“瞧，”潘妍朝刘多多努了努嘴，小声说道：“她怎么坐这儿，以前不都是远远的吗。”

“管别人干吗。”刘多多同样很小声地说道，“快上课了，嘘！”

上课的时候，刘多多余光看到马兰兰一直在小声跟旁边的女生说着什么，低声笑着，还时不时朝她看一眼。这让她非常不舒服，但也没有太过在意。课间，刘多多起身上厕所，路过她们的时候，听到了“胖”“丑”“围巾”之类的字眼，她心下一咯噔，总觉着她们说的跟自己有关。

第二节课间，休息时间比较长，马兰兰身边围坐着一圈女生。

“真的很不要脸，一直缠着我男朋友，都快被她烦死了。”马兰兰高声说道，还往刘多多的方向白了一眼。

“啊，都怎么缠的？”

“快讲讲，快讲讲。”周围的人催促，大家都八卦地竖起耳朵。

“你们不知道，每天都给我男朋友打电话。”

“啊，那么烦人啊！”一个同学说完这句话，周围爆笑。

“她还送围巾，我看了，那个丑的呀，也拿得出手，我男朋友一次都没戴过。”马兰兰娇笑着，挑衅地看着刘多多，众人的视线也随着她看过起来。

“啊，就是她吗？”

“看不出来啊，她是二班的学霸，不会吧。”

“人不可貌相。”

“胖成这样谁会喜欢啊。”

…………

大家悄声七嘴八舌地议论着。

刘多多握紧双拳，全身颤抖，紧咬着嘴唇，几乎要咬出血来。

“奶奶的，嘴怎么那么欠。”潘妍站起来，想要过去理论。

“潘潘不要！”刘多多死死拽住潘妍。看到刘多多红着眼求乞的目光，潘妍忍了下来。

“气死我了。”潘妍坐下，大喘着气。

“我男朋友说，他就是在可怜她，不想伤害她，所以一直都没好意思开口拒绝呢。又胖又丑，还满脸斑的人，他肯定是不喜欢的。”马兰兰继续说着。

“你们知道吗，她竟然还送过奶糖给我男朋友！”马兰兰笑出了声。

众人再次爆笑，还好上课铃响起来了，刘多多不知道再听下去她还会不会忍得住。耻辱感席卷全身，眼泪就要夺眶而出。

此后，刘多多每次上课，总感觉背后有人在指指点点。训练的时候，刘多多看到李岩，心脏也会一阵抽痛，她很想上去质问他为何要这么做，但是她忍了下来。向来不争不抢的性格，让她总觉得多一事不如少一事，一直就这么煎熬着。

黄晓玲的男朋友在另外一个城市上大学，周末的时候带着一个室友刘永波来看她。刘多多跟着一起，几个人在操场上坐着聊天。刘多多一如既往地笑着听歌，偶尔回上一句。那时候流行mp4，黄晓玲有一个，她跟刘多多共享耳机，坐在草坪上一起听歌。刘多多最喜欢听的就是《一万个伤心的理由》，还有一首飞儿乐队的《放不开》，歌词特别符合她当下的心情。她经常单曲循环一遍一遍地听着，眼泪是往心里流的，外人面前她不想哭泣，只用笑容来掩盖悲伤。她以为自己做得很好。

“晓玲，我们去吃饭吧。”黄晓玲男朋友提议道。

“我就不去了，回宿舍有点事情。”刘多多说道。

“那好吧，回头再请你吃饭。”黄晓玲也没有再做挽留，她知道刘多多最近心情不好。

四人一起走出操场，黄晓玲和男朋友在前面走，刘永波走在后面，他特意跟刘多多的脚步一致。

“刘多多，”刘永波忽然间开口道，“想哭的时候就哭吧。”他笑着看了看刘多多：“哭没有关系的，你现在笑得太悲伤。”

刘多多看着刘永波，她没想到一个陌生人都可以看出她的悲伤。

“谢谢。”刘多多含着泪道谢。

“有机会再见。”说完，刘永波赶上黄晓玲他们，一起走了。

刘多多回到宿舍，大家都出去玩了，只有她自己。她再也控制不住，趴在床上，放声大哭起来，她要将所有的委屈和不甘都宣泄出来，不管别人能不能听到。哭累了，她顾不得那么多，拿出电话卡给李岩打电话，第一次没有打通。她打了一次又一次，还是没有接通。她坐在地上，背靠着床，到最后她连哭的力气都没有了。就那么一直坐着，从下午坐到晚上，一动不动。

室友回来，打开灯，吓一跳。“哎呀，多多，你咋不开灯，吓死我了。”潘妍捂着胸口，看清刘多多的脸，她赶紧把刘多多扶起来，“我的天哪，你这是怎么了，眼睛肿成这样。”

刘多多原本双眼皮的大眼睛，此刻肿得快成一条缝了。

“潘潘，”刘多多一开口，嗓子嘶哑得厉害，“我累了。”说着眼泪又流了下来。

“快睡快睡，别说了。”潘妍把刘多多扶在床上，盖上被子，让她睡觉。

刘多多真的累极了，眼睛都睁不开，索性闭上，只是眼泪还时不时从眼角流下，沾湿了枕头。

“肯定是因为李岩，我给他打电话。”潘妍说着，找出报名时候留的电话，拨了过去。这次，潘妍很快就打通了。

“多多睡了。”刘多多只能听到潘妍的声音，“你究竟是怎么个意思？所有人都知道她喜欢你你不要说你不知道。……她都送围巾了，天天巴巴地看着你，还让她怎么说？……什么？她没有那么豪放？她怎么扭捏了？我们看着都心疼，你倒好。……你知道马兰兰都说了什么吗？现在所有人都在笑话多多痴心妄想。……你要是不喜欢她就直接说，别再吊着她，你都有女朋友了。……行了，行了，我不跟你多说，多多眼睛都快哭瞎了。你可真够可以的。”

潘妍气愤地挂断了电话。刘多多没有听到李岩在电话那头说什么，但是通过潘妍的话她大概能猜到，李岩说她扭捏，不够豪放，刘多多心里真的是五味杂陈，委屈的泪水再次夺眶而出。

三十二

黄晓玲吃完饭回来了。

“多多，刘永波听说你还没有 QQ 号，给你申请了一个，说没事你们可以在 QQ 上聊天，也能认识新的朋友。”黄晓玲将张纸递给刘多多。

刘多多接过来一看，上面是一个 QQ 号和密码。

“帮我谢谢他。”刘多多要说不感动那是假的，来自陌生人的关怀和善意她深刻体会到了。生活还是有阳光的，不是吗？

“你自己跟他说吧，他好像已经加上你了呢。”

第二天起床，刘多多的眼睛还是肿得厉害。潘妍不让她一个人待着，准备带她出去走走。

“多多，陪我去隔壁的公园转转吧。”

“好。”刘多多有气无力，但还是答应了下来。

她们来到了公园门口的广场，那里有很多老人孩子在玩耍，过了广场是一片湖，据说这里是当年皇帝的行宫，每年都吸引很多人来旅游。

和潘妍在邻湖的一张木椅上坐下来，刘多多看着波光粼粼的湖面，有点儿眩晕。她闭上了眼睛。她是怕水的。

“多多，你就不要再喜欢他了吧。”潘妍试探着开口。

“我也想停下来，但是我还是好想他。”刘多多幽幽地开口。

“他就是一个大渣男，他……”潘妍意识到自己说的话有点儿不对，赶紧改口，“他不适合你啊多多。”

“我知道。他喜欢漂亮、身材好、豪放的女生。”

“啊，你听到了……多多，我们换个人喜欢吧。”

“好，我试试。”

“你，说真的？”潘妍怀疑的眼神看着刘多多。

“我努力。”刘多多勉强地笑了一下，“他把我的真心当成了炫耀的资本，我没有办法原谅。”刘多多说着又要哭出来。

“别哭别哭，我们不说了，说点开心的。”

潘妍使出浑身解数逗刘多多开心，刘多多笑了，只是眼睛里依旧充满悲伤。

“哎呀、哎呀，多多，我忘了今天要帮辅导员整理学生名单，期末要评奖学金。你肯定没问题。我先走了，你自己小心点噢。”潘妍站起身往学校跑去。

“不要回去太晚呀。”她不忘回头叮嘱刘多多。

“放心。”刘多多笑着回应。看着远去的潘妍，刘多多脸上的笑不见了。她呆呆地盯着湖面，不知道在想些什么。就这样一直坐到了天黑。路灯亮起来，刘多多起身往回走。

道路两旁栽着两行胳膊一般粗的树木，刘多多忽然举手一拳打在树身上，手背上传来刺痛感，但这让刘多多心里反而舒畅了一点。她一边往前走，一边捶着树，越走越快，手也越来越用力。

“一、二、三……”嘴里数着数字，似乎感觉不到疼痛，麻木了。

走到道路尽头，一百三十二棵树，刘多多停了下来，转弯回学校了。左手火辣辣的，她抬起来一看，手背肿起来一个大包，还有乌青的颜色。深吸一口气，她往宿舍走去。

周一跆拳道训练。刘多多尽量隐藏自己受伤的手，但还是被刘洋教练看到了。

“多多，你手怎么了。”刘洋在休息期间问道。

“哦，没事，撞了一下。”刘多多下意识地用衣袖遮挡住。

李岩往他们的方向看了过来，刘多多躲开他的视线，对刘洋说：“刘教练，咱们接着踢靶吧。”

刘多多继续训练。最近的练习，刘多多都是拼尽了全力，她要将心中所有的不快都发泄出来，休息时间也不放过。

“你最近有点儿不对劲哦。”刘洋不死心继续追问。

“没事，”刘多多一下一下踢着，回答刘洋，“我在减肥。”

“那不要伤着自己。”

训练结束，刘多多收拾好东西往外走。这两天潘妍在忙辅导员安排的事情，没有上跆拳道的课，刘多多一个人参加训练。李岩迅速跟上了刘多多。

“傻妞。”他叫道。

刘多多听到这个称呼，心动了一下。理智告诉她不要理，但是双脚却迈不开，站在原地，不知该如何反应。

李岩拉起她的左手，刘多多吃痛地倒吸一口气，想要抽回，但是李岩使劲握住没有松手。

“怎么弄的？”李岩看着乌青肿起老高的手，问道。

“碰、碰的。”刘多多似乎看错了，李岩眼里竟然流露出心疼。

“没事，我先走了。”刘多多抽出手，转身快步离开，这次李岩没有阻拦。

“我没有说过那些话傻妞，晚上给你打电话。”李岩看着刘多多的背影说道。

刘多多小跑起来，她不明白现在是什么状况，心里有点乱。但是，她又很期待李岩的电话，她想知道李岩究竟想对她说什么。

三十三

回到宿舍，刘多多就守在电话旁边。时间一分一秒过去了，九点，九点半，十点，十一点……刘多多不知道等了多久，一直没有等到李岩的电话。她不死心，拿出电话卡，拨打出刻在脑子里的那两串数字，可是一遍一遍，不是无法接通就是无人接听。她彻底失望了。

第二天，刘多多顶着一双乌黑的黑眼圈去上课。中午在食堂打饭的时候又碰到了马兰兰她们几个，她们坐在了刘多多隔壁的饭桌上。

“真的是不要脸，还要继续纠缠。”马兰兰似有所指地说，“我男朋友说就喜欢我这样漂亮、身材好的，不喜欢肥猪呢。”

刘多多当下真想找个地缝钻进去，没吃两口饭，她就离开了，她再也忍受不了这种莫名的羞辱。刘多多决心退出跆拳道社，再也不要跟李岩有任何交集。她决定给李岩写一封信告别。

晚上，她给李岩写信，泪水打湿了信纸，她写了足足六页纸。

“多多，我终于忙完了。走，一起去练跆拳道。”吃过饭，潘妍对刘多多说道。

“潘潘，我不去了，以后都不去了。”刘多多说完，从包里拿出写好的信，折叠起来厚厚的一沓，“帮我交给李教练吧。”

“好，不去就不去吧，上完这节课我也不去了。”潘妍理解刘多多，也不再多说什么，拿着信就走了。

潘妍看到李岩，没好气地把信甩在他身上：“渣男！”

李岩愣了一下，接住信，翻在手里看了看，然后对刘洋说道：“刘洋，你带大家去热身。”

李岩走到训练场，在一个角落坐了下来，打开信读了起来。

李岩：

昨晚为什么没有给我打电话呢？你知道吗，我昨晚一遍一遍地拨打你的电话，一个号码无法接通，一个号码无人接听。我一直等，等到深夜。是你说要给我电话的，为什么爽约呢？我真的很伤心、很伤心。为什么？你能有什么理由让我信服吗？

原本打算跟你说清楚，把自己的心里话都说出来，不想做你眼中扭扭捏捏的做作女生，可是你没有给我机会；我也还想听你解释为什么对我这么残忍，你也不给机会。为什么呢？这封信之前，我还写了一封，四页纸，但被我撕得粉碎，因为我不想再通过信纸，通过冷冰冰的文字表达我的心声，我想亲口告诉你。但最后我还是要通过这种方式跟你沟通，我不喜欢但是不得已。你的爽约，让我不想再面对你。

你跟我室友通话时，我就在旁边，只是躲在被窝里哭泣。你说你喜欢大方豪放的女生，而我在你面前总是扭扭捏捏，有话不敢说，躲躲闪闪，是这样吗？可是你了解我吗？或者说你真的试着去了解过我为什么会这样吗？

我从小受尽了欺凌，从小都是在孤独中走过来的。所以我胆小、怯懦，所以我做不到大胆、豪放。你让我初相识就跑到你面前说“教练我好喜欢你，做我男朋友吧”？对不起，我真的做不到。你是第一个令我心动的男生，十八岁的我还不敢赤裸裸地告白。在我生命最灰暗的时候遇到了你，你那么阳光，那么高大强壮，让我有安全感，我希望你能拯救我，拉我出泥潭，所以我陷进去了。我用我的方式，百般表达我的心意，对你好，我以为你能感受到，或许你已经感受到了但是你选择了无视。

我为什么在你面前紧张、不知所措？为什么我可以跟刘洋教练他们打成一片，我可以跟着室友去认识新的朋友，我很爱笑，很大方很自在，但是唯独在你面前失去了自我，像个傻子一样？只是因为我喜欢你，在乎你，所以我小心翼翼。在我的心里，你是那么优秀，而我不够自信，觉得自己配不上你，我更害怕被你拒绝再次受到伤害，这样也是错吗？你喜欢的豪放，我这辈子可能都做不来。

你说我没有说明白我喜欢你，你说你不明白我的心意。真的是这样吗？我熬夜织围巾送给你，看你喜欢吃糖我买一堆放你车篮里，每天追逐着你，你没有感觉吗？你当初问我为什么送你围巾，我没有勇气正面回答，但是我真的已经把心掏出来了。那是我第一次学织围巾，戳痛了手，熬夜导致感冒加重，我都没有在意，只因为那是要送给你的。但是你一次也没有戴过。我每天都在盼望着你能戴着我织的围巾出现在我面前，但是每天迎来的都是失望。你能理解这种绝望的心情吗？默默地喜欢你是那么不堪的一件事情吗？

我不喜欢打电话，就算给我的家人打电话都是简短的问候之后就挂掉了，我害怕电话那头的沉默，因为我不善言谈。但是为了你，我专门买了一张电话卡，你的电话号码和小灵通号码我都刻在了脑子里，我每天都要给你打一个电话，说着一些无关紧要的话，只因为我想听到你的声音，哪怕一句话那都是幸福的。这已经成了一个习惯了。长久以来，我以为你是有那么一点喜欢我的，不然为什么每天耐着性子接听我的电话呢？如果是我可能都要被烦死了。我曾经发给你一篇文章，虽不是我写的，但是句句都是我想说的话。我虽然不能说出口，但是我唯独发给你你不明白吗？你要我说出“我喜欢你”吗？我说过的记得吗？但是那时候你说我年纪小,要好好学习,所以我再也不敢说了。现在我把心赤裸裸地展现在你面前，而你却像丢垃圾一样狠心丢掉。是不是对我太残忍了？

我曾问过你喜欢什么样的女孩，你为什么总是闪烁其词，为什么不告诉我真相呢？如果你直接告诉我，你喜欢肤白貌美、身材好、豪放的女生，这样我就死心了不是吗？可是你一次也没有说过，是怕伤害到我吗？但你言语上安慰我，行动上却伤害我至深。你说我年纪太小，不适合你，但是你转眼跟我的好朋友马兰兰在一起，你真的好狠。什么年纪小,什么好好学习,你就是觉着我又胖又丑看不上我，不是吗？你为什么不能直接告诉我呢？你但凡说一句真话我都会死心的。

我多么希望自己没有遇到你，多么希望没有喜欢上你。我原本是打算自己安安静静度过自己的大学生活，一如从前,在沉默中孤独地走过。你总让我好好学习,我何尝不想？那是我最初的规划，但是现在我满脑子都是你，眼前总是浮现你的影子,我没有办法静下来。我已经快把自己逼疯了。

我不知从什么时候开始自虐了。我竟然会用手去捶树，一路走一路捶，手肿了半个多月。身体上的疼痛可以暂时冲淡我心里的伤痛。我不死心，告诉了你，但是你一句关心的话都没有，你的冷漠再一次伤到了我。我真的想笑，自己为何会如此愚蠢？做到这种地步图什么呢？就图你的再次伤害吗？

我用了好多年，终于可以笑了，变得开朗了，但是，你把我打入了地狱，让我好不容易建立起来的一点自信崩塌粉碎。我又包裹起了厚厚的壳，即使脸上在微笑，但也会忽然间泪流满面。跟朋友在操场上晒太阳，我一句话没说，只是微笑着听着他们聊天。我以为自己伪装得很好，直到一个刚认识的朋友对我说：多多，别勉强自己，想哭就哭吧。我绷不住了，泪决堤了。是啊，我一直在自欺欺人，只是最后谁也没有骗过。这就是我现在的生活状态，笑比哭更难受。你是不是觉着我很可笑？是不是觉着我在无病呻吟？明明知道你对我没有感觉，我依旧那么痴，是不是很傻？所以你叫我傻妞，对吗？

是你，让我体会到了喜欢一个人是什么感觉，也让我明白了喜欢一个人，就是痛苦的开始，更别说是一厢情愿的单恋了。我现在已经失去了喜欢你的勇气了，我的初恋在萌芽的时候被你掐断了，我对于爱情的向往也破灭了。爱情这杯酒太苦了，我已经尝够了，不想再喝了。我到底是该感激你让我早早看清现实、看透人心，还是该恨你对我如此绝情、如此冷酷，让我在深渊里挣扎？

或许你真的没有错，错的是我。我不该学习跆拳道，不该喜欢上你，更不该一味地付出、纠缠着你。我应该有自知之明，早早抽身，不该无法自拔折磨自己。这杯苦酒是我亲手酿的，所有的痛苦是我自己一手造成的，我要自己承担后果，再苦也得咽下去。

或许你会觉着我很矫情，但是我给自己的折磨你永远也无法理解和体会。我是很幼稚，不懂得处理自己的感情，也不懂得适可而止。我多么希望你能将我打醒。是我没有及时接收到你的信号，你已经做得那么绝了，我还是不死心，抱有幻想，觉着你一天没有明确拒绝我那我就还有机会。抱着这种心态，我让自己陷入了如此尴尬的境地，痛苦不堪又不能释然。成熟，对于我来说还是那么遥远，我做不到那么洒脱地放手离开。

你曾说过你明白我的感受，你理解我的心情。可是，你真的一点都不理解。你但凡心疼我一点，你都不会把我的事情讲给马兰兰。即使你看不上我的付出，也不应该拿来炫耀和嘲笑。当马兰兰拿着我的真心对我嘲笑和攻讦的时候，我多么的恨！我的真心在你那里就那么一文不值吗？何必那么糟蹋呢？我没有介入你们。自从知道你们在一起，我一直都是躲着的，这样还不够吗？还要我做到什么地步呢？

我不会再纠缠你，不会再苦苦相逼，我放过你也放过我自己。我的感情、喜欢你的心，不是能说收回就收回、说放下就放下的，但我真的会很努力地试着去忘掉你。或许一辈子都忘不掉，但是也不会再去打扰你。或许时间会冲淡一切，哪怕还是会痛苦下去，我自己承担。我现在不怨你，也不恨你，只是想安静地生活。我已经尽量保持距离了，为什么你还要招惹我呢？我真的很累了。我们就不要再联系了，我的生死好坏都与你无关，你的一切我也不想再放在心上。能做的我都做了，但是你不喜欢我，我不勉强，感情的事情强求不来。

喜欢上你我不会后悔，但是希望可以忘掉你。

真心希望你幸福快乐。

刘多多

读完这封六页长信，李岩沉默了，眼睛里闪过复杂的情绪。

学员们做完热身，开始训练了。李岩今天变得异常沉默。

结束之后，李岩走到正在收拾的潘妍面前问道："多多怎么样？"

"关你什么事？！"潘妍没好气地翻了个白眼，扛起包就往外走。

"我昨天晚上真的有事，手机没电了，小灵通落家里了，回去太晚就没有给她打电话。"李岩追出去说道。

"李教练，这些话你跟我说啥用？跟多多说去呀！再说，现在说这些有什么用？"潘妍停下，语气依旧不是很友好，"你知道这些天多多是怎么过来的吗？马兰兰那些混账话就是一把把刀。多多眼睛都快哭瞎了！放心，以后我们不会出现在你面前了。"潘妍说完就快步离开，一刻也不想多停留。

"我……"

李岩想说"我没跟马兰兰说过"，但是他没有说出口，只是叹了口气然后离开了。

潘妍回到宿舍，刘多多在宿舍看书。

“信给他了。”潘妍一边观察着刘多多的脸色，一边说。

“嗯，谢谢。”刘多多抬头看了下潘妍，笑着道了谢。

潘妍看刘多多的眼睛，肿得厉害，知道她又哭了一场。

“多多，”潘妍坐到刘多多的床上，“李教练……”她思索着怎么说才能安慰到她。

“李教练昨晚上有事，他手机……”

“没事，都过去了。”刘多多合上书，笑着跟潘妍说，“潘潘，我放弃了。”

“好、好，你没事就好了。”潘妍抱了一下刘多多。刘多多伏在她的肩上，眼泪在眼睛里打转，但是她忍住了。

“都会好的，我会好的，潘潘。”刘多多幽幽说道，也像是在说给自己听。

三十四

跆拳道不再去练了，刘多多将所有的时间和精力都放在了课业上。另外因为李岩的拒绝和马兰兰的嘲讽她产生了深深的自卑感，她决定要减肥。

自此之后，早上和晚上，都会看到刘多多在操场上跑步的身影，早上七圈，晚上十圈。她吃得越来越少，早上一碗稀饭，中午只吃青菜不吃主食，晚上不吃饭。刘多多肉眼可见地憔悴了下来。她不再给李岩打电话，就算是他打来了，刘多多也不再接听。日子就这么过下来了。刘多多越是忙碌，内心的缺口反而变得越大，对李岩的思念也越来越重。想他的时候，刘多多就会让自己更加忙碌，循环往复。

期末考试成绩出来，没有任何意外的，刘多多还是第一名，得了学院的一等奖学金。期末考试完就要放寒假了，刘多多要早点回家帮妈妈干活，十一假期，因为不想面对刘永昌她没有回家，现在调整了心态，再加上想尽快离开李岩所在的城市，她决定早点回去。老家没有火车站，也没有直达的汽车，她得先坐火车，然后再转汽车。

刘多多拿着学生证好不容易买好了车票，寒暑假火车票是尤为紧张的，即使提前很久买也不一定能买到坐票。刚开始刘多多不懂提前买也不会网上抢票，只能临时到代售点人工窗口花五元手续费买了站票。买完票，她去市场买了特产，有枣糕和花生糕。她还是想把好吃的东西带回家给父母尝尝，特别是妈妈，她没有出过远门，也没有吃过外地的美食。刘多多想要把妈妈没有吃过的东西都买回去让她尝尝。

当刘多多提着重重的编织袋出现在校门口的时候，她看到了李岩，他在自行车上坐着，单脚撑地。长久的思念让她差点就冲过去了，但是她忍住了。她没有打招呼，硬着头皮，吃力地背着袋子，从他面前走过。他肯定是来接马兰兰的吧，刘多多心里想着。

“我送你。”李岩竟然跟了上来，说着就要帮刘多多将行李袋搬上他的自行车后座。

刘多多愣在原地，一时没有反应过来。

“哦，不用，我、我坐公交去车站。”刘多多反应过来赶紧往下扯行李，慌乱得不敢抬头看李岩。

“那我送你去公交站，公交站还远着呢。”

“真的不用。”刘多多猜不透眼前这个男人想干吗。

“你扶着点。”李岩像是没有看到刘多多疑惑的眼神，抓过刘多多的手放在行李袋上后，推起自行车就往前走去。刘多多看袋子要掉下来了，只能跟上去扶着，一步一步往前走着。

沉默了一阵。

“你脸色不太好，生病了吗？”李岩打破了沉默。

“没有。”

“看你瘦了不少，在减肥吗？”

“嗯。”

“你最近怎么样？还好吗？还失眠吗？”

“我很好。”

刘多多总是简短地回复着，只有她自己知道此刻心跳得有多快，几乎要跳出胸膛了。

“我跟马兰兰分手了。”

“嗯。”

“我没有跟她说过你的事情，我不知道她说的那些是从哪里听来的。”

“嗯。”

又是一阵沉默。前面就是公交站了，他们远远地看到了68路公交驶来。

“谢谢你，李教练。”刘多多不知说什么好，车来就赶紧上车了。

“路上小心，到家了可以的话给我个电话。”李岩喊道。

刘多多没有回应，她是不会打电话的，既然决定了放弃，那就要坚持到底。

刘多多买的是凌晨的火车票，但她很早就来到了火车站，因为太晚的话公交车停了，她又不舍得打出租车，还有就是她不敢一个人晚上坐车。车站人潮汹涌，其中有很多拉着行李箱回家的学生，他们脸上带着笑，三三两两地在一起聊着天。刘多多一个人在一个角落坐下来，距离检票还有好几个小时，她拿出一本书看了起来。

终于要检票进站了，大家排起了长队，人声鼎沸，刘多多又困又累，咬着牙坚持着。后面的人推搡着，刘多多提着重重的行李步履维艰。终于上了车，因为是站票，在哪个车厢都是一样的，刘多多就近上了一节车厢。车厢里面挤满了人，行李架上、座位底下都塞满了行李。刘多多挤不到里面，只能在车厢连接处找了个地方站着。连接处是乘客抽烟的地方，时不时有人抽烟，她被呛得难受。独自一个人坐火车，刘多多心里是害怕的，全程保持着高度紧张，当车厢里面鼾声四起的时候，刘多多很想睡，但是她不敢，她眼睛睁得圆圆的，直到下车。下车之后，她还要去火车站对面的长途汽车站乘坐到县城的汽车。下火车的时候天刚亮，要在汽车站外面等俩小时才有第一班汽车。

回家一趟，刘多多就感觉自己要“死”一回，每一次到家都是虚脱的状态，要休息几天才能缓过劲来。这样的流程她坚持了足足五年。终于到家了，刘多多思索了很久，拿起家里的座机想给李岩打个电话，号码拨到一半，还是放下了。

刘多多到家没几天，刘春燕就结束了青岛的打工生活，回家来准备相亲。小外甥已经会跑了，软糯可爱。刘春霞经常回来，刘多多就帮忙看孩子。跟孩子在一起的时光，天真又快乐，刘多多暂时抛开了烦恼。

三姨给刘春燕介绍了个男孩，个子高高的，白白净净的，名字叫杨明德。刘春燕一眼就瞧上了，杨明德也对刘春燕一见钟情，两人很快陷入了热恋。但是，两边家长都不同意。

杨明德兄弟三个，他是老二。人们都常说老大受宠老小娇，只有中间的是不受宠的。杨母的心很少在他身上，但是对于他的终身大事，管得很严。杨父是乡里的干部，他们的目标是门当户对，即使自己的儿子小学毕业没有什么正式工作，但却要求儿媳妇家世要好，不是当官的家庭也要是县城里面的。刘春燕家境依旧是温饱的状态，他们自然是瞧不上的，更何况刘春燕要比杨明德大五岁。

刘多多爸妈也是顾虑很多，他们劝刘春燕答应另外一个——舅舅给介绍的干装修的。

“你好好考虑一下，”妈妈可谓是苦口婆心，“他们兄弟三个，他不受待见，而且家里条件也不好，连房子也没有。”

“我喜欢他这个人，房子可以以后再盖。”刘春燕坚持自己的意思。

“他们家连地也没有，他又没有工作，以后你们吃什么？你还比他大五岁。女大五，老来苦。你图啥？”刘永昌也尽力地劝说着。

“可是他喜欢我，我也喜欢他，我们努力打工，饿不着。”刘春燕非常坚定。

“你真是要气死我！”刘永昌暴躁起来，“你舅介绍的有啥不好？有车有房，干装修一年几十万，都不用你打工挣钱。”

“再有钱我不喜欢就是不喜欢，谁喜欢谁嫁去！”刘春燕不肯退让。

“我说了不同意就是不同意！你好好想想！”刘永昌甩下这句话就出去了。

妈妈看着刘春燕，叹了口气：“我们都是为了你好，知道吗。”

虽然双方的父母都极力反对这门婚事，但是刘春燕他俩却是陷入了热恋中。杨明德借了他大哥的一辆闲置的破摩托车，每天都在村头等刘春燕，刘春燕也是偷摸着每天都按时出门与他相会。冬天风很大，骑着摩托车非常冷，坐在后座的刘春燕也是冷得直打哆嗦。没有钱去商场也没有钱吃饭，他们就在乡间地头手牵手散步，两个人总有说不完的话。这种艰难的相会一直持续了几个月，谁也没有想到两个人竟然是如此倔强，可以坚持这么久。终于，两家大人败给了他们之间的爱情，最终松口同意了这门亲事。婚礼定在了来年的国庆节。

找了个好日子，刘春燕他们定了亲。大家都保持着基本的礼貌的笑容，刘春燕也掩饰不住幸福的模样。刘多多看着眼里放光的刘春燕，忍不住问道：“姐，你真的那么喜欢他啊。”

“是啊，非他不嫁。”

“那你喜欢他什么？”

“说不上来，就是喜欢啊，只要能跟他在一起，我做什么都愿意。”刘春燕看了一眼刘多多，娇羞地一笑，指着正在外面应酬的男朋友，“是不是非常帅。”

“挺帅的，皮肤白，个子也高。”刘多多点头。

“理由我说不出来，但是我知道离开他我不会甘心，也不会开心。”

听到刘春燕的话，刘多多陷入了沉思。她为什么喜欢李岩，她也不知道、说不出来，唯一确定的是没有李岩她很难开心起来。

三十五

中午白书英炖了只大公鸡，加了粉条和土豆，味道真是好极了，这是她的拿手菜。刘多多好久没有吃到这么好吃的鸡肉了，忍不住多吃了两口，但是刚吃完没多久，刘多多胃里就翻江倒海，一阵阵想吐，肚子也是一阵一阵绞着疼。刚开始，刘多多还能忍受，强压着胃里的不适，听大家在一旁聊天。随着痛感越来越强烈，刘多多一手抓着板凳，一手捂着肚子，慢慢弯下腰，脸上也布满了汗珠，白书英发现了不对劲。

“多多，你怎么了？”白书英走过来紧张地问，大家的目光都看过来。

“我……”刘多多刚想开口说话，一股酸水往上涌，她冲出去，跑到院子里“哇”的一声吐了起来，而且是越来越频繁地呕吐，然后就是一趟一趟地跑厕所，折腾了好一阵子，最后刘永昌带着她去了卫生室。医生说是急性肠胃炎，肯定是吃了不该吃的东西。医生随即配药输液，那时候去诊所医生不管啥病都是先输液治疗，因为效果快。

刘多多坐在输液室，面前放了一个垃圾桶，她时不时地还在吐，还要提着输液瓶一趟一趟去厕所，直到输完一瓶之后，症状才有所缓解。输第二瓶时，刘多多的脸色终于回血了。

“今天都吃了什么东西？”看她能说出话来了，医生开口问道。

“就吃了我妈炖的鸡肉，其他都没吃。”刘多多还是有点儿虚弱，因为呕吐的原因嗓子也有点儿沙哑，说话时伴着疼痛。

“那不应该呀，在学校经常吃肉吗？”医生又问道。

“不咋吃。”

“长久不吃荤，吃猛了，肠胃不适应。回家吃点儿清淡的，油腻的东西少吃，慢慢来。”

刘多多这才知道，因为自己这半年疯狂地节食，肠胃早已经变得脆弱不堪。她以为慢慢会变好，没想到自己在未来的十来年都不能吃妈妈炖的鸡肉了。

输液三天后，刘多多已无大碍，只是要注意饮食。

还有几天就过年了，刘春霞带着儿子回来了，虽然脸上挂着笑，白书英还是感觉出了女儿肯定有事瞒着。刘多多也看出了姐姐的不对劲。晚饭过后，刘春霞也不提回家的事情，看样子是要住下来了。

“你是跟富贵吵架了吗？”白书英终于开口问了。

“没有，我就是想回家住两天。”刘春霞否认。

刘多多在一旁带着小外甥玩耍，一边竖着耳朵听着。

“不对，你肯定有事瞒着我们。”白书英非常坚定地说道。

“妈，真没事，你就别问了。”刘春霞明显很不悦，她强忍着脾气说道。

看刘春霞有点急了，白书英只是担心地看着她，不再说话。

第二天，刘春霞依旧没有回去的迹象。天刚黑，四姨白书兰和刘春霞的婆婆一起来了，白书英将他们迎进里屋。

刘春霞一直待在厨房不出来，刘多多领着小外甥也在厨房陪着，刘永昌夫妇跟她们在堂屋坐着。

“到底咋回事？”刘永昌点燃了一根烟，看着她们问道。

刘春霞的婆婆一直低着头，白书兰看了一眼，无奈地开口：“他们小两口拌了几句嘴，这不春霞就领着孩子回来了。这马上过年了，要不先让孩子回家吧。”

“因为啥吵架？”刘永昌掐灭手里的烟，“富贵怎么没来？”

“他，他在家忙着备年货呢。”刘春霞婆婆开口说，“春霞心细，拌了两句嘴，不说一声就跑娘家了，家里人也是很着急的。”

刘春霞婆婆眉眼都没有抬，但是话里话外都有责备的意思。

“我的闺女我了解，春霞不是那样的人，肯定是发生了什么事情。”白书英了解自己的女儿，不会无缘无故地住在娘家不回。

“现在不管是什么原因吧，都过去了，大嫂子都来接了，先回去把年过了吧。”白书兰赶忙出声打圆场。

“我不回去。”刘春霞不知道在门外听到多少，她走进了堂屋，在旁边坐下来，刘多多领着小外甥随着走进来坐在了一起。

“春霞，别生气了，回家吧。”婆婆看她走进来，先是软声细语地说着，好像自己受了多大的委屈。

“你这么假惺惺的做给谁看呢？”刘春霞很是生气。

“咋说话呢？好好说。”白书英出声阻止，毕竟对方是长辈。

“我们不是吵架，是打架，徐富贵他动手打我。”刘春霞说着眼睛都红了，“你们看。”刘春霞说着撸起胳膊，白书英赶紧起身去查看。刘春霞手臂上青一块紫一块的，满是伤痕。

“下手怎么这么重！因为啥啊？”白书英心疼地看着女儿的伤，声音有点颤抖。

“动手不能这么算了。”白书兰也有点生气了，“大嫂子你怎么没跟我说呢？动手就是不对，你走吧，我们不回去了。”

“就、就没想着动手，一时生气，话赶话的，就不小心……”刘春霞婆婆有点儿支支吾吾的，声音越来越小。

“刚结婚就吵架，我都忍了。我生孩子坐月子，你们不仅不照顾我，还百般刁难。你现在在这充好人呢？”刘春霞盯着她婆婆控诉着，“我还没出月子，就因为几句话没说到一块儿去就对我拳打脚踢，大半夜将我反锁在大门外面，让我滚。我现在一身病痛不都是那时候落下的吗？”

“你怎么不早说？没有这么欺负人的。”刘永昌也坐不住了。刘多多看到这种情况，赶紧捂住小外甥的耳朵，假装跟他玩游戏，将他带出去了。有些话孩子还是不听为好。

“我不想让家里人担心，所以一直没有说过。我们家人多，都爱热闹，我们都喜欢说说笑笑，可他不但不跟我说话，还一言不合就动手打我，这日子没办法过了。”刘春霞声泪俱下。

听到女儿月子里被赶出家门，白书英心疼坏了：“你怎么都不跟我们说啊，受这么多苦。”

“说了有什么用，你还不是让我一忍再忍？”

“以后不会了，”刘春霞的婆婆信誓旦旦地说，“他知道错了。”

“以前也是这么说的，还不是一次次动手。今天他来都不来，哪里知道错了？”刘春霞根本不信她婆婆的说辞，他们母子之间相互包庇联合起来欺辱她，她一点不敢忘。

“你们劝劝春霞吧，富贵真的知道错了，以后再出现这种情况，该怎么办就怎么办，绝不会有半点怨言。”刘春霞婆婆拉着白书兰的手，有点央求地说道。

“要不先回去吧，看他表现，以后再动手我也不愿意。”白书兰不忍心，试探地问。

“是啊，孩子，先回去吧，说开了，再动手都不会饶了他。”白书英看了一眼外孙，于心不忍。

“我不回去，我要离婚。”刘春霞擦了眼泪，很坚定地说。

“离什么离，怎么张嘴就来。真离了婚，你还怎么出门？不被村里人笑话死。”刘永昌一听“离婚”两个字有点急了。

“我都要被打死了，还怕别人笑话吗？大不了我不回家。”刘春霞脾气上来了，很不理解刘永昌为什么说出这样的话，面子重要还是孩子的幸福重要？

“你爸不是那个意思，”白书英出声安抚，“现在孩子还那么小，离婚了孩子怎么办？”

提到孩子，刘春霞眼泪又掉了下来，看了眼在门外跟刘多多玩耍的儿子：“如果不是因为孩子，我能忍到今天？”

“这就对了，都是为了孩子。再说就算离婚了你能保证找到更好的吗？看在孩子的面儿上，不要再提离婚了吧。”接着刘春霞的话茬，她婆婆赶紧跟上。刘春霞气得发抖，已经说不出话来，只是攥着拳头，瞪着她婆婆。

“孩子，妈知道你委屈，但是，不能轻易离婚，最后毁的都是孩子。”白书英拉过刘春霞的手，无力地说道。

“你们先回去吧，明天让徐富贵亲自来接。”刘永昌跟白书兰说道，“这次要跟我们表个态，以后再动手绝不轻饶。”

白书兰叹了口气，跟刘春霞的婆婆一起走了。刘春霞缓了一会儿，出门去看孩子。刘多多看着眼前的这一幕幕，似乎已经感受到了刘春霞无边的委屈和无奈。刘春霞本就不满意这门婚事，婚后还要挨打受气，这忍了几年也是够了。

第二天，徐富贵来接刘春霞，一家人肯定是没有好脸色的。徐富贵有错在先，态度还算可以，他发誓再也不动手了，一家人暂且相信了他。吃过午饭后他们就回去了，临走的时候，白书英再次叮嘱刘春霞一切要忍耐。刘春霞一直都没说话，临到最后说了一句："把我逼死了就可以了是吗？"白书英愣在了原地，看着刘春霞他们走远，眼泪簌簌往下掉。刘多多走到妈妈身边，想说话又不知怎么开口。

"妈，有些事情不是说忍就能忍的。你们是要面子还是要大姐？"

"你小孩子懂什么。过日子哪有不吵架的，我跟你爸年轻的时候也打架。"

听妈妈这么说，刘多多沉默着转身回到屋里。白书英也叹了口气，回家了。

新年的气氛依旧很浓烈，家家户户烟花爆竹齐放，噼里啪啦地不停歇。除夕夜灯火通明，每家每户团圆饭吃着，春晚看着，其乐融融的。

三 | 六

春节过后，刘多多提前一天返回了学校。这一次刘多多直接到汽车站坐汽车回校。她买的票是流水发车的，也就是说只要你能挤上车，车满员了就发车。刘多多被这阵仗吓着了，她扛着一个编织袋，怎么也挤不上去，就算是挤到中间也会被人扒拉下来。屡败屡战，屡战屡败，就这样，刘多多从一大早挤到午后，终于坐上了最后一班车，到学校时天已经黑下来了。

她以为自己会是第一个到宿舍的，没想到柳眉已经回来了，她在床上躺着睡觉。

“大姐，你怎么也回来这么早？”刘多多打着招呼。

“多多，你回来了。”床上传来有气无力的声音。

听到声音不对头，刘多多放下手里的行李，走到柳眉窗前，关心地问道：“大姐，你怎么了？”

“多多，我妈，走了。”闷闷的声音传过来。

“走了挺好的呀，你也没有时间照顾她。”刘多多拉开被子的一角，试图安慰着柳眉。

“她前几天突发心脏病去世了，马成林刚帮着给办了葬礼。”柳眉慢慢坐了起来。

“啊，对不起。”刘多多一时没有反应过来柳眉说的“走”是这个意思，明白过来后连忙道歉。她看着柳眉顶着乱糟糟的头发，眼睛浮肿着，泪水还没有干，不知该说些什么了。

“虽然她对我不好，我也曾恨她不管我、不让我上学，但是她毕竟养了我几年。现在她走了，我心里很难过。”柳眉一边擦着眼泪，一边诉说着，“这眼泪怎么擦都擦不干净。”

“别太伤心了，还有妹妹要照顾呢。”刘多多只能笨拙地安慰着柳眉。

室友们陆续回来了，柳眉继续躺下，转身面向墙壁，除了刘多多，她不想在其他人面前露出自己软弱的一面。刘多多也不再多说什么，跟她们打了招呼后开始收拾。

这次回学校，刘春燕送给了刘多多一件蓝色的羽绒服，是她定制的新衣服。刘多多喜欢极了，高中校服加妈妈缝制的棉袄的组合终于可以下岗了，冬天也没有那么寒冷了。

冬天夜长日短，日子似乎过得格外快，不知不觉棉衣就可以脱下了。只是早晚的寒意还在，草木还没有发芽，但春天也不远了。

这天晚自习，刘多多正在做着英语四级的练习题，班长走过来对她说：“刘多多，外面有人找。”

“啊，好的，谢谢班长。”刘多多疑惑地走出教室，她不知道谁会找她。

“好久不见，多多。”刘洋教练笑着跟刘多多打招呼。

“啊，教练好，好久不见。”刘多多有点惊讶，“找我啥事呀？”

“没啥大事，一是很久不见了，还有就是有点小事想跟你聊聊。”

“哦，那、那就聊聊吧。”刘多多有点儿局促地说。

“咱们去那边凉亭说吧。”

刘洋开口了，刘多多不好意思拒绝，便说：“那走吧。”

刘多多跟在刘洋后面，一直在想着他究竟是要说什么。

教学楼下面有一个小的广场，有雕塑、长椅还有凉亭。凉亭两侧的长走廊春夏的时候爬满紫藤，非常漂亮，冬季则显得有点儿荒凉。

刚走到教学楼下，刘多多看到了一个自己日思夜想又不敢见的身影。凉亭没有灯所以她看不清对方的表情，但是刘多多自己已经开始呼吸急促，她转身就往回走。

“哎，多多，你别走啊，”刘洋眼疾手快，一把拉住刘多多的手臂，“好久不见，大家一起聊聊天，付教练也在。”

“我……”刘多多脑子里一片混乱，理智告诉她要赶紧离开，但是身体已经跟着刘洋来到了凉亭。

“付教练，好久不见。”刘多多用颤抖的声音跟付教练打招呼。

“好久不见。”再看看李岩，刘多多还是说出了这四个字。此时她已经手脚冰凉。

刘多多绕过李岩，在木凳上坐了下来。

“多多你怎么这么久不来训练了？我们都很想你呢。”付教练笑着问道。

“对呀多多，好好的咋就不来了呢？潘妍也不来了。”刘洋问道。

“没什么，就是忽然间不想练了，课也多了，没有那么多时间去训练了。”刘多多深吸一口气，微笑着回答，“我也挺想你们的，有时间会找你们玩的。”

“要不你继续来上课吧。”李岩忍不住开口了，盯着刘多多问道。

刘多多低下头，没有说话，空气里弥漫着尴尬的气息。

刘洋跟付教练对视了一眼，默契地悄声退出了凉亭，走了。

“我都不敢大声喘气了。”付教练小声说了一句。

“就看李岩的了，我们的任务完成了。”刘洋也是松了一口气，说完两人就走远了。

“为什么？”沉默了一会儿，刘多多问出了口。

“什么为什么？”李岩似乎有点不理解，但又似乎在装傻。

“为什么还来招惹我？”刘多多几乎将手心掐出血来，“我已经说得很明白了不是吗？你也很明确地回答了我不是吗？”

刘多多有点无奈，她实在是不理解李岩为什么要这么做。

“多多，我真的不想伤害你。你现在最主要的就是好好学习，你不是还要考研吗？我一直会是你的好大哥。”李岩说的话没有变过。

“好大哥。”刘多多苦笑一声，“我有哥哥，不需要。”说着她起身就要走。

“多多，不要这样，回来上课吧。”李岩抓住刘多多的胳膊，再次出声挽留。

刘多多想挣脱，但是挣不开。

“你还是不肯说你喜欢我是吗？就是嫌弃我又胖又丑吗？”刘多多多想问出这句话，但是她问不出来，她怕得到的答案不是自己想要的。她看着李岩，眼里闪烁着泪花。

“刘多多，怎么还在这里啊，辅导员来了，找你呢。”班长忽然出现了，刘多多似乎看到了救星，李岩抓她的手也明显松了一下。

“好的，我马上回去。”刘多多趁机抽回自己的胳膊。

“你以为你是为我好，其实，最伤我。”刘多多留下这句话后转身走了。李岩在原地若有所思地站着。

“辅导员找我干什么？”刘多多有点儿紧张地问班长。

班长笑了一下：“没有，我看你似乎是想离开，编了个理由。”

“哦，谢谢你啦。”

“那个人，是谁？”班长偷瞄了一眼刘多多，小心翼翼地问。

“跆拳道教练。”刘多多没有多说，班长也就没再追问，两人一起回了教室。

坐在座位上，刘多多平复了一下情绪，心跳也慢慢平稳了。每次跟李岩近距离接触，她还是控制不住地紧张。李岩的态度还是让她又重燃希望，她想自己在他心里可能还是有一点位置的，她要努力减肥，瘦下来了或许李岩就会喜欢她了。

但为了不让自己变得更卑微，刘多多最终还是没有回跆拳道社，不过她跟刘洋和付教练他们偶尔还保持着联系，她实在是割舍不掉李岩。刘洋他们也时不时主动透露一点李岩的近况，他们知道刘多多之所以还跟他们保持联络，很大的原因就是想知道李岩的消息。

上课、去图书馆、跑步、自习，刘多多规律地学习和生活着。

体重虽然没有掉多少，但是肉眼可见她的体型有了明显的变化。“你怎么瘦了。”这是刘多多近期听到最多的一句话。至于李岩，或许是因为心里的执念越是压抑思念越甚，她还是会时不时地忍不住到训练场偷瞄上几眼。

三十七

冬去春来，送夏迎秋，日子一天天过去，转眼到了刘春燕的婚礼，刘多多回家去参加婚礼。

刘春燕举行的是西式婚礼，她穿着洁白的婚纱，非常美丽。杨明德是要面子的人，杨家也是讲排场的，在婚礼上真是下了血本。八辆清一色的黑色奥迪车，在门口一字排开。村里人没见过这么大排场，都来看热闹。

“个子真高。”

“真白净，庄稼人没见过这么白的。”

“那是啥车呀，都没见过肯定是好车。”

…………

人们议论着，纷纷投来羡慕的眼光，孩子们嬉笑打闹着，争抢糖果吃。

刘春燕穿着洁白的婚纱，在屋里坐着，刘多多姐妹几个还有姨妈们都陪着，堵门要红包，几个问题之后也没有过多地为难，放新郎进来了。

“以后谁当家？”刘多多笑着问新郎。

“那肯定你姐呀。”杨明德也是很给面子。

“在家谁管钱？”

“肯定不是我。”

大家你一言我一语的，杨明德应付自如。刘春燕坐在床上，幸福的笑容洋溢在脸上。

该出门了，刘春燕手捧花束，挽着杨明德的胳膊被众人簇拥着走到了客厅。刘永昌、白书英在堂屋的木椅上坐着。白书英一直红着眼眶，时不时用袖口擦着眼睛。

刘春燕和杨明德走到二老跟前，跪下磕了个头，刘春燕伏在地上久久没有起来，眼泪“吧嗒吧嗒”掉在地上。白书英不忍，起身将刘春燕扶起来。

“大喜的日子，不要哭了，好日子在后头呢，走吧。”白书英强忍泪水，众人也都红了眼眶。

“妈，放心，我一定会对春燕好的。”杨明德这时候的承诺显得那么重要，白书英始终悬着的心也稍微放下了一点。

“你们都要好好的。”白书英再次嘱咐着，她心里明白，女儿嫁过去将会有无尽的苦难等着她，刁钻的婆婆是肯定会为难她的。

要出门了，鞭炮、礼花同时响起来。杨明德将刘春燕抱到了婚车上，人群起着哄。刘多多看着他们的背影，眼泪掉了下来，虽然是喜事，但她心里有种说不出的酸楚感。刘多多和妈妈一直跟着姐姐他们，直到婚车走远了才回来招待宾客。刘多多看了一圈没有看到爸爸，或许是男人的骄傲让他不想在人前流泪，所以躲起来了，刘多多心里如是想着。

刘春燕成家之后，他们村子新农村改造，分到了一套小房子，楼下还有个商铺。夫妻二人寻到了商机，刘光宗知道后立刻资助了三万块钱，给他们开了个手机店。刘多多终于有了第一部手机，一部国产手机。刘春燕经营手机店，杨明德则去了镇上煤矿当保安，同时包揽起了送桶装水的工作。同一年，刘光宗同样资助了刘春霞三万块钱，买了一套自来水净化器，让她干起了送桶装水的生意。刘光宗将赋闲在家的刘耀祖带在身边，给他介绍了工作。自此，刘光宗开始了对兄弟姐妹的扶持，日子虽然艰难，大家也都在努力着。刘多多相信，好日子就在不久的将来。

拥有了手机，刘多多却没有运用起来，手机对于她来说就是个摆设，手机通话有点儿贵，她打电话还是购买电话卡，因为便宜。手机唯一的好处是别人可以随时联系到她本人了，只是除了偶尔有运营商发来的短信提示音，刘多多的手机一天到晚都是静默的状态。

她继续着规律的生活。

这天刚跑完步回到宿舍，突然响起来的手机铃声吓了刘多多一跳。

“喂，您好。”刘多多看着陌生的号码，迟疑地接起了电话，此时她说话还是有点儿喘。

“是我。”电话那头传来了刘多多日思夜想的声音，让她一时之间忘记了呼吸，也不知道该做何反应。

“你最近还好吗？好久都不联系了。”

“哦，我挺好的。”刘多多深吸一口气，努力让自己的呼吸变得正常。

“你怎么都不接我的电话了？”

“我学习挺忙的，马上考四级了。”刘多多随口编着理由。

“是吗？每次打你宿舍的电话，你都不在，打你手机也不接。”

“你，怎么知道我的手机号？”刘多多迟疑地问出了口。

“我找潘妍要的。你不接我电话，我借学员的手机给你打的。”

“……为什么？”沉默了一会儿，多多再次问出了为什么。

“什么为什么？就是想给你打个电话，听听你的声音。习惯了你给我打电话，忽然间不理我了我有点儿不适应。”电话那头，李岩笑了起来，但此时刘多多只觉着他的笑声是那么刺耳。尴尬的沉默之后，她开口了：“如果没有其他的事情，挂了吧。”

“等一下，刚才开玩笑呢。”李岩连忙出声阻止，“我只是不想伤害你，我真的很关心你，傻妞。”

听到“傻妞”这两个字，刘多多的眼泪再也忍不住夺眶而出，她真的还没有放下。

刘多多深吸了一口气说：“我很好，先挂了。”然后就慌忙挂断了电话，委屈的泪水再也抑制不住。

“我都已经躲起来了为什么还来招惹我？”那时候的刘多多实在是没有办法理解。

没有办法抵抗，刘多多选择了妥协，她不再刻意躲着李岩，电话会接听，偶尔见一下面，说着无关紧要的日常，分享着自己的学习生活，只字不提感情的事情。真的如同李岩说的那样，她将他视为好朋友、好人哥，只有刘多多自己知道，自己的内心深处一直都在隐隐作痛。

四级考试，刘多多一次就过了合格线，考六级的时候失利，差了四分没有过线，她有点儿沮丧，周六不想出门，就去操场跑了几圈，回到宿舍后，看到柳眉无精打采地坐在床上，眼睛红红的，似乎是哭过了一场。

“大姐，你怎么回来了。”刘多多有点吃惊，周末柳眉一般不会出现在宿舍的。

“怎么了，吵架了？”刘多多看柳眉没有说话，大胆猜测。她一边问一边擦着脸上的汗。虽然很想换掉身上湿透的衣服，她还是搬了板凳在柳眉对面坐下。

“嗯，马成林，他又找了一个。”柳眉鼻音很重。

“又找一个？”刘多多一时没有反应过来。

“他在外面还有其他女人，那个人给我打电话了，说情人节的时候，马成林就是在她那儿的。我那时候刚做完手术啊。”

“什么手术？”刘多多震惊了。

“意外怀孕，我做了手术，还躺在病床上，他送我了一束花就去其他女人那里了。”柳眉的语气中充满了绝望。

刘多多不知道该怎么安慰，她一直想说本就不该走这条路，但那是柳眉自己的选择。她握紧了柳眉的手说：“大姐，要不考虑一下离开他吧。”

“我也想。可是，我真的是喜欢他呀。”柳眉执着地不肯放手。刘多多明白，还有很大一部分的原因是因为她还要供养未成年的小妹，没有工作没有经济来源，马成林是她唯一的依靠。刘多多一般不会过问别人的事情，特别是感情的事情，但是今天她想试一试。她是真的将柳眉当成了自己的姐姐。

“大姐，”刘多多鼓足了勇气，想再次劝说柳眉离开马成林，“我真的希望你可以离开他，你本就不该跟他在一起。你的处境我很理解，但是这不是唯一的出路，不是吗？他本就有家庭有孩子，你的身份一直都很尴尬。”见柳眉没有说话，刘多多停了一下，又说：“他现在又找了别人。就算跟那个女人分了，还会有第二个、第三个吧？你能接受吗？”

这时柳眉忽然哭了起来，刘多多一时慌了神。

“大姐，你别哭啊，不是什么大不了的事情。”

“我真的离不开他。”柳眉哭着说。

“好，那就不离开，你自己想好就行。”虽然有点恨铁不成钢，但是她也清楚地知道，自己说再多，也不能左右柳眉的想法。

“这条路不好走，你一定要做好心理准备。”刘多多说完，拿着洗漱用品出去了，她留柳眉在宿舍冷静一下。

等她洗漱完回来，柳眉已经不在宿舍了。床上有她留下的一张字条：

多多：马成林来接我了，他跟那个女人分了，也跟我道歉了，我回去了。我明白你的意思，谢谢你。

刘多多看完，无奈地笑了笑，将纸条撕碎丢进了垃圾桶。

三十八

冬去春来，日日年年。专科阶段，刘多多完成了英语考级，大学英语六级第二次考出了501的高分，然后她参加了专升本的考试，以优异的成绩考上了自己心仪的学校。

刘多多真的要毕业了。

最后一周，大家都忙着拍毕业照，收拾行李。刘多多心中有太多的不舍，却不知道该如何表达。她经历了两年的减肥时光，没有达到想要的目标，依旧是胖胖的，脸上带着高原红的红润，她也依旧不爱拍照，被同学强拉着拍了几张。

刘多多在宿舍收拾，宿舍地上已经摆满了行李箱和打包好的行李，笼罩着离别的气息，刘多多鼻子一阵一阵地发酸。跟室友相处的日子都是和谐又愉快的，大家都成了家人。离别在即，从此天南地北，相见也难了。

刘多多拿出一个鞋盒，一尘不染的，那是她看着好看找潘妍要来的。打开，里面全是她三年来得的各种证书：国家励志奖学金，学院一等奖学金，三好学生，四六级证书，等等，满满当当一盒子。刘多多露出满足的笑容。

“我真的好好学习了，如你所愿。”她在心里默念着，想到了李岩的一句句“好好学习”，依旧有点心酸。上学期间得了很多奖学金，没有给大哥增添更多的负担，这也是刘多多最开心的一点，终于可以松口气了。

行李打包得差不多了，跟室友们也是最后一次相聚了。大家都挺伤感的，柳眉也回来跟大家做最后的道别，只有她选择留在了开封。

“大家高兴点，以后还有机会见面的。”一向阳光的潘妍大声说了一句，“咱们今天就在宿舍聚餐吧，我们一醉方休。”

看她那么豪迈，大家都笑了。

“什么一醉方休，你什么时候喝过酒啊。”刘多多笑着回了一句。

“今天我们一起灌她，让她感受一下一醉方休的滋味。”黄晓玲也笑着说。

“大家想吃什么，我买单。”柳眉微笑着看着大家说笑，最后来了一句。

刘多多看了一眼柳眉，两个人会心一笑。

柳眉带着她们来到了一家大型超市购物。刘多多还是第一次来这么大的超市，新奇的同时又有点儿不好意思，只是微笑着跟在她们身后，看她们买各种东西，瓜子、辣条等各种零食。不一会儿购物车就快满了，然后她们真的来到了酒水区。

“咱们喝什么酒？”潘妍有点兴奋，这是第一次一起喝酒。

“要不咱们还是喝饮料吧。”刘多多还是有点儿不太敢喝酒。

“大家高兴，咱们就喝点吧。”

看柳眉这么说了，刘多多也不再坚持。眼前各种瓶瓶罐罐，刘多多选了一瓶包装挺好看的啤酒。

“这个应该不难喝吧。”刘多多自言自语说道。

大家各自选了想喝的品类，最后柳眉做主拿了十瓶凑个整数，结完账就直接回了宿舍。

刚到楼下，刘多多忽然停下了脚步，跟在后面的潘妍差点撞在她身上。

“啊，宿管阿姨让进吗，拿着酒。”刘多多有点担心，低声说道。

“都毕业了，肯定不管了呀，没事，进去。”潘妍说完就往前走去。

“等一下，我们……”没等刘多多说完，就看到宿管阿姨迎面走了出来了。

“呦，这是买了多少好东西呀。”宿管阿姨脸上带着笑，声音却有点儿吓人。

“毕业了，马上要分开了，我们小聚一下。”柳眉笑着跟宿管阿姨说道。

“聚归聚，可不能喝酒哦。”宿管阿姨似有所指，“学校规定宿舍不能饮酒。”

“没有酒、没有酒。”刘多多慌忙回答，只是声音有点儿发抖，她攥紧手里提酒的袋子，不自觉地往身后藏了藏。

宿管阿姨玩味地看了看她们说：“进去吧，不要太晚哦。”

“谢谢阿姨！”众人说着就冲进去跑上楼梯。

宿管阿姨看着她们的背影，笑着摇了摇头。

“还好我们要了黑色的袋子。”潘妍拍着胸口说道。

“你不是很豪迈的吗，看把你吓得。”黄晓玲打趣着。

“可是，我的袋子不是黑色的。”刘多多说。

众人的眼光看过去，果然，透明的袋子，酒瓶清晰可见。大家相视一下，一起笑了：“阿姨看到了，但是放过了我们。”

大家把宿舍唯一的桌子搬到中间变成餐桌，将所有的东西平铺在上面，拿出各自喝水的杯子，开始喝酒。刘多多皱着眉头轻轻喝了一口，然后打了一个哆嗦：“这是什么味道。”

“酒的味道啊。”潘妍打趣道，“来来来，先干一个试试。”大家起哄着喝起来第一杯酒，脸上都露出难以言表的表情，然后相视一下，笑了起来。只是，所有人的酒量真的是烂到没话说，一瓶酒没有喝完，潘妍和黄晓玲已经有点儿撑不住了，说话舌头都开始打结了。刘多多头有点儿晕，这是她第一次喝酒，虽然是啤酒但是劲还是有点儿大。柳眉一直没有喝，她只是帮大家倒酒，潘妍和黄晓玲没有注意她滴酒未沾，刘多多看到了，但是她什么也没有说。

第二瓶下去，大家情绪开始有点崩溃了。刘多多第一个开始，她一边笑着一边流泪，端起手里的杯子，摇晃着站起来。

“我的亲爱的室友们，”刘多多努力说清楚每一个字，“谢谢你们。”

宿舍一片寂静。柳眉静静地看着刘多多，潘妍和黄晓玲靠在一起，眯着眼睛听着。

“谢谢你们在我受伤的时候照顾我。谢谢你们一直以来的包容，让我度过了非常开心的大学时光。还有，”刘多多停顿了一下，“谢谢你们帮我骂李岩。敬你们！”刘多多将杯中的酒一饮而尽。或许是喝急了，她剧烈地咳嗽起来，然后大笑着坐了下去，眼泪大颗大颗落了下来。柳眉轻拍着刘多多的背。

“哎呀，那渣男该骂。”潘妍摆了下手说道。然后她努力想站起来，挣扎了一会儿放弃了。

“我……要强……什么……都想做到最好，但是我失败了。能跟你们同寝是我的荣幸，但很遗憾的是，我没有谈一场真正的恋爱，连骂人的机会都没有。”潘妍磕磕绊绊说完，傻笑了起来，“我一定要找一个如意郎君。”

大家听到她的豪言壮语，笑作一团。

“我也说两句。”黄晓玲也想站起来，但是跟潘妍一样，双脚无力站不稳。

“我毕业可能就结婚了。我虽然被亲生父母抛弃了，但是遇到了疼爱我的人，够了。”黄晓玲脸上散发着幸福的光芒，看来她的男朋友对她真的是极好的。

柳眉听到这里，明显身体一怔，她从来不知道黄晓玲还有这样的过往。她一直在奔波着自己的生活，一点也没有了解过她们，有点儿惭愧。看着几个人已经快到了极限了，柳眉将剩下的酒收了起来。

“大家差不多了，别喝了。明天还得赶车呢，来。”柳眉尝试着拉起刘多多。

“大姐，我不舍得离开大家。”刘多多一把搂住柳眉的脖子，低声呢喃着。柳眉的脖颈处感受到了滚烫的泪水。

“还会再见的。”柳眉轻拍刘多多的背，将她扶起来，送到床上躺下，然后又将潘妍和黄晓玲扶到各自的床上，收拾了下宿舍的卫生。丢完垃圾回来，只见喝多的潘妍和黄晓玲已经睡着了，潘妍还响起了轻微的鼾声，柳眉走到刘多多床前，看到刘多多虽然闭着眼睛，眉头依旧紧锁，眼泪也是一颗一颗滚下，枕头都湿了一片了。

“李岩……李岩……”刘多多嘴里一直叫着李岩的名字。

柳眉轻轻擦去刘多多脸上的泪水，叹了口气：“唉，何必呢，多多。”夜深人静，柳眉却毫无睡意，她坐在床上，想了好久好久。

第二天，大家依依不舍地告别，各自奔前程。

三十九

刘多多升本，刘春秀考研，两个人步调保持了一致。暑假刘多多可以直接回家了，但是刘春秀要参加面试。一大早刘光宗开车送刘春秀过去，一直在外面等着刘春秀。或许是因为太紧张，也或许是因为不够自信，刘春秀临场发挥失常，面对面试官的问题她好像失了声，一句话也讲不出来，最后落选了。

“面试怎么样？”看到刘春秀出来，刘光宗迎上去焦急地问。

“我搞砸了，一句话也说不出来。”刘春秀强忍着不让自己哭出来。

刘光宗一言不发，走到前面去开车，刘春秀沮丧地跟在后面。一路上刘春秀都想开口说话，但是她感觉刘光宗的背影都透露出浓浓的疏离感。上了车，刘光宗依旧阴沉着脸，不说一句话，刘春秀大气不敢出，车里静得可怕。

回到家，刘光宗先是打开桌上的矿泉水，“咕咚咕咚”灌了一瓶水，然后去了卫生间，很久没有出来。刘春秀在沙发上坐着，使劲搓着双手，紧张地等着。终于，卫生间门开了，刘光宗看了一眼刘春秀，从包里掏出两千块现金，扔在床上。

“带着钱，赶紧回家。”刘光宗冷冷地说道。

“哥，我真的，真的尽力了，我……”刘春秀有点委屈，“我也不知道为什么。”

看到刘春秀的眼泪，刘光宗的怒气再也抑制不住。

“哭哭哭，就知道哭！你知道我一直把你当成我的骄傲，去哪里都带着你，你上学学费我供着，生活费没断过，我这么拼死拼活为了什么？你知道我工作多累吗？这次面试机会是那么容易得来的吗？你在干吗？啊？太让我失望了。”刘光宗一口气说了很多，刘春秀也愣住了。

“对不起。”刘春秀低下头，说着对不起，确实是自己不争气，这没有什么好说的，“我、我还有钱，我先回家。”刘春秀实在是待不下去了，拿着包就出门了。刘光宗在气头上，没有阻拦。

刘春秀下了楼，也不知道去哪里，但是她知道此时肯定不能真的一走了之，大哥会担心。她在小区里面找了个凉亭坐下来，然后眼泪止不住了，擦都擦不及。她从没有认真想过大哥是如何工作、如何生活的，只是心安理得地接受着大哥的照顾。今天刘光宗的爆发让她有了新的思索，她要独立了，不能总是待在大哥的羽翼之下，她要靠自己。

刘光宗平复了一下心情，感觉自己说话过重了，赶紧出门寻找。走到楼下，看到独自坐在凉亭里的刘春秀，他沉默着走了过去。

刘春秀看到大哥走过来，赶紧背过身去，擦了一下眼泪。

“回去吧，外面怪热的。”刘光宗语气有点儿生硬，看着刘春秀说道。

“好。”刘春秀也没有多说什么，跟在大哥的身后。两个人一前一后，谁也没有再开口。

第二天，刘春秀买了直达县城的汽车票，回家了。

回到家，刘春秀第一时间去了网吧，在网上提交了调剂申请，申请了云南的一所高校。后来调剂通过，经过充足的准备后，面试也顺利通过。就这样，刘多多读本，刘春秀读研，两个人为自己的学业继续奋斗。

刘多多和刘春秀，坐在地头歇息，面前是一望无际的棉花田。

“先不要恋爱哦，准备考研，等你考上了研究生，会有更优秀的男生让你选的。”刘春秀语重心长地说道，“恋爱，会消磨你的激情，费神费力。”

看着刘春秀忧伤的眼神，刘多多没有告诉她自己悲伤的暗恋故事。

“那你是不是谈了男朋友？”刘多多问。

“是的，所以我才跟你说，不要谈。”刘春秀苦笑。

“跟我说说呗，你男朋友是个什么样的人？”刘多多很好奇。

“他呀，不高，也不是很帅，但是，我喜欢他。”刘春秀眼里的光芒一闪而过。

“是我追的他。当年他一段街舞征服了我，我鼓足了勇气追求的他。我花光了我所有的精力去维护我们的这段感情，但是我总觉着他不够喜欢我，我能感觉到他的敷衍。”

“那你为什么不分手呢？”刘多多忍不住问道。

“因为我喜欢他啊。”刘春秀自嘲地笑了下，“谁喜欢得多一点就会迷失得多一点。”

刘多多深有体会，她不知该如何安慰。

“多多，我，离不开他。”刘春秀望着天空，眼泪还是流了下来。

“姐，总会看好的。”刘多多知道刘春秀的痛点在哪里，皮肤病让她的自信消失得无影无踪。她讨好着男朋友，但是越是卑微对方越是不将她放在心上，她所有的付出，在对方眼里都是理所当然的。刘春秀非常自卑，但凡对方对她好一点，她都会感激涕零。

两个人聊了很多，刘春秀心里的郁结暂时疏解了。

但刘多多不知道的是，这个暑假将会是她跟刘春秀一起度过的最后一个暑假，棉花田的记忆也终止于这一年。

第六章 /读研/

长兄为父，哥哥为长久支柱

四十

刘多多的目标非常明确——考研。开学之后，她将所有的精力都放在了学习上。宿舍、食堂、图书馆、操场，这是她足迹涉及最多的场所，特别是图书馆。除了回家，刘多多都不怎么出校门。

马上十一了，学校放假，刘多多考虑着要不要去开封一趟，她想见柳眉了，也想见那个人了。

吃过晚饭，手机铃声响起来。刘多多拿出新换的手机，一个黄色的翻盖手机，那是刘春燕店里卖的，姐姐开学时送给她当作礼物。来电话的是柳眉。

“喂，大姐，我正想跟你打电话呢，你就打过来了。”刘多多接了电话。

“那咱们想一块了。”柳眉笑着说，“我想着十一去找你玩呢。”

“我也是想邀请你十一来找我呢。”

刘多多惊讶于两人的默契。

“我要结婚了，多多。”柳眉平静地说，但她的语气里没有一丁点儿的欢喜，好像在说着别人的事情，“你来给我当伴娘吧。”

“啊，结婚？好呀好呀。”刘多多震惊了，一时反应不过来。

马成林不是结过婚了吗？刘多多在脑子里问自己。

“我跟马成林分了。三言两语说不清楚，等我们见面了给你细说。”柳眉继续说着。

“好的大姐。”

“说好了哦，你给我当伴娘，我还邀请了黄晓玲，你们俩伴娘。”

“我一定到。”

挂了电话，刘多多脑子里一片混乱，她真的不知道发生了什么。

“好突然，前一段时间联系还在说跟马成林吵架呢，怎么这会儿就要跟别人结婚了呢。”

婚礼定在了 10 月 3 日，刘多多 10 月 1 日就到了开封。

柳眉带着未婚夫到车站接刘多多。

眼前的男人，胖胖的身材，戴着一副眼镜，身高目测不会超过一米七。男人叫张峻，是个工程师。

刘多多礼貌地打了声招呼，三个人一起吃了饭。张峻饭后将柳眉和刘多多送到家门口，就回去了。

刘多多和柳眉坐在床前，聊起了天。

“大姐，怎么结婚这么突然？”

“我们在网上认识的，他一直在追求我，再加上跟马成林赌气，就答应结婚了。”

“马成林？”刘多多小心翼翼地问起来。

“你说的没错，有第一次就会有第二次，他又在外面找了。我都打算一辈子就这么过下去算了，但是他一次次地伤害我，我实在是忍受不了了。”柳眉眼底现出浓浓的悲伤。

“张峻，工作稳定，而且对我很好。这个房子，也是我们一起买来结婚的。虽然有房贷，但是压力不大。我，还是要结婚的不是吗。”

“只要他对你好，一切都会好起来的。但是，结婚不能赌气啊。”刘多多握了一下柳眉的手，说道。

“不是他，跟谁结婚都一样，不是吗？”柳眉对刘多多说，但更像是在说服自己。

洗漱完毕，刘多多躺在床上，想着柳眉说的话。“不是他，跟谁结婚都一样。”这句话深深刺痛了她的心。

拿出手机，显示时间已是半夜十一点了。

她打开信息，输入李岩的手机号，很久没有联系了，她有点儿紧张。

“睡了吗？”敲完这几个字，犹豫了一会儿，删掉。

“在干吗？”重新敲，又删掉。

“你好。”刘多多有点烦躁，删掉，将手机扔在床头，拉过被子蒙起头。

过了两分钟，她猛地坐起来，重新拿起手机，打开信息，再次敲起字。

“睡了吗？”敲完，停也没停，眼睛一闭，她按下了发送，然后焦急地等待着回复。

一秒，两秒，一分钟，两分钟，五分钟过去了……紧张、期待逐渐变成了失望。

“可能他已经睡了吧。”刘多多安慰着自己。

她放下手机准备睡觉，刚躺下，手机铃声响了起来，刘多多一下子从床上弹起来。她抓起手机，看到了那串熟悉的数字。

刘多多心脏疯狂跳动起来，都有点儿呼吸不顺了，深吸一口气后，她按下了接听键。

“喂？”刘多多的声音有点颤抖。

“傻妞，你怎么想起来跟我联系了？”电话那头传来李岩的声音。

“我来开封了。”刘多多说完就后悔了，为什么要跟他说呢。

“啊，怎么不提前说，我好去车站接你啊。”

“我同学结婚，我来参加她的婚礼。”刘多多没有直接回答。

“哦。”

刘多多有一刻的失神，她听李岩的声音似乎带着些失望。

“你最近好吗？我们好久没有联系了。”李岩说道。

“嗯，挺好的。你呢？”刘多多机械地回答，还在回味李岩刚才的“哦”。

“你明天有时间吗傻妞？我请你吃饭啊。”

“有。”

“那明天下午两点我来接你，我请你吃好吃的。”

“好。”

“那我们明天见。”

“明天见。”

挂断电话，刘多多还没有回过神来。“我为什么答应他吃饭？”她有点懊恼。但是脑子里还有个声音在告诉她：“一定要去，不就是想见他吗？”

刘多多拉起被子蒙住头，不再想那么多了。明天黄晓玲就来了，到时候可以找借口离开一下。

清早起来，刘多多多了一圈黑眼圈。

“你是没睡好吗，多多？”

“嗯，我可能有点儿认床。没事，过两天就好了。”

刘多多只说了一个原因，陌生的环境难以入睡是一方面，更多的是因为一直在想着今天和李岩的见面将会是什么情形，越想越清醒，导致她无法入睡。

“下午我要去接黄晓玲和我家人，你要一起吗？”

“家人？”

“我亲生父母那边，她们认回了我，来参加我的婚礼。她们车次相近，一起接了。”

“哦，我不去了。”顿了一下，刘多多继续说道，“下午李岩要请我吃饭。”

“嗯，去吧，你们好好聊一下。”柳眉没有多说什么，她明白刘多多至今都没放下李岩。

一直看着墙上的时钟，刘多多越来越焦虑。

一点五十分的时候，李岩打来了电话，说到门口了。

刘多多照了照镜子，整理了一下衣服，出门了。

出了小区门口，刘多多看到李岩依旧骑着那辆自行车，停在路边，双脚着地，还是那么阳光帅气，岁月似乎没有在他身上留下什么痕迹。

“傻妞，在这里。”李岩看到刘多多，远远地笑着打招呼。

刘多多没有说话，朝着他的方向走过去。她的心跳越来越快，李岩的笑也越来越刺眼。

“真的是女大十八变，越变越好看。”李岩上下打量了一下刘多多，笑着说道。

刘多多脸红了，没有接话。

“上车，我先带你去看看菊花展。”李岩掉过自行车头，回头跟刘多多说。

刘多多深吸一口气，侧坐在后座上。她从来没有跟李岩说过自己是害怕坐自行车的，小时候留下的阴影让她对自行车有着深深的恐惧，骑自行车没有问题，但是坐自行车她就会一直紧张。

刘多多全身紧绷，双手紧紧地抓住身后的后座尾端。

虽然已是秋天，午后的阳光还是有点儿刺眼。刘多多看着李岩的后背，他洁白的T恤散发着淡淡的肥皂香味。这是她第一次距离李岩这么近。

或许是感受到了刘多多的紧张，路口红灯时，李岩一个急刹车，刘多多顺势往前，惊叫一声双手本能地抱住了李岩的腰。

“你看这样多好，搂着我更稳当。”李岩闷笑一声。

刘多多的脸瞬间红了，双手烫着一般，迅速抽离。

“不，不用了。”刘多多抓回了后座。

绿灯了，李岩也没再说什么，只是叮嘱她：“抓好了哦。”

李岩了解刘多多的性格，刚才只是开个玩笑，刘多多没有采纳他的建议，但他骑车更加平稳了。

“傻妞，你要是早点来，会看到更多的菊花品种。现在很多都凋谢了。”李岩说道。

“没有假期啊。”刘多多闷闷地说道，她实在是害怕。

“周末都可以来啊，离得又不远。”

“我周末一般都在图书馆了。”

“嗯，是得好好学习。”

刘多多没再说话。还好菊花展的地方很近，不然刘多多不知道要怎么熬过尴尬的沉默。

喜爱花的刘多多，被各种各样的菊花吸引了注意力。她在花海中穿梭着，脸上渐渐露出了笑容，而且笑容越来越大，周围一切仿佛都消失了，只剩下了满眼的各色菊花，那么惬意。

李岩跟在后面，嘴角噙着笑，脸上露出难以捉摸的神情。

不知不觉俩小时过去了，中午没有吃饭的刘多多，感觉到了饿，一看时间已经是五点多了。李岩带着刘多多来到了一家吃虾的店，他记得刘多多喜欢吃海鲜。

店里客人不多，两人在角落的一张靠窗的桌子前面对面坐了下来。他们点了一份蒜香大虾，选了几样配菜。

刘多多没有点主食，因为减肥她的肠胃已经脆弱不堪，晚上不敢吃多，害怕胃疼。

“都是你爱吃的，今天多吃点。”李岩给刘多多倒了一杯热水后说道。

“谢谢。你怎么知道我喜欢吃这些？”

“你说过呀，不记得啦？”李岩笑着说。

“我说过吗？”刘多多一脸疑惑，她实在是不记得自己跟他说过这些。

“说过。”李岩赶紧转移话题，“还有一年多就毕业了吧？”

“嗯，专升本，就两年，很快。”刘多多喝了一口水，回答。

“毕业之后来开封工作吗？”

“我准备考研。”

“啊，考研好，好好学习，你一定能考上的。”李岩眼里闪过复杂的神情。刘多多低着头，还在回想自己究竟什么时候说过自己喜欢吃虾的，没有发现李岩的眼神。

只是听到“好好学习”这四个字，她身躯明显一震。

“好好学习。”刘多多苦笑着重复道，“我会好好学习的。”

菜上来了。两个人聊着无关紧要的生活琐事。

“要不要喝点啤酒？”李岩忽然提议道。

“不要了，我不喝酒。你可以喝点。”刘多多了解自己的酒量，不敢在他面前喝酒。

李岩点了一瓶啤酒，自顾自地喝起来。

吃完饭，李岩载着刘多多，将她送到了柳眉家小区门口。

“谢谢你的大餐。”刘多多道谢，转身往小区走去。

“傻妞，明天婚礼结束，我请你吃鱼吧，我记得你还喜欢吃鱼。”李岩说道。

刘多多停下来，转过身，再次走到李岩面前。

“为什么？”她盯着李岩的眼睛问道。

“怎么每次都问为什么？你好不容易来开封，多请你吃好吃的呀，我不是你大哥嘛。”李岩干笑着回答。

“看情况吧，明天可能会很忙。再见。”刘多多看了李岩一眼，转身走了。

“我们再联系啊。”李岩看着刘多多的背影消失，骑着自行车走了。

“为什么？我不想要你当我大哥！”刘多多每次问出为什么，都是想听李岩说“有点喜欢你”，但是她得到的答案永远是“好好学习”“我是你哥”，刘多多内心充满了悲伤。

走到柳眉家门口，隔着门听到了里面乱糟糟的声音，似乎在吵架。她犹豫着按响了门铃。柳眉开了门，眼睛有点儿红红的。

“大姐，怎么了？”刘多多小声问道。

没等柳眉回答，楼上传来了一个年老的声音：“哪里有这样待客的。我们大老远的来了，饭都吃不饱，还不能说一句了？”

“我亲妈。”柳眉眼泪流下来，赶紧擦了一下，“没事，你赶紧回房歇一歇吧。”柳眉让刘多多回房，她上楼去应付娘家人。

刘多多打开房门，看到黄晓玲已经在房里了。

“啊，多多，想死你了。”黄晓玲上来给了刘多多一个熊抱，两人抱了好久才松开。

“这是怎么了？”刘多多问黄晓玲，她下午在家应该知道咋回事。

“哎呀，别提了。”黄晓玲叹了口气，慢慢跟刘多多讲述下午发生的事情，“晚饭的时候，大姐做了一桌子菜，蒸了两锅的米。大家饭桌上吃得很开心。饭后大姐收拾好准备上楼去跟她们说说话，就听到她们说没吃饱，还说大姐抠门连饭都不管饱。姐听了之后就挺伤心的，说不够吃可以直接说，怎么能说自己抠门故意的呢？”

刘多多听后只觉着，这是什么事啊，怎么能有这么奇葩的家人啊？柳眉下楼来了，刘多多安慰了她几句，让她早点休息，明天一早还要起床化妆呢。

婚礼当天，早上六点多，刘多多和黄晓玲就陪着柳眉去化妆，化完妆之后回到家里等待接亲。婚礼的仪式在酒店举行。十点多的时候，接亲队伍来了。刘多多跟黄晓玲没有经验，不懂得要怎么拦住新郎，娘家人也没有人阻拦，新郎很容易就来到了婚房。

“我这红包都没有用上。”一身西装的新郎，举着红包笑着说。话音刚落，只见柳眉的弟媳妇们猛地扑过去抢起红包来，现场一阵骚乱。这个场景让在场的人的都惊掉了下巴，柳眉脸上非常尴尬。

“新郎赶紧找婚鞋啊。”司仪的声音打破了尴尬，新郎也回过神来，带领两个伴郎一起在房间里面找起来了婚鞋。

刘多多第一次见藏婚鞋的习俗。她们费尽心思，最后用胶带粘在椅子的低端，如果不用手摸，就算是弯腰也是看不到的。此时还一个小朋友站在椅子上玩耍，隐蔽性更高了。

新郎他们翻遍了各个角落，都没有找到，最后甚至看了一眼那张椅子，但依旧没有发现。

“快告诉我在哪里呀，老婆。”新郎向新娘求助了。

柳眉笑着，不说话。

“红包拿来，我给你。”刘多多挡在新郎面前要红包。

翻遍了口袋也没有再找出一个红包，还好伴郎那里留了一个。时间快到了，也不再为难他们，刘多多告诉了他们藏鞋的位置，新郎顺利将新娘接走了。结婚仪式开始了，新式的婚礼，洁白的婚纱，此刻柳眉是美丽的新娘子。

“谢谢你，给了我一个家。”柳眉对新郎说的这一句话让刘多多破防了，她流着眼泪，笑着看着台上的柳眉，心里满满都是感动。有了家就有了归属，一定会幸福的。

下午三点不到，婚礼结束了。刘多多接到了李岩的电话，但是她以同学聚餐为由拒绝了。她不想再受一次打击了，虽然她的心依旧在李岩身上，但是李岩奇怪的态度让她很是苦恼，她猜不透李岩究竟想怎么样。

婚礼结束黄晓玲就回去了。晚上，刘多多陪柳眉去超市购物。明天娘家人也要回去了，柳眉要买点东西给他们。柳眉所有的东西都是买三份，刘多多看到柳眉提了三提卫生纸，终于忍不住问道：“大姐，一提就够他们在路上用的了吧？”

“你不知道，昨天两个弟媳妇因为争一卷卫生纸差点没动手，一人一提省得他们说什么。”柳眉有点儿无奈地说道。

“啊，怎么会这样。”

“反正以后也不会有多少交集，我跟她们没有什么感情。”

刘多多默默推着购物车跟着，看着柳眉把东西一样样搬上来，心里有说不出来的酸楚。究竟是什么样的家人可以做出这样的事情？

第二天，刘多多就回了学校，不仅是因为要考研，还因为要准备专业英语的考试，所以她的时间是非常紧迫的。她不想再去纠结李岩的问题，因为她知道得不到答案。

四十一

刘春秀读研后，开启了自力更生之路。除了课业之外，她还去做家教，同时导师还给她介绍了一份代课工作。她男朋友毕业之后去当兵了，两年之后退伍，两个人约定刘春秀毕业之后就结婚。

刚上完课，刘春秀接到了刘光宗的电话。

“你还有钱吗？要不要给你汇点？”刘光宗还是一如既往地想着打钱。

“不用，哥，我现在做兼职，生活费够用了，还有剩余呢。”

“你是不是还在生哥的气？”

“真的没有，我现在自己能挣钱，不用给我打钱了。”

刘光宗一直以为刘春秀是生气了，所以才不接受他的钱。自此之后，刘光宗经常给刘春秀打电话，聊生活，聊感情，自小培养起来的感情是没有那么容易就变淡的。

“人家都是跟男朋友打电话，你这天天跟你哥打电话。”室友经常开刘春秀的玩笑。

“男朋友可以没有，我哥不能冷落，哈哈哈哈。”刘春秀一脸骄傲。

放寒假了，刘多多这么多年雷打不动，回家前都先转道去开封，但是这次她没有告诉柳眉，而是告诉了李岩。

简单收拾了下换洗衣物，她背了个背包就出发了。下了火车后，天已经黑了。出站后，刘多多看到了李岩，依旧是骑着那辆自行车。

“准备待几天？”路上，李岩问。

“明天就走了。”

“怎么不多待两天。”

“我来找我同学，但是她回老家过年了，所以不多待了。”刘多多扯了谎。

“没提前联系吗？”李岩明显有点儿不相信。

“没有。”刘多多低声回答，有点儿紧张。

“你不是专门来见我的吧？”李岩笑着问。

刘多多身子紧绷了一下，赶紧否认，“怎么可能。”

“我开玩笑呢。”李岩不再追问。

谈话间，李岩将刘多多带到了一个夜市，那是一条有名的小吃街。

“买点鸡腿和啤酒我们回去吃。”停下车，李岩说。

“回哪里？”刘多多有点茫然。

“回我家吧，我自己住，还没装修好，但是可以住。”李岩一边往前走一边说。

“你，你家？”刘多多跟在后面，紧张地问。

“对啊，你同学不在，你住酒店我也不放心，就在我家住一晚吧，明天送你。”

看刘多多没有说话，李岩停下来，转过身，含着笑问：“你是不是怕了？”

“我，我有什么好怕的。”刘多多努力保持镇定，看着李岩的眼睛回道。

“对呀，我又不会把你吃掉。”李岩笑了一声，继续往前走。

他们买了两个炸鸡腿还有一些卤菜，又买了两瓶啤酒。大概十几分钟后，他们到了李岩家。

没有电梯，两人走楼梯到了六楼，刘多多已经气喘吁吁了。进了门，刘多多看到空荡荡的房间，确实是还没有装修好，家具什么的都还没有，不过水电齐全。客厅有一张床和一张书桌，还有一张简易的小方桌，显示着有人居住的痕迹。还有一只可爱的猫。李岩喜欢猫，刘多多知道，也听他说过，但是从来没有见过，今日见到了，刘多多很是喜欢。书桌上有一台台式电脑，桌面散落着纸张、书籍等杂物。床上的被子有些凌乱，同样有书籍、本子之类的，当然，还有一层猫毛。刘多多看过后有帮他整理的冲动，但是忍住了。

李岩拉过小方桌，将东西摆在小方桌上，没有椅子，两个人就坐在床边吃东西。

“你尝尝这个鸡腿？非常好吃，我经常买。”李岩将一只鸡腿递给刘多多。

“谢谢。”刘多多接过鸡腿，象征性地小吃了一口。因为减肥节食的缘故，她现在是不能吃太油腻的东西，特别是油炸的。

“干一杯，好久不见了我们。”李岩倒了两杯酒，递给刘多多。

她犹豫了一下，还是接了过来，碰了一下后一饮而尽。啤酒的味道真的很奇怪，令她皱起了眉头。

“可以啊你，在学校经常喝酒吗？”李岩笑着问。

“没喝过。真的不好喝，我就喝这一杯，不喝了。”

“怎么着也得再喝一杯。”李岩又倒上了酒。

“我先吃点东西。”刘多多接过酒杯，悄悄推离了一点。李岩看到笑了笑没有说话。

“你真的不是来见我的吗？”李岩再次问了这个问题。

刘多多瞬间脸红了：“不是。”

“嗯，学习怎么样？”李岩转移了话题。刘多多明显松了一口气。

“还行。刚过了专业四级，在准备专业八级。”

“在学校谈男朋友了吗？”

“没有。”

“为什么不谈？”

“不为什么，你不是让我好好学习吗？”

“唉，你个傻妞。”李岩将杯中的酒饮尽。

“你是准备结婚了吗？”刘多多环顾了下房间问道。

“这是我爸妈给我准备的婚房。还没找到对象呢，怎么结婚？要不，你别考研了，毕业跟我结婚吧？”李岩像是开玩笑似的说道，眼睛盯着刘多多。

刘多多明显愣住了，全身僵硬：“我……你……我……”刘多多愣是没有说出一句完整的话，李岩的话冲击力太大了。

“我说着玩呢，看把你吓的。我现在还不想结婚呢。”李岩喝了一杯啤酒，笑着说道。

刘多多的眼神黯淡了下去，她很想说“我可以”，还好没有说出口，原来是玩笑。

两个人边吃边聊，刘多多到底没有再喝酒。吃完饭，李岩收拾了下垃圾，去洗澡了。

刘多多实在是没有事情干，看着乱糟糟的床和书桌，她还是动手收拾了起来。很快，东西归置完毕，一个笔记本从床上掉下去翻开来。刘多多弯腰捡起来，看到上面写着：

2009 年 8 月 15 日

今天带一个高挑的妹子买了鸡腿吃。她腿很长，胸很大，摸着很爽，希望以后还会遇到。

原来这是李岩的日记本。刘多多手抖着，全身也跟着颤抖起来。理智告诉她这是李岩的隐私，她不能看，但是身体不受控制，忍不住继续翻看起来，她想看看李岩有没有在日记本上记上她一笔。

终于，她明白李岩为什么那么爱买鸡腿了，同时她也知道了他喜欢胸大、豪放的女生，他在游戏人间，没有什么真情可言。刘多多快速往前翻着，忽然，她看到了：

2006 年 12 月 21 日

真是个傻妞，不敢当面说喜欢我，却一直偷看我，送我东西。我也想尝一下清纯的小女生，但是她实在不是我喜欢的类型。胸够大，但是不够美。希望有机会请她吃鸡腿。

笔记本从刘多多手中滑落，她感受到了莫大的屈辱，原来自己就是一个笑话，她不敢相信自己一直以来喜欢的竟是这样的一个人。她放下笔记本后，不再停留，背起背包就走了，眼泪也控制不住了。她拿出手机，拨通了柳眉的电话。

“大姐，你来接我吧。”刘多多一边哭一边说。

“多多？你在哪儿？”柳眉有点惊讶。

“我在铁塔公园旁边的一个小区门口，你到了就能看到。”

“我马上去啊，你在那别动。”

李岩湿着头发从卫生间走出来，看到空荡荡的房间不见了刘多多的身影。

“傻妞？”他疑惑地叫了一声，没有回应，“人去哪里了？”

他走到窗前，看到了那个日记本，正好是写着关于刘多多的第一篇。他拿起手机慌忙追出去，但一直追到小区门口也没有看到人。

刘多多远远看到追出来的李岩，她慌忙躲在一棵松树的后面。电话响起来，刘多多看是李岩的号码，她没有接。第二次，她挂断了。第三次，第四次……最后刘多多接起了电话。

“傻妞，你在哪？你听我解释。”

“有什么好解释的？”看着一直在搜寻的李岩，刘多多更加委屈，哭着说。

“那都是我写着玩的。”

“但是你写的都是事实。”

“别闹傻妞，这么晚了你去哪里？不安全啊。”

“我同学来接我。”

“你同学不是没在吗？不要赌气啊。”

“我根本就是专门来见你的，我同学就在开封。”刘多多几乎是哭喊出来的。

“不是，傻妞你听我说，我真的不想伤害你的。”

“我知道，我又胖又丑，不是你喜欢的类型。”

“傻妞，我……”

“但是你可以直接给我说呀。”刘多多没有再给李岩继续解释的机会，“你直接跟我说绝对不会再纠缠你的，在你眼里我就那么可笑吗？你是不是一边笑话我一边享受着这种感觉？可是我是真的真的喜欢你啊？你为什么要这样对我？”

刘多多挂断了电话。李岩在门口停了一阵后，转身进去了，他知道自己说再多也没有用了。回到家里，李岩有点儿懊恼，一屁股坐在床上，双手抱头垂了下去。刘多多没有往后继续看，后面全是关于她的内容，马兰兰之所以能清晰知道他们之间的细节，全是因为偷看了李岩的日记。不知道从何时开始，李岩已经习惯记录起他们之间的点滴。最近的一条是：

傻妞，我好像真的有点喜欢你了。

柳眉和张峻一起开车来接的刘多多。

“大姐。”刘多多抱着柳眉哭了好久。柳眉也没问什么，只是拍着刘多多的背给予安慰。

刘多多哭累了，慢慢变成了抽泣。

“我们回家吧。”柳眉拉起她，捋了一下她额前的头发。

“嗯。”刘多多点了下头，跟柳眉一起上了车，坐在后座上。

一路上，刘多多靠着柳眉的肩膀，闭着眼睛，眼泪时不时从眼角滑落。到了柳眉家，刘多多直接睡了。

第二天，刘多多顶着一双哭肿的眼睛，看到柳眉，不好意思地笑了笑："谢谢你大姐。"

"说什么呢，客气啥，快坐下吃早餐吧。"

胃口不佳的刘多多喝了一碗稀饭，再也吃不下了。

"昨天怎么回事？"柳眉试探着问刘多多。

"没事大姐，一点私事，过去了。"

"是李岩吗？他不适合你。"柳眉只说了这一句话就不再提了。

刘多多苦笑一下："我知道。"

多停留了一晚，刘多多第二天就回家了。她当下下定决心再也不要跟李岩联系了。

在家里永远是刘多多感到最安心的时候。今年因为刘光宗要带女朋友回家，所以家人特别高兴，尤其是白书英，她一直渴望着儿子能早日成家。

刘多多到家的时候，刘春秀因为云南那边补习班上课还没放假，刘光宗则因为工作原因也得到大年三十才能到家。刘多多帮着妈妈收拾屋子，然后备年货，暂时将自己的忧伤藏了起来。刘春秀腊月二十七到了家，一家人就等着迎接刘光宗和他女友了。

刘春燕因为和婆家关系不好，每年的年夜饭都是在娘家吃的，今年也不例外，只是今年来得早了些，因为要迎接大哥。大年三十下午四点多，城际公交在门口停下。白书英一路小跑迎了上去，大家也都一起出门来迎接，刘多多走在最后。

刘光宗下车，身后跟着一个瘦挑的女生。她一米六五左右的个头，偏瘦，皮肤偏黑，眼睛又圆又大，亮晶晶的，开口露出一对虎牙，声音也是甜甜的。刘多多一眼就看上了这位未来可能成为她大嫂的女生。大家打了声招呼就跟进了屋。白书英笑得合不拢嘴，只是她听不懂普通话，得一点一点帮她翻译。

进了堂屋，大家一边嗑着瓜子一边闲聊，白书英准备着晚上的年夜饭食材。为了迎接未来的儿媳妇，白书英是下足了功夫备菜，生怕慢待了她。

大家有说有笑的，特别是刘春秀，嗓门很大，一阵阵的欢声笑语，也不知道那姑娘听不听得懂。只见她嘴角含着笑，静静地听着，时不时喝一口水。白书英不让她动手，所以她只能在旁边坐着。刘多多本不爱多说话，也是埋头干活，听着大家玩闹。她抬头看看未来大嫂，两个人眼神碰在一起，相视一笑。就这样，相视，再笑，几个回合下来，刘多多感觉跟未来的大嫂亲近了不少。事实也是这样，后面的两天，那姑娘跟白书英和刘多多的交流变多，其他的人她只是礼貌地打招呼。如果不出意外，刘光宗可能会在一年之内结婚。他是第一次带女孩回家。

除夕夜，丰盛的年夜饭准备好了，白书英感慨："大半辈子了，想都没想过日子有一天会过成这样。"她对现在的生活已经非常满足了。因为男人们要喝酒，大家男女分席而坐。

"今年人挺齐的，初二我们一起去拍张全家福吧。"席间，刘永昌提议道。

"我有工作，初二一早就得回京了。"刘光宗抱歉地说道。

"你们小时候就拍过一张全家福。"刘永昌扭头看着相框里面唯一的一张全家福，有点儿失落。

“以后机会多的是。”刘光宗说道。

初一拜年，刘多多跟着去转了一圈，但是刘光宗没有出门，他最讨厌出门交际了。初二，他就带着女朋友回去了，白书英为此还哭了一场。

刘春秀为了代课方便在校外租了房子，所以她初三走完亲戚就回学校了，刘多多一直待到开学才返校。备考专八，备考研究生入学考试，刘多多将所有的时间和精力都放在了学习上。刘光宗回去之后不到半年就跟女友分了手，具体原因没有说，白书英的儿媳梦破碎。

四十二

两年后。

忙碌的学习中，时间过得很快，考研成绩出来了，刘多多以一分之差与第一志愿失之交臂，她哭了很久，最后听从了刘春秀的建议，调剂到刘春秀所在的学校。四季如春的城市很适合生活，而且换一个环境也好，可以让刘多多心情变得好起来。

这个暑假，刘多多没有回家，她去找刘春秀，提前熟悉下那边的环境。刘春秀跟人合伙开了一个英语辅导班，还没有毕业事业就搞得有声有色了。

“等你开学了，我这边的家教和代课都交接给你。”刘春秀说。

“啊，我能行吗？”刘多多有点不自信。

“能行，相信你自己。你修了五年的教育专业，忘了？你跟着我去上两节课就知道怎么教课了。”

“那我试试。”

刘多多在刘春秀的出租屋跟她一起住，每次上课的时候去旁听，她真切感受到了姐姐对这个行业的热爱。教课的时候，刘春秀的眼睛是有光彩的。刘多多相信，毕业后如果刘春秀留下了，肯定会成为一个事业有成的女强人。但是刘春秀的男朋友今年就要退伍了，他是一定要回家的，刘春秀可能会随他回去。

周日没有课，刘春秀带着刘多多去吃火锅。两个人都爱吃火锅，每周都得吃一次。

“姐，你跟你男朋友怎么样了？”吃饭期间刘多多问起来。

“我们一个月没有联系了。”刘春秀不痛不痒地回答。

“吵架了？”

“嗯，吵架了，也算是分手了。”

“为啥呀？”

刘春秀把筷子一摔，情绪立马上来了，伪装的淡定也撑不住了。“你不知道，原来他有一个青梅竹马。”刘春秀打开了话匣子，“他不是退伍回家了吗？还去见了她，原来他一直暗恋人家，感觉自己找了个好工作，就去追求人家了。我说怎么对我越来越敷衍了呢。她妈也知道，还帮着他一起说和。他青梅竹马的爸爸是他们当地某个银行的行长，前段时间不知道因为什么事情跳海自杀了，然后他妈就又不同意了。怎么能那么势利呢？！”刘春秀有点气愤地说着。

“那你们是怎么吵起来的？”刘多多皱了一下眉，思绪有点跟不上。

“本来没啥事，我就说他冷淡，然后他说漏嘴了，说出了那女孩的事情，还说可惜了。我真的很生气，我成了备胎了？我那么喜欢他，他竟然拿我当备胎。”

“一个月都没联系你？”

“他联系了，我没搭理他。”刘春秀继续吃起来。

“姐，你还喜欢他吗？”刘多多认真地问。

“喜欢啊。”刘春秀叹了口气回答。

“那你还想跟他结婚吗？”

“想啊，但是我很怕他妈日后会作什么妖。”

“可是你们俩过日子啊，影响应该不会太大吧？只要你俩好的话，肯定会幸福的。”

“但愿吧。他再来找我的话，我可能就原谅他了。”

姐妹俩继续享受着火锅带来的欢乐。只是刘多多不知道自己对于婚姻的看法实在是太过肤浅，如果知道刘春秀后来的婚姻生活是那样一番光景，她绝对不会说出这番话来。

顺利通过面试后，很快刘多多就迎来了开学的日子。

在刘春秀的帮助下，刘多多早早就收拾好了宿舍的床位。因为是在本部的老校区，所以宿舍是老式的上下铺六人间，刘多多选择了上铺。

室友陆陆续续住进来。刘多多下铺是来自河南的叶梓萱，她们在面试的时候就认识了，本科在一个学校，只是学院不同所以互相不认识。叶梓萱来自单亲家庭，瘦小的身体装着强大的灵魂，要强的性格在后来的相处中也展现得淋漓尽致。临床上铺是来自湖北的邵静娴，身材虽小巧玲珑，但是胸部异常丰满，所以她经常含着胸；她皮肤白皙，一头长发，戴着眼镜，是温柔的南方女子。临床下铺是来自陕西的杨雪莹，身材好，长相也好，性格开朗有主见，但是功利心较强，有点自我。对床上铺是来自河北的张英，年龄比大家都长一些，独生女，性格大大咧咧的，有点娇气，有点洁癖。对床下铺是来自大理的王月月，典型的云南姑娘，身材瘦削，皮肤黝黑，戴着眼镜，是八面玲珑的性格。

大家短时间内熟悉了彼此，杨雪莹和张英是一个导师，刘多多跟其他三个室友是一个导师。老校区宿舍楼、教学楼相隔一条马路。遗憾的是老校区没有操场，不方便跑步了。还好，穿过学校就是翠湖，那里成了刘多多每晚必去的地方。

开始的时候，大家一起上课、一起逛街，后来慢慢分成了不同的小队。刘多多和叶梓萱走得最近。课业之外叶梓萱去做兼职，在衣服店做导购，刘多多则去做家教和代课，剩余的时间就一起吃火锅。杨雪莹和邵静娴还有张英则是另外一个小分队，三人形影不离，经常出去游玩。王月月则常常去找男朋友，经常不在宿舍。刘多多她们六个人，三个有男朋友，三个单身。叶梓萱入学时谈了男朋友，但是已经工作了，是异地恋。王月月的男朋友在当地工作，两人已见过家长，毕业后就会结婚。杨雪莹则找了个校外的男朋友，只闻其名从未见过真人。刘多多单身，因为李岩还在她心里。据说邵静娴也有一个苦恋多年的男生，在四川读研。而张英，则是独身主义者，虽然她爸爸一直在催，但是她妈护着她，所以就一直单身。

研究生时期的课堂跟本科大不相同，专业课就十几个人，最多二十几个人听课，只有公共课可以见到其他专业的学生。老师只是给大家讲授方法，所有的课业基本全靠自觉，研究的内容老师也只是给出指导意见。刘多多感受到了压力，她总觉得自己读书太少了，特别是上自己导师课的时候，她都是紧张的，生怕老师提问到自己。即使做好了充分的预习，她依旧是没有自信，所以除了学习和兼职之外，她一有时间就狂补专业课。

刘春秀研究生最后一年基本没有课了，剩下的主要是准备毕业论文，她将一半精力放在了自己的辅导班上。刘多多周末抽时间去刘春秀那里找她，姐妹二人好久没有见面了。

门口坐 64 路公交，再转 170 路公交，直达新校区的门口。

刘多多很喜欢逛新校区，欧式风格的建筑，环境非常优美。

来到刘春秀的宿舍，刘多多只见到了她的室友，没有看到刘春秀。因为经常来，刘春秀的室友们她都认识，大家也都喜欢她。

“飞飞姐，我姐呢？”刘多多问其中一个胖胖的可爱的女生。

那女生往卫生间方向努了努嘴，然后低声说：“她跟男朋友吵架了，心情不好。”

刘多多会意，没敢叫，只是坐在刘春秀的座位上等她。

不多一会儿，刘春秀从卫生间出来了，眼睛有点红。

“多多，你咋来了？”看到刘多多，刘春秀愣了一下。

“我没课，来看看你。”刘多多也没有问什么。

“嗯，你先坐会儿。”

刘春秀一会儿去阳台看看衣服，一会儿打开衣柜东翻西翻，一会儿又在桌子上翻找着什么。刘多多也跟着一会儿站起来一会儿坐下，给她让道怕阻碍着她。刘多多感觉自己来的不是时候。

忽然，刘多多再次躲开的时候，不小心将桌子上的水杯碰落掉在了地上。

“你干什么，这么不小心！”刘春秀高声呵斥。

刘多多感到委屈，但是不敢辩解。她蹲下准备去捡碎片。

“起开！”刘春秀一把将刘多多拉起来，推了一把，自己蹲下去捡。

刘多多眼泪再也忍不住，滑落下来，擦拭不及，恰巧被刘春秀抬头看到了。

“哭哭哭，你就知道哭。我说你一句了吗？”刘春秀看刘多多哭，更生气了，“不准哭，再哭别说我是你姐。”

“过分了啊，妹妹什么也没说什么也没做，你发什么疯？”室友看不下去了，出声维护，“你有气不能乱撒啊，妹妹好不容易来一趟，你干啥呀？”

飞飞姐将刘多多拉到一边坐下：“别理她，回头我帮你骂她，别哭了哈。”

“没事，飞飞姐。”刘多多擦了下眼泪，笑了一下说。

“姐，我先回去了，改天再来。”刘多多站起来要走，也没等刘春秀回应就快步走出了宿舍门，再也忍不住一边走一边哭。

刘春秀自知自己过分了，瘫坐在地上。

“你真是的，妹妹招你惹你了？谁惹你你找谁去啊。”飞飞白了一眼刘春秀。

“我没控制住。”刘春秀有点颓然。

刘多多回到宿舍后不久，接到了刘春秀的电话。

“多多，对不起啦，今天不是故意要凶你的。”

“没事。”嘴上说着没事，泪水却掉了下来，刘多多还在委屈。

“我下周末没事，我们一起去吃火锅啊。”

“嗯，好的。”

挂断了电话，刘多多还是有点难受。她不管是受了什么委屈，从来不会当面辩解，都是积压在心里，自己慢慢消化，需要的时间有点长。

四十三

哭过一场，刘多多不想一个人待着，她来到了叶梓萱做兼职的衣服店。两个人只是看了一眼，笑了一下，谁也没有说话，叶梓萱继续做导购，刘多多就来回溜达看衣服看鞋，有时候会在试衣间门口的座位上坐一下。其间有个同为导购员的男孩一直偷偷看着刘多多，叶梓萱注意到后偷笑她。

六点半，叶梓萱下班了，交接完毕后就同刘多多一起走出店门。

“多多，跟你介绍一下，这是我同事杨乐。”叶梓萱拉着刘多多给她介绍起来，“这是我好朋友，刘多多。”

只见杨乐脸红到了脖子根，耳朵都是红的。“你，你好。”他磕巴着打招呼。

“你好，你好。”刘多多也有点不自在，尴尬地笑着。

“我们一起吃火锅吧，理工大旁边的那个酸萝卜罗非鱼火锅非常好吃。”叶梓萱提议道。

“好呀，我请你们吃吧。”杨乐憨笑着说。

“我们 AA 吧。”刘多多说。

叶梓萱翻了个白眼：“受不了你们。”

她挽起刘多多的胳膊，走在前面：“先吃了再说吧。”杨乐在后面跟着，步调不快不慢。

火锅店挨着废弃的铁道，跨过铁道就是理工大的校园。一排餐饮店，大多是火锅，很多店家已经坐满了，看样子都是理工大的学生，男生居多。三个人选了一家坐下，店家问几个人的时候，杨乐回答四个。

“四个？我们不是三个人吗？”叶梓萱问。

“我还有个哥们儿要来，正好可以认识一下。他也刚下班，一会就到了。”

刘多多一边拆着餐具，一边听他们说话。

点好了菜，等待上菜的时候，一个高高的白白净净的男生朝他们走来。

“这是唐爽，我们是发小。”等他落座，杨乐介绍道。

刘多多有一时的慌神。这个叫唐爽的男生，长得像李岩，如果不是身高上的差距，刘多多几乎怀疑自己看到了他。她一时失了神。

“多多。”叶梓萱用脚踢了她一下，她才反应了过来，赶紧端起水喝一口来掩饰自己的尴尬。

“你朋友好白啊，你怎么那么黑？”叶梓萱问杨乐。

“我也不黑，只是晒黑了好吗。你看。”杨乐露出胳膊上端白皙的皮肤，分界线非常明显。

“我的妈呀，多多，以后我们得注意防晒了。”叶梓萱笑着说道。

这一顿饭，打开了刘多多的新世界大门，他们四个人的友谊此后也一直保持了好多年。他们经常一起吃火锅，酸萝卜罗非鱼、丽江腊排骨、酸汤猪脚，他们几乎吃遍了所有味道的火锅，后来又改烧烤，只是刘多多每次都是浅尝一口，因为肠胃不好的原因，她不能吃太多烧烤。但是刘多多喜欢跟他们在一起，喜欢看他们拌嘴开玩笑，她甚至给杨乐起了个外号“小妖精”。叶梓萱似乎就是刘多多的贵人，她活泼、坚毅的性格影响着刘多多，同时她也将自己认识的好朋友介绍给刘多多。多年以后保持着联系的朋友，基本都是叶梓萱她们共同的好友。

晚上，刘多多正在宿舍床上看书。

“多多！”叶梓萱一进门就兴奋地喊道，她递过来一盒肯德基的蛋挞。

“有人给你买了一盒蛋挞哦。”叶梓萱神秘地笑着说。

“啊？谁呀，谁呀？”同在宿舍的张英好奇地问道。

“某个喜欢多多的人。”叶梓萱故弄玄虚，“猜猜是谁？”

刘多多想了想，“不会是小妖精吧？”

“Bingo！猜对了！不过你咋知道？”叶梓萱一脸笑意。

“每次一起吃饭，他好像很在意我喜欢吃什么。猜的。”

“哎呀，他喜欢你好久了，一见钟情。”

“怎么可能？”刘多多不敢相信，她没有被人喜欢的自信。

“先别说了。他在宿舍楼门口呢，你见见他？”

刘多多原本不想去，但是又不得不去，她不想逃避，她很珍惜他们之间的友情。

“我去去就来。”刘多多穿好衣服去见杨乐。

“可以晚点回来哦。”张英在后面打趣道。

“去你的，我一会儿就回来。”刘多多笑着回了一句。

说真的，刘多多并不知道该如何处理这样的事情，她有点儿紧张。出了宿舍楼，穿过草坪，来到大门口，就看到杨乐在路边等着，手里甚至还捧了一束玫瑰花。

刘多多咽了下口水，深吸一口气，走到杨乐身边。

“嗨！”刘多多打招呼。

“嗨！这个送给你。”杨乐也有点紧张，他将花递给刘多多。

“谢谢。”刘多多接过花，有点尴尬，她害怕路人的目光。一时间俩人陷入了沉默。

“谢谢你的蛋挞。”刘多多首先打破沉默，“我们走走吧。”

门口马路边有条长长的林荫人行道，两个人就那么慢慢走着。

“对不起，杨乐，我现在不想谈恋爱。”刘多多开门见山。

“没事，我可以等。”杨乐给予理解。

“我心里有放不下的人。”刘多多够直白。

“我可以等。”杨乐依旧是那句话。

“杨乐，我……”

刘多多还想说什么，杨乐打断她，一口气说下去：“我听萱萱说过，也知道你心里有人，但是我就是想告诉你我的心意，我可以等，等不到也没有关系，你只要明白我的心意就行。我不想后悔，也希望你不要有负担好吗？我们依旧是好朋友。”

“谢谢。”刘多多有点感动了，原来自己也是有人喜欢的。

“我说出来轻松多了。没事，我送你回宿舍吧。”杨乐笑着说。

刘多多看着杨乐闪着光的眼睛，笑着点点头。

“怎么样？怎么样？脱单了吗？”刘多多一进门张英就八卦起来。

“哇——还送你花啊，真浪漫！”回来的邵静娴也来凑热闹了。

“哦，我们只是好朋友。”刘多多将花放在桌子上，笑着说。

“切，没劲。”张英有点失望，“啥时候能脱单啊你。”

“不要说人家，你自己啥时候脱单？”邵静娴笑着问张英。

“咱们三个光棍谁也别说谁了好吗？”

四个人听到这里都笑了起来。

刘多多收拾床铺，叶梓萱看着她叹了口气，只有她知道刘多多为何拒绝了杨乐。

四十四

刘多多不能熬夜，因为她早上七点多就会醒，而且她是一定要吃早餐的人，所以其他人都会让她打包早餐回宿舍。大家的口味出奇地一致，都喜欢三角油饼卷香肠，再来一杯豆浆。几乎每天早上刘多多都手提六份早餐回宿舍。其他人都会给刘多多现金，只有王月月，一周能给一次就不错了。早餐没有多少钱，刘多多也就没放在心上，不去计较什么。但是有一次刘多多忘记了交一块九毛钱的党费，王月月竟然当着全班同学的面通报说：“现在党费就差刘多多的了，一块九，麻烦尽快交上。”

刘多多觉得丢脸极了，自己免费为她买过多少次早餐，现在她竟然为了一块九毛钱点她名。哪怕先私下提醒一句也行啊，何必当着全班同学的面说呢？刘多多当时就拿出两块钱给她：“不好意思，我忘了。”

“她怎么这样！”放学路上叶梓萱义愤填膺地为刘多多抱不平。

“我也没想到，丢死人了。”刘多多还是觉着脸上火辣辣的。

“没事没事，不要放心上。”叶梓萱安慰道。

回到宿舍，王月月跟没事人一样，依旧跟大家谈笑着。晚上，刘多多失眠了。宿舍的灯关了，邵静娴依旧开着电脑敲打着，刘多多更加睡不着了。她没有说什么，她的性格向来都是能忍则忍的。

“能不能别敲了？”下铺的杨雪莹忽然坐起来，愤怒地说，“现在都几点了？能不能让人睡觉了？”说完躺下，蒙上了被子。

邵静娴没有说话，只是停止了敲击键盘的声音。她将床帘拉上，又用被子蒙上电脑。刘多多依旧能听到她慢慢轻击键盘的声音。不知过了多久，刘多多终于睡着了。

第二天，刘多多依旧是八点不到就醒来了。她刚洗漱好准备出门买早餐，室友们的床帘“唰”一下全拉开了。“多多，老三样。”大家异口同声，说完又整齐划一地拉上了床帘。

刘多多无奈地笑着摇了摇头，犹豫了一下，她走到王月月的床前，小声说道：“月月，早餐两块五，先把钱给我吧。“

没有料到刘多多会要钱，王月月愣了一下，起身拿过钱包拿钱给了刘多多。

刘多多接过钱，转过身，正好看到叶梓萱帘子外露出的一只手，大拇指竖了起来。

“萱萱，我是不是有点过分了？”午饭时刘多多小声问叶梓萱。

“没有什么过分的啊，正常。谁让她一次次不给你钱，你凭什么总是请她吃饭啊？”

“但愿吧，我总觉着过意不去。”

“放宽心，没事。”

之后，王月月就很少让刘多多帮买早餐了，买的话也会提前给刘多多钱，这样双方心里反而更加舒坦了。

四十五

在叶梓萱的介绍下，刘多多还认识了思政学院的杜晓飞、陈武良，杜晓飞也是她本科时的校友，四个人脾气非常合得来，经常一起吃饭聊天。他们最喜欢的就是在男女生宿舍中间的草坪那里聊天。有时候会买几瓶啤酒，再买点水果，几个人一起畅聊，有时候身上被蚊子叮满包也不在意。

“杜晓飞，给你介绍女朋友，你怎么不上心呢？”叶梓萱劈头盖脸就数落。

“我挺上心的，这不是不在一起吗。”

“借口。”叶梓萱嗤之以鼻。

“多多，你怎么不谈恋爱啊？”陈武良问，“要不要给你介绍一个？”

“不要不要，还不想谈。”刘多多慌忙摆手拒绝，“麻烦。”

“是有喜欢的人了吧？”杜晓飞笑着问。

“管好你自己吧你。”叶梓萱踢了他一脚打断了他的话。

四个人笑着闹着，只是刘多多脸上的笑容越来越苦涩。是啊，她很想念李岩，很想很想。

晚上刘多多在宿舍洗衣服，手机响了，是个陌生的座机号码，刘多多拒绝接听了，她以为是骚扰电话。但是不一会儿，电话再次响起来，还是那个号码。

“喂，您好。”刘多多疑惑地接听了电话。

“姐，是我。”电话那头传来弟弟刘耀祖的声音。

“啊，怎么了？”这是刘耀祖第一次给她打电话。

“姐，你还有钱吗，我没钱了。”刘耀祖的声音有点沙哑。

“啊？你不是跟大哥一起工作吗？怎么会没钱了呢？”刘多多有点怀疑。

“咱哥他不管我。工作也丢了，我现在没有地方住，没有钱吃饭，只能找一个网吧，每天在网吧待着，一天就喝一瓶矿泉水。我想回家也没有路费，我手机也快没钱了，我不敢用手机给你打电话，借了网吧老板的座机打的。姐，你借我点钱吧，回头挣了钱我一定还你。”刘耀祖那边声泪俱下地说着，刘多多听着也跟着掉眼泪。

“你先别哭，卡号给我一下，我给你转，拿着钱先回家吧。”刘多多哭着说。

刘多多卡里还有一千五，收到刘耀祖发来的卡号之后，转了一千块钱给他。转过钱之后，她越想越觉着不对劲，大哥无论如何也不会对弟弟置之不理的，肯定是有什么事情刘耀祖没有告诉她的。

刘多多犹豫了一下，拨通了大哥的电话。

“喂，多多，你是不是没钱了，我马上给你转。”刘光宗一接到电话第一反应就是要打钱。

“不是不是，哥，我钱够花，还有呢。”刘多多连忙说道。

“哦。”刘光宗的声音有点疲倦，刘多多能听出来。

“哥，耀祖是咋回事？他刚给我打电话，说没钱了让我给他转。”

“真不是东西，竟然找你要钱！”刘光宗声音高了一个度，“你不要理他。”

“他说得很可怜，不知道发生了啥。”刘多多并没有说已经转过去了。

“不听话，给他找了一个又一个工作，不是喝酒惹事就是跟人打架，啥工作都干不住。这次竟然耍小聪明做假账，差点没把我也搭进去。我得给他个教训，不然以后不知道会惹出什么事来。”刘光宗大概说了一下情况。

刘多多也大致了解了，刘光宗对待家人一直以来都是宽容和扶持，不可能对唯一的弟弟不管不顾，刘耀祖做得太过分了才会让他失望。但是刘多多做不到不理会，向来心软的她即使是知道了真相也会选择给他转钱的。

晚一点的时候刘春秀的电话打了过来。

“多多，耀祖有没有给你打电话要钱？”刘春秀上来就问。

“打了，我给他转了。”刘多多如实回答。

“我就知道，他经常跟我要钱，这次又要，我提前问了大哥就没有给他，没想到他还真的跟你要了。”

“我真的不知道咋拒绝。”刘多多有点无奈。

“他很会演戏的，特会装，以后不要理他，逼他一把让他上进。”

“嗯，我知道了。”

刘多多知道刘耀祖有多调皮多不着调，但是那时候年纪小不懂事，现在他已经是二十多岁的人了，怎么还是一点变化都没有呢？可能还是小吧，刘多多替他找借口，也安慰着自己。

刘耀祖收到钱之后，并没有立刻买票回家，而是继续在网吧里面抽烟、喝酒、打游戏，钱花得差不多了他才买了回老家的车票。当然这些刘多多并不知情。

刘耀祖回到家里，白书英看到之后心疼坏了：“你怎么那么瘦啊。在外面没好好吃饭吗？”

“妈，在外面工作，都欺负我，出了事情都怨我，好事没有我一点。

俺哥也不帮我。吃不好睡不好，我以后不想出去了，就在家陪着你和爸。”刘耀祖哭着跟白书英“诉苦”。

“以后不出去了，不出去了。你哥咋回事，怎么不管你呢？饿了吧？想吃啥，我给你做。”白书英傻傻地信了。她不知道刘耀祖之所以这么瘦是因为长期抽烟、喝酒，又把钱花在游戏上，根本没有好好吃饭。他将所有的责任都归咎于别人，把自己塑造成一个可怜的受害者形象，因为他知道不论自己说什么妈妈都会相信他。

刘耀祖在家待了一个月，无所事事，白书英每天也是唉声叹气，刘春燕看不下去了，将他招到了手机店里帮忙，每个月给他开工资。刘春燕的意思是用别人也是用，不如用自己的弟弟，拉他一把。

四十六

2011 年春节前。

和往年一样，刘多多经历了几次换乘后，终于回到了家。她到家之后就去刘春燕店里帮忙。刘春燕除了开手机店，年前的时候还会卖烟花，刘多多就去烟花店帮忙招呼客人，还有就是做收银的工作。

烟花店里生意非常火爆。刘春燕夫妻俩眼光独特，这边的烟花款式他们觉得太过普通，于是开车去很远的地方进货，样式和花样比别家的多，新颖独特，即使价格稍微贵一点人们也都愿意去他们店买。刘多多很佩服姐姐的巧嘴还有灵活的售卖技巧，至于自己则只能多干收银的工作了，因为她实在是不懂烟花，也不会讲价。她还有一个重要的任务就是看护三岁多的外甥，外甥非常听话，不哭不闹，跟在后面来回跑，有时候还会帮忙收钱。

烟花店里一直客流不断，刘春燕想关门都关不上，一直到下午四五点还有人来买烟花。镇上有几户人家，比赛放烟花，似乎是谁家放得多谁家就会发家一样，放完了一批赶紧差人来买。刘春燕看这情况，知道一时半会儿回不了家了。

“大哥，你多买一点吧这次，我们也要回家过年呀。”刘春燕一边笑着一边给人装烟花。

“好、好、好，我买的这些每样再多给我拿几个。”那大哥也是爽快人，“我今年一定是第一。”

“没错没错，明年一定发大财。”

那大哥领着人笑呵呵地走了。

“多多，咱们赶紧回家，不然走不了。”刘春燕赶紧关门，让刘多多收拾一下准备回家。

“一会儿还会有人回来买，不多等一会儿了？”刘多多想着多卖一点就多赚一点钱。

“钱是赚不完的，但是年过去就得等下一年了，回家好好过年去。”刘春燕笑着说。

刘多多看着爽朗的刘春燕，心里是由衷地佩服。儿子已经在收银台下面趴着睡着了，刘春燕轻轻地叫醒他，将他抱起来，眼里满是心疼。

刘春燕骑着电动三轮车带着刘多多和儿子去妈妈家了，年夜饭照常是在娘家吃。

“我是真的对不住儿子，小小年纪跟着我奔波，都没有好好陪过他。没办法，现在真的是没有办法。”路上，刘春燕无奈地对刘多多说。

“以后会好的，姐。”刘多多也不知道说什么好，正所谓贫贱夫妻百事哀，眼下能填饱肚子已是不容易。

“你姐夫准备年后开个饭店。他在矿上当保安，又送水，看到矿上对住宿和吃饭需求还挺大的，正好他学过厨师，找地方开个住宿、吃饭一体的饭店。”

“这是好事啊，姐夫还挺有头脑的。”

“希望可以成功吧，就是眼下开店的钱还没凑齐。”

刘多多想出力但是自己还在上学，也是无能为力。说话间两个人来到了家，这时天也已经黑了。家里的春联已经贴好了，挡门棍[①]也放好了。

“每年都这么晚，就不能早点回家吗？”刘永昌的语气有点不善，虽是责备的语气，但也是心疼女儿。

“没办法，一直有人，走不了，这还是好不容易关门的。”刘春燕赔着笑脸说，刘永昌也就没再说什么。

杨明德已经在厨房忙活开了，作为大厨的他每年都会掌勺，白书英和刘春霞在厨房帮忙。刘永昌和刘耀祖在屋里坐着，一个在喝茶一个在打游戏。刘多多看了一眼没说话，领着外甥去门前看别人家放的烟花。

丰盛的年夜饭准备好了。男人们还是喝酒，女人们在另一桌吃饭。今年刘光宗没有回家过年，刘春秀去了男朋友家也没回，妈妈心里

① 当地过年时，每逢除夕这一天，会在大门口放上一根长棍，这根长棍叫作挡门棍。据说是为了拦住故去的又被请回的亲人的灵魂与家人共同过年，又防止其他鬼邪进入，也是由人们对故去亲人的怀念与孝敬之情逐渐演变来的。

就更不舒服了。

“你大哥今年又不回家来了。”妈白书英有点感伤，说着眼泪就要流下来了。

“大过年的你别哭啊。”刘春霞低声制止着妈妈，“大哥不是忙嘛。”

白书英其实知道儿子不是因为工作忙，只是因为不想回家。上次刘光宗带女朋友回家，回去之后不久就分手了，之后就再也没有谈恋爱，也很少再回家，每次回来白书英都会问结婚的事情，邻居还有亲戚都会来问上一嘴，刘光宗不厌其烦，索性就不回了。至于刘光宗为什么会分手，刘多多听刘春秀提起过。对方嫌弃刘光宗管家里的事情太多了，让他以后跟家里撇清关系。刘光宗自然不同意，然后就是吵架，到最后两人言辞行动都很激烈，甚至惊动了她的家人还有警察。刘光宗最后坚定地分了手，他不可能割舍掉家庭，家里人都生活得好了，他才会考虑自己的幸福。

窗外烟花爆竹声阵阵，刘光宗在出租屋内吃着朋友送来的饺子，看着春节晚会。一间房，一个人，一盏灯。他拿出手机，犹豫着拨通了家里的电话，或许是因为爆竹声太大，没有人接听。然后他拨通了刘春秀的手机，得知她没回家，又拨通了刘多多的手机。

“喂，大哥，新年好！”刘多多欢快的声音传来。

“新年好小妹。妈妈呢？”

“妈，妈，大哥的电话。”刘多多喊着正在收拾桌子的妈妈。白书英慌忙放下手里的碗筷，快步走过来，接过来手机。

“小儿。”白书英说着眼泪就下来了，但是她忍住不让刘光宗听出来。

妈妈的声音从手机里面传过来，刘光宗的眼睛也红了。“妈，嗯……”声音有点沙哑，刘光宗清了下嗓子，“妈，过年好。”

“过年好！过年好！你咋吃的饭？”白书英担心他一个人在外面吃不上饭。

“我朋友在，陪我过年呢妈，不用担心我。”

“吃点好的，有空了回家来看看。”白书英哽咽着说。

“我知道妈，给其他人问好啊，妈，我先挂了。”刘光宗在落泪之前挂断了电话。

刘光宗看着面前已经凉掉的速冻饺子，眼泪扑簌簌落下来，他夹起一个沾了泪水的饺子放进嘴里，有点咸。

刘光宗今年是想回家的，但是怕家里人的七嘴八舌，也因为他现在手底下没有多少现金了。他将所有的积蓄都付了房子的首付了，还跟三姑借了二十万，他不想回家。

白书英把手机递给刘多多，用袖子擦了下眼泪，继续去收拾桌子了。刘多多看着妈妈的背影，有点心疼。妈妈是真的想让大哥回来过年。

初三走完亲戚，刘多多原本要回学校，但是听说刘耀祖这几天要相亲，她准备再多待两天看看相亲的结果。

收拾一番，刘耀祖还是个精神帅气的小伙子，将近一米八的个头，站直了身板，很出挑。他五官很耐看，算是拿得出手的。下午两点媒人领着他出发了，一家人在家坐等消息。四点不到媒人和刘耀祖就回来了。

“怎么这么快？没相中？”白书英焦急地问。

“相是相中了，不过不是我给说的那个。”媒人笑着说。

“啥意思？”一家人一头雾水，有点蒙。

“还是你自己说吧，我还有事，先走了。”媒人说完就回了。

白书英将媒人送出门，又快步走回来，听刘耀祖怎么说。

“来来来，我给你们好好说说。”刘耀祖说着走到堂屋椅子上坐下，先是倒了一杯水喝。

“卖什么关子，快点说！”白书英一巴掌打在刘耀祖肩膀上。

“啊哟，我说，我说。”刘耀祖开始一本正经说起来。

“我见那个相亲对象之前，先看见了她堂妹。俺俩可是一见钟情啊，她主动来要我的手机号，我们互留了电话自己联系了。本来我都不打算再去见她堂姐了，但是媒人说得见见，说好了，不见不礼貌。我也去见了她堂姐，就说了两句话，联系方式也没留就回来了。”刘耀祖一口气说完，刘多多都惊呆了。

“就这？”刘多多一脸不可置信。

“就这。”刘耀祖一脸得意，“怎么样，牛吧。”

“还是再相两个吧，这个不是知根知底的。”白书英有点担心。

“不相了，不相了，我定了，就她了。”

“还有一个女孩子呢，又高又漂亮，明天再相一个吧。”白书英不死心。

“对呀耀祖，再看看吧，我总觉着那姑娘有点问题，自己堂姐的相亲对象都能半道儿截和，人品是不是还得再考量一下。”刘多多也开口说道。

“哎呀，你们知道啥，我们那是缘分到了就该成一家人。我反正就认定她了。”刘耀祖一脸坚决。

刘耀祖一意孤行，他不知道的是他错过了一个很好的姑娘，后来那姑娘相亲不成，媒人又转说了刘多多的姨弟，两个人见一面就成了。或许正如刘耀祖所言，缘分这个东西真是妙不可言。

四十七

从相亲到定亲，时间非常短暂，刘耀祖和那姑娘见了几次面，两家人就约定了订婚的时间。当地订婚叫过礼，男方父母还有近亲的叔叔婶婶们，带着彩礼还有礼品去女方家定亲，亲戚们认识一下，认下门，就算定亲完成了。刘耀祖的过礼定在了初八。

那时候的彩礼是现金三万三，礼品是“十二个十二”，即十二样礼品，每样十二份。活公鸡、活鱼、猪肉、羊肉是必不可少的，其他的就是水果还有各种糕点了，装了一卡车。

那时候家里是没有积蓄的，刘永昌想着是跟刘光宗要，但是他不想出面，所以让白书英出面。白书英一哭，刘光宗二话没说，找朋友借了五万块，打给了刘永昌。就这样，刘耀祖的订婚仪式顺利完成了。

初九刘多多返回了学校，她去刘春秀的辅导班实习代课。刘耀祖本来在刘春燕手机店工作，但是刘春燕每次对账都对不上，就怀疑刘耀祖私自动了营业款。刘耀祖不承认，后来刘春燕调取了监控，刘耀祖抵赖不得。

“我是你亲弟弟，拿你点钱，至于嘛。”刘耀祖恼羞成怒。

“就是呀，他也不是故意的，以后肯定不会了，那是你弟弟，给他点也不为过。”刘永昌竟然也帮着说话。

“爸，你怎么能这样？是我弟弟怎么了？我每个月还开给他工资了呢，比别人都高呢。我怎么不照顾了他了？但是他私吞营业款就是不对。”刘春燕气愤又委屈地说，“再这样下去，我那里用不起。”

“我还不稀罕去呢。”

“那就别去了。”刘春燕生气地走了。

“你还是去吧，不去咋挣钱？”刘永昌苦口婆心劝解刘耀祖。

“你给俺哥说说，让我再去他那里呗，我带着对象一起去。俺俩一块儿肯定能挣到钱。”刘耀祖转移话题，他又不想在家待了。

刘永昌想大城市肯定也会挣得多，但他依旧让白书英出面去说。

“喂。”刘光宗接听了妈妈的电话。

“妈，有啥事？”刘光宗开门见山。他知道妈妈没事不会打电话给自己，既然打了那肯定是有事情了。

“就是、就是……”白书英有点不好开口，看了刘永昌一眼。刘永昌一直使眼色催促着。

“妈，啥事，直说吧。”

“你能不能再给你弟弟找份工作？他们想去你那边打工。”白书英终于说出来了。

刘光宗沉默了一阵，最后说：“好，你让他们过了十五来吧。”

“好，好，那真是太好了”，白书英松了一口气笑了，事情解决了，她终于想起来问候儿子一声，“你咋样，过得好不好。”

“我挺好的妈，没啥事挂了。”

“好，好，你先忙，挂了。”

“咋说？”刘永昌焦急地问。

“让他俩过了十五过去呢。”

“太好了。”刘永昌也是松了一口气。

白书英的这一通电话，着实让刘光宗倍感无奈。“就再给他最后一次机会。”他说服着自己。

刘光宗提前给刘耀祖他们租好了房子。刘耀祖和未婚妻马鑫鑫都没有上过大学，刘光宗所在的公司他们是没有办法进的。刘光宗有个朋友开了一家美容按摩店，生意非常好，规模也很大，已经开了很多家分店，刘光宗请朋友吃了个饭，欠了好大一个人情，将刘耀祖和马鑫鑫安排进去做学徒。

刘耀祖和马鑫鑫到了之后，听说要学习按摩和美容有点不乐意。

“哥，怎么是去美容院啊？没有其他工作吗？”刘耀祖有点不满意。

“其他工作你啥没干过？”刘光宗看了一眼旁边的马鑫鑫，不想多说。

“这是门手艺，等你们学会了回家都可以自己开店了，这个行业前景非常好。”刘光宗努力平复了一下心情，耐心地说道。

“好吧，那我们试试。”刘耀祖不情愿地说。吃完饭他们就回了出租屋。

令刘光宗没有想到的是，马鑫鑫竟然比刘耀祖还要好吃懒做，一周不到，就说按摩太累了，自己干不了，嚷着要回家。刘耀祖本来就不想干，也就跟她达成了一致。

“我就不明白了，那么多人都在干，为什么就你们干不了？”刘光宗有点生气了。

“真的是太累了，手疼得都拿不了筷子。”刘耀祖还委屈了。

“刚开始肯定会这样，你们才干一周啊，不能再坚持一下吗？”

马鑫鑫只是在旁边坐着吃着水果，默不作声，只有刘耀祖在跟大哥说着。

“真的不行，哥，要不换个轻松点的工作吧。”

“这个工作还是我欠了好大的人情人家才要你们的，其他工作我找不了，要换你们自己去找吧，我不管了。”

“不管就不管，我就不信找不到工作。鑫鑫，我们走。”刘耀祖拉着马鑫鑫的手就走了。

刘光宗气得说不出话来。他太了解刘耀祖的性格了，所以租房子也就先交了一个月的房租，以他对刘耀祖的了解，他能撑一个月都是问题。

“咱哥咋这样？”路上马鑫鑫露出不满。

“别管他，不就是有两个臭钱吗，我就不信离开他我能饿着。”

这话刘耀祖还是说早了。出门找工作，哪有那么容易，累活脏活不想干，轻松的活需要文凭，他们是处处碰壁。即使这样他们也不想委屈自己，顿顿还得吃好的，无肉不欢，生怕自己的胃受一点委屈。一个月不到，从家里带的钱就花光了，不得已，他们又再次来到刘光宗这里。

“哥，我们准备回老家，五一结婚，就不在外面打工了。”刘耀祖低着头，看着是有点羞愧的样子。

“这样也好，结了婚就能踏实干活儿了。”刘光宗一边忙着手里的事情一边说。

刘耀祖和马鑫鑫对视一眼，深吸了一口气，继续说道：“哥，是我们不懂事，让你失望了。”

听到刘耀祖这么说，刘光宗停下手里的活，扶了一下眼镜。

“说，要多少。”他太了解刘耀祖了。

“不多不多，哥，就给我们一千吧。”

“你……”刘光宗还想说什么，但是看着马鑫鑫在场，生生咽了回去。他拿出钱包，拿了一千元现金给刘耀祖。

“谢谢哥。”刘耀祖接过钱笑嘻嘻地跟马鑫鑫一起走了。

刘光宗叹了口气，继续工作。

刘耀祖他们又吃喝玩乐了几天，手里的钱除了车费以外都花光了才买了票回老家。

刘耀祖五一结婚，家里楼上要装修一番作为他们的婚房，装修的钱又得好几万，刘光宗实在是拿不出那么多了，只勉强挤出了三万，距离预算还差三万。刘永昌只能再去借，凑齐了钱将家里的装修工作承包给了他的学徒，也是同村的关系比较好的邻居。

刘春燕继续手机店的生意，招了一个勤奋又靠谱的营业员，生意也变好了，儿子去上了一家半托管模式的幼儿园，他是班里最小的一个。杨明德找了个合伙人，饭店也开了起来，事业逐步走上正轨。刘耀祖和马鑫鑫在家无所事事，每天坐吃等喝，白书英看到也只是唉声叹气，实在没有办法。

“现在还小，等结婚生了孩子就上进了，现在逼他也没用。”白书英总是用这样自欺欺人的话来安慰自己。

四十八

新的学期开始了，刘多多按部就班的生活又开始了轮回。

“多多，近期我要出去住，我男朋友来了，他在这边住一段时间。”叶梓萱一脸幸福地说。

“那真好啊，比翼双飞了开始，不用再忍受相思之苦喽。”刘多多打趣道。她也是真心为好友高兴，男朋友到底还是来陪她了。

除了上课见面，刘多多很少跟叶梓萱相聚了，跟其他朋友的相聚也变少了。她有点儿伤感，又想念李岩了。她以为时间可以冲淡一切，此刻才明白，时间并没有冲淡伤口，反而撕裂得更加触目惊心。刘多多只能想办法让自己忙起来，除了上课、兼职之外，她都泡在图书馆。毕业之后她想考公务员，所以开始看相关的书籍，也是为了让自己没有时间去思念。

“有人要喝酒吗？”晚上张英忽然间问道，“我想喝啤酒。”

“我喝。”破天荒的，刘多多竟然要喝酒。

“还有人吗？”其他人都不喝，张英说，“走，我们下去买。”

刘多多跟张英一起来到宿舍楼门口的小卖部，两个人溜达着挑选自己想喝的酒。

“我要不要尝一下白酒什么味道？”刘多多站在一排白酒面前，思索着问。

“你买啊，少喝点尝尝没问题。”张英给予了肯定的答复。

“那我就买白酒了。”刘多多点了点头，给自己打气，其实她也不知道自己为什么会想喝白酒。

刘多多选来选去，选定了一款玻璃瓶的二锅头。

“张英，五十二度是多少度？七百五十毫升，有多少？”刘多多有点不解。

“我也不知道，啤酒是八度。”

“不管了，我尝尝。”

两个人又买了一些卤味就回了宿舍。

两个人都在上铺，各自拿出床上小书桌，摆开来。刘多多拿出自己喝水的杯子来盛酒，一杯倒满半瓶酒没了。

“干杯！”两个人坐在床上隔空对饮。

刘多多尝了一口白酒，有点辣，后味还有点甜。

“怎么样？什么味道？”张英问。

“辣。”刘多多就说了一个字。

“白酒可猛啊，你悠着点。”邵静娴笑着跟刘多多说。

“我慢慢喝。”

前半程刘多多和张英还有互动，半杯下去刘多多开始晕了，她有点儿喝不下去了。但她想知道一口气喝下去是什么感觉，于是将剩下的酒一饮而尽。喝完后她打了个哆嗦，更上头了。她将酒全部倒出来，又是满满的一杯，她又是一饮而尽，买的卤味还没有吃两口，酒就已经喝完了。

喝完刘多多当下就开始呕吐，刚开始还有意识用装吃食的塑料袋接着，后面就已经完全没有自制能力了，全部吐在了床上。

“多多怎么没有声音了？”邵静娴问张英。

“你看看她怎么了。”

邵静娴拉开刘多多的床帘，看到她躺在自己的呕吐物里，差点要吐出来了。

“天啊她喝醉了，吐了一床。”邵静娴赶紧从自己的床铺下来。

“啊，她喝了多少？”张英也在上铺下来。

她们围在刘多多的床前，一股股的味道开始蔓延开来。

“怎么办？”邵静娴问。

“能怎么办，赶紧把她搬下来啊。”

张英力气比较大，她爬到刘多多的床上，将她拉起来。还好刘多多没有醉死，可以配合她的行动，两人慢慢下来了。邵静娴接了一盆水，一边干呕着一边帮刘多多清理脸上和头发上的污秽。

“她竟然喝完了，疯了真的是。”张英一边将刘多多的床单被罩扯下来一边说着。她将床单被罩用盆装起来放到了公用的卫生间。

刘多多一直在吐，她还有意识要往厕所跑，一趟一趟又一趟。过了一段时间，她情绪上来了，一边哭，一边向室友们讲述自己的悲惨经历，从小到大，快把祖宗八代都搬出来了。

“我为什么不被人喜欢呢？”刘多多瘫坐在地上，声音有点不够清晰。“为什么都欺负我呢。”“为什么所有人都被人欺负呢？我哥，我姐，我弟，我……哦，还有我爸妈。为什么呢？”她看着眼前重影的室友们：“你们为什么都变成俩人了？”

“呕！”她又跑去厕所了。

“我真的好累啊，好累。”刘多多一直在自顾自地说着，“李岩，我那么喜欢你，你怎么可以……”“我放不下，没有办法放下，我要怎么做，你才会喜欢我呢？”

宿舍里一直回荡着刘多多哭泣诉说的声音，以及厕所时不时传来的呕吐的声音，一直持续到半夜。

起初邵静娴和张英还会照顾一下刘多多，后来就各忙各的，任由她哭诉了。因为总是呕吐，她睡在了叶梓萱的床上，垃圾桶放在床头。后半夜刘多多已经清醒了，但还是止不住地想吐，胃里已经没有东西了，吐出来的都是黄水。刘多多感受到了前所未有的难受，她后悔自己干的傻事了，但是晚了，眼下无尽的折磨让她快承受不住了。她一边哭一边吐，频繁的呕吐声让室友无法入眠。

“能不能小点声音！”杨雪莹首先不耐烦了，她抱怨道。

“对不起大家，我真的，呕……真的控制不住。”刘多多的声音已经嘶哑了。听到刘多多难受的声音，她们也就不说话了。

刘多多好想去医院，但那时候没有打车软件也没想起来拨打急救电话，就硬扛着。学校最近的诊所八点才开门。每一分每一秒对于她来说都是煎熬。好不容易挨到了天亮，刘多多给叶梓萱打了电话。

“萱萱。”一开口，刘多多发现嗓子疼得厉害，很努力才能挤出字来。

“你怎么了多多。”叶梓萱觉察出不对劲。

“你回来的时候能不能帮我去诊所拿点药。”刘多多忍住吐的冲动，艰难地说出一句完整的话，“喝多了，一直想吐，止不住地吐，吐苦水。”

“你喝了多少这是？等着我。”叶梓萱慌忙挂断电话，就去了最近的诊所。

刘多多瘫在床上，一动也不想动，她很想喝口水，但是想到室友们昨天的反应，她也不好意思再麻烦任何一个人，就等着叶梓萱回来。

七点多的时候，叶梓萱回来了，她拿了一盒葡萄糖针剂。“医生说你现在吃啥都吃不进去的，先试试这个葡萄糖，补充下能量。”叶梓萱一边给她开药一边说着。

果然没错，刘多多喝了一口立马吐了出来，试了几次都是一样。

“萱萱，帮我倒杯水吧。”刘多多虚弱的声音几乎听不到。

叶梓萱立马倒了杯水，扶起刘多多的头喂了两口，但是依然是吐了出来，刘多多的眼泪流了下来。

“你这是喝了多少啊？自己什么情况不知道啊？！”叶梓萱又心疼又生气，“走，我们去输液。”

“诊所还没开门。”

“没开门我怎么拿的药？特殊情况，我给医生打了电话，等着呢。”

刘多多挣扎着从床上坐起来，刚站起来差点没有摔下去，天旋地转的，叶梓萱慌忙将她搀住了。

“你昨天就应该给我打电话，我会回来照顾你，不至于这么难受吧。”叶梓萱扫了一眼其他室友，有点生气地说。

刘多多没有力气说话，只是按了一下叶梓萱的手，示意她别说了。两个人出了宿舍门。

每下一层阶梯，刘多多都要歇上一阵，每走一段路都要吐上一回。

“萱萱，我不行了。”刚吐完一回的刘多多蹲在地上不想起来，“太难受了。”

叶梓萱加大了手上的力气，将她拉起来：“再坚持一下，马上到了。”

仿佛经历了一个世纪，终于到了诊所。医生提前了解了情况，到了就立马开药输液。

躺在病床上的刘多多，依旧是不停地呕吐。

“你去给她买点粥啊馒头什么的。”医生对叶梓萱说。

“吃不下，吃了就吐。”

“吐也得吃，现在她胃里一点东西都没了，吐的都是胆汁，现在吃东西就是为了让她吐的。”

“我去买点馒头。我男朋友在家熬粥呢，应该快好了。”叶梓萱说完就出去买馒头了。

“小姑娘，是不是失恋了？怎么那么不爱惜自己的身体啊。”医生和蔼地问道。

“不是，就是想尝尝白酒的味道。”刘多多说实话，但是医生不相信。

“你这样的小姑娘我见多了，为了一点小事不值得。以后千万不要做傻事了啊。”

“嗯嗯。”刘多多也无力再解释。

因为这次饮酒，刘多多在诊所输液两周，有一个月的时间不想吃东西，偶尔还会想吐，有十几年的时间不能闻到白酒的味道，这是她始料未及的。更让她没有想到的是，她这次的光荣事迹不仅在宿舍楼传开了，甚至在学院都有名了，就连导师都来询问怎么回事。对于事实的真相大家并不相信，好像一定要有什么撕心裂肺、惊心动魄的动人故事才配得上刘多多喝进医院的“壮举”。起初刘多多觉得丢人，不敢出门，后来也就慢慢适应了，更多的时候笑着面对。时间久了大家就会遗忘了吧？

长了记性的刘多多对酒是敬而远之了，对于叶梓萱的感情也更加深厚了，她以后所有的社交几乎都和叶梓萱相交集了。

这次事件刘多多没有跟家里人说，就像隐瞒自己受伤一样。

刘多多感受到李岩对于她的影响越来越大了，她一定要给自己一个交代，于是决定暑假的时候找时间去处理一下这段纠缠了太久的感情。

或许是感受到了刘多多越来越冷淡越来越疏离的态度，放假离校前，张英和邵静娴主动邀请刘多多一起去湖边遛弯儿。

眼前依然是熟悉的景色，刘多多找不到话题。

“多多，你是不是生我们的气？”邵静娴首先打破了沉默。

“现在不生气了。”刘多多说的是真心话。当时真的很伤心，但是事后没多久也就释然了。

“我们真的应该是更好地照顾一下你，真的对不住了哈。”张英也开口道歉。

“真的没事了，我理解。”刘多多此时心里舒服多了，自己在乎的朋友也是在乎自己的，这就够了。

“我们真的不知道你会那么严重，也不知道该怎么照顾醉酒的人。”

“我明白，你还有洁癖。”刘多多开玩笑说，“都过去了。”

“我们还是好朋友对吧？”

看着张英她们的眼神，刘多多点了点头，两个人算是松了一口气。

四十九

临近婚礼，马鑫鑫忽然要求追加五十万元的彩礼，否则不结婚。这个数字简直就是天文数字，别说五十万，就是十万家里也没办法拿出来，看来马鑫鑫是有悔婚的意思了。刘永昌托人求说和，成果不大。最后杨明德出面，找了镇上说得上话的人一起，说了三次马家最终同意了举办婚礼。

刘多多原本是要回家参加弟弟的婚礼，知道了这些经过有点儿生气，再加上自己身体不舒服，回家得坐三十多个小时的火车还得倒汽车，决定不回了，给妈妈打了个电话说自己学校有事回不去了。刘多多真的希望弟弟的婚姻能幸福，但是从现在的情况来看，结婚前闹成这样，婚后的日子注定会摩擦不断、矛盾重重。

刘春秀的毕业论文顺利通过，她准备去她男朋友那里工作了。本来刘光宗是想要刘春秀去北京发展，以她的能力和学历在北京定能闯出一番天地。但刘春秀舍不得男朋友，一旦异地，这段感情也将会走到尽头。刘光宗拿她没有办法，只能尊重她的选择，并告诉她只要想去北京他一定会安排好，刘春秀很是感动。她的辅导班也全部送给合伙人了，想着结婚之后还有机会再做自己喜欢的事业。但是重新开始创业并没有那么简单，人生地不熟的，很难起步，为生活所迫，刘春秀只能先在当地一个国有商厦做主管。

刘多多研二要搬到新校区，放假前东西要打包好完成搬迁的工作。她行李不多，没有费很大的力气。新的宿舍比老校区环境真的是好太多了，虽然比不上刘春秀那边的四人间，但是六人间的宿舍也都是上床下桌的布局，每个人都有单独的书桌和衣柜，每个宿舍也有独立的卫生间了，再也不用去集体澡堂和公用厕所了。

“太棒了，新校区就是好啊，吃饭的地方都多了。”张英咋咋呼呼的，兴奋地说道。

“也不用经常刷厕所了。”刘多多想起来就想吐了。在老校区用公用厕所的时候，即使是排了值日表，厕所也永远是有味道和颜色的，刘多多自己买了工具和洗剂，定期刷厕所，张英为此还给她取了个外号“刷娘”——刷厕所的姑娘。

叶梓萱的男友回老家了，说是要开一个网吧，她将导购的工作辞了，专心准备毕业论文。刘多多也将代课的工作辞了，只保留了家教的工作，她要好好准备论文还有以后的考试，同时她也希望自己可以有时间去旅游放松一下。大学期间没有好好走出去看看，最后的学生时光，她希望自己有机会可以去见识一下校园以外的风光。

五十

安顿好宿舍，大家准备离校了。叶梓萱回了老家，邵静娴、张英和杨雪莹则计划去周边旅游，王月月跟男朋友一起回了家，刘多多回家之前转道去了开封。

经过了三十二个小时的火车，刘多多疲惫不堪，转车的力气都没了。柳眉买了车，开车提前到车站接她。

“大姐，你现在发展不错啊，车都有了。”刘多多一上车就忍不住感叹道。

“嗯，现在好多了，我在做保险这一块儿，已经做到主管了，房贷也还清了。”柳眉一边开车一边说。

刘多多知道保险行业的收入是相当高的，特别是业务好的人员。

“你跟姐夫怎么样？”刘多多还是顺嘴问了一句。

“也就那样。现在有儿子了，我就将所有精力放在孩子身上了。对于他，也就是搭伙过日子呗。”

“尝试一下，看看能不能喜欢上他？”

“喜欢不起来，他跟小孩似的。说真的，我现在有点冷淡，看到他一点性趣也没有，能避开就避开，实在躲不过去，就跟被强暴一样。”柳眉有点儿无奈。

“这样岂不是太痛苦了？”刘多多是没有办法体会那种感觉。

“习惯了。我现在就想着挣钱，想着儿子就够了。”

一个多小时的车程后，他们到了柳眉的家。

刘多多第一次见柳眉的儿子浩浩。小家伙两岁多，已经开始满地跑了，精力很是旺盛，胖乎乎的非常可爱。刘多多向来喜欢孩子，她同小家伙玩起来，忘记了疲惫。

这次来，刘多多没有告诉李岩，她也不明白自己为什么没有像之前那样提前告知，或许是想给他个惊喜吧。柳眉决定明天带着浩浩跟刘多多去逛街，哄睡完孩子就去睡了。刘多多着实累了，一切都等到明天再说吧。

第二天吃过早饭，柳眉开着车带着刘多多和浩浩就出发了。一路上，刘多多看到了这座城市不小的变化。记得自己毕业的时候，人工运河还在建造，现在已经通船开票了。很多破旧的房屋也被拆除重建，再过两年刘多多可能连路都找不到了。

来到了熟悉的步行街，刘多多跟柳眉一人牵着浩浩的一只手往前走。小孩子的精力似乎永远也用不完，浩浩停不下来，一路东跑跑西看看，刘多多就只能跟着跑，弯着腰跑，害怕浩浩摔倒了，还要随时注意躲避人群。

“没事，他不会摔倒的。”柳眉看到刘多多小心翼翼的样子，笑着说道。

“还是怕磕着了。”刘多多已经跑出了汗了。

“浩浩，停下来，阿姨累了。”柳眉出声阻止浩浩，浩浩听后十分配合地放慢了脚步。

刘多多终于可以直起腰来，眼睛可以往前看了。因为是周六，街上人非常多，越往中心地带越拥挤。

忽然，刘多多发现前面有个熟悉的背影，高大的身躯在人群中很是显眼，只是他手推着一个婴儿车，旁边还个胖胖的女子相伴。她不敢相信自己的眼睛。再定睛一看，更加确认那个就是她朝思暮想想要见的人——她这次专门来见的人。

“大姐，你看看前面那个人，是不是李岩？”刘多多的声音有点儿颤抖。

“哪个？”柳眉看了她一眼，顺着她的眼光看过去。

“推婴儿车的那个。”刘多多的眼睛一直没有离开。

“应该不是吧，没听说他结婚啊。”

“我觉着是。大姐你等我一下。”刘多多放开浩浩的手，快步往前追了几步，在离他几米的距离站住，拿出手机，拨出了一个电话。

她盯着那个人的背影，只见那人停了下来，从裤兜里拿出了手机，对身边的女子说了两句，那女子接过婴儿车推着慢慢往前走。他走到一边接起了电话。刘多多确定了，那个人就是李岩。

“喂。”刘多多眼泪瞬间流了下来，身体有点发抖，声音也有控制不住地颤抖着。

“喂，你好。”对方传来礼貌的问好。刘多多浑身不舒服。

“你在哪里呢？”刘多多颤抖着问出来。

“我在马道街呢。”

“我也在马道街。”

“你来开封了？你在马道街哪个位置。”李岩显然是吃了一惊。

“你回头看。”刘多多快要控制不住了。

等了一会儿，李岩转过了身，他们四目相对。李岩眼里有一丝惊慌。刘多多就那么定定地看着他。

“你结婚了？”

“嗯。”

“有孩子了。”

“嗯。”

“为什么不告诉我？”

“……”

“怕伤害我？”

“对不起。”

“既然结婚生子了，你应该告诉我，真的应该告诉我。”刘多多语气中透着委屈，还有些许绝望。

“傻妞，你听我说。”李岩说着就要向刘多多的方向走来。

“什么也不要说了。”刘多多后退几步，李岩看到刘多多后退，停了下来。

“对不起。”李岩再次说出这三个字。

“再见，李教练。”刘多多挂断了电话，转身离开。

她走到柳眉的面前，有点儿踉跄。她挽着柳眉的胳膊，身体颤抖着。

“大姐，我们回去好不好。”刘多多转身的瞬间，眼泪就如断了线的珠子，止不住地流了下来。

她的心此时好痛，她没有办法思考，满脑子都有一个念头：这么多年，自己究竟是充当了一个什么样的角色？这是她一直以来都不齿的事情，没想到自己却一直在做。自己的真心现在看来是那么的可笑，李岩一句句的“对不起”又显得那么苍白无力。刘多多一时无法接受现在的情况，她要崩溃了。

柳眉看刘多多脸色苍白、满脸泪水，瞬间明白了，她没说什么，立刻带着儿子扶着刘多多离开了。

车上，刘多多一言不发，双目紧闭。

“多多，想哭就大声哭出来吧。”柳眉有点儿担心。

刘多多的身体颤抖了几下，摇了摇头，只是泪水不停地从眼角流下。

到了柳眉家，刘多多直接进了房间。

“大姐，午饭我不吃了。”关门前刘多多有气无力地说道。

“好，你好好休息。”柳眉没多说什么，领着儿子在家守着。她知道刘多多需要时间消化。

刘多多关上房门，慢慢移到床上躺下。心痛越来越明显，她双手按在心口，双腿蜷缩起来，眼泪打湿了枕头，控制不住地抽泣着。她又将右手放进嘴里咬着，舌尖尝到了血腥味也不松开。肉体的痛远比不上心里的痛。手机响起来，看到是李岩，刘多多捞过手机直接关机，扔在了一边。不知道哭了多久，她累了，昏昏沉沉地睡了过去。

“多多，起来吃点东西吧。”晚饭时分，柳眉敲门问道。但是里面没有回应。

“多多？我进来喽？”依旧没有得到回应，柳眉轻声打开了门。

她打开灯，看到床上蜷缩着的刘多多，无奈地叹了口气。她正想出去，余光瞥到刘多多身体抖动了几下，一时放心不下，她走近查看。只见刘多多双目紧闭，眉头紧锁，脸上还有不自然的潮红，额头上也布满了汗珠，眼角依旧有眼泪流下，枕头都湿了一大片，身体一阵阵地颤抖着。养孩子的经验告诉柳眉，刘多多应该是发烧了。她把手放在刘多多额头上，果不其然，烫手。

“多多？多多？”她轻拍着试图唤醒刘多多。刘多多努力睁开了眼。

“大姐，我好累，起不来。”刘多多虚弱得话都说不清楚了。

“你发烧了多多，咱们去医院吧。”

“不要，我讨厌医院。”虽然意识有点模糊，但是刘多多清楚地表示自己不去医院，柳眉只能拿来家里的退烧药先给她服下了。

柳眉让儿子跟着老公睡，今晚她就留在刘多多房间照顾她。还好她照顾孩子有经验，游刃有余，给她吃药、喂水、温水擦拭身体，折腾了大半夜。刘多多恍惚之间一直在哭，一直在喊李岩的名字，一直在问为什么。

天快亮了，刘多多终于退烧了，只是还在沉睡。柳眉悄悄退出房间，出门遇到了已经起床的张峻。

“她怎么样了？”张峻小声问道。

“退烧了，其他的事情只能靠她自己了。”柳眉打了个哈欠，“我进去补会儿觉。”

“去吧，我刚熬好了粥，再炒俩菜，做好了叫你们吃饭。”

“好。”柳眉回房睡觉了。

刘多多这一觉睡了三天，三天之后她终于有了点活力。

“多多，今天有朋友一起吃饭，咱们一起去吧。”

刘多多本想拒绝，但是看到柳眉有点祈求的眼神，她点了点头。三天几乎没有进食，刘多多看上去憔悴了不少。

晚上，他们来到了一家装修很有格调的饭店，柳眉他们到的时候朋友已经在包厢等了。刘多多笑着跟他们打了招呼，在离门口近的一个位置坐了下来，浩浩就在旁边，她随时可以照顾到孩子。点菜交给他们了，刘多多本来就不怎么吃。

对面有个男生，刘多多感觉面熟，应该是在哪里见过但是想不起来了。

“多多，这个是小李，我结婚的时候你们见过的。”柳眉给刘多多介绍。

“你们好。”刘多多微笑着打了个招呼，继续跟浩浩玩耍起来。她现在听到“李”字都头疼。

“小李一直想认识你来的，终于有机会介绍你们认识啦。”柳眉继续说，

刘多多听到这句话，抬头看了下那个小李——浓眉大眼的，长得很是顺眼。目光正好跟他对上，刘多多再次笑了下回应。

吃饭的时候，刘多多如坐针毡，总感觉有双眼睛盯着她。好不容易挨到了结束，没想到还有后场。

“多多，我带着浩浩先回家了，他困了，让小李带着你去看看夜景吧，挺漂亮的。每次来都没有时间好好带你逛逛，今天好好玩一下。”柳眉笑着说。

刘多多此时明白柳眉的心意了，这不是单纯的吃饭，看来是要撮合她跟小李了。她本想拒绝，但是想到这两天柳眉也是陪着她煎熬，就没有说什么。

出了饭店就是一片美丽的湖区，加上灯光的照映确实别有一番风味。还好这是刘多多喜欢的景色，她跟小李一前一后走着。

“多多，我可以这么叫你吗？”小李首先打破了沉默。

“哦，可以。”刘多多有点尴尬，对于不熟悉的人她真的不知道该说些什么好。

“我喜欢你！”身后传来小李坚定的告白声。

刘多多愣了一下停了下来，这突如其来的告白令她不知所措，一时不知该如何回应。

“我第一次见你就喜欢你了。”小李走到她面前，再次说道。

“我们才刚认识。”刘多多真的没想到会发生这样的事情，原本以为只是尴尬的相亲的画面，大家说两句话就各自回家，没想到会发生这么热烈的事情。

“眉姐婚礼上我看到了你，就喜欢上你了，我一直央求眉姐介绍我们认识，直到今天她才同意。”

“谢谢。”刘多多震惊了。这都三年过去了，他是如何坚持三年还对陌生的女孩保持着喜欢的感觉的？说实话她真的有点不相信。

“我有喜欢的人了。”刘多多如实说。

“我知道，但是他结婚生子了。哦，眉姐跟我说的。”

“我还没毕业。”

“我等你，我只希望你能给我个机会。”

看着小李急切的眼神，刘多多有点动容，但是她知道自己不会喜欢他的，而且她不会留在这个城市。

“对不起小李，谢谢你这么喜欢我，但是我真的没有办法答应你。我不认识你，也没有恋爱的打算，不要在我身上浪费时间了。”

刘多多非常诚恳地说出了自己的想法。

“没关系，你再想想吧，晚两天再回复我。给我们彼此一个机会，一个相互了解的机会。”

向来不会拒绝人的刘多多此时也不知道说什么好了，第一次拒绝是她鼓足了莫大的勇气说出了口的，第二次拒绝她一个字也说不出来了，只得说“好”。

小李带着她看了好久夜景，刘多多也放松了很多。时间不早了，小李开车将刘多多送到了柳眉家小区门口。

“谢谢。”刘多多下车时候再次礼貌地道谢。

“真的不给我联系方式吗？”

“先不了吧。”

“那我等你联系我。”

刘多多转身进了小区。

“我等你哦。”身后传来小李的声音，刘多多脚下的步子快了些。

按响门铃，柳眉开门。

“怎么样多多？”柳眉第一时间问道。

“大姐，我们不合适。”

“有什么不合适的？小李人不错，家境也不错。我知道他喜欢你。”

“我们都不认识，喜欢我什么？我不信任他，我现在也不想找。”

“多多，不要因为一个渣男就对所有人产生了戒心，有合适的就试试，好吗？”

“放心吧。”刘多多拥抱了柳眉，也是打心底里感谢柳眉的好心。只是她还是完全斩断了小李的希望，一直没有联系他。

五十一

第二天，刘多多就回家了。

刚进家门，就看到妈妈的嘴巴肿了。

“妈，你这是怎么了？”顾不上难受，刘多多放下行李赶紧问妈妈的伤势。

“别提了。”白书英一脸失落，说话有点漏风的感觉，门牙少了两颗。

“你这牙？”刘多多惊讶地问道。

“你弟弟两口子吵架，马鑫鑫扔酒瓶砸我脸上了。”

“什么？她人呢？”刘多多一听火气上来了，“怎么能对你动手呢！”

“回她娘家了，他们也散了，以后不知道怎么办呢。”白书英说着就想哭了。

“不是刚结婚吗，怎么就闹成这样？”刘多多不敢相信，明明是新婚宴尔，何以能到了动手的地步呢？

“就不该结这个婚，当初他们要悔婚的时候就直接散就好了。”白书英现在想明白了，强扭的瓜不甜，只是为时已晚。

虽然刘多多也是这么认为的，但是她不能这么说，妈妈还正在伤心呢。

“耀祖呢？”刘多多不见弟弟的踪影，见到他肯定得数落一番。

“说是出去打工了。我也不想管了，管不了。”

“这是好事，妈，能出去挣钱至少说明懂事了。”刘多多只能先安慰着妈妈，但是她知道，以刘耀祖的性格，想要他改变真的是天方夜谭，不出俩月他肯定会回来。

“你回来咋没提前说一声？”白书英终于回过神来，“提前说我给你晒晒被子啊。”

“没事妈，不用晒。”

“饿了吧，我给你做点饭吃。”白书英说着走进了厨房。

刘多多知道多说无益，她了解妈妈性格，谁劝也没有办法释怀，只能是等她自己想通了。这一点刘多多完美复刻了妈妈的性格。

她进去收拾了下床铺，打算在家待几天就回学校了。

刘多多去看姐姐刘春燕，他们的饭店已经营业了，刘多多去帮忙打扫卫生。但是饭店的生意似乎没有想象中的火爆，客人寥寥无几。

“姐，你们生意怎么样？”午饭期间刘多多跟刘春燕聊天。

“不太好，可能是因为位置不好，不挣钱。”刘春燕波澜不惊，似乎并不在意这个酒店的盈亏。

“那怎么办？姐夫怎么说？”

“你姐夫准备开个洗煤厂。他当保安那几年积累了一定的人脉，他想干。这个饭店就还开着，请人吃饭、请客户住宿都方便了。”

“有机会那就试试，也挺好。”

“我之前不敢让他折腾，总是吵架。现在想明白了，我放手让他去折腾，趁现在还年轻，说不定就闯对了呢。”刘春燕很坚定。

“发生了什么？”刘多多有预感他们肯定发生了什么事情才让刘春燕转变那么大。

“多多，没钱真的什么都不是，一定要挣钱才能活下去。你姐夫有一次半夜肚子疼，在床上打滚，我们没钱去医院，找人借钱也借不着，也不好意思再跟哥开口了，他硬生生抗了一夜。我真的从没有那么怕过，如果他扛不过我们该怎么办？还好老天可怜我们，他扛过去了。所以他想干什么就去干吧。”

“姐夫有生意头脑，一定会成功的。”

姐妹两个一边吃吃饭一边聊天，对于明天的生活，都充满了希望和憧憬。

在家待了几天，刘多多就返回了学校。新校区的环境确实优美，建筑整体是红白相间的主色，欧式建筑风格；校园绿植覆盖面积大，各色树木和花草赏心悦目。最让刘多多喜欢的是校园内也有一个人工湖，虽不如老校区的湖面积大，但是垂柳相映，在湖边散步也是一种享受。还有一个让刘多多兴奋的就是新校区偌大的图书馆，藏书多，环境好，座位也多。

刘春秀毕业之后将她的笔记本电脑留给了刘多多，这样写论文方便多了，不用再去学校电脑室借用电脑，在宿舍就可以写论文了。换了个校区好像换了个学校一样，一切似乎都要重新开始了。

“新的生活开始了。”刘多多坚定地告诉自己，她希望自己把对李岩的感情清理干净，重新开始自己的生活。

不论是在老校区还是新校区，刘多多最喜欢的事情都是散步，每天至少要走上一小时。因为同样的爱好，她结识了好朋友冯雪莲。冯雪莲是典型的北方姑娘，皮肤有点儿黑，个头很高，说话做事都是慢性子，但也有脾气。她本是张英的老乡，刘多多跟她不是一个专业的，一次偶然的机会相识后，她们经常相约结伴而行，关系也变得越来越亲密了。冯雪莲在校学生会担任宣传部部长，校活动经常能看到她的身影。

晚上，刘多多、叶梓萱还有冯雪莲几个在操场上散步。晚上学校的学生们结伴而行，还有不少一圈一圈跑步的，刘多多看着他们，想到了自己当年的疯狂。

“我大学的时候一天跑十几圈，现在好像跑不动了。”刘多多笑着说。

“现在也可以啊，慢慢跑就行了。”冯雪莲依旧用特有的慢慢的腔调说道。

叶梓萱看了一眼刘多多没有说话，只是给了她一个大大的白眼。她知道刘多多当年疯狂的原因，并替她感到不值。刘多多笑着回应了一下，她明白叶梓萱心中所想。

“多多，学生会 2012 级有个男生好像是你老乡，你要不要认识一下啊？”冯雪莲说。

“要，当然要啊。”没等刘多多反应，叶梓萱就抢着说道，她生怕刘多多会拒绝。

“可以呀，反正我也不认识什么人。”刘多多确实也想认识一些新人了。

“明天正好周六，咱们一起去打羽毛球吧。”

“可是我不会打呀。”刘多多有点为难。

“嗨，谁要求一定要会打呢？”叶梓萱再次送上白眼，“大姐，咱们是去认识人不是打比赛好不？”

刘多多不好意思地笑了：“那行，咱们就一起去。”

约定好了之后，几个人各自回宿舍了。

周六下午，冯雪莲带着刘多多、叶梓萱一行人来到学校体育馆。羽毛球馆有好几个男生在那边已经开打了，刘多多大多不认识，但是她看到了一个熟悉的身影，那是 2012 级的同门师弟祁钰，他们一起跟导师开过几次会、吃过几次饭。刘多多对他印象很深刻，他虽是师弟，但是年纪还要比刘多多大上一岁，说话办事都非常稳重。刘多多对他挺有好感。也许是想尽快脱离李岩的影响，刘多多对于祁钰的关注有点多，每次开会和吃饭的时候，刘多多都很想跟他聊一聊，但是没有那个勇气。她还是那个没有自信的姑娘，只是她的眼光会不自觉地追随过去，好几次祁钰都跟她对视上，她只能慌乱地闪躲。在感情面前，刘多多向来不是勇敢的那一个，但是她又很明白这种被人目光追随的感觉。刘多多知道祁钰能感觉到自己的喜欢，只是大家都是仅限于学术的讨论，从来不会涉及私人的情感。善于观察的叶梓萱曾笑着追问刘多多是不是喜欢上了祁钰，刘多多只是苦笑，不承认也不否认。

“你们来了。”一个瘦瘦高高的男生跑过来跟她们打招呼。

“你们已经开始了呀。”冯雪莲笑着回了句，又转身对刘多多说，“这就是我跟你说的老乡，邓赛。”

“你好，刘多多。”刘多多笑着打招呼。

“哎呀老乡，以后一起玩儿呀。”邓赛性格很豪爽，大嗓门，是个爱笑的大男孩。

“师姐好。”祁钰也过来打了声招呼。

“师弟也在啊。你们继续打球吧。”刘多多不知道要说什么好了。

男孩们回到球场继续打球，刘多多她们就在场地旁边坐了下来。

可能是怕她们太无聊，邓赛他们很快就结束了。

“时间还早，咱们一起去喝点东西吧。”邓赛提议，众人表示同意。

一行人来到了学校里面的一间饮品店。周六的下午店内人不多，学生可能都外出娱乐了，如果是平时休息时间都是人满为患的。

大家找了角落的一张圆形大桌子坐下来，每人点了杯饮品，聊起了天。大家相互聊着开着玩笑，饮品店充满了欢声笑语。刘多多微笑着静静地看着他们，心情也好了起来。

男孩子们除了邓赛和祁钰还有两个男生，一个瘦瘦的，有点黑，也是刘多多的老乡，叫占龙，还有一个瘦瘦高高的，戴着眼镜，一股书卷气扑面而来，叫孙伟。大家互加了微信。

"师姐，你有没有男朋友？"祁钰忽然探过身子悄声问刘多多。

"没、没有。"刘多多吓了一跳，同时祁钰突然的靠近让她脸红了起来，心跳加速。

"真的没有吗？"祁钰似乎是不相信。

"真的没有，她单身。"叶梓萱不知道什么时候听到了凑过来回答。

"怎么，你要介绍吗？你就不错啊。"叶梓萱笑着开玩笑。

"我要是单身就好了。"祁钰笑着说，"占龙怎么样？近代史专业的，单身呢，他好像也是你老乡。"祁钰眼神示意看着占龙。

"嗯，也不错，看着挺帅气的。"叶梓萱一边喝着饮料，一边上下打量着占龙。

"不要了吧？"刘多多有点排斥，"人家年纪小，肯定想找一个年纪小、漂亮的小师妹。"

"你也很漂亮好不。"叶梓萱看不惯刘多多老是妄自菲薄的样子，"师弟，介绍给他。"

"你们说什么悄悄话呢？"冯雪莲大声问道，"说出来跟我们分享一下呀。"

"正说给占龙介绍女朋友呢！"祁钰笑着说。

“那挺好，介绍谁呀？谁呀？”邓赛的大嗓门很响亮。

“别开玩笑。”占龙也笑着说。

“没开玩笑，你看我师姐怎么样？”祁钰笑着指了指刘多多。

刘多多不知如何反应，尴尬愣住。她没想到祁钰会这么当众说出来。

一瞬间的静默后。

“那得看师姐愿不愿意啦。”占龙高情商地回应道，缓解了刘多多的尴尬。

“你们俩多了解了解再决定啦。”孙伟这时候说道。

“没错，没错。”大家都附和着，尴尬的气氛也随之被驱散了。

晚饭时间，他们去学校里的一个炒菜馆用餐，还邀请了他们隔壁宿舍的室友，都是平时一起玩得很好的朋友。大家开着玩笑，都熟悉了起来。邓赛他们起哄让刘多多和占龙挨着坐一起，两个人相视一笑，大方地坐下了。男生们点了小瓶的白酒，刘多多实在是闻不了白酒的味道，她悄悄和叶梓萱换了下座位，稍微远离酒精的味道，两个人很有默契。

这种一起吃饭、一起相聚的日子每周都会有，刘多多跟他们熟悉了起来。对于不熟悉的人，刘多多是腼腆含蓄的，但熟悉了之后，她爱笑又活泼的性格就展露了出来。相处下来，大家都被刘多多的性格折服了，以后都管她叫“多哥”而不是叫姐了。当然有个人例外，祁钰，从没叫过她多哥，一直是以“师姐”相称。刘多多特喜欢跟他们在一起的日子，她很开心，至少可以让她脱离痛苦的困扰，她没有时间去在乎那些得不到的人和事。

后来，占龙单独约刘多多一起吃饭或者一起打球。大家都以为他们在一起了，经常开玩笑。刘多多明白，那不是喜欢或者说那不是爱情。她准备约占龙好好聊一下。

晚上，操场上依旧是人来人往，好不热闹，刘多多早早地就到了看台上，在阶梯上坐了下来，一边看着操场上的人群，一边等着占龙。占龙来了。

“坐下聊聊吧。”刘多多此时异常平静，似乎脱离了爱情的圈子她可以自信地跟任何人见面聊天，一切都很自然平和。

占龙在旁边坐了下来，没有说话。刘多多看了他一眼，继续说道：“我觉着你装得挺辛苦的。”

“怎么这么说？”占龙听着这句话有点刺耳，但是他没有反驳。

“你根本就不喜欢我，但是还得装着喜欢跟我约会什么的，不是很累吗？”刘多多也不拐弯抹角儿，直截了当地说。

“没有，我挺开心的。”占龙解释。

“我们挺像的，都不会伪装自己。”刘多多笑了，“真的没有关系。我知道你是被逼的。”

“你怎么知道？”占龙说完就发现自己说漏了嘴，“我的意思是我、我没有被逼。”

“你的表现根本就不是想发展的样子。一起去食堂吃饭，一起去体育馆，一起去图书馆，每次都会有朋友同行，你根本不想跟我独处，不是吗？”刘多多看着占龙平静地说道。

占龙没有说话，因为被刘多多说中了。

“他们都在起哄，你是骑虎难下。对吧？”刘多多猜到了原因。

“是的，我也不知道该如何拒绝。大家都怂恿着，我也就从了。”

“我就知道是这样。没事，以后不用再浪费时间约我了。既然不喜欢真的没有必要做给别人看。他们是好心，会理解的。”刘多多听到了自己想要的答案，不打算继续坐下去。

“以后还是朋友，翻篇了。”刘多多笑着说道，“回去吧，有时间我们再一起吃饭，跟他们一起。”

刘多多说完就走下了阶梯，没有回头，离开了。

占龙此刻心里是五味杂陈，总觉着这件事情自己做得不对。明明应该是他主动跟大家说清楚，最后由刘多多提出来了，他心里过意不去。对于他来说可能这就是一个无关痛痒的玩笑，但是对于刘多多可能就是一次严重的打击。他看刘多多走到操场上开始跑步，知道自己也不便再说什么了，转身回去了。

占龙的担忧不无道理，这件事情对于刘多多来说是打击，虽然她也不喜欢占龙，但真的挑明了还是会难过，自信又消失了。刘多多的心情有点儿糟糕，但是很快就调节好了，毕竟她自己也没有投入过多的感情，跑了几圈发泄一下就好了。刘多多一直跑，也不知道跑了几圈，直到操场上的灯关了。

刘多多停下来发现衣服全湿透了，腿都软了，阵风吹来感受到了凉意。路上学生不多了，空旷的校园黑黢黢的，有点吓人，刘多多害怕紧张的感觉袭上心头，她赶紧往宿舍跑去。

五十二

回到宿舍，刘多多发现大家的神情有点奇怪。邵静娴和张英不敢说话，只是用眼神示意刘多多看向叶梓萱的床铺。只见叶梓萱蒙着被子，隐忍的哭声传出来。

刘多多走过去，轻轻拉开一角：“萱萱，你怎么了？”

叶梓萱只是哭，没有回答。被子里的手机一直在响，叶梓萱没有接听的打算。

刘多多猜到应该是跟男朋友吵架了。

“你们是不是吵架了？”

听到这句话，叶梓萱放声大哭：“多多，那个、那个、死人，找、找其他女的！劈腿！”

“你缓缓，慢慢说。”看叶梓萱上气不接下气，刘多多拍了拍她的手安慰道。

叶梓萱哭了一阵，深呼吸，调整了一下，重重的鼻音说道：“今天、是、是我的生日，他没给我电话，我、就打过去了，是、是一个女的接的。”

“你先别急，说不定是普通朋友。”

“什么、什么普通朋友，这都几点了，还、还跟女的在一起。”叶梓萱又要哭了。

“别急别急，你听听他怎么说吧，你接下电话。”刘多多赶紧安慰道。

“那女的都说了他们在一起好久了，他们昨天就在一起过的夜。”叶梓萱声音越来越大，几乎要崩溃了。

“萱萱，你冷静点，我来接，我问问怎么回事。”刘多多拿过手机接听起来，她开了免提。

“萱萱，萱萱，你听我说，”电话那头传来焦急的声音。

“我是刘多多。”刘多多平静地说。

“多多，萱萱呢？”

“你们到底怎么回事？”

“都是误会。”

“我也希望是误会，那你解释一下怎么回事吧。”

“就是、就是，我昨天去一个朋友那里吃饭，手机落她家了，这不来取手机了，正好萱萱打电话来了，就误会了。”

刘多多从没有听过这么离谱的理由，她赶紧关了免提，这种话只会更加刺激叶梓萱。

“你听听你在说什么，你自己会不会信呢？昨天吃饭手机拉下了，今天大半夜来取手机？”刘多多冷笑一声，“还能编出更离谱的吗？”

“真的不是，我们真的是普通朋友。”对方还在极力狡辩。

“今天是萱萱生日，你还记得吗？这就是你给她的生日惊喜吗？”

“真的误会我了，我对萱萱是真心的。你知道，她单亲家庭，脾气不好，我一直都在包容她，不能因为我跟女生一起吃饭就误会我吧？”

“你知道你朋友接了萱萱的电话了吗？”刘多多强调朋友两个字，讽刺意味十足。

“……”电话那头沉默了。

“没想到是不是？她跟萱萱说你们在一起很久了，她还说昨晚你们就是在一起过的夜，今天还在一起！你他妈就是一混蛋！”刘多多终于忍不住爆了粗口。

“你哪一点配得上萱萱？就因为她喜欢你就可以这么欺负她

吗？说那么多冠冕堂皇的理由，你想表达什么？你就那么耐不住寂寞吗？还是就想脚踏两只船享受娥皇、女英？你他妈算是哪根葱啊！我告诉你，有多远你就死多远！别来打扰萱萱！”刘多多气得浑身发抖，向来不会跟人说一句狠话的她今天豁出去了。

“萱萱，甩了他，不要脸的玩意儿！”刘多多将手机摔到叶梓萱床上，看到刘多多的反应，叶梓萱反而破涕为笑了。

“多多，你今天跟泼妇一样。”叶梓萱还有心情开玩笑，但马上又哭了起来，“死人、烂人！渣男！”

“对，渣男！不要理他，你能找到更好的。”

刘多多站在叶梓萱床边拉着她的手，一直陪着她。哭着哭着叶梓萱睡着了，刘多多给她掖好被角，放轻脚步去洗漱然后上床睡觉。刘多多明白，放下一个人不是一件容易的事情，更何况是在一起很多年的初恋，这种伤痛只有自己疗，走出来就是胜利。她坚持不原谅劈腿的男人，因为她知道有了第一次就会有以后的无数次。

叶梓萱跟男朋友分了，对方还在一直求复合。

“你以后结婚，如果新郎还是他，不要告诉我，你们的婚礼我不会去。”刘多多只说了这一句，就不再发表任何的意见。

日子循环往复，上课、去图书馆、聚餐，计划中的远行因为种种原因没能成行。叶梓萱恢复了单身。邵静娴追去了心仪男生的学校，坐了好几个小时的火车，没想到对方避而不见，她失望而归，变得更加抑郁。祁钰的女友来学校看他，刘多多远远地看到过，但是没有一起吃饭，她将自己的心意锁在心底，只能说两个人没有缘分。

准备睡觉时，刘多多接到了邓赛的电话。

“多哥，你跟占龙分了呀？”

“我们就没有在一起过，怎么能说分呢？”刘多多哭笑不得。

“好吧。”邓赛犹豫了一会儿。

“哎，多哥，你身边有没有合适的女生，给我介绍一下呗？我还单着呢。”

“你想要什么样的呀，我们室友好几个单着呢。”刘多多开玩笑。

“刘多多也单着呢。”张英大喊着开玩笑。

“你安静点，人家还小呢，是弟弟。”刘多多笑着对张英说道。

“大点也没关系呢。”邓赛认真地说。

“你是不是看上谁了？”刘多多感觉邓赛心有所属了。

“嘿嘿，”邓赛傻笑几声，“雪莲……你们关系不是很好吗，撮合一下呗。”

“早说呀，原来看上我们雪莲了呀，行呀，我帮你问问。”

“谢谢多哥！”邓赛像个孩子一样高兴地说道。

“等我消息啊，话说你们同在学生会，你直接追求不就好了，怎么这么大费周章的，你还是她介绍我们认识的呢。”

“她有点高冷，我不敢轻易说，还是你帮忙先问一下比较好。”

“那是你不了解她，看上去高冷其实就是慢性子，慢热。那我尽力哈。”

“谢谢多哥，成了请你吃大餐。”

“看来你是真的喜欢雪莲啊，等我消息。”

挂了电话，刘多多当即就来到冯雪莲的宿舍找她，她们在同一层。

敲门，是冯雪莲开的门。

“咦，怎么就你自己在。”刘多多进门没看到其他人。

“她们一起去市里了还没回来。”关上门，冯雪莲回答道。

“雪莲，你对邓赛怎么看？”刘多多一脸八卦地坐在椅子上，笑眯眯地看着冯雪莲。

“什么怎么看？”冯雪莲愣了一下。

“就他人怎么样？”刘多多换个问法。

“高高帅帅的，人挺好，就是嗓门有点大。”冯雪莲说着笑了起来。

“没错，嗓门是不小。”刘多多表示同意。

“邓赛喜欢你。”刘多多忽然说道，盯着冯雪莲的脸想看清她的反应。

“瞎说什么！”冯雪莲的脸瞬间红了起来，“你怎么知道他喜欢我？”

“真的，他自己告诉我的，拜托我撮合你们。你怎么想，对他有感觉吗？”

“就——不讨厌吧。”冯雪莲一时不知道这么回答。

“那就行了，接触接触也许就喜欢上了。”刘多多说着就要走。

“你先别走，我有点蒙现在。”冯雪莲拉住刘多多，“现在是什情况呀？”

“邓赛喜欢你，但是又不敢追求怕吓到你，所以专门找我帮忙，我来当红娘了，懂？”刘多多笑着说，“我们那边的男人都这样，好面子，但是看得出他是真的喜欢你，给他一次机会呗？”

“我考虑考虑。”

“行，反正咱们经常聚餐，你就好好考察一下他。任务完成！”刘多多笑着回了宿舍。

她给邓赛回了电话。

“赛赛，我传达了你的爱意，感觉雪莲也是蛮喜欢你的。加油哦。”

“这么快，多哥厉害。”

“少来，大老爷们怎么那么胆小，你大胆追求去啊，服了。”

“前期还得你帮忙，我真的怕。”

“当然最后能不能成功还是得靠你自己的努力啦。”

第一次给人当红娘，没想到成功了，过程很顺利。两个人很快确定了关系，他们戏称刘多多是他们的媒人，等以后结婚给她送大鲤鱼。刘多多欣然接受。

说来奇怪，刘多多自己的感情都处理不好，但是对于朋友们的感情她倒是可以站在他们的角度去帮他们分析，不管是冯雪莲和邓赛有了矛盾，还是班里的其他朋友情侣间有了矛盾，都喜欢找刘多多倾诉，刘多多好像是月老一样，帮他们传递着信息，开导他们。神奇的是不管是男生还是女生都跟刘多多认识，还都是很好的朋友。后来，朋友们送给了刘多多一个贴切的外号——解语花。

五十三

国庆假期，刘春秀要结婚了。婚礼刘多多是一定要参加的，但是她又有点犹豫。刘春秀有事情爱跟刘多多叨叨，所以她很清楚刘春秀婚前都经历了什么。订婚的时候，因为彩礼和“三金”的问题，两家闹得不可开交，刘多多一度以为他们会就此一拍两散。对方家长特别是刘春秀的准婆婆，瞧不上她家的家境，即使他们自己也是农村出身，她依旧瞧不上未来儿媳妇的家庭，总是一副高高在上的姿态。还有更为重要的一点就是刘春秀为了能和王阳结婚，放弃了自己的事业，也放弃了去大城市工作的机会，直接去了王阳所在的三线小城市，在一家商场做主管。这个工作在准婆婆眼里就是一份不入流的工作，即使工资比她儿子高出一大截，依旧觉着是配不上她那事业单位工作的儿子，所以总是百般刁难，刘春秀受尽了委屈。彩礼不高，“三金”也没买，这是刘春秀日后永远跨不过去的坎儿，她觉得自己被忽视了。

“你什么样的找不着？为什么非得嫁给这样的家庭？”刘光宗也是恨铁不成钢。但刘春秀有自己的想法，她喜欢着王阳，可以说是莫名地崇拜着他。经历了种种波折最后还是定下了婚期。

刘多多提前到了一天，家里的亲人也提前到了酒店。刘春秀是远嫁，从酒店出门。刘多多到的时候白书英领着孩子们都到场了，但是刘多多找了一圈也没有看到爸爸的身影。

“妈，我爸呢？”刘多多忍不住问。

“他没来，在家有事走不开。”白书英言语间有些闪躲。

“什么事情比自己的闺女出嫁还要紧？”刘多多着实不太理解。见妈妈不想多说，刘多多也没多问。只是这件事情在刘多多心里埋下了一根深深的刺。

晚上，一家人聚齐了，大家开开心心地一起吃饭，只是少了刘永昌。

“你确定了吗？反悔还来得及，跟我去北京。”刘光宗看似在开玩笑，刘春秀心里明白，大哥一直是不同意这门婚事，他觉得刘春秀以后会受苦。

“哥，我想好了，都这么多年了，不结婚还能怎样呢？”刘春秀一脸淡然，完全没有准新娘的那种兴奋和幸福。

“你想好了就行。记住，以后不论发生什么，有哥在。”

“嗯，”刘春秀含泪点头，大哥永远是她的底气和最强有力的后盾。

白书英一直愁眉深锁。她也是反对女儿远嫁，她不懂什么大道理，只是觉着女儿嫁得这么远，以后受委屈了没有娘家人在身边，想回家都不容易，那将是多么艰难。同时她又看到小儿子不幸福的婚姻，总有愁绪在心间，免不了唉声叹气。

刘光宗最明白妈妈的心思了，他宽慰着妈妈：“妈，别难过了，现在交通发达，想回家随时可以回去的。”

“我给三妹买了辆车作为陪嫁，家里是不是也没有车？我也买一辆，以后你们出门就方便了。”大哥此言一出，大家都吃了一惊。

“哥！”刘春秀哭出了声。

“我们不能让人瞧不起。没事，有哥呢。”

白书英也是红了眼睛，悄悄抹了下。不善言辞的她，看着眼前的这一群儿女，甚是欣慰，又有点遗憾：“要是你爸在就好了。”

当下无言，大家享受着亲人团聚的喜悦。

婚礼当天，刘春秀早早地把妆发安排完毕，等待接亲队伍。大家都在刘春秀的房间里等着。刘春秀一身白色的婚纱坐在床上，此刻她是幸福的。接亲队伍早上六点左右就到了酒店，司仪一句句煽情的话语惹哭了在场的每一个人，刘春秀的妆都哭花了。最后拍了一张大合影，刘多多多么希望爸爸在场，这样的话一直想拍的全家福就有了。

当地有个奇葩的婚礼习俗，仪式现场新娘的娘家人不能出现。所以举行婚礼仪式的时候，刘多多跟妈妈他们一起在王阳的小叔家坐着。前面人声鼎沸，鞭炮声此起彼伏，后面则是一阵冷寂，除了小外甥时不时闹腾一阵。

“我们人都来了，为什么不能去现场看看？”刘春燕有点儿坐不住了。

“不让去就不让去吧，咱们那边也这样不是。”白书英虽然很想去，但她的思想守旧，也没觉得这样有什么。

刘春燕看妈妈这么说，话到嘴边又咽了下去，最后只得抱着儿子去院子里透透气。

“规矩是人定的，改一下能怎么样？”刘多多嘟囔了一句，也没再多说什么。

中午一家人依旧是在王阳小叔家单独设宴，孩子们都饿了，心中虽然有气，但是只能先填饱肚子再说。

刘春秀换上了旗袍，跟王阳一起来敬酒了。

“哎呀，我们没人喝酒，你们赶紧坐下来吃两口。”白书英有点儿心疼，赶紧让他们坐下来吃口饭。

“饿死我了。”刘春秀没犹豫，坐下来就吃起来，王阳也一起坐下。“早上到现在都没喝口水。”他一边吃一边说。

“慢点吃，等一会儿再出去，不着急。”白书英看着他们，泪水又涌出眼眶。

吃过饭，白书英就提出要回去了，刘春秀怎么留也留不住。白书英不想看到亲家，只想赶紧离开。刘多多跟着妈妈和姐姐坐车回家了，刘光宗则直接回了北京。

刘春秀看着亲人们离开的背影哭了起来，她心中很是不舍，也有对王阳的责怪：“为什么不能为了我改变一点呢？”这也成了日后两人吵架经常翻开的旧账。

2013年春节前夕。

寒假刘多多依旧是先去看望了下柳眉，再转道回了家。只是这一次她没有见李岩，自己好像也慢慢不再那么心痛了。家里的冬天真的是冷，刘多多每次回来都得在被窝里适应上一周，电热毯也是必不可少的，每次上厕所都是咬着牙，实在是冷啊。刘光宗买的轿车就在家里停放着，有事的时候刘永昌会开车出门，也得以免遭寒风之苦了。刘耀祖每次想开的时候，都会被刘永昌拦下，因为他没有驾照，又爱显摆，开车非常猛，担心他出事，刘永昌在家从来不让他碰车，因为这个父子俩经常产生摩擦。

临近年关，刘永昌有事出门了，刘耀祖不知道又去哪里鬼混了。刘多多躺在被窝里，挣扎着想要起来。白书英穿着格子围裙，在旁边收拾着衣物。刘耀祖这时候走了进来。

“你是不是又抽烟了？”刘多多对烟味非常敏感，闻到刘耀祖一身烟味，有点儿不悦。

“要你管！”刘耀祖瞪了刘多多一眼，转头问白书英，“妈。车钥匙呢？”

“你爸带走了。”白书英下意识地捂了下装钥匙的围裙口袋。

刘耀祖嗤笑了一声，走到妈妈身边，伸手就要去掏钥匙。

“没在我这儿。”白书英闪躲着做最后的挣扎。

“妈呀，你真的不会说谎。拿来吧。”刘耀祖很轻松地就拿到了钥匙，转身往外走去。

刘多多想要起身阻拦，但是她只穿了件睡衣，一掀开被子打了个哆嗦又缩了回去。

“刘耀祖你站住！”刘多多生气地喊了一声，刘耀祖压根不理她。

“你要去哪？”白书英不死心，追了出去。

“放心妈，我就跟发小他们几个去吃饭。我开车你放心。”刘耀祖笑着钻进车里，发动了车子。白书英想上前阻止，但最后还是停下了脚步，她看着刘耀祖开车倒出了大门，还撞倒了水井旁边的水桶。

“别喝酒！”白书英大喊着叮嘱道。

“放心吧，不喝。”刘耀祖摇上车窗，掉转车头，猛踩油门，一下蹿到了马路上走远了。

中午，刘永昌回来了，一看车不在家里，立刻质问白书英：“车呢？”

“耀祖开走了，说是有事。”白书英有点心虚，不敢说是去吃饭了。

“你怎么不拦着？”刘永昌一听急眼了，“他那逞能样，怎么能开车？”

“不会有事的，你总不让他碰车也不是办法，哪能一直拦着。”白书英竟然帮着刘耀祖说话，刘多多在一旁都惊呆了，本来好奇早上妈妈为什么没有全力阻拦，原来是因为她觉着刘耀祖开车是应该的。

“慈母多败儿，你就惯吧，出了事有你哭的。”刘永昌生气地出去寻找刘耀祖。

“能出啥事，真是的。”白书英虽然有点担心，但是并不觉得这会有多严重，低声说了句就去忙手里的活了。

“妈，耀祖要是喝酒了再开车咋弄？”刘多多还是有点担心。

“不会吧，他说了不喝。”

“你儿子啥性子你不知道吗？他说不喝就不喝了？哪次少喝了？”刘多多有点无力，对于刘耀祖的偏爱和袒护妈妈真是做到了极致。

白书英没有说话，停下手里的活走到大门口，搓着手张望了很久。

刘永昌没有找到人，回家里来了，坐在堂屋一根烟一根烟抽着。刘多多忍受不了烟味，走到大门口陪着妈妈。

“妈，别担心，这次他肯定有分寸，毕竟开着车呢。”刘多多只能安慰着妈妈。

下午三四点的时候，门外忽然传来了邻居焦急的声音。

“书英嘞，书英，快去看看，好像是恁家耀祖出车祸了。”

白书英一时慌了神，脚下不稳摔了下去。

“在哪里，在哪里？”白书英颤抖的声音很是无助。

“在集上的加油站旁边。”

白书英想走快点但是两脚发软。刘永昌听到了动静，赶紧骑上家里的自行车赶过去，临走的时候气愤地说：“就知道哭哭哭，哭有啥用！看你以后还惯不惯着了。”

白书英瘫坐在地上哭了起来：“耀祖啊，耀祖啊！”

“妈，没事，没事的。”刘多多扶着白书英起来，一起往加油站跑去。加油站离得不远，刘多多他们赶到的时候，只看到了撞在树上的轿车，前排挡风玻璃全部碎掉了，散落在地上，还有斑斑的血迹，只是现场并不见刘耀祖，只有围观的邻居们和刘永昌。

“他们去县医院了，刚拉走没一会儿。”其中一个邻居对刘永昌说。

对门邻居有三轮车，刘永昌借用了他们的三轮车，带着白书英和刘多多赶去了刘耀祖他们所在的医院。

停好车，刘永昌直接领着她们去了急诊科。果不其然，进门就见到了村里的几户人家的家长，他们都在。他们的孩子都是皮外伤，伤口已经处理得差不多了。刘永昌看了一圈没看到刘耀祖。

“我们家耀祖在哪里？”刘永昌问了其中一个邻居。

“在那边走廊椅子上躺着，你快去看看吧。”

刘永昌赶紧跑过去，看到刘耀祖满脸鲜血躺在椅子上，一手用卫生纸捂着左边的额头，鲜血一直往外渗。座位底下已经有很多鲜血染透的卫生纸。

“耀祖？耀祖！”刘永昌赶紧蹲下身查看伤势，刘耀祖意识已经有点模糊了。刘永昌焦急地呼唤着“医生，医生”。

一个护士从不远处的看诊台不急不缓地走过来。

“你们怎么回事，我们受伤最严重，怎么不给处理。”刘永昌生气地质问。

“不好意思，病人送来的时候我们也联系不到家属，我们也确认了没有生命危险，等家属来了才能处理。这样，你们交了费用签个字我们马上处理。”护士递过来一个费用清单和免责同意书让刘永昌签。刘永昌压住火气，救人要紧，交钱签了字。

“怎么这么狠心，看着孩子这么流血。”白书英一边哭一边心疼地擦拭着儿子脸上的血。不一会儿一个医生来了，身后跟着两个男护士抬着担架。那医生查看一通，吩咐将刘耀祖抬到一个隔间进行救治，家属需要在外面等候。其间刘永昌走到那些邻居那里。

“孩子出了那么大事情，你们怎么不给我们说一声。”刘永昌强忍着怒气。

“你们家刘耀祖非要开车害我们孩子受伤，我们还没有说什么呢，你这是什么态度。”其中一个邻居冷笑一声说道。

“暂且不说是不是自愿上车，耀祖受伤最重，你们去医院就路过我家门口，怎么就不能停一下叫上我？到了医院你们将孩子丢在一边不管不问，有这么办事的吗？”

那些人自知一定程度上理亏，不再说什么，他们的孩子轻微小伤清理下伤口就可以出院了。

“刘耀祖非要开车载着我们出去，出事了怪谁？”临走的时候，其中一个孩子说，“不让你们赔偿就错了，不要没事找事。”

刘永昌气得直哆嗦，但是当下做不出任何的反应，看着一行人出了门。

处理好伤口，医生出来了。

“处理好了，右边眉骨处伤口太深，缝了八针，以后会落疤。这次算是幸运了，再往下一点眼睛就保不住了。等他醒了你们就可以回去了，定期去医院换药就行。”医生说完就走了。

刘耀祖昏睡了一夜，刘永昌、白书英和刘多多就在旁边陪坐了一夜。等他醒来，自知犯了大错，也不敢说什么。刘永昌夫妇也没有过多地责怪，把他带回了家。刘多多想责骂两句却被白书英用眼神制止，气得她扭过脸去不想看他。

回到家，刘永昌请邻居帮忙将车子拖了回来，轿车报废了。

“你说你逞什么能？为啥非要开车带着他们？你毁容了，他们将你丢在医院不管不问，车也报废了，你图啥？”刘永昌忍不住数落刘耀祖。

“是他们非要我开车的。”刘耀祖小声反驳。

“以后少跟他们一起。”刘永昌看着来气索性出去了。刘耀祖在床上躺着，眼睛紧闭，不知道在想些什么。

刘春秀结婚后第一个春节，竟然是回娘家来过除夕，刘多多真的没有想到。刘春燕一家照旧，刘春霞也带着儿子来了。徐富贵屡次家暴不改，两个人的婚姻走到了尽头。徐富贵再婚，又生了个儿子，现在的老婆对于大儿子不管不问，也不让徐富贵管，所以刘春霞把儿子接到了身边，现在自己也有了事业，养儿子没有什么问题，不争什么抚养费，也不指望他们，图个清静。刘光宗没有回家过年，或许是事业太忙了，也或许是对刘耀祖太过失望。

刘耀祖的伤好得差不多了，右眼眼皮留下了明显的伤疤，他戴起了黑色的眼镜框稍微遮挡一下。

“新年快乐！”男人们在酒桌上开始了畅饮。

“来耀祖，喝一杯吧。”席间杨明德举起酒杯要跟刘耀祖喝酒。

“不了不了，我不能喝。喝水、喝水。”刘耀祖端起一杯水说道。

“别啊，水哪有酒好喝。”杨明德有点嘲讽的意味了。

“是不好喝但是我不喝酒了，不给大家添麻烦了。”刘耀祖竟然没有发火而是自嘲地说。

见他难得一见地收敛了，杨明德也不再为难，跟刘春秀、王阳夫妇开始喝起来。

“你们都少喝点。”白书英出声嘱咐。

“妈，没事，不喝多。”杨明德说道。

“二哥，你煤厂缺人不。你看我能干点啥？”刘耀祖犹豫了挺久终于开口问道。

“厂子里活都挺脏挺累的，你干不了。”杨明德看了一眼刘耀祖，缓缓说道。

“再脏再累我都能干，开多少工资都行。”刘耀祖看上去非常诚恳。

“就给他一次机会吧。”刘永昌这时候出声说道，有点难为情。

刘春燕想说什么，但是刘永昌已经开口说话了，她也就将话咽了回去。“等着吧，我打赌干不了半年。”刘春燕小声嘀咕道。刘多多推了一下刘春燕的胳膊，示意她赶紧吃饭。

“只要他愿意干，我肯定欢迎。”杨明德也给足了老丈人面子。就这样，刘耀祖的新工作算是有了着落了。

一片祥和，按部就班，新年就这么过去了。刘春秀要回去了，白书英给他们备足了带回去的东西，后备箱都装不下了，只能放在后座上。有炸的各种年货，还有自己熬制装箱的羊肉汤和红薯粉条、各种糕点。

“妈，别拿了，都装不下了。”刘春秀红着眼睛阻拦妈妈继续往车上搬。

“后座还能放，多拿点没事。你离那么远又不会做，想吃都吃不上。”白书英说着说着就哽咽了。

“多多，以后你结婚一定要找个家里的。”白书英转头给刘多多说。

“我还没毕业呢妈，结婚早着呢。”刘多多有点哭笑不得。

“姐，你就收着吧，不然妈不放心。”刘多多也一边帮妈妈往车上搬东西一边给刘春秀说。

刘春秀不再阻拦，只是接过妈妈手里的东西放车上。直到车子再也没有一点空间白书英才停了下来，刘春秀眼中含泪走了。

“路上小心。”白书英一直在叮嘱，看着刘春秀的车走远依旧没有挪动地方，好像脚下生了根一样，就那么一直站着、望着。

“妈，回家吧。”刘多多小声叫着妈妈。

“以后你一定不能嫁那么远，受了啥委屈想回家来都难，我们也去不了。”白书英终于转身回家了，她依旧跟刘多多说着。

“好好好，我就找家里的，天天能回家那种。”刘多多开着玩笑。

“天天回来我还烦呢。”白书英终于露出了笑脸。

“要是你哥回来多好。”白书英叹了口气，不再说话。

五十四

回到学校，刘多多开始了紧张的学习生活。有毕业论文要准备，她还要准备公务员的考试，最后一个学期，几乎每天都泡在了图书馆，只有朋友们叫她聚一聚时她才会放松一回。

这天在图书馆遇到了邓赛，中午吃饭的时候，他们一起去食堂。

“怎么了赛赛？看你不高兴。”

“多哥，我跟雪莲吵架了，晚上我请客，你把她带过去吧。”

“吵架？你们一直都挺好的，怎么忽然间吵架了呢。”

“这不是要毕业了吗，面临结婚，还有工作，我们产生了分歧。”邓赛有点无奈地说道。

“明白了，这些好好沟通之后会解决的。放心，我保证把人带到。”刘多多明白这肯定是他们之间要解决的问题，决心要帮助他们一下。

“谢谢多哥。”邓赛感激地说道。一直以来刘多多都充当了他们之间的润滑剂，他一直是非常感激的。

“对了多哥，祁钰也会去。”邓赛又补充了一句。

“哦。”刘多多有点奇怪邓赛为何强调祁钰的到场，但也没有过多在意。

下午，刘多多早早离开了图书馆，她联系了冯雪莲，去宿舍找她。

到了宿舍，冯雪莲在绣十字绣。刘多多将手里的书本放在桌子上，拉过一张椅子挨着她坐下。

“你跟赛赛吵架了？”刘多多笑着问。

“没吵架。”冯雪莲手里的针不停。那是一幅婚纱照的绣图，看着完成八成多了。

刘多多笑着拿过冯雪莲手里的十字绣，举起来：“雪莲，你的手可真是巧，你看绣得多好。”

“快给我。”冯雪莲伸手去夺。刘多多索性举高站起来。

“还是一幅婚纱照哦。”刘多多一边欣赏着一边说，“新郎都绣好了，真帅气，新娘也好看。”说着她看了一眼冯雪莲。

“唉。”冯雪莲放弃了抢夺，长叹一口气，瘫坐在椅子上。

“来，说说呗。”刘多多不再开玩笑，走到冯雪莲身边坐下，将手里的刺绣放在桌子上，“问题究竟出在哪里？”

“太多了，一时不知道从哪里说起。”

“一点一点说，不着急。”

“首先，邓赛说他们家有很多贷款，具体多少没给我说。”冯雪莲声音有点低沉地说。

“不至于吧，现在谁家还会有那么多借款啊。”刘多多有点不敢相信，他们家都已经还清了欠款了，怎么还有比他们家更穷的，刘多多第一反应是不相信。

“我也不知道他是不是在试探我。”

“雪莲，这个问题得问清楚了，关系到你们的未来。”刘多多很认真地说道。

“我不知道他是说真的还是在开玩笑试探。”冯雪莲不确定。

“如果是真的，你要考虑清楚；如果是在试探，我都会骂他。都什么年代了还拿这一套来考验人性吗？这有点不尊重你，得让他道歉。”

“我还没生气呢，你怎么先气上了？”看着有点激动的刘多多，冯雪莲有点哭笑不得。

“我没生气，就是觉得不应该。”刘多多尴尬地笑了，确实自己怎么先动气了。

“这个问题不大，问清楚了就好了。第二呢？”刘多多深吸一口气。

“毕业之后我想让他跟我一起回我们那边发展。”

“这个有点难，我们那边比较重男，他们很容易会认为这是倒插门，这样的话好面子的人是很难理解的。”刘多多太了解老家的风俗了。

“所以他不同意，说可以再找一个城市定居，但是我是一定要回家的。”

“好好商量，不至于闹分手这么严重吧。”刘多多安慰道，“今天晚上赛赛请客，我们一起过去，到时候你们好好聊聊。”

“我不去。”

“不要这样啊雪莲，给他一次解释的机会，如果他表现不好我帮你一起骂他好不好。”

“我真的不想去，不想看到他。”冯雪莲有点儿坚决地说。

刘多多看到这样的情形，非常认真而又诚恳地说道：“雪莲，能遇到一个你喜欢他而他又喜欢的你的人真的不容易，双向的爱情可遇不可求的。我真的希望你们可以好好聊聊。只要你们决定在一起，一切困难都会迎刃而解的。”

“我……”看到刘多多诚恳的眼神，冯雪莲动摇了。

“雪莲，我太了解那种爱而不得的痛苦了，我不想你也经历一次。”刘多多眼睛都红了。

“好吧，我们一起去吧。”冯雪莲同意赴宴。刘多多笑着拥抱了一下她，“一切都会好起来的。”

晚上刘多多和冯雪莲到吃饭的地方，邓赛他们已经到了，邓赛和祁钰中间有两个空位。冯雪莲要挨着祁钰坐，被刘多多拉起来按在了邓赛旁边的座位上，而她顺势坐在了祁钰旁边的座位上。

冯雪莲低头喝水，邓赛对着刘多多用口型说着“谢谢”。

刘多多眨了下眼，挑了下眉，微笑着示意不客气。

“不好意思啊，我们来晚了。”刘多多笑着跟大家打招呼。

“没事没事，我们也都刚到。”邓赛傻笑着，“莲子你看看你想吃啥，随便点。”他把菜单拿给冯雪莲。

“我都行，你看着点吧。”冯雪莲依旧不看他。

“那怎么能随便呢。”看邓赛有点尴尬，刘多多拿过菜单，放在她跟冯雪莲中间，“肯定得点两道自己喜欢的菜啊，快看看你想吃啥。”

冯雪莲不再坚持，跟刘多多一起看着菜单，随意点了两道菜，气氛算是缓和了一下。

等菜的期间大家都在各自讨论着日后的规划，好不热闹。刘多多一边喝水一边听着，邓赛的眼睛时不时看向冯雪莲，殷勤地端茶添水。等菜上齐了，大家动筷子，邓赛又点了两打啤酒。

“为我们的友谊干一杯，希望以后还有机会聚一起。”邓赛端起酒杯站起来说道。

“那必须的。”

“一定常聚。”

大家说着，都端着酒杯站起来，一饮而尽。

刘多多原本不打算喝酒的，但是在这种场合下不喝点又显得有点做作不合时宜，索性她不再顾及那么多了，控制一下量不喝多就好了。席间刘多多发现身边的祁钰有点反常，平日里都是老大哥全场控场的角色，今日气压却有点低，眉头紧锁，只是喝着闷酒。刘多多看了两眼，没有说什么，只是余光一直注意着他的动向。

“邓赛，你们是不是毕业就结婚了？”占龙忽然问道。

酒过三巡，大家脸上都有点醉意了。

邓赛笑着看着冯雪莲。

“这得看雪莲了，她说啥时候就啥时候，我都准备好了。”

冯雪莲红了脸，但没有说话。

“你们以后去哪里发展呀？”刘多多趁势问出了冯雪莲最在意的问题。

“雪莲去哪里我就去哪里，我跟我爸妈说好了，我跟着雪莲。”邓赛一脸真诚。

冯雪莲一脸诧异，看着邓赛眼眶有点泛红。

“那我先恭喜了，婚期定了一定给我说。”刘多多举起酒杯说。

邓赛和冯雪莲同时举起了酒杯。

“一定，我还要你做我的伴娘呢。”冯雪莲终于开口了。

“一定。”刘多多饮下杯里的酒。眼下这情形，看来是没有问题了，刘多多的任务也圆满完成了，此时她觉着自己有点喝多了，胃已经抗议了，不能再喝了。

听到他们结婚，刘多多有点恍神，也有点伤感，她又想起了李岩。原来，他还在心里某个角落藏着。悲伤袭来，刘多多不想再待下去，她怕自己忍不住哭起来让别人看笑话——酒后刘多多很容易流眼泪。

“等我结婚，大家都要到场。”这时候邓赛傻笑着大声说道。众人起哄着附和，刘多多笑着也一起起哄。

“祁钰，我也等你好消息，天涯何处无芳草。”邓赛又说了一句。

刘多多有点吃惊，她转头看向祁钰，只见他苦笑着一饮而尽杯中的酒。刘多多将悲伤收起，她努力保持着清醒，慢慢凑近祁钰。

“你失恋了？”刘多多小声问。

“是呀，师姐，我被甩了。”

“真的？”

“真的。”

刘多多抬起头，说实话她有点费解，不久前祁钰女友还来学校看他，怎么就分手了呢？虽然很疑惑但是刘多多已经没有办法多思考，她确实喝多了。自从上次在宿舍喝酒出糗之后，刘多多再也不敢喝醉了，她清楚自己的状态，在还能保持清醒的时候就会停下来，她准备回宿舍了。

“雪莲，你们继续，我回去了，有点头疼。”她小声跟冯雪莲说。

“没事吧多多？走，我送你回去。”冯雪莲一听刘多多不舒服站起身就想送她回去。

“不用不用，你好好陪赛赛，你们还需要好好聊聊。我自己没问题。”刘多多按下她，不想破坏这美好的时刻。

“我先回了,大家好好玩哈,以后再聚。”刘多多起身跟大家告别。

“祁钰你送一下吧。”邓赛说道。

“不……”

“好的。”

刘多多拒绝的话只说出了一个字就听到祁钰开口答应了，她愣住了。

“师姐，走吧，我送你。”

听到祁钰的话刘多多回过神来，忙说：“真的不用。”

“没事，送完你我再回来。”

再拒绝就有点矫情了,刘多多没再说什么,跟着祁钰走出了饭店。

夜未深，路上还有很多行人，阵风袭来还是有点凉意。刘多多哆嗦了一下，瞬间清醒了不少。两个人并肩而行，都没有说话。刘多多反而觉得这种感觉挺好，怕走夜路的她很喜欢身边有人静静陪着的感觉。

“师姐，你今天有点悲伤。”祁钰打破了沉默。

“啊，有吗？没有啊，我挺开心的。”刘多多吸了下鼻子说道。

“别装了，没外人，想哭就哭吧。”祁钰心疼地看着刘多多。

有那么一瞬间刘多多眼泪真的要流下来了，祁钰是第二个看透自己悲伤的人。第一个是自己的大哥，他也说过同样的话，温暖了刘多多很多年。但是她现在不想多说。

“哎呀，不要说我了。你怎么回事？怎么就分手了。”刘多多转移话题。

“也没啥，就是她遇到一个有钱人，要结婚了。”祁钰话语中流露出疲惫和悲伤。

“怎么会这样。”

“现实就是这样，我败给了生活。”祁钰无奈地说。

“你这变成了哲学家了。”刘多多开玩笑，缓解一下两人中间流淌的悲伤的气息。

“我还诗人呢我。”祁钰也是相当配合。

“他们一直叫我多哥，你怎么不叫？”刘多多问出了一直疑惑的问题。

“因为你根本就没有那么洒脱，谁说你爷们了？明明很娇弱好吗。”祁钰的白眼简直要翻上天了。

“你可真是，你是第一个说我娇弱的人。”

他们说笑着继续往前走去，两人的背影看起来那么和谐。同是天涯沦落人，或许是惺惺相惜。刘多多没有过多追究祁钰的想法，祁钰也没有过多表达自己的态度，彼此只是谈得来的好朋友。

回到宿舍，室友们正好都在，大家都谈论起来日后的规划。

“我回家当老师，然后相亲，结婚生子。”叶梓萱说。

“我回老家教书。”张英说道。

“你还当老师，别误人子弟了。”邵静娴开玩笑地说道。

“你还说我，你要干啥？”张英反问。

“我要考博，导师也同意，推荐了。”邵静娴依旧不放弃考博的想法，“如果考不上我也是会回家，至少在离家近的城市工作。”

“我就留下来当老师。”杨雪莹笑着说。

"你肯定是，你男朋友就在这里啊。"张英依旧快言快语，"话说都要毕业了，不让我们见一下你男朋友的真容啊。"

"我们分手了。"杨雪莹一脸淡定，大家都吃惊地你看看我我看看你。大家了解杨雪莹，毕业了分手很正常。

"多多你呢？"叶梓萱问道，"要不跟我一起回我们那边当老师吧，做个伴。"

"我报考了这边的公务员。快考试了，祝我成功吧。"刘多多笑着说。

"这么有勇气，留在这里回家都不容易哦。"邵静娴说道。

"我真的喜欢这里的。"

"王月月不用问，肯定毕业就结婚，不会出去的。"张英又预言家上身了。

"是的，我们毕业就结婚了。工作安排好了，拿到毕业证就可以入职了。"

"哇！"所有人不自觉地发出感叹，确实是羡慕。

大家对未来都很憧憬，只是刘多多没有想到的是，其他人都是按照自己的规划顺利进行了下去，只有她，命运偏离了预定的轨道。

省考刘多多以第二名的成绩进入面试，面试的时候表现得很好，然后就等待着最后的成绩公布。她有信心可以上岸。毕业论文也终于定稿了，接下来准备答辩，答辩之后她就可以享受一下闲下来的日子了。她跟叶梓萱他们约好答辩完就去毕业旅行。

五十五

谢师宴上，刘多多穿了一条碎花连体裤，虽然没有化妆却让人眼前一亮。

“你要是早怎么穿衣是不是也就早找到男朋友了？”一向严肃的导师竟然也开起了玩笑。众人笑成一片，刘多多羞红了脸，喝了口水被呛着咳嗽了起来，众人笑得更欢了。饭桌上大家都畅所欲言，非常珍惜毕业前的最后一次相聚。

刘多多看着眼前这和谐的场面，鼻子有点泛酸，往事一幕幕浮现在眼前：导师在讲台上慷慨激昂地讲鲁迅；跟叶梓萱一起去翠湖游玩；邵静娴在床帘后面疯狂地敲击着键盘；室友们一起在KTV“狼哭鬼嚎”。越是临近分别，越是不舍得。

只是还没有好好地告别，刘多多接到了刘春秀的电话。

“喂，多多，你在哪呢。”电话那头传来刘春秀略显疲惫的声音。

“我们在跟导师吃饭，怎么了姐？”刘多多走到一边小声地接听电话。

“毕业之后你去大哥那里吧。”

“啊？”刘多多一时没有反应过来。

“咱哥腿骨折了，需要人照顾，但是我结婚了根本没有办法。他需要人照顾。”刘春秀有点哭腔了，她是真的担心孤身在外刘光宗。刘多多跟哥哥联系不多，并不知道出了这么严重的事情，她心里也有点着急。

“怎么回事？怎么就骨折了呢？”刘多多问。

“不知道，问了也没说。多多，你就去咱哥那边发展吧，工作咱哥也会帮忙找，你们以后做个伴，也有照应。”

“姐，我考了公务员，初试成绩第二名，面试过两天就出成绩了，我感觉我表现挺好的，能考上，我想留下来。”刘多多沉默了，她在心里默默地说。

“好的姐，我去。”刘多多心里纵然有一万个不愿意，但是她还是开口应了下来。大哥一个人在外真的需要有人陪伴，至少家里人都是这么认为的，包括刘多多。现在能去陪伴他的只有刘多多了。

挂断了电话，刘多多心事重重地坐回了座位上，再也不能真心笑出来了。

面试成绩出来了，刘多多以总成绩第一名的成绩被录取了。网上确认之后，体检合格就可以进行公示，然后入职。如果三天之内没有确认就意味着自动放弃。刘多多盯着电脑屏幕，眼泪流了下来。她真的很想留下，做自己喜欢的工作，但是自小就不懂得拒绝的人，永远摆脱不了被安排的命运。

刘多多没有耽搁，处理完学校的事情就直接去了刘光宗那里。看到大哥受伤的腿，刘多多又是一顿哭。

“你看你，哭啥。”刘光宗觉着有点好笑，“从小就爱哭，到现在还是没有改过来。”

“还疼吗？”刘多多鼻音有点重。

“不疼了，就是还有点痒，没事了。”刘光宗敲了敲打着石膏的腿，笑着说道。

“以后我来给你抹药。”刘多多吸了吸鼻子，认真地说。

“好。对了，你先在我们公司实习，等明年我自己成立了部门，你就可以转正了。明天人力的人会找你面谈，带上简历，很简单，不用怕。”

“好。”刘多多顺从地回答。

面试过程很是顺利，第二天刘多多就进入公司实习，只是她没有想到自己的实习期会持续那么久。

刘光宗的房子不大，是一间四五十平的开间，只有一张床，刘多多就在地上打地铺，她除了上班就是照顾大哥的饮食起居还有换药。刘多多也曾问过刘光宗是如何受伤的，但是他一直避而不谈，她也就不再追问了。

平静的生活被三姑的到来打破了，她是来要债的。刘光宗当初买房的时候首付差二十万，三姑正好在北京谈生意联系刘光宗，于是他便张口借了二十万。早年三姑对刘多多家偏见最深，后来去广州打工，眼界开阔了，对人的态度也发生了转变，这也是为什么跟刘多多家恢复了联系。她在广州嫁了人，做起了物流的生意，而生意人最讲究的就是利益关系，所以现在她来收回成本了。刘多多下班回到家就看到三姑和刘光宗脸色都不是很好。

刘光宗躺坐在床上，三姑在一旁的椅子上坐着。

“姑，真的就这么着急吗？”刘光宗握紧了拳头问道。

“急，非常急。”三姑面无表情地回答。

“我现在真的没有。能不能到年底？”

“不行，一周内都要打到我卡上，我着急用。”三姑依旧铁石心肠。

“你要逼死我吗？”刘光宗眼睛红了，“我现在断着腿，想去借都没有办法动。”

“不是有电话吗？电话可以借。”

“姑，不要这么过分吧？”刘多多实在是听不下去了，“我哥是不还了吗？只是缓几个月，不能通融一下吗？”

“一直拖拖拖，我就是怕不还。”三姑嗤笑道。

“你……”刘多多还想说什么，刘光宗打断了她的话。

“多多！好，三姑，十天，十天内我一定打你卡上。”

“好，就十天。时间不早了，我该回了。”三姑听到想要的答案，转身就走了。

“从小就见她这样，一点都没变！现在有钱了更是一点亲情也不念了。”刘多多生气地说道。

“习惯就好了。多多，我想睡会儿，你活动声音小点就行。”

“好。”

刘光宗闭上了眼睛躺下，刘多多就在一旁的沙发上坐着，一动不动，等着大哥醒来。她不知道大哥有什么办法能还上三姑的二十万，隐隐有点担心。

后面几天，刘光宗一直在疯狂打电话，刘多多不敢在屋里停留，她知道大哥并不想让她看到自己狼狈的一面。上班时她早早出发，晚上下班就加会班再回家。休息日，刘多多收拾完屋子就借口出去，在楼下的凉亭里坐着等到做饭时间，把时间尽量多留给大哥打电话。最后结果如何刘多多不知道，但是自此之后三姑没有再来，刘光宗也不再打电话，她知道事情已经解决了。

这件事情对刘光宗的打击很大，腿伤恢复之后，他拼命工作，他要赚很多很多的钱。刘多多也深受影响，她以为三姑看在血亲的分上不至于为难自己的侄子，但是她错了。明明不缺钱，不知道什么原因非要在刘光宗最困难的时候逼着还钱，刘多多没有办法理解。后来，刘多多终于明白了，原来依旧是一直以来的偏见，再加上奶奶的洗脑，三姑还是没能彻底转变。原本她以为刘光宗有出息了，日后可以对她的生意有所帮助，但是后来发现这个侄子没有什么大的成就，还有家里一堆人要养活，于是等不及他的成长，索性及早撇清关系。最终刘光宗不仅还清了二十万，还外加了好几千的利息。

五十六

刘多多的公司是经纪公司，属于娱乐行业。在这个行业工作，不仅需要高智商，还要有高情商和过人的交际能力。刘多多除了智商达标之外，其他的都不及格。她很宅，很少说话，在办公室就是个格格不入的存在。

“多多，一起去吃饭吧？”

“哦，我叫了外卖。”

“多多，晚上一起去酒吧？”

“啊，我晚上有约了，下次吧。”

每次同事的相约，刘多多总是找个各种理由搪塞过去。骨子里的自卑让她觉得自己跟同事不是一个世界的人。她不抽烟也不喝酒，也不能熬夜，她喜欢过两点一线的生活，习惯了一个人生活，一个人看电影，一个人吃火锅，一个人去医院。

整理文件，张贴发票，走流程，这些重复而又单调的工作反而是刘多多最适应的节奏。她从小就有一颗敏感的心，也很沉稳，有耐心，细致的工作她很能得心应手。但是一旦涉及业务层面的工作，对她来说就是一种折磨，她选择了逃避。刘多多不去交际，每天面临业绩的压力，同时又有内心的煎熬，精神处在极度的紧张之中。一时的逃避虽然避免了与人相处，避免了虚与委蛇，但是长期的精神压力令刘多多身体有了消极的反应，她的头发大把大把地脱落，严重的神经衰弱让她夜不成寐。她想找人倾诉，想一圈也不知道要找谁。办公室各种钩心斗角、尔虞我诈，刘多多虽然尽力在躲却总被波及。刘光宗因为避嫌，在公司总是有意无意地跟刘多多保持着距离，也不会过多维护，自然激励的话也不会多说出口，刘多多感受到了前所未有的挫败感，陷入了深深的自我怀疑当中。

生活就这样继续了下去。

两年后。

刘光宗事业发展迅速，很快他换了一套大房子，刘多多也拥有了自己的房间。有时候刘多多也会在想三姑现在是不是会后悔当年的绝情。只是她和大哥的相处模式有点奇特，在公司不说话，回家里也不说话，有事都是微信沟通，只有在早餐时间才会打个照面。

看着眼前的体检报告，刘多多崩溃了。

五六页的异常报告，身体可能都没有七十岁的老人健康。其中最为致命的是有两项肿瘤标志物偏高——CA199 和 CA125，需要去医院进行复查。刘多多瞬间感觉自己可能时日无多了。

预约—看诊—做检查，刘多多按照这个流程一家医院一家医院进行复查。所有的检查都是刘多多自己去的，她没有告诉任何人，即使对刘光宗也是只字未提。

检查需要做造影拍 CT。医生在刘多多左臂胳膊弯处埋了很大的针管，药剂打进去之后，需要大量喝水。刘多多去买了矿泉水，但是手臂不能弯曲更是使不上劲，尝试了半天，怎么也拧不开瓶盖。

这时候对面有个大哥看到了，很热心地说：“小姑娘你一个人啊，来我帮你拧开。”

“谢谢。”此时刘多多的坚强碎了一地，她忽然就想流泪了。

“还是有人陪着比较好。”大哥将水拧开递给了刘多多。刘多多再次道谢，眼泪再也忍不住了，她转过头，一边哭着一边喝水。

做完造影 CT，结果出来没有问题。刘多多还做了胃镜，结果出来，当她看到“萎缩性慢性胃炎”这几个字之后，她感觉天要塌了——这就是胃癌前期。离开医院，坐在公交车上，她闭上了眼睛。路上有老人上车，平时她都是起身让座的，但是今天她没有动弹。刘多多有时候很丧，但是她还没有活够，她还想有自己的生活，想做出改变。当死亡真正来临的时候，才知道生命如此可贵，不能那么荒废。刘多多无助极了，但是她不能找家里人诉说，害怕他们担心，却又不吐不快，只能找最好的朋友。

“我真的要死了。”她发微信给叶梓萱。

“你在说什么呢。”叶梓萱秒回了微信。

“我得了胃癌。”

“怎么可能！”

刘多多将检查结果拍给了叶梓萱。过了几分钟，叶梓萱打来了电话。

“刘多多，你在干吗？非萎缩性慢性胃炎就是慢性胃炎，没有那么严重。”

“什么？我是萎缩性慢性胃炎。”刘多多鼻音浓重地说道。

“你再仔细看看。”叶梓萱哭笑不得。

刘多多拿出报告再次确认，是“非萎缩性慢性胃炎”，自己看漏了一个字，一个大乌龙。

“我以为我要死了。”

“别乱想，肯定都是小毛病。”叶梓萱安慰着，“回头说，我休息结束要回去上课了。”

“好。”

挂了电话，刘多多靠着车窗，再次陷入沉思。虽然是个乌龙，但是肿瘤标志物数值异常依旧是没有查找到原因，第一轮检查数值比体检结果又升高了不少，她换了家医院继续检查。

陆续跑了半年，数值持续飙升，最后达到了 3500 多，医生都说是不可能这么高的。至于什么原因，医生也不能确定。刘多多累了，她不再去做检查，就当自己已经得了绝症。后面的日子她要按照自己的意愿生活。

晚上，刘多多再次给叶梓萱打去了电话。

“结果怎么样？”叶梓萱一接电话就着急地问道。

“没有结果，检查也不知道是什么原因，数值就是很高。”

“可能是你太紧张了，心理的问题。”

“可能吧。”

“萱萱，我不想留下遗憾。”刘多多忽然说道。

“嗯？什么？”叶梓萱有点不解。

“啊，没什么，就是，感觉世事无常。”

“哎呀，不要想那么多了，享受生活。”

“嗯，我努力。”

刚结束跟叶梓萱的聊天，刘多多收到了黄晓玲的结婚请柬。刘多多记得刚毕业那会儿听黄晓玲说一毕业就结婚的，一直以来也没有收到婚礼邀请。可能是领了证没有办婚礼，刘多多如是想。现在是在补办婚礼吧，那一定得参加，刘多多爽快答应了邀请。

婚礼前一天，刘多多赶到了，她被黄晓玲连同其他的朋友安排在了附近的酒店。吃过晚饭黄晓玲去刘多多房间聊天，两个人很久没有见面了。

“多多，你这两年真的变化好大，我都要认不出来了。”黄晓玲看着刘多多说。

“是吗？可能因为我们很久没见了，我没感觉自己有变化啊。”刘多多摸着自己脸说。

“你瘦太多了。气色不是太好，不要太累了。”黄晓玲喝了口水说道。

“是得好好休息。”刘多多苦笑一下，继续说道，“我记得你前几年说结婚了啊？这是补办婚礼吗？”刘多多还是问出了心中的疑惑。

“不是，我二婚。”黄晓玲很平静地说。

“啊，对不起，我不、不知道。”

“没事，都过去了，那个人我们努力了但是依旧没有办法一起生活，就分开了。婚姻真的是两个家庭的事情，没有办法。”

“那现在这个对你好吗？”

“无可挑剔！他不嫌弃我离异，对我百依百顺、爱护有加，我觉得这次我找对了。”

“你肯定找对了，看你现在一脸幸福。”刘多多打趣道。

“缘分很奇妙，真的不能强求。多多，你啥时候结婚？”

“我还早呢，还没对象呢。”刘多多傻笑着回道，她不想继续这个话题。“赶紧回去休息吧，明天还得早起。”她催促黄晓玲离开，“明天一定是最美丽的新娘。”

黄晓玲走后，刘多多躺在床上，眼睛盯着天花板，思索了好久好久。

婚礼现场，刘多多看着好友幸福的笑容，很欣慰也很羡慕，同时心里也涌现出浓浓的忧伤。人声嘈杂，她脑海里却时不时浮现出李岩的面容，依旧是他当年身上洒满阳光的样子，笑得那么灿烂。桌上有一瓶红酒，同桌的人都不喝，就刘多多一杯一杯喝了起来，不多久半瓶红酒下肚了。酒精让刘多多慢慢忘却心中的烦恼。

迷蒙中，她似乎看到了李岩的身影正在朝她走过来。刘多多揉了几下眼睛，又甩了几下头，再次看过去，空空如也，哪有李岩的影子。

“看来，我产生幻觉了。”刘多多苦涩地笑了一下，又给自己倒上了一杯红酒。正当她将酒杯举起来放在嘴边的时候，有只手按住了她的手，顺势拿走了酒杯。

“傻妞，你喝多了。”熟悉的声音让刘多多产生了错乱的感觉。

“我怎么还幻听了呢？”有点醉意的刘多多不自觉地笑出了声。

“你真的喝多了，傻妞。”

不是幻听！刘多多身体僵住，她睁大眼睛，顺着声音往上看，看到了自己朝思暮想的面孔。

“李、李岩？”刘多多不确定地出声确认。

“是我，好久不见。”李岩将酒杯放下，从隔壁拉过一张板凳坐在刘多多身边。

“好、好久不见。”刘多多依旧没有从震惊中缓过神来。

“怎么？看到鬼了？看你吓的。”李岩失笑，看到刘多多的样子觉着有点可爱。

“不是，你怎么在这里？”终于刘多多恢复了正常。

“那你又怎么在这里？”李岩不答反问。

“我来参加同学的婚礼啊。”刘多多有点蒙。

“我来参加朋友的婚礼啊，新郎是我朋友。”

“哦，好巧。”刘多多反应过来了，气氛瞬间有点儿尴尬，刘多多慌忙端起面前的水杯假装喝水。

“傻妞，你现在真的是越来越漂亮了，跟之前真是判若两人。”李岩不吝啬赞美。

“还好，工作之后压力大吧，瘦了不少。”平复了下心情，刘多多抬头看着李岩。

面前的这张脸有点熟悉又有点陌生，他依旧是戴着一副眼镜，只是少了朝气多了几分沧桑，岁月在他脸上留下了明显的痕迹。刘多多忽然发现这不是她记忆中的李岩了，再见他自己已经没有那么悸动了。她还是喜欢十八岁那年遇见的那个阳光大男孩，刘多多忽然间意识到她好像已经从李岩的魔咒中解脱出来了。想到这，刘多多释然了。

“你最近怎么样？”刘多多笑了一下，问道。

“不怎么好，我离婚了。”李岩说着，右手端起刘多多的酒杯喝起来。只是他悄悄将左手放在桌子底下，然后趁刘多多不注意将左手无名指的戒指取下来放进裤兜里。

“你真的离婚了？”刘多多不太相信。

“真的，我现在单身。”

刘多多皱了下眉：“那你继续再找一个年轻的，也挺好。”

“找你好不好？当年如果你不考研我就会娶你了。”李岩摇晃着酒杯，玩味地看着刘多多。

刘多多的眉头皱得更紧了，胃里有点儿翻江倒海。

“我们不合适。”第一次，刘多多对着李岩说出了“不”字。

李岩还想再说什么，黄晓玲过来了。

“多多，马上结束了，你先回酒店吧，看你很疲惫。”黄晓玲很体贴地让刘多多先走，说完就去招呼其他宾客，她并没有注意到一旁的李岩。

“那好，我们晚上再聊。”刘多多不想多停留，看了一眼李岩，站起身往外走。她已经有点儿站不稳了，但是意识尚存。她晃晃悠悠地走出宴会厅的大门，而李岩也随后跟了过去。出了宴会厅，进入客房要经过酒店的前台大厅才能乘坐电梯。刘多多努力集中精神，脚下想走直线，但是身体不受控制。她懊恼地抓了两下头发，放弃了，低着头慢悠悠地晃着向前走去。

“傻妞，你慢点。”李岩上前去搀扶刘多多，起初刘多多拒绝了，但醉酒让她无力挣扎，只能依靠在李岩身上任他搀扶。靠上李岩的瞬间，刘多多所有的记忆都回来了，开心的，不开心的，还有不甘。

“走，我们继续去喝酒！”刘多多忽然间喊道，“你离婚了，我可以跟你喝酒了。”

“喝什么喝，你看你都站不稳了。”李岩有点哭笑不得，“房卡给我，我送你回去休息。”

“不用，不用，我自己可以。我看看我在几楼。”刘多多从随身斜挎的小包里找了半天，掏出来一张房卡，她拿到眼前，想看清上面的数字，只是数字在她眼前跳起了舞，她看不清。

“你不用送，我自己可以回。”刘多多一边看一边断断续续地说着，“孤男寡女，不合适。”

“哪那么多话。”李岩凭借自己的身高、体型优势，轻松地抢过房卡，看清房间号，扶着刘多多就走进了电梯。一路上刘多多一直在挣扎。

“不好，不好，真的不好。”刘多多嘴里嘟囔着，她在告诉李岩，更多也是在提醒自己。

到了房间，李岩一手扶着刘多多，另一只手拿卡刷开了房门。

进了房间，李岩将刘多多扶到床边，但是刘多多并没有躺下，她摸索着走到一旁瘫坐在房间的沙发上。李岩闷笑出声：“傻妞，我还能吃了你不成？”

李岩在房间里寻找着烧水壶，打开备用的瓶装水烧起来，他记得刘多多的肠胃不好，得喝热水。然后又到卫生间放了热水，洗了一条毛巾，试了下温度，帮刘多多擦拭了下脸。

“唔。”感受到了脸上传来的毛巾的温度，刘多多呢喃一声，头脑有点清醒了。

“傻妞，好点没？”李岩将手里的毛巾放下，看着刘多多的眼睛问道。

脑袋越来越涨，酒精这时候似乎是发挥了最大的作用。刘多多越来越醉了，眼睛再次迷蒙起来，看什么东西都好像隔了一层水雾。

“你坐下来，我仰着头看你，晕。”刘多多指着对面的沙发对一直站着的李岩说道。

李岩走到对面，坐了下来。

一阵沉默。

“你为什么不喜欢我？”刘多多打破了沉默，依旧是老生常谈，她问了无数次的问题。

李岩叹了一口气：“傻妞。”

这么多年，刘多多在酒场一直是清醒到最后的一个人，因为她知道一旦喝醉了她就打开了话匣子，再也收不住，她会像祥林嫂一样一遍一遍诉说着自己的不如意。此刻也是，一旦开了口，刘多多再也停不下来。她拿过桌子上的抽纸盒，抽出一张拿在手里把玩着，撕成一条一条的，再捻成一团一团的，这也是她酒后的习惯动作。她没有抬头看李岩，低着头，盯着自己的手，一直说了下去。

“我记忆中你还是那个在阳光下闪闪发光的李教练。2006 年到现在，多少年了呢？嗯，十几年了吧，我都在想着你。就连找对象都是按照你的模样去找，但是，都不是你。我第一次给你织围巾，之后我再也没有碰过，我每年都会来这里就是想见你一面，我……”

刘多多并没有期待得到什么回应，只是嘴巴不停地说着，眼泪扑簌簌地落着。李岩皱起了眉，他想说什么，张了张嘴，什么也没有说出来。就好像沙漠里迷失的羔羊忽然间看到了一汪清泉，刘多多好像要将积压在心底很多年的委屈和不甘统统倒出来，不管李岩能不能理解。就这样，刘多多一直诉说着，哭着，从傍晚说到夜幕降临。李岩打开了房间的灯，他顺便倒了一杯热水递到刘多多的手里。

瞬间的明亮让刘多多眯起了眼，她眼睛已经有些红肿，脸上还挂着泪珠。她手握着水杯，看着李岩，愣了几秒钟，忽然就哭出了声音。

“我是真的，真的好喜欢你！”刘多多瞬间崩溃，哭喊出来。

李岩身躯明显一震，他站起身来，走到刘多多身边蹲下来，将哭泣的刘多多揽入怀中。刘多多手中的水杯掉落，她双手环上李岩的脖子，扶在他肩头哭泣。李岩收紧双臂，紧紧地抱住刘多多，他的眼睛湿润了，他是第一次这么直面刘多多的告白，现在刘多多的哭喊声直击他的心脏，竟然勾起了他的一阵悸动。

刘多多忽然又挣扎开来，她双手胡乱捶着，依旧是撕心裂肺似的哭喊。

“为什么？为什么？为什么？”刘多多一遍一遍地问着为什么，她使出了全身的力气但依旧是软绵绵的。

李岩任由刘多多捶打，他眼睛直直地盯着刘多多的脸。

酒意未散，刘多多此时脸上布满潮红，眼神依旧迷离，红肿的眼皮让她更有一种楚楚可怜之感。因为双手的动作扯开了领口，李岩居高临下隐约看到里面的春光。虽然身体消瘦了下来，但是刘多多的身材依旧是丰满的。李岩的眼神渐渐变得炙热，他盯着刘多多的领口，喉结不自已地滚动。

宴会上看到刘多多蜕变得如此靓丽迷人，李岩就有了占有她的欲望。他向来是用下半身考虑的人，基于刘多多的痴情他尚存一丝良知，存有愧疚感，一直在犹豫。但此刻眼前的春光让李岩兽性大发，他捧起刘多多的脸，快速吻了下去。

突如其来的亲吻让刘多多惊住了，她睁大了双眼，双手举在空中胡乱挥舞着。李岩是情场老手，他娴熟地亲吻着，越来越热烈，大手开始在刘多多身上游移。

“傻妞，我离婚了，为了你，我离婚了！”迷糊中，刘多多似乎听到李岩这么说。

刘多多从震惊中清醒过来，她开始挣扎，想推开李岩，但是酒精让她使不上力气。

“唔……不要……”刘多多有点惊慌地说道，但是声音完全淹没在李岩沉重的喘息中。他一把将刘多多抱起放在了床上，随即俯身上去。刘多多的意识逐渐模糊起来。

第二天，刘多多醒来已经是半晌午了。

“嗯……”她闷哼一声，头疼欲裂。她想坐起来，但是浑身酸疼。她似乎想到了什么，顾不得身上的疼痛，“蹭”的一下坐起来，掀开被子，看到自己赤身裸体，又看到凌乱的床单，呆住了。原来不是梦，虽然后面不记得发生了什么，但是床上的凌乱还有双腿间的痛感都在告诉她昨晚发生的一切。她环顾一周，并没有看到李岩的身影。床头上有一张纸条：

傻妞，我先回去了，女儿打电话要我陪她去动物园。你好好休息。

刘多多将纸条撕了个粉碎，她忽然抽了自己几个响亮的耳光，眼泪夺眶而出。

她迅速拨通了李岩的电话，李岩也接听了。

“你是不是真的离婚了？”刘多多抱着最后的一点希望询问道。

“傻妞，对不起，我……”

不等李岩说完，刘多多挂断了电话，她已经知道了答案。

“你怎么那么贱！”她骂着自己，想着李岩的脸，突然有种恶心的感觉。刘多多跳下床，重心不稳，摔倒在地，恶心感更加强烈，她爬起来跑去卫生间，呕吐起来。

淋浴间，刘多多一遍遍洗刷着自己，似乎要搓掉一层皮下来。

终于，她出来了，浑身通红，有些地方都看到了血丝。她一言不发，默默地收拾着东西。昨天穿的所有的衣服，她直接丢进了垃圾桶。收拾好行李之后，给黄晓玲发了条信息，她直接坐高铁返回了北京。

第七章 —奋斗—

各自努力，兄妹力争脱困

五十七

拖着疲惫的身躯，刘多多走进了家门，行李也没有收拾，直接躺在床上拉上被子，一直昏睡过去。凌晨两点醒来，刘多多看了眼手机，打开微信，李岩发来了几条信息，她没有打开，直接拉黑了。平静地处理完，她又去卫生间洗澡，她不停地洗，好想脱胎换骨。她鄙视自己，为何会着了李岩的道，成为最为不齿的那个存在。她羞愧难当，不停地自我谴责。终于，她停了下来，任水流浇在身上，她把手塞进嘴里，隐忍地哭起来，她怕哥哥听到。

她忍不住给叶梓萱打了电话。

“萱萱。”接通电话，刘多多就哭了。

“别哭啊，怎么了？”叶梓萱担心的声音传过来。

“我见到李岩了。”刘多多说。

“然后呢？”

“他骗我说离婚了，我就放松了，我还喝多了，就、就……”刘多多又哭了起来。

“什么？”叶梓萱惊掉了下巴，“我的天！”

“我不知道为什么会这样。”

“你是自愿的吗？”叶梓萱很严肃地问道。

“我真的不想萱萱，但是我没有拒绝他进我的房间，我又怎么证明我不是自愿的？”刘多多哽咽地说，“我想死的心都有了！”

“别这样，多多，你就当被狗咬了行吗？不要再想了。”

报警肯定是不可能的了，且不说当时没有取证，烦琐的程序还有以后风言风语都会让刘多多承受不起，叶梓萱很明白这一点，只能先宽慰刘多多。

“我现在没有办法原谅我自己，也没有办法原谅他。”

叶梓萱不知道该说什么了，她太了解好友的性格了，李岩在刘多多眼里是如神一般的存在，现在滤镜完全破碎了，刘多多没有办法接受他强暴了自己，不论是心理还是感情上都没有办法接受。

自此之后，刘多多脸上的笑容更少了，出去的时候也变少了，最喜欢的火锅也不怎么去吃了，心底对自我的否定越来越强烈，整个人几乎处在了崩溃的边缘。她像一只受伤的小猫，变得敏感脆弱又暴躁。

早上，刘多多准备好了早餐，敲门叫刘光宗吃饭。刘光宗来到厨房，眼睛像往常一样在地上扫了一圈，说了一句：“拖一下地吧。”

如果是放以前，刘多多顶多解释一下“吃完饭一块收拾”，但是现在的她极易被激怒。她深吸一口气，没有说话，去卫生间拿来拖把就来拖地，脸色也不好看。

“你咋那么大脾气？让你拖个地能咋的？”

“地上就几个水印，我做饭难免会滴上。”刘多多还在忍，只是她忍得很辛苦，如果刘光宗就此打住，或许就不会发生什么事。但今天刘光宗也不知道是怎么了，平常都是闷声吃饭的他今天的话特别多。

“说你一句都不让了？这么大脾气。你就是懒。”

没等刘光宗说完，刘多多停住拖地的手，原地爆发。

“我怎么懒了？每天早上做早饭，还要炒菜。每周打扫卫生，洗洗涮涮。我哪里懒了？你跟所有人都说我在家特别懒，我不这么认为。嫌我懒我搬出去好了吧？”刘多多说着就往厨房外走去，刘光宗惊住了。

刘多多走出去又折回来，继续说着：“对，你还说我没朋友。没错，我是没有朋友，人家都可以三五成群地结伴而行，我不行。因为我是你妹妹啊，他们都提防着我，不会跟我多说一句话。你不也是避嫌吗？嘴上说不在乎，实际上你比谁都在乎。不论我工作做得多好，你从不会夸我一句，年终奖也不会多给我一分，所有的奖轮一圈也没有我的份。为什么？就因为我是你的妹妹。我真的觉着我做得够多了，你还是嫌我懒。我不伺候了！我走，我下周就搬走。”一口气说完这些，刘多多饭也没吃就回了自己房间。

这是这几年刘多多跟刘光宗说话说得最多的一次，也是唯一的一次爆发，刘光宗简直不敢相信自己的耳朵，他也没心情继续吃下去了。刘光宗回到自己的房间，思索着刘多多的话，回想自己是不是太过分了。刘光宗以为妹妹只是随口说说，发泄出来就好了，不会真的搬出去，如果她真的搬出去了他还不放心，他已经习惯了用自己的方式来照顾这个最小的妹妹。

只是刘多多并不是随口说说，她在网上浏览着租房信息，下班就去看房，只用了一周的时间就找到了房子。四室一厅的房子，离刘光宗的房子距离并不远，和别人合租，房租一个月三千八百元。刘多多好像怕自己反悔似的，立刻交了半年的房租，准备过几天就搬。

心情平静下来之后，在饭桌上，刘多多告诉刘光宗自己要搬出去了：“哥，我房子找好了，下周就可以搬过去。”

“哦，好，你注意安全。”

刘光宗愣了几秒，没有多说什么，两个人像往常一样在沉默中吃完了早餐。刘多多收拾完厨房就去上班了。从下午开始，刘多多的手机就没有停过，家人还有他们共同的朋友都来劝刘多多，不要搬出去，至少当下不要搬走。刘多多不知道大哥究竟跟多少人说了这件事情，也不知道他是怎么描述的事情的因由，但他们的说辞出奇一致：你哥对你那么好，你怎么就不能体谅一下呢？工作他罩着，在他家白吃白住，你怎么就不知道感恩呢？你这么任性太伤你哥的心了，你哥为了你们家付出了太多，现在该是你报答你哥的时候了……

听着这些话，刘多多的心如针刺，她的苦难以说出口，只是强调一定要搬出去。凌晨两点，哥哥的朋友马陆又打来电话：“多多，你出来一下吧。”

“马陆哥，我睡了，什么事明天再说吧，我头很疼。”刘多多不想再听他们说话。

“我现在就在你们小区门口，你出来一下，就几分钟，我跟你聊聊。”

刘多多实在是不好意思再拒绝，答应聊一聊。

刘多多披了一件外套下楼了，到了小区门口看到马陆就蹲在路边等她。

“为什么搬出去呀，这不是住得好好的？”马陆轻声问。

“我想出去住，我们待在一起太久了，彼此都需要空间。”刘多多没有说谎。

“你哥说你们吵架了？”马陆问。

“没有。”

“我们都了解你哥，他不善言辞，不会表达，但是他真的很关心你。”

“嗯，我知道。”

“他不是真的嫌你懒，只是想让你走出去，多交一些朋友。”

“嗯，我知道。”

“再说你自己出去住你哥也不放心，担心你的安全。”

“嗯，我知道。”刘多多机器人一样重复着这几个字。

“你说说你的想法呗，不要总是我知道我知道的。”马陆笑着说。

“我想搬出去，不是因为吵架什么的。”刘多多想了想开口道，“我一直想换工作，想搬出去，就是想独立一下。你们都说我是被保护得太好了，抗压能力太差，需要磨炼，那我就出去磨炼一下吧。”

“你的想法是好的，但是时机不对。你跟你哥刚吵完架就要搬出去，他以为是他的错。你不能不考虑他的感受，不是吗？”马陆倒是换了一个角度来劝她。

“早搬晚搬不都一样吗？我房子找好了，房租已经付了，直接搬过去就好了。”刘多多没有松口，坚持要搬出去。

“你听哥的，退了吧，缓一缓再搬。你知道，你哥找我说的时候都哭了。他不明白自己哪里做错了，对你那么好你还要搬走。你想想你这样合适吗？我支持你搬出去独立，但是现在不行。”果然，最后马陆还是转到了她“忘恩负义”的层面。

刘多多有点哭笑不得了，自己搬个家怎么就会被全世界唾弃，成了忘恩负义的小人呢？她头疼欲裂，不想再多说什么了，细想下来大哥确实也没有亏待过自己。这个家是搬不成了。

“好，你回去吧哥，我不搬了，明天就退租。”刘多多最后妥协了。

回到床上躺下，刘多多一夜未眠，早上起来照常准备早饭。刘光宗也没有说什么，刘多多退了房以后也没再提起。一切恢复如初，就好像吵架搬家的事情从来没有发生过一样。

五十八

十一长假，刘多多早早回了家，她要好好调整一下心情。

到了县城，刘多多打量着车窗外。这次她放下了手机认真看了起来。眼睛所到之处，都是宽阔的道路和新起的高楼大厦，县城什么时候变成了大城市一般的绚丽她并没有留意过。前两年大哥刘光宗一口气在县城的一个新小区付了首付，买了三套房子，分别在刘春霞、刘春燕和刘永昌名下，一人一套。这是他对自己两个妹妹的补偿，同时也为了能让父母过上好生活。刘多多也好想拥有一套自己的房子，拥有一个属于自己的小家。

回到家，刘多多先补了一觉，她太累了。

晚上的时候，刘春霞、刘春燕还有刘耀祖都来了，杨明德更是准备了丰盛的晚餐。

刘春霞重组了家庭，因为徐富贵再婚不管儿子，刘春霞将儿子接到身边在县城居住上学，找了一个同样是离异的男人，也是带着一个儿子，一家人其乐融融。刘春霞在刘春秀的帮助下做起了托管的生意，生源越来越好，收益也日渐丰厚，小日子越过越好。刘春燕家庭又壮大了，她挺着孕肚，是双胞胎，原本是意外怀孕，没有打算留下孩子，但是因为是双胞胎又不舍得，最后还是决定生下来。杨明德事业蒸蒸日上，他的厂子规模扩大，同时又发展了农副产品的产业。刘耀祖因为在县城有了房子居住，顺利再婚，有了一个女儿，第二个孩子也快出生了，跟刘春燕预产期相近。刘多多看着每个幸福的小家庭，又欣慰又羡慕。一家人的生活都在走上坡路了。

饭桌上，男人们依旧在一桌，喝起了酒。女人们领着孩子在另外一桌，大家都时刻关注着男人那一桌，生怕他们喝多了。

“杨总，我敬你一杯。”刘耀祖站起来举起酒杯，已经有点醉意了。

“没有外人，干啥呢？都少喝点。”白书英出声阻止。

“妈你别说话。”刘耀祖声音明显高了几度，不耐烦地冲着白书英嚷道。

“杨总，敬你，不喝是不是看不起我这个弟弟。”刘耀祖再次说道。

杨明德看到这情形，看来必须得喝了这杯酒，他将酒杯举起来，一饮而尽。

“行了，赶紧吃点东西吧。”杨明德放下酒杯说道。

“你出手打你弟弟，我不在意。你看不起我，我也不在乎。但是我现在是有家有口的人了，你不帮可以，以后不要再贬低我了，行吗？”刘耀祖已经有点口齿不清了。

刘多多越听眉头皱得越紧，她疑惑地看向刘春燕，刘春燕朝她摇了摇头。

“你闭嘴，多喝两口马尿不知道是谁了是吗？”刘永昌听着话音不对，厉声喝止刘耀祖。还算是有些效果，刘耀祖虽有不甘也乖乖坐下了。

刘耀祖这一闹，大家迅速结束了晚餐，各自回家了。刘多多跟着刘春燕去住，她想要了解一下这两年究竟发生了什么。

回到家杨明德倒头就睡了，刘春燕哄睡了孩子，洗漱完贴上面膜走到刘多多房间。刘多多电脑开着在处理一些工作上的事情，看刘春燕走过来她合上了电脑。

“姐，耀祖咋说二哥揍他了？咋回事？”刘多多开门见山地问道。

“唉，一言难尽。”刘春燕扶着腰坐在床上，“之前耀祖不是在我们厂子里工作吗？不知道什么原因他跟我们财务一个小姑娘发生了矛盾，他还动手打了人家。对方家人不愿意找了过来，要起诉他。本来就是道歉能解决的事情，谁料那天耀祖又喝了酒发酒疯，没有办法你二哥才动手打了他。对方看动手了也就没有再提起诉的事情了。再后来耀祖就离开不干了，咱爸妈到现在都还在埋怨我们两口子。他们根本就不了解情况，也不问缘由只听耀祖说的。你们不在家不知道，他从小就跟着我，他是什么样的人我可真是太了解了，说的比唱的好听，胆小怕事还爱惹事，一惹事都是我们处理，现在派出所我们都跑熟了。好高骛远，眼高手低，总想着坐着就能挣大钱，一点苦吃不得还不让人说，我是真的没有办法了。上半年他赶集卖鞋，每个集会能赚好几百，我以为他会坚持，没想到他要用我们的门店。我跟爸妈说过他不能开店，以他们两口子的性格，一开店就懒惰了，肯定会黄。没有人听我的，我店面是给他用了，房租都没收，只希望他能好吧。我希望我的担心是错的。我们这么帮他现在倒是惹一身的不是了。”

姐姐一口气说了很多，刘多多也听出了大概。对于刘耀祖的性格，她还是有所了解的，也从刘光宗那里听说过，只是刘春燕说得更为具体和严重一点。刘多多能理解姐姐的难处和委屈，她能想象到在重男轻女的刘永昌那里刘春燕两口子再怎么出钱出力都是不讨好的存在。但一奶同胞，刘多多还是希望刘春燕能多多帮衬一下这个不争气的弟弟，只能相劝。

“真是辛苦了姐，但是眼下也只有二哥能帮上忙了。家里只有你们有这个能力，他好了咱爸妈才能好。”刘多多只能宽慰刘春燕。

害怕刘春燕动气，刘多多转移了话题：“姐，你肚子里是男孩还是女孩？”

“不管男孩女孩，都好，你二哥希望是男孩，我都喜欢。”提到孩子，刘春燕的语气都变得温柔起来。

“不管男孩女孩我也喜欢。”刘多多说完就笑了起来，看了一眼姐姐，“姐，我可是太佩服你了，怀着孕还能坚持护肤，我都比不上你。”

“没有办法，你二哥比我小五岁，看着年轻太多了，我再不注意保养真的相差太多了。”

“你给他生儿育女的，他还能嫌弃你不成？”

“即使他不嫌弃，我自己也有压力。”刘春燕揭掉脸上的面膜，指腹轻轻按摩着脸。

“多多，你是不是该考虑一下自己的终身大事了？”刘春燕看似漫不经心地问道。

“没有合适的，还早呢，大城市里面三十多、四十多没结婚的遍地都是。”

“咱妈今天跟我说咱舅妈要给你介绍一个知根知底的，小孩条件不错，是咱们这边的医生，趁你在家，见见吧？”

原来这才是重点，刘多多有点无奈。

“不想见，姐，我没有回家来的打算啊，不可能异地吧？”

“多多，先见见再说好吗？说不定你喜欢呢。”

看着刘春燕带着央求的眼神，刘多多只好先答应下来，也是为了让妈妈安心。

“好，我去见见。”

见刘多多妥协，刘春燕高兴地抱了一下她，随即出去给妈妈打电话去了。

刘多多叹了口气，重新打开电脑，继续刚才没有完成的工作。

经历了太多次的相亲场面了，也见识了形形色色的人，不管遇到什么样的奇葩事情刘多多也会见怪不怪了。对于对方她没有好奇心，甚至都没有问基本的信息，相比于成功她反而期待这次相亲的失败。约好了时间和地点，刘多多就没有多问什么了。

早上起床，简单吃了点早餐，刘多多进行了简单的梳洗。懒得化妆，她直接将头发束起来扎个高马尾，涂了淡淡的口红来掩盖稍显憔悴的气色，一件宽松的白色连衣裙，一双白色运动鞋，挎着一个环保布袋就要出门了。

“等一下，等一下。”刘春燕还是顶着一张面膜叫住了刘多多。

“姐，一天一片面膜就够了。你这太频繁了，反而不好。”刘多多都想翻白眼了。

“别管我。你就这么出门？”

“嗯，怎么了？这不是很好吗？”

“不打扮一下？不化妆？”

“化了啊。”

“我看看你。”刘春燕上前捧起刘多多的脸，“你这叫化妆？涂了口红就叫化妆？”刘春燕简直要气笑了。

“哎呀呀，你妹妹我天生丽质。别担心啦，放心哈。”刘多多挣脱刘春燕的手，迅速打开房门跑了出去。

“你好歹换一件好看的连衣裙啊。”刘春燕不死心地在门口大喊。

刘多多没有理会，迅速跑下楼。到了楼下，她长舒一口气。离约定的时间还有俩小时，刘多多打算好好转一下。街上车辆、行人很多，还有各种各样的电动车来回穿梭，有点儿喧闹，这正是小县城独有的特色。虽然已是10月份，但中午时分天气依旧炎热，太阳也慢慢毒辣起来，因为天生爱出汗，刘多多脸上已经布了一层汗珠。

来到了约定地点，是一家装修很有特色的咖啡厅。这家咖啡厅坐落在一条隐蔽的小胡同里面，名字也很有诗意——时光里。不知道是谁发现的这里，刘多多费了好大的力气才跟着导航找到地方。进去之后她点了一杯热美式，在靠窗的一张桌子上坐下来。离约定时间还有一小时，刘多多看店里面有书架，她走过去，拿了一本《百年孤独》读了起来，这本是她想读却一直没有读完的小说。

阳光透过窗户打在刘多多的脸上，聚精会神看书的她此刻显得纯净、美好。当时间走进咖啡馆时，开门映入眼帘的就是这一幕，一瞬间他有点儿恍惚了。

一袭白衣，马尾高束，刘多多时不时将散落在脸上的碎发拨至耳后，聚精会神地看着手里的书。时间一眼就认出了刘多多，脸上荡出笑容。

时间走到刘多多那张桌子旁边，轻声问道：“刘多多？”

刘多多抬起头，一张白皙的圆脸映入眼帘，这张脸有点熟悉，一时想不起来在哪里见过。

“你好！”刘多多站起来，礼貌地伸出手。

“你好，我是时间。”时间伸出手回握了一下。

刘多多没忍住，扑哧笑出了声。她抽出手，实在没忍住捂着嘴哈哈哈大笑起来，边笑边道歉，“对不起，我先笑一会儿，对不起，忍不住了。”她坐下，笑瘫在椅子上。

时间也笑了，他在对面坐下，微笑着看着刘多多，等她笑完，并贴心地递上纸巾。原本要停止的刘多多，接过纸巾道了声谢又笑了起来。终于，刘多多平静下来了。

“不好意思啊，我太爱笑了，你的名字莫名戳到了我的笑点上，实在没忍住。”刘多多一边擦拭着眼泪，顺手拨了下头发。

“没事没事，挺好的，我喜欢爱笑的姑娘。”时间微笑着说道。随后意识到自己说的话有点暧昧，脸瞬间红了，他赶紧招呼服务员：“您好，一杯热美式。”

刘多多听时间这么说有一瞬间愣了神，但是很快用玩笑化解了尴尬：“我也喜欢爱笑的姑娘呢。”说完看着时间，两人都笑了。气氛变得轻松起来了。

“我简单做下自我介绍哈，”刘多多喝了口咖啡，笑眯眯地说，“刘多多，1988 年生，北京工作，暂时没有回家发展的打算。”

刘多多的预想是开门见山，告诉对方自己不会回家，这样就会打消了对方继续了解的念头了，或许效果再好一点对方一听就会生气地离开，这明显就是抱着搞砸的态度来的。只是时间没有按照刘多多的剧本走，他不仅没有生气，还笑着回应了刘多多，“我叫时间，你肯定记住了，1989 年生，目前在县城的医院工作。我也大概了解了你的想法，只是我感觉你会改变的，因为我。”

“哈？这么自信吗？”刘多多对时间的笃定好奇起来，“我对于未来虽然没有多大的把握，但是不会回来发展，这一条是肯定以及确定的。”

对于刘多多的疑问时间没有做出过多的解释，只是转移了话题，聊起自己的兴趣爱好。听他说完，刘多多笑了。

“我真的怀疑你是个女孩子。”刘多多打趣道。

“我发现我们真的太像了。你喜欢粉色，我也喜欢；你喜欢玩具娃娃，我也喜欢；你喜欢韩剧、火锅，我也是喜欢得要命。如果我们在一个城市一定会成为很好很好的闺蜜。”刘多多真心地说道。

“不在一个城市也不影响啊，我相信。”时间笑着说。

“我不会异地恋的，这也是我不考虑的原因之一。”

“不着急，我们交给时间好吗？”时间也并不急着确定关系。

“你真的没有认出我来吗，刘多多？”时间突然问道。

“啊？”刘多多一时有点茫然，“我们认识吗？嗯——看你是有点眼熟。”刘多多认真端详了一下时间的脸说道。

“你再想想，县一中。”时间期待的眼神藏不住。

刘多多努力回想了一圈高一到高三的同学，实在没想起来。高中时期频繁分班，刘多多能认识的人不会超过自己的前后左右，少部分人有些印象，大部分都不记得了。

看刘多多的样子，时间知道她不记得自己了。

“高一到高三，我们都是在一个班，每次分班都没有分开我们，是不是很奇妙。早餐奶……”时间笑着说。

“哦，哦，天天在我书桌上放牛奶的人原来是你啊？”刘多多终于想起了这个事件，但是对于人是真的没有印象了。这让她对时间莫名有了一份亲切感，只是刘多多依旧排斥相亲的安排。

刘多多从开始的抵触，到现在对时间慢慢有了相见恨晚之感，如果不是被逼着相亲，或许他们会成为好朋友。分别的时候，两个人互加了微信。刘多多拒绝了时间送她回家的请求，自己回了二姐家，她准备再待两天就返京。

之后，时间约刘多多出去吃饭，刘多多借口给姐姐看孩子走不开；约她出去看电影，她说头疼要补觉。总之刘多多能找到各种各样的理由拒绝时间的邀约，直到刘多多回北京，也没有再见时间一面。刘多多认定两个人不合适。

假期结束，刘多多恢复了两点一线的生活。李岩给她打过几次电话，刘多多都拒接了。李岩已经不再是那个她心中给她强烈安全感的李教练，而变成了一个夺走她清白、猥琐油腻的人，一想到那天的事刘多多还是忍不住干呕。虽然刘多多没有过多纠结于自己的第一次，李岩还是她心中爱了十几年的男人，但令她备受煎熬的是精神上的洁癖、道德上的谴责以及深深的自我厌恶。刘多多没有办法相信自己心中的完美男人变成了这样一副面孔，无法原谅自己跟有妇之夫发生了关系，即使自己不是自愿的，但她依旧没有办法释怀。

时间每天都会发来微信问候，有时候是简单的问好，有时候是一两句话分享他的生活，刘多多看到了却没有回复过。两周之后时间还在坚持，刘多多礼貌地回复：不要在我身上浪费时间了，我们不合适。时间不为所动：不试试怎么知道不合适，给我一次机会呗。

无奈刘多多不再多说什么。家里人打电话询问进展，刘多多直说不合适，被劈头盖脸说了一顿。时间继续着他每日的问候，刘多多有时候会跟他聊两句，更多的时候是直接忽略他的信息。刘多多很好奇，自己冷漠至此，时间的热情能持续到几时？

五十九

晚上部门聚餐，刚出差回京的刘多多没有回家，从机场拖着行李箱就赶到了 KTV。一进门她大喊着“我来了！”只是同事们的神情似乎有点不对劲。刘多多没有放在心上，吃了两口东西就跟他们喝开了。大家都有醉意的时候，作为总监的刘光宗站起来说：“咱们有同事要离职了。我们这个团队在一起工作也有三四年了，我今天想听一下大家心里的真实想法，今天不分职位高低，没有大小，随意发言。”

“谁要走？”刘多多一脸疑惑，问着身边的高露露。

“丁卯。”高露露小声说道。

刘多多一听眼泪直接就流下来了，丁卯是她自认为的好朋友，但是要离职了竟然没有跟她说一声，自己一进门还傻乐，跟傻子一样。

刘光宗说完底下十来个人没有一个人说话。“作为部门领导，我自认为没有亏待过你们任何一个人。公司有奖励了我都是将所有的奖金拿出来分给你们；你们犯了错我将所有的责任都自己扛；公司要裁员我据理力争，力保你们每一个人。如果你们有什么意见可以直接提，如果你们有更好的出路，随时可以走。”刘光宗看了一眼大家，“大家就没有什么想说的吗？”

“这么多年，我唯一觉得亏欠的就是我的亲妹妹，多多。我不说大家都知道我们的关系。她工作没有少做一分，做得再好我也从没有夸过她一句；你们我都提了职，涨了薪，唯独她没有；她实习了将近一年没有转正，至今工资没有加一分；年底的奖金我都是往少了给她，就是怕你们觉得我偏心。扪心自问，我对得起你们所有人，唯独对不起我这个妹妹。”刘光宗说着眼睛湿润了。

刘多多也哭了，原来大哥一直都知道自己的心结所在，他有他的难处，他一直都懂。一瞬间，之前所有的委屈都烟消云散了。

“对不起总监，我不走了，是我任性，我自罚三杯。”丁卯忽然站起来哭着说，他“咕咚咕咚”连喝三杯酒。

刘光宗看着这个自己一手培养起来的骨干，欣慰地笑了：“好了大家继续玩，我还是那句话，有什么意见随时可以找我，有什么想法随时可以提。”

大家又开始喝起酒来，好像离职的事情从来没有发生过。

解开了心结的刘多多，慢慢放下了忧伤。只是经纪人的工作她真的不喜欢，依旧是开心不起来，用刘光宗的话说：“给她钱她都不开心。”刘多多讨厌应酬，讨厌烟酒的味道，更讨厌不分时段的二十四小时随时待命。她也没有办法把工作和私人感情分得那么清。对于每一个艺人刘多多都是百分百投入了自己所有的情感和精力，最后换来的往往是冷漠和疏离，这一点她永远也学不会释然。

周五又是一个加班夜，刘多多疲惫不堪地回到家里时，已经凌晨三点了。还没来得及洗漱，就接到了刘春秀的电话，这个点刘春秀没有重要的事情是不会给她打电话的，她不敢迟疑，迅速接听了电话。

“多多，你周末有没有时间？”电话那头的刘春秀声音透露着疲惫。

“有时间，怎么了姐？”

“我现在在济南住院，你能不能来陪我两天？”

“住院？你怎么了？”刘多多的心瞬间提了起来。

“一言难尽，你来了跟你说。”

“好，姐，你把地址发我。”

收到了姐姐发来的地址，刘多多没敢耽误立刻找大哥说明情况，提交了请假申请。

想赶紧补个觉的刘多多却怎么也睡不着了，睁眼熬到早上六点。一过六点立刻在网上购买了高铁票赶赴刘春秀所在的医院。

看到刘春秀的一瞬间，刘多多被吓到了，她心疼得眼泪直掉。只见刘春秀全身浮肿得厉害，面部肿胀，眼睛几乎成一条缝了。刘多多到的时候她躺在病床上，手臂上、腿上扎着导流管，她看到了挂在那里的导流袋已经有大半袋黄色的液体，还有血丝。

“姐。”刘多多小声叫了一声，眼泪止不住。

“你到了，怎么这么憔悴？”刘春秀睁开眼睛，有点虚弱地说，她看到刘多多布满血丝的眼睛不免担心地问她。

刘多多更加难过了，擦了一下眼泪，问道：“你这是怎么了？”

“没事，你看你哭的。真的没事，就是没注意休息，有点腹水了。”

“姐夫呢？怎么不来照顾你。”

“他们单位忙，不好请假，我就没让他来。没啥大问题，放心。”

刘春秀嘴上虽这么说，但是刘多多明显能感觉到她的无助和失望。刘多多来了之后听从医生安排，对刘春秀进行了无微不至的照顾，每天陪着她遛弯，上午和下午都要不停地走上俩小时。这期间刘多多也了解了事情的来龙去脉。

去年，刘春秀怀孕了自己却不知道，在商场工作每天久站，又跟老公和婆婆矛盾不断、争吵不休，心情低落到极点，再加上饮食没有跟上导致了流产。流产进行了清宫手术，伤到了子宫，又没有得到很好的休息，没有恢复好就去上班了。一连串的不当操作让刘春秀很难自然怀孕，他们努力了一年也没有动静，所以决定进行人工受孕。他们在济南进行了手术。刘春秀为此吃尽了苦头，要定期打黄体酮，还要打促排卵针，不知道扎了多少针。这次因为取卵发生了腹水又来住院。为了要个孩子，刘春秀差点连命都搭上了。

“姐，你一定会儿女双全的。”刘多多含泪笑着对刘春秀说道。刘春秀笑着点了点头。

三天之后腹水消了，刘春秀可以出院回家休养了。刘多多把刘春秀送回了家然后直接返京了。前两年刘多多经常去刘春秀家小住，但是每次都会遇到刘春秀和王阳吵架，所以她认定王阳不欢迎自己的到来，所以就很少去了。这导致刘多多错过了刘春秀很多重要的时刻，刘多多有点懊恼。她意识到大哥说的没有错，自己确实是“生活在自己的世界”中，忽略了与至亲之人的联络，报喜不报忧的亲人们传递的永远都是健康快乐的消息。刘多多下定决心要改变，生命中很多东西可以舍弃，唯独血脉亲情没有办法割舍。

刘春秀辞了商场的工作，重新办起了她钟爱的教育事业，在当地开了一家托育一体的辅导机构。因为有办校的经验，又非常专业，很快机构就初具规模了。学校的学生成绩提高很快，口碑和品牌都打上去了，刘春秀的事业越做越红火，一年不到就有了可观的盈利。

刘春秀成了家里主要的经济来源，给家里换了大房，也换了车，婆家人终于可以消停了，她也终于找到了自信，可以昂首挺胸了。事业顺了，刘春秀的精神也好了。更好的消息是她试管成功了，预产期是在年底，一家人都期待着孩子的降临。

在老家开鞋店的刘耀祖终于还是开口跟刘多多借钱了。他给刘多多打电话："姐，你先借给我三万块，我鞋店需要进货，换季了来买鞋的非常多，但是之前积压了很多没卖出去。你放心姐，我有信心肯定能赚钱，年底能还你。"

"一次先不要进那么多货了吧？再压住就更麻烦了，先把存货处理一部分，能回本就行。"刘多多耐心地想提一下建议。

"不行，姐，那都是高价进的好货，处理了太亏了，留着明年再卖。"

"做生意不是这么做的，你得先有资金回笼才能进行下一步的动作，今年的鞋明年都过时了，肯定不好卖了。"

"我心里有数，现在进货肯定好卖，再晚就来不及了。"刘耀祖有点儿不耐烦了。

刘多多还想说什么，但他感觉到了刘耀祖的不耐烦，就打住了。但是她不建议一次性压那么多货款，于是告诉刘耀祖自己最多能借给他两万周转。

"耀祖，我最多借你两万，建议你预留一部分应急，不要全部进货。"

"两万就两万吧，"刘耀祖迟疑了一会儿说道，"对了你借钱给我的事情不要给家人说啊，给我留点面子。"

"为什么不能给家人说？"刘多多瞬间警惕起来，"做生意周转也不是什么丢人的事情，有什么不可告人的吗？不行，其他人不说我得给咱爸说一声。”

“哎呀，要借就借，不借算了，怎么那么多事。算了，不借你的了。”刘耀祖突然发起火来，挂断了电话。

刘多多感到莫名其妙，她随即跟姐姐们打电话询问怎么回事。原来刘耀祖已经找姐姐们借了一圈钱了，都没有借到，最后才借到刘多多这里。刘耀祖不敢开口跟大哥借钱，害怕大哥再教训他。姐姐们之所以拒绝不是因为不帮他，而是他早前已经借过一轮也没有还上，再加上他开鞋店不努力，两口子每天十点之前都不会到店里，下午不到五点就关门，生意惨淡。大家看在眼里说过几次，他不但不听还跟他们吵架，大家实在是对他失望了，所以这次都拒绝再出手。刘多多了解了情况，但拒绝他也有点于心不忍，害怕他从此不上进，最后还是决定借他资金周转。虽然她心里明白，这个钱一旦借出去绝无回本的可能，但毕竟是自己的亲弟弟，再帮一次或许能让他醒悟。刘多多是抱着这样美好的愿望。

没等刘多多行动，刘永昌打来了电话。

“耀祖找你借钱了？他说只有我出面你才借给他。”

“嗯，我没说让你出面，只是他不让我给你说我就有点儿奇怪，怕他拿钱出去鬼混。”

“不会，他现在真的是改了，好好干活了。我还跟他说了，你姐姐借给你钱就是在帮你，挣钱了还她，不挣钱也不会真要你还的。”

“爸，话可不能这么说。我每年给他孩子好几千压岁钱，那是我给的。借的就是借的，就得还，那是两码事。你要是灌输他这种思想，他就会觉着姐姐们给他钱都是应该的，理所当然。你要是这样说我就不借了。”刘多多听刘永昌这么说有点生气。

“没有，没有，那不是开玩笑嘛，他说了，过年就还。”

“你让他把卡号发我，我给他转过去。”

刘多多的微信随即收到了刘耀祖发来的卡号，她转了两万块，不再说什么。

时间依旧是锲而不舍地给刘多多发着信息，每次要视频通话刘多多都是拒绝，她不喜欢跟人视频或者打电话，因为不知道要说什么，更怕尴尬。时间也不气馁，他时刻关注着刘多多的朋友圈状态。知道刘多多失眠，他给刘多多网购了一大箱的车厘子，因为他听说车厘子有助眠的功效；刘多多生理期不舒服，他又网购了暖宝宝给她；知道刘多多喜欢吃葡萄，他定期网购各种口味的葡萄，还有榴莲、芒果等。长久下来刘多多的心理防线有点松动了。时间是第一个这么用心对待她的男生，渐渐地，刘多多会时不时回复一下时间的信息，偶尔分享一下心情了。

六十

2020 年春节，刘光宗因为有工作过年不能回家，刘春秀刚生完孩子也不能回家过年。刘多多原本打算在北京陪着大哥，但是妈妈的一顿哭，让刘多多一刻不敢停立马买了回家的车票。刘多多最忍受不了的就是妈妈的眼泪。

因为和爸爸的矛盾，刘多多每次回家都不在家睡，白天会去陪妈妈，晚上就会去刘春燕家睡，只有除夕夜在家。刘多多已经在调整心情了，但是看到爸爸的脸她还是会有一股无名火。刘多多在刘春燕家待习惯了，也可以帮忙带一下孩子，对于喜欢孩子的她来说也是一件好事。

刘春霞因为要抚养儿子，刘春秀将所有的经验都传授给了她，帮她在县城开了一个托管班。刘春霞吃苦耐劳，又有爱心，将孩子们照顾得很好，家长们也都放心，生源越来越多，生意也越来越好了。经过一年的努力，刘春霞存了款也换了车，脸上的笑容多了起来。刘春霞现任丈夫冯明朗，不舍得放手与前妻所生大女儿的抚养权，将女儿带在身边。冯明朗的前妻决心要女儿的抚养权，时不时出现在他们面前，导致刘春霞夫妻矛盾不断。经过大家的调节，最后冯明朗终于放手了，没有了前妻的矛盾，夫妻俩也变得和和美美了。

杨明德虽然没有文化，但是颇有生意头脑，此时他的事业颇有成就，在镇上乃至全县小有名气，刘春燕也请了保姆，将大半的精力放在了公司的财务工作上。他们又购买了一套联排别墅，过两年就可以入住了。眼看着大家的日子都变得红火起来，再看看刘耀祖一家，刘多多感到了绝望。

果然如刘春燕所说，刘耀祖的鞋店年底关了门，也绝口不提还刘多多钱的事情。晚上一起吃饭的时候，刘多多看着弟媳妇又隆起的肚子，眉头皱了起来。等他们走了之后，刘多多跟白书英闲聊。

“妈，这是第三胎了，两口子都没有工作该怎么养活呢？”

“唉！”白书英重重地叹了一口气，“还能怎么样？不能不管啊。每年你们给点钱，我都给他了，还是不够。只要一缺钱，他们俩就打架闹离婚。”

“咳，咳。”没等白书英说完，刘永昌在旁边假装咳嗽打断她的话，顺势接着说道，“别听你妈说，我们可没有管过他。你们每年给的钱我都存起来了，以后养老用。”

“他们两口子都不工作，两个孩子，肚子里还有一个，吃喝拉撒哪一样不要钱啊？你们不给难道天上掉下钱给他们吗？”刘多多反感刘永昌的装腔作势，明摆着的事情非要掩饰，自己的亲女儿都要骗。刘永昌哑口无言，也就不再说话，气哄哄地走了。

“婶子在超市不能给弟妹安排个工作吗？”

“安排了，说是太累了，干不了，耀祖也不让她干活。”

“别人能干她为什么就不能干？干什么不累啊？你们还这么惯着。要是我我也不工作，有吃、有喝、有钱花我为什么要工作去？”刘多多火气马上也上来了。

“能有啥法啊，谁不能过也都不行啊。”白书英永远是这样的说辞。

再说下去也没有什么意思了，同样的话题刘多多忍不住说过很多次了，但每次都是同样的结果，她放弃了，作为爸妈眼中早晚要“外嫁”的女儿，刘多多没有话语权。

心中郁闷，正好时间发来了信息，邀请刘多多明天一起吃饭，刘多多答应了。同时，她也想跟时间说清楚他们不合适。

第二天，刘多多将自己包裹得严严实实的，来到了约定的饭店。依旧是素面朝天，略显憔悴。时间已经在那里等候多时了。

“对不起，来晚了。”刘多多送上歉意的微笑。

“没事，我也刚到。”时间温和地笑着回应，他帮刘多多拉开了座椅，等她坐稳又将她脱掉的羽绒服挂在身后的衣架上。

“谢谢。”刘多多礼貌地道谢。

“你稍等我两分钟，我去车里取点东西，你先看菜单，看看有什么想吃的随便点。”时间笑着说。

“好。”刘多多应了声就看起了菜单。这家店的菜品是自己喜欢的，鱼类偏多。

过了几分钟，时间走进来了，手里多了一大束红色的玫瑰花，还伴有满天星。“送给你。我知道你喜欢花。”时间有点小得意。

“啊，谢谢！”刘多多有点儿慌乱，脸色潮红。这还是她第一次收到这么大一束花。

“喜欢就好，我们点餐吧。”

在玫瑰花的加持下，气氛明显变得明朗起来，刘多多的心情也愉悦起来。她跟时间两个人边吃边聊，刘多多时不时被时间逗得哈哈大笑，不知不觉三小时过去了。

吃过饭，时间要送刘多多回家，刘多多依旧是拒绝了。

“刘多多，给我一次机会吧！我不会多想。”时间有点无奈地笑了。

“我们真的不合适。你确定不会多想？”

“确定，我当然知道你的意思。我每次送你礼物你都要转我钱，吃饭也要跟我 AA。”

“我不习惯。”刘多多无力地解释一句。

“走吧我送你，反正也不远。”

确实不远，开车也就十分钟就到刘春燕家了。车上刘多多一言不发，车内狭小的空间令她很不适应，身体明显僵着。时间想说什么最后也没说出口。刘多多下车，时间也跟着下了车。

“谢谢你送我，还有今天的款待。”刘多多明显是松了一口气。

“不客气。”

“那我进去了。”刘多多转身往大门内走去。

“刘多多，”最后时间还是开口叫住了她。“给彼此一个机会吧，我是认真的，我真的喜欢了你好多年。”

“时间，我真的不会回家来的，我们不合适。”刘多多转过身来很认真地回答。

“我可以等，等你回心转意，我会一直等下去。”时间坚定的语气不容置疑，“刘多多，我一定会等到你的。”说完，时间转身上车开车走了。

“你能等多久呢？”刘多多站在院内，看着时间的车走远，苦笑一下转身进了屋。孩子们看刘多多回来了大笑着扑过来。跟孩子们相处时，刘多多可以暂时放空自己，她喜欢听孩子们笑，喜欢这种纯粹的快乐。

刘多多是极度悲观主义者，她看到姐姐们和弟弟的婚姻都充满了磕磕绊绊，所以觉得自己不会比他们更好，她的婚姻也不会是一帆风顺的。恐婚已经深入她的骨髓了，再加上李岩的打击，她自认为不配得到爱，不配拥有幸福。对于时间的坚持，刘多多保有怀疑的态度，想不通时间是看上了自己的哪一点。

经过了多年的发展，刘多多的家乡也发生了天翻地覆的变化。县城已经扩展整修了好几轮，街道干净，高楼林立，各种产业蓬勃发展，昔日破败的小县城已经初具城市的规模和景象。刘多多家所在的村庄，村干部已经换届，村民有了真正的话语权，生活也日渐变得富足，富足之后民风开始转向纯良，再也没有霸凌事件的发生了。刘多多看着家乡的变化，第一次有了想回家的念头。

临走前一天的晚上，刘多多和刘春燕聊天。

“姐，你说我回家来教书好不好？”刘多多躺在床上看着天花板说道。

“好呀好呀，回家来好，还有个照应。”刘春燕依旧是敷着面膜，说话受限，口齿有点不清，“可是你回来了大哥一个人在北京怎么办？”

“是啊，怎么办呢？也许我走了大哥生活得更好呢。”刘多多幽幽地说，“哎呀，姐，我就是随便说说。”

看到往日的同窗大部分都从事着教育事业，刘多多也心动了，她羡慕他们的稳定和简单，虽然很辛苦但是很有成就感，还有寒暑假更是别的行业不能比拟的，相对于娱乐行业的复杂和多变，刘多多都更喜欢和适合老师的行业。

六十一

公司将要进行产业结构调整，部门也进行结构优化，刘多多再次提出了调岗要求。终于，刘多多不再担任经纪工作，至少将手中的重要艺人交了出去，转而负责部门的剧本评估和策划相关的工作。这对于中文系硕士毕业的她来说得心应手，也是她喜欢的。最后一次执行经纪工作，是一个综艺的录制，刘多多去现场盯了。

她凌晨四点起床开始盯妆发，然后录制工作一直持续到第二天凌晨三点钟，体力达到了极限。收工回到酒店后，她几乎都要晕倒了。隐约之间她感觉自己右腿内侧隐隐作痛，但并未放在心上。第二天起床后她发现右腿内侧红肿一片，走路都很艰难，但是还有三天的录制，刘多多打开手机准备跟大哥请假：“总监，由于我腿部突发红肿，走路困难，可能没有办法全程跟录制，能不能让其他同事接替我一下。”

刘多多编辑好了，思索了一会还是删掉了，她不想给大哥再添麻烦，这是最后一次的通告了，善始善终吧。她咬牙坚持，走路是跛的，速度跟不上就拜托化妆师帮忙盯一下。红肿越来越严重，以至于不动弹都会有针扎般的疼痛。刘多多坐立难安，苦苦撑过了三日。

录制结束，第二天一大早刘多多就去医院做检查。每走一步都会给她带来钻心的疼痛，她强撑着挂号、缴费、排队看医生，不一会儿全身都被汗水浸透了。听到叫了自己的名字，刘多多走进了诊室。

给医生简单说了一下症状，医生让刘多多躺在床上做检查。还好遇到了一个慈祥的老太太，避免了她心理上的尴尬。

“哎哟，小姑娘，你这有点严重啊。”医生看了一眼说道，然后用手触摸，每按压一下刘多多都会痛呼出声。

“起来吧姑娘。”医生回到座位上，刘多多已经不想坐下了，就在旁边站着听诊。

“你这之前是有个粉瘤吧？现在感染了，脓化太严重了，得切开引流。面积太大了，不能在门诊只能住院治疗了。有家人陪同吗？”

“没有，就我自己。”

“那可能得辛苦一下了。我给你开检查单子，结果出来就可以住院治疗了。现在去做，明天就可以出结果，我给你安排明天下午住院。你做完检查回家收拾一些换洗衣物就行。”医生耐心嘱咐着。

“谢谢医生。”

手里拿着各种检查单子，刘多多退出了诊室，先是去排队缴费，然后再一项一项做检查。刘多多跛着脚走得极其艰难、极其慢，抽血、做 CT，等做完已经是中午了。做完最后一项，刘多多几乎要瘫倒在地了，她叫了辆车回家休息。

回到家，刘多多躺在床上无声地哭泣着，越想越难受，她多么希望有人可以陪着她一起做检查。她没有告诉家人，就连刘光宗她也没有告诉，只是告诉他自己有点儿不舒服请了几天病假。刘多多以为，第一天的看诊是最难过的，没想到第二天的入院程序才是最煎熬的。她背着行李包先是到门诊楼取到检查报告，然后再到住院部办理住院手续，最后才是到住院楼领取床位。一栋楼走到另一栋楼，走了一圈又一圈，刘多多简直都要崩溃了。等她办完所有手续已经是下午五点钟了。换上病号服，刘多多只想睡一觉，她眼睛都不想睁开了，就等着医生查房安排手术事宜。

病房有六张病床，刘多多在右侧病床中间的床位。临床是一位年轻姑娘，老公陪在身边；另外一位是一位年长的大姐，明天就出院了，老公和儿子都在身边陪着；还有对床一位，刚做完甲状腺的手术，老公和女儿都陪着。还有两张空床位。晚饭时间，大家打着招呼。

“姑娘你什么毛病啊？”隔壁大姐问刘多多。

“粉瘤感染，做个小手术。”

“就你自己吗？”

“嗯，就我自己。”

“你还是让你家人来陪你吧，要不然术后吃饭和打热水都得自己来。”

“我家人都不在，没事，我自己能行。”刘多多鼻子有点儿泛酸。

“没事没事，我老公可以一起给打了，放心哈。”临床的年轻姑娘热心地说，她胖胖的脸蛋上洋溢着笑容，显得那么乐观开朗。

“看你没啥事啊，你是怎么住院了？”对床大姐看那姑娘活泼开朗不像是有病的人，好奇地问道。

“哦，我也是做了个小手术，马上出院了。”那姑娘并不想说太多。她老公帮她们打了热水还有拿了饭菜放在了床头，刘多多感激地道了谢。

没有胃口，刘多多喝了杯水，没有用餐。探视时间到了，陪护们都离开了。医生来查房，一位年长的医生后面跟着一群年轻的医生。

“刘多多，粉瘤感染，引流手术。一会儿我查完房给你做，等我叫你。”

“好的，医生。”刘多多没有想到这么快，心里不由得紧张起来。虽然只是一个小手术，但是从没有住过院的人内心难免有点儿恐惧。

刘多多一瘸一拐地跟着医生到了手术室。

“咱们是半麻，一会打麻药有点疼。”医生声音很温柔，但是刘多多已经紧张到发抖了。

“不要紧张，放轻松。”医生举着针走过来，看着紧张的刘多多出声安慰。

一针下去，刘多多闷哼一声。还有一针。等麻药起效之后，医生进行切开引流。

“啊！”刘多多痛呼出声，她能清晰地感觉到手术刀划开肌肤，伴随着剧痛。刘多多双手紧握着床沿，青筋暴起，额上的汗水开始密布，全身都开始出汗。

“啊，医生，不是打麻药了吗，为什么这么疼？”顾不上羞耻，医生每挤压一下刘多多都会尖叫出声。

“忍着点啊，我必须得把脓血挤干净，把粉瘤剥离出来。”

“麻药为什么不管用？”

“不打麻药会更疼，这才到哪儿啊，生孩子更痛。忍着点。”

“我不生孩子！”刘多多简直开始说胡话了。

好像一个世纪过去了，医生终于停下了。

“我今天先不剥了，你先缓缓，明天换药的时候再剥剩下的。”医生开始包扎。

医生也感觉到刘多多忍耐到了极限，她全身都在颤抖，汗水顺着头发往下滴。刘多多在手术台上缓了好一阵子才慢慢起身走回病房，腿好像不是自己的了，艰难踱到病房门口，她绷不住了，所有的委屈涌上心疼，她哭了。

“哎呀，很疼吗？”病友们看她哭了都出声关心。

“没事、没事，我就是有点儿难受。”刘多多嘴上说着没事，没有停止哭泣。

护士来给她扎针输液。

“护士，能帮我换一套衣服吗？都湿透了。”刘多多抽泣着问道。

“哎呀，咋还哭上了，我一会儿就给你拿来。先埋下管。有止疼药，一会儿就不疼了哈。”护士温柔地说道。

也许是因为太难为情了，刘多多渐渐停止了哭泣，换了衣服躺在床上输液。手机震动了一下，刘多多用自由的右手拿起了手机，是时间发来的微信。她用面容解锁了手机，不方便语音怕打扰病友们休息，刘多多先是拍了一张自己左手输液的照片过去，然后一点一点敲击着字母准备告诉他先不聊了不方便打字。

收到图片，时间的信息一条接一条不停地发了出来。

“你这是怎么了？”

“严重吗？”

“有人陪吗？”

“快跟我说。”

“你在哪个医院哪个病房？”

“你发我定位。”

“你还疼吗？”

刘多多要被气笑了，一条信息还没有敲击完，时间视频电话打了过来，刘多多挂掉了，然后他又发来语音电话，刘多多又挂掉了。

“快发我定位和病房号。”时间的信息不停。

终于，刘多多的信息编辑好了：“我没事，做个小手术，几天就出院了。不方便说话，还有其他病人都休息了。我打字不方便，先不聊了。”

“快把定位和病房号发给我。”时间又接连发了三遍。

刘多多无奈地摇了摇头，她把定位发给了过去，又告诉了他病房号。时间没有再发信息过来。刘多多放下手机，闭眼休息。麻药消了，疼痛感更加强烈，她跟护士要了止疼药吃，又加了止疼药剂，依旧难以入眠，直到天快亮了她才昏昏沉沉睡了过去。

刘多多迷迷糊糊中记得医生来查过房了，过了一会儿护士来扎针。她闭着眼睛，将胳膊伸过去。护士走了，她舔了下嘴唇、咽了下口水，真的有点儿渴了。叹了口气，她准备起身倒水。

“来，喝点水。”一个男人的声音在她耳边响起。

刘多多皱了一下眉，摇了摇头。自己肯定是出现幻听了。她想努力睁开眼睛，但是眼皮太重了，还会继续眯一会儿吧。

“喝水。”温柔的声音再次响起，然后刘多多感觉到了嘴边吸管的触碰。她猛地睁开眼睛，只见时间正端着水杯笑眯眯地看着她。

“来，张嘴，喝水。”

刘多多一时反应不来，机械地张开嘴用吸管喝着水，眼睛直勾勾地看着时间。

“咳，咳！”等回过神，她受了惊吓，喝水呛到了。

“哎呀，你慢点儿！”时间慌忙放下水杯，半扶起刘多多轻拍着她的背。

“你，你怎么在这儿？”刘多多强忍住喉咙的痒，问道。

“我担心你，就过来了。”时间说得云淡风轻。

“你怎么来的？”

“开车。”

“你的工作？”

“我休年假了，放心，不会耽误。”

虽然时间说得很轻巧，但是刘多多知道时间肯定是连夜赶路，不然不会这么快就来到了。家里到北京有近八百公里，开车就算是不休息也得八九个小时。刘多多抬头仔细看着时间，发觉他的脸上疲惫感明显，双眼布满了红血丝，感动得红了眼眶。

“你不用来的。”刘多多害怕眼泪掉下来，索性闭上眼说道。

“没事，我经常开车习惯了，不累。我订好了酒店了，不用担心。”时间或许已经感觉到了刘多多的担忧，他将自己的情况如实汇报，“你再睡会儿吧，药没了我叫护士给你换药。你想吃什么也跟我说我去买。”

“我还不饿，要不你回酒店休息吧，开了一夜的车。”

“不用，你睡吧，我就在这儿。”

时间的话让刘多多很安心，她很快就睡了过去。时间就在病床边看着刘多多，时不时地回复着手机上的信息。直到主治医生来喊换药，刘多多才醒了过来。

刘多多一瘸一拐地跟着医生去了换药室，时间在门外等着。

换药的过程跟手术的过程并没有多大区别，只是少了划刀的步骤。医生照旧要清理创口，没有麻药痛感更加强烈。知道时间在外面，刘多多已经尽全力在忍，但仍旧是疼得喊出声，汗水再次浸湿了衣服。

时间在门外听着刘多多的喊声，焦急地踱来踱去，很想冲进去替她受罪。过了好久，医生出来了。时间赶紧进去，看到刘多多刚穿好衣服，赶紧将她扶下床回了病房。这一次，时间帮她去拿了需要换的病号服，给她端茶倒水处理一切，刘多多轻松了许多。换药的过程让刘多多留下了阴影，以至于每次看到主治医生进来全身就不由自主地发抖。

时间无微不至的照顾，让刘多多非常感动。第一次，刘多多不再感觉到孤单，感受到了浓浓的温暖和关爱，也是第一次正式审视自己与时间的关系。她内心已经开始动摇了，她想给时间一次机会，更想给自己一次机会了。

一周之后，刘多多可以回家休养了，以后可以去社区医院换药。时间将刘多多送回家后，自己也要回去工作了。

“多多，我得回去了，院里打了几次电话了。你自己好好照顾自己，有问题随时跟我说。”

“嗯，好的，路上开车注意安全。”

“多多，我、我。”时间欲言又止，“那我走了。”说着，时间转身要走。

“时间……”刘多多叫住了她，站起身来，缓慢走到他身边。

刘多多伸出双臂，慢慢搂住时间的腰，头放在他的肩上：“真的谢谢你。”

时间愣了一下，双手举着一时不知道放哪里好，随后环抱住刘多多，抱得那样紧。

两个人谁都没有说出口，但是此刻彼此都明白了对方的心意。

时间走后，大哥有点儿生气。

“做手术这么大的事情你为什么不说？出了什么事怎么办？”刘光宗责怪妹妹的一意孤行，同时也自责自己忽略了妹妹。

“没事哥，小手术，这不是没事情吗？很快就好了。”

“以后有什么事情第一时间跟哥说，好吗？”

“我会的，哥。”

经过这件事情，刘多多心境变好了，她感受到了大家对她的关爱。原来自己从来就不是一个人，只是自己锁闭了心扉，谁也走不进来而已。刘多多也不再拒绝时间的关心，开始尝试着与时间像情侣一样异地相处。

六十二

2021 年春节，人很齐，就连刘光宗也回家了。刘多多比大哥早两天回家。

刘光宗到家已经快要半夜十一点了，到家的时候，一家人竟然整整齐齐的都在。小一点的孩子都在白书英的房间睡下了，其他没有睡的人都在屋里等着他。刘春霞一家、刘春燕一家还有刘耀祖一家都在。

“哎呀，你们不用等我，都这么晚了，赶紧回家休息。”刘光宗笑着跟大家说道。

“哎呀，不累不累，我们都想大哥了。”刘春霞一边给大家使着眼色一边说。

刘春燕会意，走去厨房。

“你们赶紧回吧，孩子都困了，我去放下东西。”刘光宗去卧室放行李。等他再次出门的时候，屋里的灯突然间暗了，正当他想开口询问的时候，只见刘春燕端着一个大大的蛋糕，走了进来，蛋糕上的烛火跳跃着。

“祝你生日快乐！”刘多多先开口唱了一句，随后大家都打开了手机的手电筒，一起唱着生日歌。

“哥，生日快乐！”大家七嘴八舌地祝福着，刘光宗眼里泪光闪现，又有点儿不知所措。

“快许愿吹蜡烛。”

刘光宗吹灭了蜡烛，欢呼声响起，客厅的灯再次亮了起来。

“你们怎么那么破费，我都不过生日的。”刘光宗嘴上说着，心里是倍感温暖的。虽然昨天晚上跟朋友一起庆祝过了生日，但是今天的惊喜更令他感动。

“春秀回不来，但是，也有祝福送上哦。”刘多多将手机递给刘光宗，里面有个视频。那是刘多多联系亲朋好友给大哥录制的一条生日祝福视频的剪辑，给他的惊喜。

刘光宗点开来：

这是一条充满真心话的视频，生日快乐！

刘春霞：哥，生日快乐！感谢你这么多年对我们的照顾。你不亏欠我什么，我现在很好。

刘春燕：哥，生日快乐！在我们最困难的时候，你无私地帮助了我们。你是我们的主心骨，我永远记得你的好。现在我们过好了日子，有需要一定要给我们说。

刘春秀：哥，生日快乐！我们没有办法回去，但是我们的祝福一定要送到。我从小就跟你好，在我最抑郁最难过的时候你陪我度过了，我们希望你也要好好的，照顾好自己。

刘多多：哥，生日快乐！我们现在都长大了，真的不需要你特别的照顾了。哥，以前你都是为了家人而活，现在你可以为自己而活了。虽然我们在一起生活了七八年了，但是我还是希望你可以找个伴，能相伴一生的伴侣。不论你做什么决定，我们都支持你。

后面还有外甥、外甥女、侄女、要好的同事和朋友的视频，刘光宗哭了。他能感受到妹妹们面对镜头的紧张局促，但是为了他都坚持录了下来，他内心震撼了。

“谢谢你们！”刘光宗看完视频，流着眼泪道谢，大家也都哭着笑着回应。刘永昌和白书英在一边看着眼前的这一幕，欣慰地笑了。

在家期间，刘春秀跟刘多多说想要在老家办分校。

“多多，我看咱们这边生源那么多，我考察过也没有多少正规的辅导机构，开分校肯定可以。”刘春秀向来是有什么都会找刘多多商量。

“好事情啊，经验你已经有了，把现成的模式搬过来就可以。我支持。”刘多多表示赞同。

“我想着咱们兄弟姐妹都入股，这样，有了利润大家一起分，特别是耀祖，我想多给他一些股份。”刘春秀说着，看刘多多的反应。

“姐，这个我想我们都是没有意见的，大家都想帮助耀祖，让他上进，有成就。但是我建议刚开始不要承诺那么多，先教给他如何管理和经营，最后把这个机构送给他我都没有意见的。这些是后话，咱们还得跟哥哥和姐姐们商量。”

说干就干，刘春秀行动起来，她得到了大家的支持，大家都看好这个项目。拟定好细则之后，刘春秀就开始物色房源和装修，装修好后很快就开业了。整个投资刘春秀占比是最多的，有绝对的话语权。刘光宗和刘多多出资，刘春霞、刘春燕还有刘耀祖就出力，分配得很合理。为了照顾刘耀祖，除了分红之外，每个月还额外发给他三千块钱的工资，可以维持日常开销。

一开始刘耀祖的工作热情高涨，招生和管理都非常上心，但是好景不长，也就是半年的光景，又老毛病尽显，手机不离手，玩游戏，刘春秀安装了监控，即使是监控里看到了他还是狡辩，狡辩不过就恼羞成怒罢工，导致正常的工作无法运行。最糟糕的是学期末财务查账对不上。

“究竟是怎么回事？为什么对不上账？”刘春秀厉声问道。

“我怎么知道，我又不管财务。”刘耀祖吊儿郎当的，一副看你能把我怎么着的样子。

“招生学费说过多少次，不能收现金，全部打入公共账号，你为什么不执行？”

“人家家长只给现金我能怎么办？”刘耀祖依旧没有认识到自己的错误。

“你是不是挪去私用了？”刘春秀终于问出了最不想问出的问题。

“你有证据吗？你这么说？”刘耀祖突然暴怒起来，进而摔了自己的手机。

“你发什么神经？如果私用了，给我说一声，补回来就行了。”刘春秀吓了一跳。

“没有，爱信不信。我不干了行了吧。”故技重施，刘耀祖直接走人。

刘春秀一时气得说不出话来，顿了顿道：“爱干不干，我帮你还帮出错来了。”

刘春秀给刘春燕打电话，刘春燕宽慰她：“不要放在心上，他看到现金是把持不住的。跟我那么久，之前很多次都是因为这个不用他的。不是不帮他，真的是干不下去。”

给刘光宗说，也有同样的情形，最后大家一致得出的结论是：不能让刘耀祖看到钱，不让他碰账面，这样他才有可能干下去，但是这一次对账还是得对明白，至少让他知道错在哪里。刘春秀组织了一次会议，刘永昌也在场。

刘耀祖一脸不屑：“只要这次不再查账，以后一定会好好工作。”

“对呀，你弟弟都这么说了，这次就算了吧，一家人。”刘永昌帮腔说。

“不行，这次一定要对清楚，挪用了多少钱我们心里得有个数，也得让你心里有数。”刘春秀对着刘耀祖说。

听到刘春秀这么说，刘耀祖脸上挂不住了。

“就不能给我留点脸吗？我就不对了，不让干拉倒。”刘耀祖说完就气冲冲地走了。

“你看你，怎么就不能给你弟弟留点面子呢？”刘永昌也责备地说了一句走了。

就这样不欢而散，刘春秀委屈得哭了：“我错了吗？”

“他不会改的。”刘多多对刘春秀说，“你也别往心里去，咱爸向来是向着他的，习惯就好了。”

不欢而散的会议，让刘春秀委屈极了。

“该招人就招人，不要再指望耀祖了。他回来就给份工作，不回也不影响运营。”刘多多建议道。刘春秀采纳了她的建议，也不再纠结下去了。

就这样，学校继续经营下去，刘耀祖也没有回来。大家的日子上了正轨，只有刘耀祖夫妇无所事事。后来刘耀祖通过网上中介去了杭州的一家电子厂上班，刘永昌夫妇担心他的情况，刘多多倒觉着这是一件好事。如果受骗了，刘耀祖就会吃一堑长一智，经历了外面的险恶自然就能明白自己家人对他的包容和付出；如果他成功了，那就是独立自主走向成功的第一步，他也就终于可以自己养活家庭了。不论是哪一个结果对于刘耀祖来说都是一件好事，所以现下不用担心更没必要着急。

开分校的事情，除了刘耀祖这个不确定因素外，一切都是美好的开始。刘春秀更是得一大喜，竟然怀上了二胎。之前因为小产受损，第一胎都是试管来的，这次开分校她和王阳来做培训，在老家待了一个月，竟然怀上了，真的是意外的惊喜。对于这个意外的宝贝，刘春秀抱有很大的期望，她期待着这个不期而至的小宝贝到来。

第八章　「功成」

内心安稳，游子归家

六十三

2022 年除夕夜。

“怎么不吃饭？跟梦游似的。”刘春燕的话将刘多多拉回了现实。

“没事没事，就是看见大家在一起真的好感动。”刘多多悄悄擦去眼角的泪水，笑着说。

屋内觥筹交错，欢声笑语，每个人的脸上都洋溢着幸福的光彩；屋外烟花阵阵，照亮了整个夜空，偶尔传来几声犬吠，一切都那么美好。

“今天咱们家这么齐，拍一张全家福吧，这张全家福等了好多年了。”

刘永昌的这一个提议，得到了大家的一致赞同。大家乱哄哄地嬉闹着排好队形，刘永昌找来一个高梯子，刘耀祖找好了角度，将手机架在上面，定时三秒，迅速跑回队伍。拍了好几张，都发进了家庭微信群里。每一张上都有奇怪的表情，要么是有人没有睁眼，要么是有人瞧向了别处，但是每一个人脸上的笑容挡都挡不住。照完了全家福，大家一起守岁。

白书英脸上的笑容一刻没有消失过，但看到刘多多的时候也会叹一口气："要是你哥跟你也成家了就好了，我们也没有什么心事了。"

刘多多听到后也只是尴尬一笑，没有说什么。

大家守岁到零点，"新年快乐！"互相道贺，互发红包，新的一年到来了。

时间在这时发来信息："新年快乐！"

刘多多看着手机，嘴角上扬，回道："新年快乐！"

"明天下午两点的电影，我们一起看吧。我去接你。"

"好。"

这一次，刘多多没有拒绝。

大年初一，刘多多没有早起，没有跟着一起去拜年，她只想好好睡个懒觉歇一歇。睡到自然醒，吃过饭后，她就简单画了个妆，等时间来接她。

好巧不巧，时间开车来接她的时候，家门口聚集了好几个村里的叔伯们。

"这是谁呀？"他们直白的问话让刘多多有点儿尴尬。

"我一个朋友，一起去县城玩。"刘多多迅速出了门赶紧上车走人。

上了车，刘多多长舒一口气。

"你看你，跟逃难似的。"时间忍不住打趣道。

"家里人的那一张张嘴，我可是见识过了。赶紧走，赶紧走。"刘多多催促时间赶紧出发。

两个人看了一场《长津湖》，买的爆米花没有动，两个人哭成了泪人。电影结束，刘多多看着时间有点红肿的眼睛，忍不住笑了。

“没想到你一个大男人，比我哭得还厉害。”

“我泪点低，很容易被感动的。”

那肯定心也软。刘多多心里想着。

“走，我请你吃大餐去。”时间的鼻音还是有点重。

“你，确定吗？”刘多多想笑但忍下来了，初一肯定不会有餐厅开门的啊。

“当然，走！”时间满脸自信，在前面开路，刘多多就跟在后面。

果不其然，时间开着车带着刘多多几乎转遍了县城的每一家饭店、餐馆，没有一家营业的，这让他有点儿懊恼。

“对不起啊多多，我以为开门了呢。电影院都开门，饭店怎么能不开呢。”

“我不怎么在家都知道初一不开门，你这天天在家的人怎么就不知道呢？”刘多多终于忍不住了，哈哈大笑起来，脸涨得通红，笑得眼泪都流了下来了。

时间眼睛直直地看着笑得停不下来的刘多多，他伸手帮刘多多擦去眼角笑出的眼泪。刘多多将笑憋了回去，一时怔住不敢动弹。空气瞬间安静了下来，刘多多可以听到彼此的心跳声。感受到车厢内的温度越来越高，刘多多的脸越来越红。

时间身子慢慢倾斜了过去，他对刘多多完全没有抵抗力，此刻荷尔蒙急剧上升，他眼前只能看到刘多多潮红的脸蛋还有那张诱人的嘴唇。

刘多多看着越来越近的脸庞，心跳加速，她几乎可以从时间的眼睛里看到自己的脸。她瞬间闭上了眼睛，就在时间即将吻上她的嘴唇的时候，或许是因为过度的紧张，一个大大的打嗝声将两个人的神志拉了回来。

刘多多猛地睁开眼睛，用手捂住嘴巴，时间则愣了一下大笑了起来。

“怎么不吃药啊，经常听你打嗝。”时间坐正身子，笑着问道，好像刚才什么也没有发生。

“吃过药不管用，肠胃不好。”刘多多尴尬地咽了下口水，拢了下头发回道，“送我回家吧。”

“好，等你有时间我再请你吃大餐。”

没有想象的那么尴尬，两个人一路说笑着回去了。

“多多，我们结婚好不好？”路上，时间忽然间开口问道。

刘多多一时不知道怎么回答，她知道时间对自己是认真的，但是她还没有想好。

“时间，你知道我不一定能回家来，你也不会去北京，我不想异地，所以……”

“你先不要急着拒绝我，我给你时间考虑。我还是那句话，我会等下去的。”

刘多多不再说话了。转眼到了家门口，时间要下车跟家人打招呼，刘多多阻止了他，她不想再应付邻居们的言语。

“那回头我再约你。”时间说。

刘多多回了句“好”，走回了家，她知道自己在想清楚之前是不会再见时间的。对于后面时间的邀约，刘多多都是各种理由搪塞过去，时间也给予了她最大的理解和包容，直到刘多多返京，她都没有再见时间一面。把时间当作男朋友相处培养感情，刘多多或许可以尝试，但是如果是结婚成为一家人，她没有那个自信。

时间不再提结婚的事情，还是像以前一样对刘多多嘘寒问暖，各种投喂。刘多多享受着时间的宠爱，也在认真思考着他们之间的感情。所有人都说时间是一个最好的选择，刘多多应该接受他。刘多多自己也从没有遇到过真心对她那么耐心的男人。做最后的决定之前她还是征询了一下刘光宗的意见。

早饭时间，刘多多跟刘光宗一起吃饭。

“哥，有个男孩在追求我，我拿不定主意。”刘多多一边吃饭，一边说，看似漫不经心。

“是那个经常给你邮寄东西的人吗？”大哥似乎早就心中有数了。

“嗯。”

“你自己感觉呢？我看着他是对你挺上心的。不管你做什么决定，我都支持你。”

“我跟他在一块，就得离开北京了。”

“哎呀，你在顾虑这个吗？你毕业前那么多年，我也生活得很好啊，如果遇到合适的人，不要因为要陪我错过了。”刘光宗似乎看穿了刘多多的担忧。

“那我再认真考虑一下。”

两个人不再说话。刘多多一方面是害怕自己选错了人，另一方面是担心刘光宗一个人在京生活会不会孤单。刘光宗嘴上那么说，心里其实也是不舍，毕竟和刘多多一起生活了七八年了，如果刘多多离开了，家里确实是空落落的，他心里也会觉得缺失了一块。但刘光宗知道这关系到妹妹的终身幸福，即使是不舍得，也得在适时之际放手。

6 月份老家县城各学校进行人才引进工作，刘多多报了名，没想到初审、面试都非常顺利，刘多多成功考取了编制，即将成为一名中学语文老师。刘多多在确认之前陷入了纠结，这时候刘光宗又给了她定心丸。

“不论你做什么我都支持你，以后想回来随时回来。”大哥的话让刘多多打消了所有的顾虑，她决定回老家当老师了。

提交了辞职申请，告别了好友，刘多多收拾了行李准备回家。看着自己住了好多年、费了很多精力和钱财打造的小屋，刘多多流下了泪水。

“希望我的选择是对的。”

六十四

办理完入职手续之后，刘多多就接到了时间的电话，他约刘多多到公园相见。她实在不知道时间是如何知道自己回来了，她并没有透露任何的消息给他。

刘多多来到了约定的地点，并没有见到时间。正想给他打电话的时候，刘春燕带着孩子们走了过来。

“小姨！”孩子们依旧跑着奔向刘多多。

“姐，你们怎么来了？”

“你猜？”刘春燕鲜见地卖起了关子。

“还我猜，干吗？”刘多多一边跟孩子们玩着一边笑着说。

“跟我走，有惊喜。”刘春燕说着就往前走。

刘多多有点儿莫名其妙，知道问不出什么，索性跟着刘春燕走了。

绕了大半个公园，来到公园里面湖心的一个饭店。刘多多在刘春燕的带领下，满眼疑惑地走到一个包间门口。

“你进去吧，有惊喜哦。”刘春燕神秘地说道。

刘多多笑着摇了摇头，敲了三下门，推门进去。

“嘭！”一进门刘多多就被一声礼花的声音吓得闭上了眼睛，身体不由自主后退了两步，孩子们哄笑起来。再次睁开眼睛，眼前的景象好像是电影里面才会出现的。房间里布满了粉色的气球还有各种鲜花，刘永昌、白书英、刘春霞一家、刘春燕一家、刘耀祖一家都在场，时间一身正装捧着一大束玫瑰花慢慢走了过来。

时间抱着花走到刘多多跟前，从怀里掏出一个戒指盒打开，单膝跪地。

“刘多多，我真的很喜欢你，给我一次机会，嫁给我，好吗？”时间坚定地说道。

刘多多曾经幻想过自己可以拥有一切的浪漫与美好，只是没有想到竟然真的出现了，等到这一切真的展现在面前的时候，她又有点犹豫了，不敢相信这是真的，一时愣住了。

“我一定不会让你受任何的委屈，相信我好吗？”时间再次重申。

“我……我……”

“哎呀，我什么我，答应了。”性急的刘春燕跨前一步，将刘多多的手托起来往前送，时间顺势将戒指戴在了刘多多手上。

“你答应了，不能反悔。”时间站起来，握着刘多多的手深情地说道。

“我……”

不等刘多多说完，时间一把将刘多多搂在怀里：“不能反悔。”

家人们起哄着笑一团。刘多多慢慢放松了身体，笑着回抱住他。或许时间就是她的归宿。

两年后。

刘多多挺着肚子站在讲台上讲着课，脸上洋溢着幸福、自信的光芒，非常夺目，时间下班之后会立刻奔回家为刘多多准备美食。婆媳关系也非常和睦。她与父亲的关系有所缓和，她不再纠结于过去，开始学着释怀。

刘光宗依旧忙着事业，只是身边经常出现一个温婉美丽的女子。那姑娘满眼含情，时常偷偷地看刘光宗，刘光宗偶尔回头，回以宠溺的笑容。

刘春霞夫妇为托管所和玩具店忙碌，带着两个儿子幸福美满，一家四口其乐融融。

刘春燕和杨明德的事业蒸蒸日上，杨明德不仅被评为优秀青年企业家，每年还会捐钱捐物做公益，同时资助县城学校贫困的学子。

刘春秀儿女双全，事业更上一层楼，与婆家的关系也有所缓和，小日子也是红红火火。

刘耀祖长大了，经历了那么多之后终于成为一个有担当的男人。分校在他的管理下发展顺利。他们不再纠结于生儿子，弟媳妇在家全职带着三个女儿，全力支持刘耀祖的事业。

刘永昌最大限度改变了重男轻女的思想，最终也逐渐得到了儿女们的谅解。白书英看着儿女们一个个都找到了自己的幸福，辛苦了大半辈子终于是值得了。

又是一年的春节。刘永昌、白书英夫妇早早地打扫好庭院，等着孩子们的归来。